W0075201

BASTEI
LÜBBE
TASCHENBUCH

Über den Autor

Peter Dempf, geboren 1959 in Augsburg, studierte Germanistik und Geschichte und unterrichtet heute an einem Gymnasium. Der mit mehreren Literaturpreisen ausgezeichnete Autor schreibt neben Romanen und Sachbüchern auch Theaterstücke, Drehbücher, Rundfunkbeiträge und Erzählungen. Bekannt wurde er aber vor allem durch seine historischen Romane. Peter Dempf lebt und arbeitet in Augsburg, wo auch seine Romane *Fürstin der Bettler*, *Herrin der Schmuggler* und *Die Brunnenmeisterin* spielen.

PETER DEMPF

DIE GELIEBTE DES KAISERS

HISTORISCHER ROMAN

BASTEI
LÜBBE
TASCHENBUCH

BASTEI LÜBBE TASCHENBUCH
Band 17945

Dieser Titel ist auch als E-Book erschienen.

Originalausgabe

Dieses Werk wurde vermittelt durch die AVA international GmbH
Autoren- und Verlagsagentur, München.
www.ava-international.de

INHALT

Die Figuren der Handlung

Die *Kursivsetzungen* verweisen auf historische Personen.

Otto III. (980–1002), ab 983 römisch-deutscher König, ab 996 Kaiser
Ekkehard I., Markgraf von Meißen (ca. 960–1002), Heerführer
Ottos III.
Bernward (993–1022), Bischof von Hildesheim
Heinrich IV., Herzog von Bayern (973 oder 978–1024), von 1014–1024
als Heinrich II. römisch-deutscher Kaiser

Karlmann, Seneschall am Hof Ottos III.
Hermann von Sölden, Panzerreiter, Anführer der Bewacher der Reichsinsignien
Mena, Leibdienerin des Kaisers
Ewalt von Scheideck, Leibdiener des Kaisers
Anna, Dienerin am kaiserlichen Hof
Gertrud, alte Küchenmagd am kaiserlichen Hof

Ulf von Achsheim, Schwertmann Bischof Bernwards
Mattheis Grünholder, Panzerreiter des Bayernherzogs Heinrich
Girgl, Schwertmann des Bayernherzogs, sein Kumpan

Gerold von Rehlingen, Augsburger Kaufmann und Pilger
Walburga von Augsburg, Ordensfrau und Hebamme
Bruder Konrad, Mönch

Urban, Bozener Bergführer
Andri, sein Enkel

Gor, Bergbewohner im Trienter Tal

PROLOG

Der hohe Jagdschrei eines Bussards riss Mena aus ihren Gedanken. Sie blickte zum Himmel und suchte nach dem Tier. Schützend schirmte sie die Augen mit der Hand vor dem hellen Blau ab. Dann sah sie, wie der Raubvogel mit angelegten Flügeln auf eine Gruppe Tauben zuschoss, die in einer Formation zwischen den dunklen Dächern der Burg hin und her flogen, gleichzeitig und gemeinsam, als wären sie ein einziges Tier, mehrere Haken schlugen und von dem wie ein Stein herabstürzenden Vogel völlig überrascht wurden. Federn stoben auf. Der Bussard hatte eine der Tauben geschlagen. Doch er fing seinen Sturz nicht ab, sondern schlug ungebremst durch den Pulk der Vögel hindurch und verschwand hinter den Ställen.

Mena bemerkte erst jetzt, dass sie vor Anspannung den Atem angehalten hatte. Sie holte Luft und rannte den Burghof entlang, um hinter den Stallungen nachzusehen, ob der Greifvogel seinen Angriff überlebt hatte.

Otto hatte ihr einmal erzählt, dass die Tiere sich manchmal zu Tode stürzten, wenn sie ihre Geschwindigkeit oder die Nähe zum Boden falsch einschätzten, junge Bussarde insbesondere. Er hatte dabei mit seinen Fingerspitzen an ihrer Rückenmulde entlanggestrichen, bis ihr ein Schauder über den Körper lief. Bis heute wusste sie nicht, ob es die sanfte Zärtlichkeit oder der Gedanke daran gewesen war, wie die Tiere hilflos am Boden aufprallten. Die kurze Bemerkung hatte sie im Innersten bewegt, hatte ihr eigenes Wesen angerührt, empfand sie sich doch wie

9

ein Bussard als ein Wesen, das sich halb als Mensch fühlte, aber zu gleichen Teilen den Waldwesen zuneigte, den Füchsen und Mardern. Mena hatte instinktiv nach dem aus rötlichem Holz geschnitzten Fuchs gegriffen, der an einem speckigen Lederband um ihren Hals hing und den sie nie ablegte.

Ihre Fuchsseele jagte jetzt über den Hof, um nachzusehen, was geschehen war. Außer Atem bog sie um die Ecke und sah den Bussard über seine Beute gebeugt. Er hatte beide Flügel über die tote Taube gebreitet, als wolle er sie schützen. Mit energischen Bewegungen riss er ihr mit seinem gebogenen Schnabel Federn aus der Brust. Mena gab ein leises Lachen von sich, denn es sah aus, als hätte der Vogel einen Bart aus grauem Flaum.

Der Vogel hielt kurz inne, drehte leicht den Kopf und fixierte sie mit einem Auge. Die dunklen Streifen seines Gefieders glänzten vor Kraft und Stolz. Sie erkannten einander, der Bussard und die Füchsin.

Doch dann sah sie noch etwas anderes. Einen Blick, der sie an die Verwundeten erinnerte, die von den Schlachtfeldern zurückgebracht wurden. Es war diese Ungewissheit in ihren Augen, ob sie die Verwundungen überleben oder daran sterben würden, die Mena hier erschreckte. Eben dieser Blick veranlasste sie, noch einmal die Haltung des Bussards zu betrachten – und sie erkannte den Grund für die kaum merkliche Trübung in seinem Auge. Er hatte die Schwingen nicht ausgebreitet, weil er seine Beute verteidigen wollte, sondern weil er verletzt war. Der rechte Flügel hing lahm an seiner Seite, und er musste sich auf der anderen Seite mit dem gesunden abstützen.

Schließlich begriff sie. Der stolze Vogel würde seinen Angriff nicht überleben. Er würde sterben, wenn sie ihm nicht half.

Eine Welle von Traurigkeit erfasste sie. Sie wollte sich eben umdrehen, eine Decke holen, den Vogel einfangen und dem kaiserlichen Falkner übergeben, als sie gegen einen Körper prallte, der ihr den Weg versperrte.

»Ewalt!«, entfuhr es ihr. Wild sah er aus mit seinen schwarzen Locken und der tief in Falten liegenden Stirn.

»Es ist also wahr!«, fuhr er sie an.

Gleichzeitig packte er sie an den Armen und stieß sie gegen die hölzerne Wandung des Stalls.

Aus den Augenwinkeln sah Mena, wie sich der Bussard, einem Fluchtinstinkt folgend, in die Luft erheben wollte. Es gelang ihm nicht. Also blieb er mit im Dreck schleifenden Federn über der Taube sitzen und starrte sie weiter an. Feindselig diesmal.

»Ist es wahr?«, herrschte Ewalt sie erneut an. Mit einer Hand hielt er sie immer noch so fest, als wolle er ihr den Arm brechen.

»Was, Ewalt?«, fragte Mena und versuchte, sich loszureißen, was ihr nicht gelang. »Was soll wahr sein?«

Ewalts Blick war kälter als der des Bussards.

»Du glaubst, mich mit deinem füchsischen Wesen hintergehen zu können? Ich habe mit der alten Gertrud gesprochen. Sie hat gesagt …«

»Ach«, gab Mena schnippisch zurück, während sie sich wand, um sich aus der Armklammer zu befreien. »Die alte Vettel plappert viel, wenn der Tag lang ist.«

»Sie sieht aber noch mehr.« Ewalt spuckte ihr vor die Füße. »Er hat dich und dein rotes Fell gestern … mit ins Bett genommen, stimmt's?«, stieß Ewalt hinter zusammengepressten Zähnen hervor. Er griff nach ihren rötlichen Haaren, erwischte sie jedoch nicht.

Mena funkelte den Diener an.

»Man schlägt einem Kaiser den Kopf ab, aber keinen Wunsch!«, zischte sie ihn an.

Ewalt blieb der Mund offen stehen. Sein Blick versteinerte. Er verdrehte die Augen.

»So ist es also wahr?«, fragte er zum dritten Mal.

»Und wenn es wahr wäre, ginge es dich nichts an. Wir sind nicht miteinander verheiratet.«

Sie wollte sich an Ewalt vorbeidrücken, doch er versperrte ihr mit seinem Arm den Weg. »Ja, wir sind nicht miteinander verheiratet, aber das gibt dir noch lange nicht das Recht, dich jedem gefügig zu zeigen.«

»Und wenn es so wäre, wäre es nicht jeder. Es ist der Kaiser.«

»Selbst wenn es der Papst höchstpersönlich wäre …«

Mena reichte es endgültig. Sie holte aus und schlug Ewalt mit der flachen Hand ins Gesicht. Verblüfft ließ er sie los.

Sie trat einen Schritt zurück, schob den Leibdiener des Kaisers beiseite und sprang in die Scheune. Sie brauchte einen Rupfensack, mit dem sie den Bussard einfangen konnte. Rasch orientierte sie sich. Zwei Getreidesäcke hingen an einem Nagel neben dem Tor. Sie griff sich einen davon und rannte zurück auf den Hof hinter der Scheune. Noch im Laufen breitete sie den Sack aus, um ihn über den Vogel werfen zu können. Als sie um die Ecke der Scheuer bog, sah sie gerade noch, wie Ewalt mit dem Stiel einer Forke auf den Bussard einschlug.

Beim ersten Mal flatterte der Vogel noch unbeholfen auf und entkam so dem Hieb. Mena schrie vor Entsetzen laut auf. Für einen Moment war der Bussard abgelenkt – und so traf ihn der Forkenstiel beim zweiten Mal am Kopf. Es knackte so laut, dass es in Menas Ohren nachklang. Blut spritzte auf den Boden, und der Greifvogel, die Taube noch in den Fängen, rutschte über den Steinboden und blieb an der Mauer liegen. Sein glasiges Auge war Mena zugewandt.

Fassungslos betrachtete sie das Ergebnis der Wut Ewalts, der sich jetzt zu ihr umwandte, die Forke drohend erhoben.

»Wenn der Kaiser davon erfährt, lässt er dich hängen!«, fauchte sie ihn an.

Ewalt sagte nichts, ging nur einen Schritt auf sie zu und starrte sie grimmig an.

Trotz des Hiebs hatte sich das Auge des Bussards nicht geschlossen. Unentwegt starrte es sie von der Mauer her an, wenn auch jetzt blick- und seelenlos. Sie konnte sich nicht davon abwenden. Eben noch hatte sie dieses Tier bemitleidet, seinen Schmerz gefühlt, und im nächsten Augenblick war alles Leben aus ihm gewichen.

»Bist du zufrieden?«, fragte sie tonlos.

Ewalt brauchte ihr nicht zu antworten. Bereits in dem Augenblick, als Ewalt mit der Forke ausgeholt hatte, war ihr bewusst geworden, dass sie niemals ein Paar werden würden. Dich und dein rotes Fell, hatte Ewalt gesagt. War sie womöglich tatsächlich wie einer dieser rotpelzigen Waldkobolde, die sich durch das Unterholz drückten und selbst einer Hundemeute zu entschlüpfen vermochten?

Sie schleuderte ihm den Rupfensack vor die Füße. »Achte in den Nächten darauf, ob dir ein Wesen begegnet, dessen Augen grün leuchten. Es könnte dir ein Messer ins Herz stechen, Ewalt«, flüsterte sie, bevor sie ihm den Rücken zukehrte. »Ich wollte den Vogel retten!«

»Mein ... Herr. Er hat ... mich geschickt. Du ... du sollst zu ihm kommen«, rief Ewalt ihr stotternd nach.

Mena brachte eine kleine Wegstrecke hinter sich, bevor sie innehielt. Langsam drehte sie sich zu ihm um.

»Sag deinem Herrn, dass ich nicht kommen kann, weil ich einen toten Bussard wegräumen muss.«

Ewalt stand wie angewurzelt da, so als hätte er bei Sodom und Gomorrha ins Auge Gottes gesehen und wäre zur Salzsäule erstarrt. Auf seinem Gesicht zeigte sich eine Bittermiene, die Mena beinahe zum Lachen gebracht hätte. »Das kannst du nicht ...«

»Doch, kann ich«, sagte Mena leise und ließ Ewalt stehen. Bei jedem Schritt, den sie über den Burghof machte, wartete sie darauf, dass er sie einholen und zur Rede stellen würde. Doch nichts geschah. Statt in die Küche zu gehen und den Kehrricht-eimer zu holen, schritt sie zielstrebig zwei Stockwerke höher zur Kemenate des Kaisers hinauf.

Niemand machte ihr Vorschriften, was sie zu tun oder zu las-sen hatte. Niemand. Auch ein Kaiser nicht.

TEIL I

Tod in Italien

CASTEL PATERNO, JANUAR 1002

Er hat nach dir gerufen!«, klang es in Menas Ohren nach.

Sie hatte in Ewalts eisige Augen geblickt, als er ihr Ottos Wunsch überbracht hatte.

Ein Kaiser verlangte offen nach einer Dienerin – was für ein Widersinn! Mena griff sich an den Bauch – sie wusste, warum es so war.

Dennoch durfte sie nicht einfach an das Bett des Herrschers treten. Sie hängte sich einen Beutel mit Räucherwerk ans Handgelenk und griff nach einer Schale mit glühenden Kohlen. So gerüstet wollte sie los, doch dann besann sie sich eines anderen. Sie ging zum Wasserkübel, der im Hof neben der Tür zum Gesinderaum stand, und stellte alles daneben ab. Mehrmals fuhr sie sich mit gespreizten Fingern durchs Haar. Sie wusste, dass der Kaiser ihr Haar mochte, ganz besonders mochte. Er rief sie »Füchsin«, auch wenn sie nicht allein waren. Im trüben Licht des Januartages wirkte es beinahe schwarz, nur hin und wieder lief ein rötliches Blitzen darüber, sobald ein Sonnenstrahl sie berührte. Gern hätte sie wie die römischen Damen einen Spiegel gehabt, um sich darin zu betrachten, aber ihr Abbild im Wasser musste genügen. Erst als diese kurze Toilette geschehen war, machte sie sich auf den Weg.

Als sie mit dem brennenden Räucherwerk vor der Tür zur Kemenate des Herrschers stand und klopfte, schlug ihr das Herz bis in den Hals. Ottos Vertrauter Karlmann öffnete ihr die Tür und winkte sie mit besorgtem Gesicht herein. Sein helles Haar war zerzaust, als hätte er eben noch geschlafen und sie hätte ihn geweckt. Auf seiner Wange war ein Abdruck des Lakens zu sehen, und seine Augen waren rot gerändert. Er war jung wie sein Herr und besaß denselben Übermut und dieselbe Gelassenheit wie Otto. Demnach konnte es auch nur bedeuten, dass er eine lange, durchzechte Nacht hinter sich hatte. Doch sein Verhalten sprach dagegen. Wenn Mena ihm sonst begegnete, zwinkerte er ihr gewöhnlich zu und bezeugte damit sein Wissen über die Dinge, die geschahen oder geschehen würden. Diesmal unterließ er es und wies sie mit einer kurzen Kopfbewegung an, weiter in den Raum hineinzutreten.

Im Grunde mochte sie den ansonsten recht sorglos in den Tag hineinlebenden jungen Mann, sein rötliches, meist lächelndes Gesicht mit den blonden Haaren, die ihm in Locken bis auf die Schultern fielen. Heute jedoch schaute er ernst, zu ernst. Mena ging an ihm vorbei und berührte nur leicht seinen Arm.

Das Zimmer stank. Es roch nach ungewaschenem Mann, nach Urin. Und nach Tod, schoss es Mena durch den Kopf, als sie auf Ottos Bett zuging. Es stand etwas erhöht am anderen Ende des Raumes und war hinter schweren dunklen Tüchern verborgen, die vom Baldachin herabhingen. Der Blick auf den Herrscher war gänzlich verstellt. Mena musste Tücher beiseiteschieben und einen Berg an Decken erklimmen, bevor sie das Gesicht Ottos sehen konnte.

Mena erschrak. »Ihr müsst nach draußen, an die frische Luft, Herr«, schalt sie den Mann, der aus dem Bettzeug hervorlugte wie aus einer Höhle. »Ihr dürft Euch nicht hier verkriechen.« Von unten sah sie nur seine spitze Nase, mehr nicht.

Als Mena neben ihm kniete, das glimmende Räucherwerk in der Hand, schlug er die Augen auf. Das Weiß war blutunterlaufen, der Blick verschleiert, als habe er schon etwas anderes gesehen und müsse sich zwingen, zurückzukehren und sich auf diese Welt zu konzentrieren.

Nur allmählich klarten diese blauen Augen auf, deren Strahlen sie faszinierte.

Sie stellte das Räucherwerk neben dem Bett ab und wäre dabei beinahe von der Deckenlandschaft heruntergeglitten. Sie musste vorsichtig sein, damit die glühenden Kohlen nicht herabfielen und die Höhle in Brand setzten.

»Warum verkriecht Ihr Euch, als wärt Ihr ein Bär im Winterschlaf, Herr?«, fragte sie so beiläufig wie möglich.

Als Otto sich ein wenig aufrichtete und seinen Arm ausstreckte, um sie zu berühren, stieg ein Geruch aus der Gruft auf, der ihr den Atem nahm. Schwaden der brennenden Kräuter, die die Krankheitsmiasmen vertreiben sollten, wehten zum Kaiser hinüber und hüllten ihn kurz in einen Dunst.

Er sah sie durch den Rauch hindurch an, mit müden, abwesenden Augen und dem Wissen um das Ende der Dinge. Dann musste er husten, tief und lang gezogen wie ein alter Mann. Dabei war er kaum älter als sie selbst, höchsten vier Jahre. Tränen liefen ihm übers Gesicht. Rasch griff Mena nach einem feuchten Tuch und tupfte ihm zwischen den Hustenanfällen über Augen, Wangen und Lippen, die mehr und mehr blau anliefen.

Sie kniete sich ganz auf das Bett und beugte sich zu ihm hinab. Sein schmaler Körper verschwand unter den Decken, die schwer waren wie Teppiche. Noch vor zwei Monaten hatte sie mit ihren Händen seinen Oberarm nicht umfassen können, heute reichten Daumen und Zeigefinger dafür aus. Als würde er sich langsam auflösen und aus dieser Welt verschwinden.

Ein Räuspern holte sie aus ihren Erinnerungen zurück.

Karlmann stand hinter ihr, blickte hoch zum Deckenberg.

»Er ist zu schwach«, flüsterte er. »Du solltest ihn nicht zu sehr …«

Mena drehte sich zu ihm um und funkelte ihn an. »Niemals!«, zischte sie. Dann wandte sie sich wieder Otto zu, der in die Kissen zurückgesunken war.

Sie fühlte, wie seine Hand ihr Bein hochwanderte, wie sie über ihren Schoß glitt und auf ihrem Bauch liegen blieb. Die Hand glühte und wärmte sie durch ihre Kleidung hindurch, als wäre sie eine Bettpfanne. Ahnte er etwas?

»Geh!«, flüsterte er so leise, dass nur Mena es verstand. Sie sah ihn enttäuscht an. Warum hatte er sie rufen lassen, wenn er sie sogleich wieder fortschickte?

»Karlmann«, hauchte Otto. »Geh!«

Jetzt erst verstand sie. Sie wandte sich zu Karlmann um, der sie misstrauisch beobachtete.

»Ihr sollt den Raum verlassen. Er wünscht es so«, gab sie den Befehl weiter.

Die Augen des Seneschalls weiteten sich. »Das muss er mir selbst sagen, oder glaubst du etwa …«

»Geh«, krächzte es klar und deutlich aus den Kissen.

Karlmann sah Mena verblüfft an. Sie zuckte nur mit den Schultern. Auch sie verstand es nicht. Otto wollte mit ihr allein sein. Bislang war der Vertraute des Kaisers immer von selbst gegangen, wenn es nicht mehr zu übersehen war, was geschehen würde, doch diesmal schickte der Kaiser ihn bewusst weg.

Der Paladin beugte den Kopf und entfernte sich. Mena sah ihm an, wie sehr sich alles in ihm dagegen sträubte.

Otto atmete schwer. »Ist er weg?«, flüsterte er, nachdem die schwere Tür der Kemenate zugefallen war.

»Ja. Warum habt Ihr ihn hinausgeschickt?«, fragte sie vorsichtig.

»Hilf mir zum Thronsessel!«

Noch immer lag seine heiße Hand auf ihrem Bauch. Mena durchfuhr die törichte Furcht, dass die Hitze sie verbrennen würde, sie und das Ungeborene, das sich dort rührte. Langsam begann Otto, sich mit ihrer Hilfe aus dem Decken- und Kissenberg zu wühlen.

Wie mager er ist, dachte Mena, nur mehr ein Schatten des Mannes, der mich noch vor fast drei Monaten im Arm gehalten hat.

»Ihr müsst aufstehen, Herr«, sagte sie. »Ihr müsst nach draußen gehen. Ihr müsst Luft atmen, nicht diesen Gestank, den Rauch. Ihr müsst …«

»Ich muss sterben«, entgegnete er leise. »Ich weiß es, und du weißt es. Wir alle müssen sterben, und es ist nicht immer leicht, sich daran zu erinnern. Vor allem nicht, wenn man jung ist. Denkst du über den Tod nach? Nein: Er ist so weit entfernt. Alte Menschen sterben, Kranke sterben, aber niemand rechnet damit, urplötzlich aus einem jungen und kräftigen Leben gerissen zu werden. Das Fieber zerfrisst mich. Schau mich an.«

Er sprach langsam, stockend, musste immer wieder Luft holen und lange Pausen machen, bevor er das nächste Wort hervorbringen konnte. Mena spürte, dass es ihn anstrengte, mehr als er zugeben wollte, mehr, als er in seinem Zustand tatsächlich noch ertrug. Aber er war der Kaiser. Stellte man sich den Wünschen eines Kaisers in den Weg? Vor allem, wenn man ihm unbedingt etwas mitteilen wollte?

»Ich bin der Letzte«, flüsterte Otto nach langem Schweigen. »Unser Geschlecht ist schwach. Ein kurzes Geschlecht, ohne lange Ausdauer in der Geschichte. Mit mir endet alles.«

Mittlerweile hatte er die Bettkante erreicht. Er rutschte von seinem Kissen- und Deckenberg, war aber nicht mehr in der Lage, sich abzustützen. Er kam kurz auf die Beine, knickte ein und wäre der Länge nach hingeschlagen, wenn Mena nicht vorausgesehen hätte, was geschehen würde, und ihm unter die Achseln gegriffen hätte. Sie saß hinter ihm und hielt ihn, aber sie wusste zugleich, dass sie nicht lange die Kraft dazu haben würde. Sie sah auf Ottos Muttermal hinter dem Ohr.

Er setzte an, um nach Karlmann zu rufen.

»Nein«, flüsterte Mena. »Noch nicht.« Sie schluckte und nahm all ihren Mut zusammen. Was sie zu sagen hatte, würde Otto gewiss nicht erfreuen. Aber es musste gesagt werden. Und zwar, bevor der Vertraute des Kaisers wieder auftauchte.

»Ihr seid nicht der Letzte Eures Hauses, Herr. Ich erwarte ein Kind von Euch. Ich bin im vierten Monat!«, stieß sie heiser hervor. »Und es wird Euer Muttermal tragen, das Mal der Ottonen.«

2

CASTEL PATERNO, JANUAR 1002

Lange würde sie Otto nicht mehr halten können. Sein Hemd war hochgerutscht. Der Anblick seines nackten Körpers erschreckte sie. Nur Haut und Knochen und dazwischen ein lächerlich baumelndes Geschlecht.

Ein erneuter Hustenanfall kündigte sich an. Otto atmete die Dünste der Räucherschale ein. Er keuchte, würgte und begann zu husten. Schwach zuerst, dann immer tiefer und härter, bis er sich krümmte und sich beinahe aus ihren Armen gerissen hätte.

Mena schwitzte vor Anstrengung. Auf Ottos Körper dagegen breitete sich eine deutlich sichtbare Gänsehaut aus, die ihn schlottern ließ.

»Habt Ihr mir zugehört, Herr?«, flüsterte sie. »Habt Ihr verstanden, was ich gesagt habe?«

Otto antwortete nicht. Schwer atmend hing er in ihrem Griff und kämpfte um Luft.

Sie rief nach Karlmann. Er musste zurückkommen und ihr helfen. Wenn sie Otto jetzt losließ, würde der halb nackte Herrscher des Heiligen Römischen Reiches hilflos zu Boden sacken und sich womöglich verletzen.

Die Tür sprang auf. Der Seneschall stand auf der Schwelle. Er zögerte einen Wimpernschlag lang, dann lief er zum Bett. In seinem Blick lag kein Vorwurf. Er wusste, wie Otto sich verhielt, wie er dachte, wie er handelte. Er wusste, dass Mena keine Schuld an diesem Missgeschick mit der entblößten Kaiserlichkeit traf.

Er packte Otto, wie er ein kleines Kind genommen hätte, und wollte ihn zurück in die Bettenburg heben.

»Nein!«, flüsterte Otto keuchend. »Nein!«

»Er will auf den Thronsessel!«, erklärte Mena. Sie zuckte entschuldigend mit den Achseln. Ihre Arme schmerzten, und sie glaubte zu schweben, nachdem sie nicht mehr das Gewicht Ottos halten musste.

Karlmann seufzte. »Hol ihm ein Polster oder Decken. Seine Knochen sind so spitz geworden, dass er sich selbst daran verletzen könnte. Außerdem wird er uns sonst erfrieren.«

Das glaubte Mena nicht. Otto glühte. Dennoch brachte sie die Decken herbei. Otto begann, ruckartig zu zittern. Seine Zähne schlugen aufeinander.

»Wir müssen reden«, flüsterte er und sah seinen Vertrauten an.

»Hat das nicht Zeit?«, fragte der Vertraute des Kaisers sanft.

»Nein. Jetzt.« Otto schnaufte so schwer, als seien seine Atemwege verstopft.

Karlmann setzte ihn behutsam auf dem schlichten, als Thron dienenden Stuhl ab, über den Mena hastig einige Decken gebreitet hatte. So zärtlich, als wäre er das eigene Kind, hüllte der Freund den Kaiser in wärmende Wolle. Bis Otto protestierte.

»Ich bin kein alter Mann! Hör schon auf. Setzt euch, beide. Zu meinen Füßen.« Er sprach langsam in kurzen Sätzen, seine Stimme klang pfeifend. Für einen Moment schloss er die Augen, und Mena glaubte schon, er sei eingeschlafen, als er zuckte und wieder in dieser Welt weilte. Er atmete stoßweise. »Der Tod klopft an meine Tür!«, sagte er leise.

»Lasst ihn nicht ein. Legt einen Balken vor«, antwortete Karlmann.

Otto ging zwar auf den Spaß ein, für einen größeren Lacher fehlte ihm aber die Kraft. »Ich werde sterben.«

»Unsinn. Ihr werdet hundert Jahre alt. Bis es so weit ist, die

Gruft von innen zu sehen, werdet Ihr ebenso viele Kinder in die Welt setzen«, hielt Karlmann dagegen.

Mena merkte ihm an, wie schwer es ihm fiel, Zuversicht auszustrahlen.

»Willst du wetten?«, spottete Otto. Jedes Wort bereitete ihm Mühe. »Was, wenn ich gewinne? Wer zahlt dich aus?«

Beide Männer lachten. Mena fand das Spiel beklemmend, und ihr war keineswegs zum Lachen zumute.

»Ihr werdet die Wette verlieren!«, entgegnete Karlmann im Brustton der Überzeugung.

Wieder kam der Husten aus tiefster Lunge. Er begann langsam und steigerte sich wie schon eben zu einem lauten Bellen. Ottos Gesicht lief rot an, seine Lippen wurden blau.

Hilflos sahen Karlmann und Mena sich an. Auf Karlmanns Gesicht lag eine matte Niedergeschlagenheit.

Gedankenverloren legte Mena die Hand auf ihren Bauch, als sich das kleine Wesen darin bewegte. Gertrud hatte ihr verraten, dass dieses Kribbeln bei der ersten Schwangerschaft ein untrügliches Zeichen sei. Und dann hatte die alte Dienerin in den Himmel gedeutet und einen Adler sehen wollen, obwohl außer ihr keiner den Raubvogel entdecken konnte. Mena hatte es bald aufgegeben, in das Blau über ihr zu starren, und lieber einem Fuchs hinterhergeblickt, der durch die Aue unter der Burg gestreift und dann im Wald verschwunden war.

Karlmann musterte sie mit hochgezogener Braue. Sie fühlte sich ertappt und zog die Hand weg. Sein Blick verfinsterte sich und schien sie zu durchbohren.

Otto griff nach dem ledernen Beutel, den er um den Hals trug. »Den Zahn!«, flüsterte er.

Seine Muskeln waren zu schwach, seine Hand glitt am Leder ab. Er hätte das Säckchen unmöglich über den Kopf ziehen, geschweige denn, es öffnen können.

»Sag du es ihr!«, befahl Otto und deutete mit dem Kinn auf den Beutel.

Mena wusste nicht, woher er die Kraft nahm, die Worte zu bilden. Fragend schaute sie Karlmann an. Noch immer lag ein dunkler Schleier über seiner Miene, als missbillige er das, was er zu ahnen glaubte.

»Den Zahn?«, fragte er.

Der Kaiser nickte mit geschlossenen Augen.

Mit zwei Fingern fischte der Paladin einen Zahn aus dem Lederbeutel. Er war auf der Kaufläche dunkel, abgenutzt und hatte zwei Wurzeln.

Mena wusste, dass in Ottos Gefolge über diesen Zahn gesprochen wurde. Nicht offen, sondern heimlich, hinter vorgehaltener Hand. Er war ein Glückssymbol, ein Zeichen von Stärke und Macht, und er kündete vom Anspruch Ottos auf die bekannte Welt, vom Atem der Vergangenheit, der bis in die Gegenwart hineinwehte.

»Es gibt ihn also tatsächlich«, flüsterte Mena.

»Oh ja!« Karlmanns Miene hellte sich ein wenig auf, als er den Zahn in seiner offenen Handfläche betrachtete. »Otto hat ihn selbst aus dem Kiefer Kaiser Karls gezogen.«

»Wart Ihr dabei …?« Ehrfürchtig betrachtete Mena den Zahn des legendären Herrschers über das Abendland, jenes Riesen, auf dessen mächtigen Schultern Otto stand. Der Zahn war lang, länger als sie ihn sich vorgestellt hatte, dunkel verfärbt und in Gold gefasst.

»Als wir das Grab geöffnet haben? Natürlich.«

Otto räusperte sich. »Gib ihr den Zahn, Karlmann!«, befahl er, ohne die Augen zu öffnen.

»Aber was soll sie damit?«, protestierte Karlmann. »Sie kann nichts damit anfangen.«

»Bring ihn nach Augsburg, Mena«, hauchte Otto mehr als

zu sprechen. »Zeig ihn … dem Bischof. Siegfried. Er weiß, was zu tun ist. Ich habe ihn nach … nach Hause geschickt und ihm gesagt … dass der Überbringer … des Zahns in meinem … meinem Namen kommt … und handelt. Er wird dir helfen.«

Karlmann zögerte. Misstrauisch betrachtete er die Magd, die ihm gegenübersaß, ließ seine Augen an ihr auf und ab gleiten.

Mena wusste, was diese Musterung bedeutete. Der Vertraute Ottos hatte nichts gegen den Spaß, den Otto mit ihr genossen hatte, doch diese Gunst ging zu weit. Sollte der Kaiser tatsächlich sterben, durfte sie den Zahn sicher nicht behalten. Aber noch war der Herrscher nicht tot … Mutig streckte sie ihre Hand danach aus.

Karlmann schüttelte kaum merklich den Kopf. Sicherlich war er verblüfft über so viel Frechheit und Anmaßung. Angesichts seines Herrn fügt er sich jedoch, wenn auch widerwillig. Er ließ den Zahn wieder in den Lederbeutel gleiten und hängte den Beutel an die Finger ihrer geöffneten Hand.

»Du wirst ihn brauchen, wenn dein Bastard geboren wird«, sagte er leise. »Bischof Siegfried wird dein Balg anerkennen und es an seinem Bischofssitz erziehen lassen. Hoffentlich.«

Mena glaubte ihm kein Wort. Sie wollte sich den Beutel umhängen, doch Karlmann war schneller. Bevor sie die Finger schließen konnte, hatte er ihn sich gegriffen.

Sein Lächeln war falsch. Er flüsterte ihr etwas zu, und Mena musste sich vorbeugen, um ihn zu verstehen.

»Erst wenn er tot ist, gehört er dir. Erst dann …« Er trat nah an Ottos Bett und legte ihm den Beutel mit dem Zahn wieder um den Hals.

Mena schluckte. Sie war nur eine Magd. Weniger wert als jeder Löffel, den die Waffenbrüder ihres Herrschers an den Mund führten. Sie musste sich fügen.

»Ich werde Euch dann aufsuchen, Seneschall«, sagte sie schroff.

3

CASTEL PATERNO, JANUAR 1002

Ihre Gedanken kreisten um das junge Leben in ihrem Bauch. Mena wälzte sich auf ihrem Strohsack hin und her. Sie war müde und zugleich hellwach. Im Verschlag neben ihr schnarchte Ewalt so laut, dass sie befürchten musste, die Bretter lösten sich von der Wand.

Sie starrte an die Decke, auf deren weißem Kalk sich dunkle Schlieren wie Schriftzeichen abhoben. Ewalt hatte ihr einmal erklärt, dass es sich dabei durchaus um Runen handeln könnte. In dieser Burg hätten schon Wikinger gelagert, die Leibwache des Papstes. Wirklich glauben konnte sie das nicht.

Gedämpfter Hufschlag ließ sie hochfahren. Sie lauschte in die Dunkelheit hinein. Sie hörte Pferde schnauben und die Stimmen von Menschen. Vorsichtig, um die junge Magd Anna, die mit in ihrer Kammer schlief, nicht zu wecken, stand sie auf und schlich zum Fenster.

Die aufgespannte Schweinsblase, mit der die Öffnung verschlossen worden war, ließ kaum einen Lichtstrahl des Mondes durch. Behutsam, jedes Geräusch vermeidend, zog sie die Abdeckung aus dem Steinrahmen und streckte den Kopf ins Freie. Die Luft, die ihr entgegenschlug, war kühl, aber nicht unangenehm. Ein leichter Wind spielte mit ihrem Haar. Der halbe Mond erhellte den Hof undeutlich. Sie spähte nach unten.

Zwei Reiter standen mit ihren Pferden auf dem Burghof nahe den Stallungen. Die Tiere tänzelten nervös. Die Männer versuchten, sie zu beruhigen.

Mena verstand nicht recht, was sich dort abspielte. Niemand konnte um diese Zeit die Burg verlassen. Die Brücke war hochgezogen. Dennoch waren die beiden Männer bereit zum Aufbruch. Sie schienen nur noch auf etwas zu warten – und tatsächlich sah sie kurze Zeit darauf Karlmanns blonden Schopf unter dem Türsturz auftauchen. Er schaute sich kurz um, dann trat er auf die beiden zu. Er trug ein längliches Futteral, das er einem der Reiter übergab. Dieser hängte es sich über die Schulter, dann ritt er mit seinem Begleiter in Richtung Tor. Jetzt erst wurde Mena bewusst, dass die Hufe der Tiere mit Lappen umwickelt waren, um keinen Lärm zu machen.

Was hatte das zu bedeuten? Warum mussten die Männer bei Nacht und Nebel reiten, wenn sie doch am Morgen ausgeschlafen und bequem ihre Reise hätten antreten können?

»Sie schaffen die Heilige Lanze weg!«, sagte eine Stimme hinter ihr.

Mena erschrak so heftig, dass sie mit dem Kopf gegen den Stein der Fensterumfassung stieß. Sie fluchte leise. Anna war aufgewacht und aufgestanden.

»Pst!«, sagte Mena. »Du weckst Ewalt.« Sie rieb sich den Hinterkopf. Sie spürte eine Feuchtigkeit dort und hoffte, dass es nicht Blut war. Ihr Blut. »Du hast mich erschreckt«, schalt sie Anna und betrachtete ihre Fingerspitzen. So weit sie es bei Mondlicht sehen konnte, waren sie dunkel. »Woher weißt du das?«

»Ich hab gelauscht. Otto hat es befohlen. Sie soll in aller Heimlichkeit heute Nacht nach Aachen vorgeschickt werden. Aber ich weiß nicht, warum«, flüsterte Anna.

Mena überlegte, was das für sie bedeutete. Die Lanze wurde fortgeschafft, mit der Kaiser Karl in den Krieg gezogen war und mit deren Hilfe Ottos Vorfahren gegen die Hunnen gesiegt hatten. Auch Otto selbst hatte sie vor sich her getragen und war so den Römern beigekommen. Wer sie seinem Heer vorantrug, galt als unbesiegbar. Offenbar traute sich der Kaiser keinen neuen Krieg und keinen neuen Sieg mehr zu. Letztlich kam Mena zu dem Schluss, dass sie handeln musste, solange sie sich noch bewegen konnte.

»Warum tun sie das?«, fragte Anna. Sie wirkte beunruhigt.

Mena lachte bitter. »Die Lanze muss weg sein, bevor Otto stirbt. Wer die Heilige Lanze besitzt, wird König oder gar Kaiser, weil niemand sich mit ihm messen kann.«

In diesem Augenblick hörten die beiden Frauen, wie die Ketten des Tores gelöst und die Zugbrücke rasselnd herabgelassen wurde. Mena horchte gleichzeitig darauf, ob Ewalt aufwachte. Doch der kaiserliche Leibdiener schnarchte weiter, als würde nichts geschehen.

»Woher weißt du solche Dinge?«, hakte Anna nach.

Seit nicht mehr zu übersehen war, dass sie ein Kind erwartete, mied Ewalt Menas Lager. Und sie war auch nicht erpicht auf ihn und seine Bittermiene. Er fand bei den Küchenmägden, was er suchte. Inzwischen war Anna bei ihr eingezogen, ein junges Ding, das sich seit Kurzem um den Kaiser zu kümmern hatte. Nicht lange nach dem Geschehen in der Kemenate des Kaisers hatte Karlmann Mena aus Ottos Umgebung entfernt und durch Anna ersetzt. Aber an diesem denkwürdigen Nachmittag hatte Mena mehr erfahren, als es dem Paladin des Kaisers lieb sein konnte.

»Ich höre zu«, sagte sie nur. »Karlmann und Otto haben schon einmal darüber gesprochen. Für uns Frauen ist es immer gut, wenn wir Bescheid wissen.« Sie stupste Anna an. »Komm mit. Wir gehen nach unten.«

Mena interessierte sich nicht für das, was Anna dachte. Eine andere Überlegung trieb sie um. Wenn die Lanze fortgeschafft wurde, dann ging es mit Otto zu Ende.

Niemand würde einer Kammermagd glauben, wenn sie behauptete, einen Bastard des Kaisers auszutragen. Sie brauchte daher eine Legitimation. Sie brauchte einen Beweis. Sie brauchte den Zahn Kaiser Karls. Unbedingt.

Barfuß und nur in ihren Hemden schlichen sich Mena und Anna auf den Gang hinaus, der längs der Traufe durch das gesamte Dach führte. Links und rechts davon zweigten Holzverschläge ab, in denen das Gesinde untergebracht war und in denen auch Gäste und die Paladine des Kaisers schliefen, wenn sie nicht betrunken auf dem Boden des Palas herumlagen. Es war kühl und zugig. Für einen Moment bereute Mena, sich nicht gleich angekleidet zu haben. Aber sie würden vermutlich bald wieder zurück sein und unter ihre Decken schlüpfen können. Sie wollte nur nach unten und den Gesprächen der Zurückgebliebenen lauschen.

Eine steinerne Wendeltreppe führte hinab in den Vorraum des Rittersaals. Sie betrat eben die ersten Stufen, als sie von unten Schritte hochkommen hörte. Rasch drängte sie Anna zurück. Diese stieß gegen sie und quiekte kurz.

Das Geräusch der Schritte verstummte. Mena hielt die Luft an, flüsterte Anna zu, sie solle ruhig sein. Lautlos machten sie kehrt und stiegen die wenigen Stufen wieder hinauf.

»Was ist?«, hauchte Anna in Menas Ohr.

Es war kalt, selbst in dieser Gegend. Schließlich war es noch Winter. Mena spürte den eisigen Stein unter den Fußsohlen.

»Jemand kommt die Treppe herauf«, flüsterte sie.

Tatsächlich hörte sie wieder Schritte. Rasch schob Mena Anna hinter ein Mäuerchen, das den Abstieg einfasste. Die beiden Frauen kauerten sich dahinter nieder und hofften, dass man sie bei dem schwachen Mondlicht nicht entdecken würde. Warum Mena sich versteckte, konnte sie selbst nicht sagen, aber ihr Bauchgefühl warnte sie.

Es dauerte nicht lange, und eine Laterne mit einer einzigen Kerze warf ein flackerndes Licht gegen die Decke. Vorsichtig spitzte Mena hinter dem Mäuerchen hervor und konnte schemenhaft eine breitschultrige männliche Gestalt erkennen. Am Ende der Treppe blieb der Unbekannte kurz stehen und sah sich um. Dann lief er den Gang entlang. Beschwören hätte sie es nicht können, aber sie glaubte an Gang und Haltung Karlmann zu erkennen. Sie konnte sein Gesicht nicht sehen. Der Mann hatte die Kapuze seiner Gugel über den Kopf gezogen, vermutlich der Kälte wegen.

Mena zählte: Sie bewohnten den fünften Verschlag, Ewalt den vierten. Genau dort blieb der Mann stehen.

Kurz rüttelte er an Ewalts Tür. Es dauerte eine Weile, bis sie sich öffnete. Mena runzelte die Stirn. Was wollte der Mann bei Ewalt?

»Komm!«, sagte sie und zog Anna mit sich die Treppe hinab.

Gern hätte sie gewusst, was der Mann mit Ewalt zu besprechen hatte. Neugier war das eine. Wenn es aber wirklich Karlmann war, dann war er gerade nicht bei Otto. Diese Gelegenheit musste sie nutzen.

»Wohin gehen wir?«, fragte Anna außer Atem und mit vor Kälte zittriger Stimme, während Mena bei fast völliger Dunkelheit mit ihr an der Hand die Treppen hinunterhastete.

»Zum Kaiser!«, sagte sie nur.

Sofort blieb Anna stehen und riss sich los. »Bist du von allen guten Geistern verlassen? Um diese Zeit? Er lässt uns hängen!«, jammerte sie.

»Unsinn. Noch vor einem halben Jahr hätte er keine Sekunde gezögert, uns beide zu sich ins Bett gezogen – und erst dann gehängt!«, fügte sie nach einer kleinen Pause kichernd hinzu, obwohl die Furcht des Mädchens nicht unbegründet war.

Auch im Vorsaal zum Palas war es dunkel. Nur ihre Katzenaugen und ihre Erinnerung halfen Mena, nicht über Truhen und Schwertständer zu stolpern. Dennoch war sie ihrem Gefühl nach zu langsam. Auch Anna behinderte sie. Loslassen konnte sie das Mädchen jedoch nicht. Zum einen brauchte sie jemanden, der aufpasste, ob jemand kam, und zum anderen hätte das tollpatschige Ding sie verraten, wenn sie bei der Rückkehr zu ihrer Kammer auf den Fremden, bei dem es sich, wie sie inzwischen mit Gewissheit glaubte, um den Seneschall handelte, getroffen wären.

Wenige Augenblicke später standen sie vor der Kemenate des Herrschers. Vor der Tür standen zwei Wachen. Mena wusste, wie sie vorgehen musste. Schließlich hatte sie es oft genug durchgespielt.

»Karlmann schickt uns. Der Kaiser hat nach uns gerufen«, flüsterte sie einem der Wachleute zu.

Offenbar waren die beiden nicht völlig über den schlechten Gesundheitszustand ihres Herrschers unterrichtet, denn der linke Mann nickte. Im Dunkel des Gangs glaubte Mena, ein anzügliches Grinsen zu erkennen.

Der rechte Wachmann lehnte unterdessen seinen Beidhänder, auf den er sich gestützt hatte, gegen die Mauer, zog die Eisenhandschuhe aus und fing an, ihren und Annas Körper zu betasten. Offiziell würde es heißen, er habe die Besucher des Kaisers auf Waffen durchsucht. Tatsächlich aber machte sich der Mann einen Spaß daraus, ihre Brüste zu kneten und ihnen zwischen die Beine zu fassen. Mena ließ es über sich ergehen. Anna quiekte gekünstelt, aber sie lächelte. Dann standen sie im Schlafgemach.

Mena lauschte. Es war so still, dass sie glaubte, dem Tod zu begegnen.

»Herr!?«, flüsterte sie in die Dunkelheit hinein.

4

CASTEL PATERNO, JANUAR 1002

Ewalt brach sofort auf. In fliegender Eile schlüpfte er in seine Kleider, zog sich das warme Wams über und legte die wollenen Wickelstrümpfe an. Das Pergament, das ihm Karlmann mitgegeben hatte, steckte er unter die Kleidung.

Mit einem Geldstück und der Aussicht, die bereits durchgelaufenen Lederschuhe doppelt ersetzt zu bekommen, lief er los, noch bevor die Meldung, das Tor sei offen, die Runde gemacht hatte. Er würde einen Tag brauchen oder etwas mehr, bis er wieder zurück war. Und hinter ihm würde hoffentlich das Heer hermarschieren.

Warum man die Brücke herabgelassen hatte, wusste er nicht zu sagen. Aber es verschaffte ihm die Möglichkeit, noch vor dem Einbruch der Dunkelheit wieder in die Burg zu kommen und nicht vor dem verschlossenen Tor die Nacht verbringen zu müssen.

Ottos Heer lagerte südlich von Paterno, in der Ebene bei Faleria. Ekkehard von Meißen, der Getreue des Kaisers, befehligte die Ritter, Knechte und Fußmannen. Ihm musste er Bescheid geben.

Niemals hätten sie Ottos Streitmacht im Castel verköstigen können. Niemals hätten sie ausreichend Futter für die Pferde und Nahrung für die Männer herbeischaffen können. Also hatte Otto die Kämpfer zwischen Rom und seiner Burg ihr Lager aufschlagen lassen. Dort, wo das Land fruchtbar war und die Scheunen der Bauern gefüllt waren.

34

Doch jetzt brauchte Otto sie alle. Jeden Einzelnen. Es ging zurück über die Alpen. Allein dieser Gedanke beflügelte Ewalts Schritt und ließ ihn rennen, bis er außer Atem war.

Er hatte auf dem Weg zum Tor noch einen kurzen Abstecher zur Küche gemacht und sich von Magdalena, die dort gerade das Feuer anschürte, zwei Äpfel und etwas Brot und Käse mitgeben lassen. Einen Kuss hatte es obendrein gegeben, und der Duft ihrer Brüste lag ihm immer noch in der Nase. Über einen halben Tag Fußmarsch hatte er vor sich, und die Kälte, die in dieser Gegend nicht ganz so schlimm wütete wie in seiner Heimat, im Unterrheingebiet nördlich der Alpen, stach jetzt schon in seiner Lunge.

Es dämmerte erst, als er die Burg hinter sich nicht mehr sehen konnte. Die Berge im Osten schirmten die Sonne noch ab und hielten den Talgrund, in dem sich sein Weg entlangschlängelte, im Dunkeln. Die klare Luft des anbrechenden Tages verstärkte alle Geräusche. Unter seinen Sohlen krachte die leicht gefrorene Erde und ließ seine Schritte so laut klingen, als wäre er ein Riese, der die Welt niederstampfte. Jetzt, da er unterwegs war, dachte er noch einmal über diese unwirkliche Situation nach. Karlmann hatte ihn geweckt, ihm das Pergament übergeben und mit dem Befehl losgeschickt, er solle Ekkehard aufsuchen, ihm das Schreiben übergeben und ihn bitten, sich zu beeilen.

Warum ausgerechnet er die Botschaft überbringen sollte, leuchtete Ewalt zwar nicht ein – schließlich gab es eine ganze Reihe bedeutender Männer, die besser dafür geeignet gewesen wären –, aber der Seneschall hatte offenbar seine Gründe. »Du bist unauffällig. Da vermutet niemand einen politischen Schachzug!«, hatte er gesagt, bevor er ihn losschickte.

Ewalt grübelte über diese Worte nach. Warum war es ein politischer Schachzug, Ekkehard zu benachrichtigen? War nicht ohnehin beschlossen worden, sobald es Otto besser ginge, den

Weg nach Norden anzutreten? Er konnte sich keinen Reim darauf machen.

Die Zugbrücke hatte ihn auf eine kiesige Straße hinausgeleitet, die sich unterhalb der Burg gabelte und einmal nach Norden, zum anderen nach Süden führte. Als Ewald sich nach Süden wandte, hatte er zu seiner Verwunderung zwei frische Pferdespuren entdeckt, die nordwärts führten. Hatte man dieser Reiter wegen das Tor geöffnet? Er würde es herausfinden, sobald er zurück war. Aber … wenn auch Ritter mit Botschaften ausgesandt wurden, warum setzte man ihn dann für den Weg zum Heer ein? Das Nachdenken verlangsamte seinen Schritt, bis er gänzlich stehen blieb, ohne es wirklich zu bemerken.

Ein heiseres Bellen aus dem Wald ließ ihn aufmerken. Ewald strengte seine Augen an, und er sah in Sichtweite im Halbdunkel vor sich am Rand des Forstes das rötliche Fell eines Fuchses blinken. Das Tier hatte sich in einer Schlinge verfangen.

Die Jagd auf Füchse war ein Privileg des Adels. Hier handelte es sich vermutlich um die Falle eines Bauern oder Bürgers, der seinen Hühnerstall gesichert sehen wollte oder der Hasen jagte und zufällig einen Fuchs in die Schlinge bekommen hatte. Im Grunde war es Ewald gleich, auch wenn ihm das Tier leidtat. Es hatte einen grausamen Tod vor sich.

Er wandte sich ab und folgte weiter der Straße, kleine weiße Atemfahnen begleiteten ihn. Der Weg war abschüssig. Überall reichte der Wald bis an den Weg heran. Ewald war allein unterwegs. Der Ansturm der Bauernkarren, die die Burg mit dem Notwendigsten versorgten, hatte noch nicht eingesetzt. Aber es würde sicher nicht mehr lange dauern, bis sich die Landmänner rüsteten und die Zugpferde ihrer Fuhrwerke hinauf zum Castel Paterno lenkten, beladen mit Wintergemüse und Korn, mit Lagerfrüchten, Fisch und Fleisch.

Die Burg war wie ein unersättlicher Moloch, der alles in

sich hineinstopfte, was ihm dargeboten wurde. Wenn das herrschaftliche Gefolge im Frühjahr den Ort wieder verlassen würde, würde die Umgegend leer gefressen sein, und die Menschen müssten den Sommer über buckeln, um im nächsten Winter nicht zu verhungern.

Dennoch war Ewalt lieber hier und fror weniger als seinerzeit drüben auf der anderen Seite der Alpen. Die letzten Kaufleute, die bei ihnen vorbeigekommen waren, hatten von einer Hungersnot berichtet, die dort herrschte. Gerade so und mit knurrendem Magen wären sie ihr entkommen, hatten sie erzählt, und hätten die Berge trotz des ersten einsetzenden Schneefalls überqueren können. Sie waren erleichtert gewesen.

Ewalt war so tief in seine Gedanken versunken, seine Beine bewegten sich so selbstständig, dass er den Kerl in Kettenhemd und Lederwams, der sich ihm in den Weg stellte, um ein Haar umgerannt hätte. Er war völlig überrascht.

»Wohin des Weges in dieser unchristlichen Dunkelheit?«

Ewalt stolperte und wäre fast in das Schwert gestürzt, das der Mann vor sich hielt. Er fluchte leise. Noch ein Stolperschritt, und er hätte mit der Klinge unerwartet eine zweifelhafte Freundschaft geschlossen.

»Diese Dinger sind gefährlich!«, keuchte Ewalt, noch immer um sein Gleichgewicht ringend.

»Ist mir bekannt«, sagte der Fremde, dessen Wange eine lange, wulstig verheilte Narbe verunstaltete. Dennoch betrachtete er sein Schwert, als wäre es etwas vollkommen Neues für ihn.

Als Ewalt zwei Schritte zurückwich, spürte er eine weitere Klinge hinter sich, die sich ihm in die Nieren bohrte.

Wegelagerer, dachte er. Strauchdiebe. Sie waren auf alles aus, was sich unter dem gemeinen Volk versilbern ließ. Da er lediglich die eine Münze und das Pergament am Leib trug, würde er entweder nur im Hemd zur Burg zurückkehren oder sein Leben verlieren. In letzterem Fall war es ihm gleich, im ersteren freute er sich, die neuen Schuhe erst bei seiner Rückkehr ausgehändigt zu bekommen.

»Woher kommst du?«, fragte der Narbige und trat näher. Sein Helm verschattete in der Dämmerung sein Gesicht. Ewalt konnte es nicht erkennen. Allein der Umstand, dass er seine Sprache sprach, machte ihm etwas Hoffnung. Er deutete hinter sich. »Von dort!«

»Und wohin unterwegs?«, fragte eine Stimme hinter ihm.

»Nach dort!«, sagte Ewalt und deutete voraus.

»Will er uns auf den Arm nehmen?«, fragte der Narbige.

»Nein, sicher nicht. Ihr seid zu schwer«, versicherte Ewalt. »Ich komme vom Castel Paterno und will zum Heer Kaiser Ottos.«

Der Fremde vor Ewalt kratzte sich unter seinem Helm die Stirn.

»Das trifft sich gut«, sagte er und senkte das Schwert. »Wir wollen nämlich zum Castel Paterno.«

Ewalt schluckte. Karlmann hatte ihm eingeschärft, nichts von seinem Auftrag preiszugeben. Und obwohl Ewalt nicht wusste, aus welchem Grund er Ekkehard beim Heer aufsuchen sollte, war ihm dennoch klar, dass er diesen beiden Galgenvögeln keineswegs verraten durfte, was genau er vorhatte.

»Wenn ihr zur Burg wollt, dann hättet ihr schon längst oberhalb von hier nach Westen abbiegen sollen. Hier hoch, bis zu einer vom Blitz zerschlagenen Buche …«

»Haben wir gesehen«, unterbrach ihn der Narbige.

»Ist der Kaiser in Paterno, wie allenthalben gemunkelt wird?«, fragte der Kerl hinter ihm.

Ewalt schluckte. Sollte er die Wahrheit sagen, oder sollte er schwindeln? Er blickte in das dunkle Loch, das ein Gesicht enthalten sollte. Wenn die Kerle ohnehin schon alles wussten, dann konnte er womöglich nur noch verlieren.

Allerdings wirkte der Mann vor ihm keineswegs wie ein Strauchdieb. Seine Kleidung war sauber und neu, seine Waffe blank, das Schuhwerk aus bestem Leder. Die Schwertscheide war mit einer kupfernen Spitze in Form eines Löwenkopfes verziert. Auf der Brust trug der Mann vor ihm ein blasses Wappen, aber im herrschenden Dämmerlicht konnte Ewalt es nicht recht ausmachen.

»Der Kaiser? Ihr meint Otto?«, versuchte Ewalt, um Zeit zu gewinnen. Wenn er Glück hätte, dann würde irgendwann ein Bauernkarren auf die Straße einbiegen, und die Kerle würden von ihm ablassen.

Der Narbige sah ihn an – und Ewalt glaubte, etwas wie ein Glucksen zu hören.

»Ich denke, Otto müsste er heißen, wenn nicht die letzten vierzig Jahre andere als Ottonen an der Macht gewesen sind.«

Ewalt lachte gezwungen. »Wenn ihr den Otto meint, also den Kaiser, der ist in der Burg.«

Die Spitze des Schwerts hinter ihm bohrte sich in seine Niere. »Bist du ein Hohlkopf, oder willst du uns für dumm verkaufen?«

Ein Stoß trieb ihn vorwärts – und ein Schlag auf seinen Allerwertesten ließ ihn stolpern. Er fing sich, stolpert erneut und begann endlich zu rennen, als er bemerkte, dass niemand ihn daran hinderte davonzulaufen. Der Hieb auf seinen Hintern brannte zwar, doch er fühlte kein Blut. Auch der Stich in seine Nieren war eher ein Stups gewesen.

Hinter ihm lachten die beiden Männer – und Ewalt beeilte sich, ein Stück Weges zwischen sich und diese Strauchdiebe zu bringen.

Vor einer Wegbiegung wagte er erstmals, über die Schulter zu sehen, aber hinter ihm war nichts und niemand mehr. Als hätte es die beiden Gesellen niemals gegeben.

Ewalt tastete sich ab, prüfte noch einmal, ob er irgendwo an seinem Körper blutete – und als das nicht der Fall war, fiel er in einen leichten Trab. Schließlich sprang er an einer Stelle, an der die Ausläufer des Waldes bis an den Weg heranreichten, mit einem Satz hinter einen Baum und versteckte sich etwas abseits. Er musste nachdenken.

Doch er hätte ebenso gut auf der Straße stehen bleiben können. Er dampfte – und der Dampf, den er verströmte, war sicherlich von der Straße aus wie eine helle Fahne im Wald zu sehen. Kurz überlegte er, was wohl geschehen wäre, wenn er dem Fuchs aus der Schlinge geholfen hätte. Wäre er dem Gesindel dann auch begegnet?

5

CASTEL PATERNO, JANUAR 1002

Mena atmete durch den Mund. Der scharfe Geruch nach Urin und Schweiß, nach Kot und Fäulnis betäubte sie beinahe. Warum öffnete denn niemand das Fenster? In diesem Gestank musste man ja krank werden!

»Bleib du hier stehen, und ruf mich, wenn etwas passiert, wenn jemand kommt!«, sagte sie leise.

Anna nickte nur. Sie hatte sich einen Ärmel vor die Nase gepresst. Blass und leicht schwankend stand sie da.

Mit zögernden Schritten tastete sich Mena weiter. Sie wusste, wohin sie sich wenden musste, doch in diesem Gemach war zwar alles umgestellt, aber nicht aufgeräumt worden. Was tat diese Anna eigentlich, wenn sie sich um den Kaiser kümmerte?

Irgendwann traf Mena auf den Vorhang, der die kaiserliche Liegestatt umschloss. Als sie die Tücher beiseiteschob, wurde der Geruch übermächtig.

Erst nach einer Weile entdeckte sie zwischen den Kissen und Lakenbergen den ausgemergelten Körper Ottos. Sie beobachtete ihn eine kurze Weile, bis sie sich sicher war, dass er noch atmete. Dann fasste sie sich ein Herz, weil Anna sie jeden Augenblick vor Karlmanns Auftauchen warnen konnte.

»Herr!«, rief sie ihn an. »Herr, ich bin es. Mena. Die Mutter Eures Kindes.«

Otto rührte sich nicht. Mena kletterte auf das Bett und krabbelte auf allen vieren zu ihm hin.

Wie ein Kaiser sah er nicht mehr aus, dieser schmale Mann,

der im Nichts zu verschwinden drohte und den schon allein die Wolke aus Gestank niederdrückte.

»Herr!«, drängte Mena erneut. »Ich bin die …«

»Ich habe dich schon beim ersten Mal verstanden«, hauchte er mühsam und unter großer Anstrengung. Es war, als presste er die Worte aus einer bereits leeren Frucht, so gequält klangen sie. »Was?«

»Herr, Otto, Ihr müsst das Kind anerkennen. Ihr müsst mir den Zahn geben. Wenn Ihr sterbt …«

Otto hustete tief und stoßweise. »… dann bin ich tot!«, flüsterte er.

Mena wusste nicht, ob er sich nur einen Spaß daraus machte, sie misszuverstehen, oder ob er bereits so weit von dieser Welt entfernt war, dass er sie nicht mehr verstand.

»Ihr habt mir den Zahn versprochen!«, beharrte Mena. Sie tastete mit der Hand nach dem wächsernen Körper. Ottos Haut fühlte sich nass und klebrig an. Mena suchte den Beutel, der ihm um den Hals hängen musste, der so mager und faltig war wie bei einem alten Mann.

»Nimm ihn«, hauchte Otto. »Er bringt kein Glück. Der Zahn ist zu groß für diese Welt und ihre bescheidenen Geschöpfe.«

Sie tastete weiter und fand schließlich den ledernen Beutel. Er war unter Ottos Achsel gerutscht und hatte sich mit Schweiß vollgesogen. Sie zog ihn heraus.

»Habt Ihr an Bischof Siegfried geschrieben, Herr? Weiß er von … von Eurem Kind?« Wieder musste sie lange auf eine Antwort warten. In der Zwischenzeit hätte Otto ebenso gut sterben können. »Habt Ihr?«, drängte sie.

Sie hörte, wie er Luft in seine Lunge pumpte, wie es ihn anstrengte, die Worte zu bilden. Mena wusste nicht einmal, ob Otto ahnte, mit wem er sprach.

»Ich …«, begann er schnaufend. »Ich habe … ihm geschrieben, dass du ihm mein … mein Herz bringen wirst. Das Herz eines Kaisers. Als …« Otto hustete. Dann brauchte er wieder eine ganze Weile, bis er ausreichend Atem bekam. »Als Zeichen dafür, dass du den Nachfolger unter deinem Herzen trägst.«

Mena verstand nicht. Sie war völlig verwirrt. »Was soll ich tun, Herr?«

»Bring … ihm … mein … Herz – und er legitimiert das Kind. Der Zahn sagt ihm nur, dass du die Richtige bist.«

»Aber das ist …«, stotterte Mena. »Das ist … unmöglich. Wie soll ich ihm Euer Herz … ich müsste es Euch aus dem Leib schneiden.«

Otto lachte. Er gluckste, kicherte und schnaufte wie ein … Ihr fiel kein rechter Vergleich ein, der dem Herrscher des Heiligen Römischen Reiches angemessen gewesen wäre.

»Dann musst du das wohl tun!«, flüsterte er ruhig.

Selbst im Dämmerlicht des abgedunkelten Zimmers bemerkte Mena, wie das Gesicht des Kaisers blau anlief, wie er immer stärker nach Luft rang und dann in sich zusammensackte.

»Das könnt Ihr nicht verlangen, Herr!«, murmelte sie fassungslos und beugte sich über den Bewusstlosen. »Das nicht.«

In einem einzigen Augenblick, mit einem einzigen gestotterten Satz war ihre Zukunft wie eine Seifenblase zerplatzt.

Das Herz des Kaisers? Wie sollte das denn gehen? Er konnte unmöglich mit dem Bischof vereinbart haben, dass sie ihm sein Herz … Sie packte den Beutel mit dem Zahn fester und hoffte, dass Otto nur im Fieber fantasiert hatte. Langsam zog sie sich zurück.

Sie wusste nicht recht, was sie fühlen sollte. Einerseits war sie froh, dass sie den Beutel mit dem Zahn an sich gebracht hatte. Sicherlich müsste sie Karlmann darüber Rechenschaft ablegen. Aber Otto hatte ihn ihr versprochen.

Andererseits hätte sie am liebsten vor Enttäuschung laut geschrien. Wie sollte sie das Herz des Kaisers zu Bischof Siegfried bringen? Oder hatte Otto das gar nicht so gemeint, wie sie es verstanden hatte? Sah er sie selbst womöglich als sein Herz, und sollte sie sich zum Oberhaupt der Diözese Augsburg aufmachen? War das Kind sein Herz? Ein legitimer Nachfolger der größten Herrscher aller Zeiten?

Sie betrachtete den jungen Kaiser des Heiligen Römischen Reiches, der mit seiner Krankheit, in seinem Elend und seinem Gestank doch nur ein ganz gewöhnlicher Mensch war, den sie bedauerte. Sie hätte für ihn ein Leben gegeben, sich mit der zweiten oder sogar dritten Reihe begnügt, wenn er ihr Kind anerkannt hätte. So aber fühlte sie sich als das, was Ewalt in ihr sah und was er sie bei jeder Gelegenheit spüren ließ: eine verirrte Seele, eine Hure, die ihren Schoß für den geilen Kaiser geöffnet hatte.

Das alles verwirrte sie so sehr, dass sie beinahe den Beutel verloren hätte, als sie vom Bett herunterglitt. Das Lederband war glitschig und rutschte ihr durch die Finger. Sie tastete umher und ging vor dem Bett auf die Knie, bis sie den Bändel aus dem Nachttopf heraushängen sah.

Sie zog den Beutel heraus und wischte ihn am Laken ab. Nass und nach dem scharfen kaiserlichen Urin stinkend steckte sie ihn in ihre Rocktasche. Dann eilte sie zu Anna.

Das Mädchen war inzwischen beinahe ohnmächtig geworden und hatte sich vor der Tür auf den Boden gesetzt. Mena half ihr auf.

»Komm!«, sagte sie. »Wir müssen hier weg, bevor Karlmann wieder auftaucht.«

Sie zog die taumelnde Anna hinter sich her. Die Wachen kümmerten sich nicht um die beiden Frauen, sondern schlossen nur hinter ihnen die Tür.

Sie dürften ruhig wieder bei ihnen vorbeischauen, auch wenn

sie nicht zum Kaiser gebeten würden, rief ihnen einer hinterher. Sie werde es sich merken, entgegnete Mena, und ganz sicher kommen, was Gelächter bei den Männern auslöste.

Als Mena den Palas betrat, den sie zu durchqueren hatten, wenn sie zu ihren Verschlägen wollten, hörte sie das Tappen von Ledersohlen. Sie zog Anna, die ihr willenlos folgte, zu einem der großen Kamine, kniete nieder, griff sich einen der Schürhaken und stocherte damit in der Holzasche herum, bis einige rot glühende Brocken daraus hervorleuchteten. Dann legte sie etwas Reisig darauf und stapelte Holzspäne rundum auf.

Aus den Augenwinkeln erkannte sie den Seneschall. Nachdenklich schritt er mit gesenktem Kopf durch den Saal. Er hatte kaum ein Auge für die beiden Mägde, die dort in der Ecke ein Feuer entfachten. Er achtete nicht einmal darauf, ob sie ihn hören konnten, denn er fluchte lautstark und murmelte: »Wo bleiben die Kerle nur … Sie sollten schon längst hier sein!«

6

CASTEL PATERNO, JANUAR 1002

Der Drachenwurm wand sich die schmale Straße zur Burg hinauf. Seine metallenen Schuppen glänzten in der kalten Wintersonne und sandten Blitze in die Augen der Bauern, die vereinzelt am Wegrand standen und ihm nachgafften. Er schnaufte mühsam, als hätte ihn die lange Wartezeit träge gemacht, und das Geräusch, das er verursachte, das unablässige Klappern und Kleppern von Metall auf Metall, trieb jedem, der es hörte, eine Gänsehaut über den Rücken.

Mit offenem Mund besah sich Ewalt das Untier, das sich vor ihm friedlich den Berg hinaufwand und doch so mordlüstern und gefährlich war. Er hatte den Lindwurm geweckt und musste feststellen, dass der Kopf längst im Castel angelangt war, während das Schwanzende noch in Faleria lagerte und nicht einmal an Aufbruch dachte.

Ekkehard von Meißen hatte ihn sofort, nachdem er im Heerlager eingetroffen war, empfangen. Noch bevor die Sonne sich über den Bergen gezeigt hatte, war der Heerführer schon fertig angekleidet gewesen. Ein Frühaufsteher, den die Schlaflosigkeit umtrieb. Seine besorgte Miene hatte sich weiter verdüstert, als er sich von Ewalt den Brief hatte vorlesen lassen. Ekkehard war zwar ein brillanter Heerführer, ein gewiefter Recke mit gewaltiger Schlagkraft, der sein Schwert führte wie andere ihre Brotmesser, aber er war kein Gelehrter. Lesen und Schreiben hatte er nie gelernt.

Ewalt hatte sich ans andere Ende des Zeltes gesetzt, um

nicht vom Zorn dieses Kämpen in Stücke gehauen zu werden, und vorzulesen begonnen. Je weiter er im Brief vorangekommen war, desto schauerlicher fühlte es sich an. Immer wieder hob er den Blick und musterte Ekkehard, um auch ja rechtzeitig durch den einzigen Zugang fliehen zu können, wenn der Heerführer seine Waffe zog. Doch der Meißener hatte sich im Griff. Sein Kiefer mahlte, seine Augenbrauen verdichteten sich auf der Nasenwurzel zu einem unansehnlichen Gestrüpp. Er reagierte nicht mit Gefühl und Zorn, sondern umsichtig und bedächtig, wie es dem geschicktesten Strategen des kaiserlichen Heeres entsprach.

Kaum war der Tag angebrochen, kaum hatte sich ein heller Lichtschein über dem Hügel gezeigt, kaum zeichneten sich die Äste der Bäume dunkel gegen den diesigen Himmel ab, hatte er den Befehl zum Aufbruch gegeben.

Die Trompetensignale hatten das Heerlager aus dem Schlaf gerissen. Die Knappen waren gesprungen, um Neuigkeiten zu erhaschen, die sie ihren Herren weitergeben konnten. Und nicht allzu lange darauf waren die ersten Mannen mit Ekkehard an der Spitze zur Burg hinaufgezogen. Reihe um Reihe hatten die Kämpfer ihre Zelte niedergerissen und sich in die Schlange eingereiht, die keinen Vergleich zum größten Drachen hätte scheuen müssen.

Ewalt selbst war allerdings als Diener ans Ende des Heerzugs geschickt worden, auch wenn er Kaiser Otto diente. So hatte er Zeit, darüber nachzugrübeln, was er vorgelesen hatte. Die Ungeheuerlichkeit des Vorschlags, den Otto hatte niederschreiben lassen, erschütterte ihn.

Gedankenverloren biss er in einen der Lageräpfel, deren süßliche Säuerlichkeit ihm schmeckte, als wäre es ein Honigkuchen.

Ein Schlag auf seine Schulter brachte ihn in Nöte. Das Stück Apfel, das er gerade abgebissen hatte, rutschte ihm in die Luftröhre, und er brauchte eine Weile, bis er es aushusten und wieder atmen konnte.

Feixend beobachteten ihn zwei Männer, die Ewalt durch den Schleier von Tränen, die ihm in die Augen geschossen waren, nicht gleich wiedererkannt hatte.

»Wir dachten, laufen wir dem Kerl doch einfach nach. Vielleicht hat er uns ja angeschwindelt«, sagte der Narbige.

»Aber wir haben gesehen, dass er ehrlich zu uns gewesen ist.«

Wieder traf ihn ein Hieb. Diesmal von der anderen Seite.

»Wir könnten einen wie dich gebrauchen«, erklärte der andere Mann, der einen struppigen grauen Kinnbart trug. Er hatte ein spitzes Rattengesicht, und sein Gebiss war zumindest so lückenhaft wie sein Schopf. Hier und da stand ein Büschel Haare hervor, aber es gab keine zusammenhängende Landschaft mehr.

Ewalts Kopf pendelte von einer Seite zur anderen, bis ihn schwindelte.

»Hört auf!«, verbat er sich die unablässigen Schläge und Ansprachen. »Wofür könntet ihr mich brauchen?« Er trat einen Schritt zurück, aber Graubart stellte ihm ein Bein, sodass er auf den Hintern fiel.

»Nicht so eilig, mein Freund. Du solltest dir zumindest anhören, was wir dir zu sagen haben.«

Ein Ritter, mit dem er schon am Lagerfeuer gesessen hatte und der ihn wiedererkannte, ritt an ihm vorüber. Er grüßte freundlich und sah offenbar in der Art, wie die Männer mit ihm umsprangen, nur ein Necken und Foppen. Dabei war es tödlicher Ernst.

Ewalt wollte die Stimme erheben und um Hilfe rufen, als ihn ein Zischen zurückhielt.

»Wenn Kunibert von Osterode auch nur das Pferd zügelt, schneide ich dir eigenhändig die Zunge heraus!«, knurrte der

Narbige. Dabei lächelte er und zog Ewalt aus dem Dreck am Boden, als wäre nichts.

»Verdammt. Was wollt ihr von mir?« Ewalt begriff, dass er sich vorerst so verhalten musste, dass niemandem auffiel, wie sie ihn drangsalierten.

»Dein Ohr!«, sagte der Narbige von beiden leise.

Ewalts Hand flog an sein Ohr, und er stieß einen spitzen Schrei aus. »Das ... könnt ihr nicht ... das geht nicht.«

Graubart verdrehte die Augen. »Im übertragenen Sinne, du Dummkopf. Wir brauchen ein Ohr beim Kaiser. Wir müssen wissen, was am Hof geschieht, wohin Otto geht, was er isst.«

Überrascht starrte Ewalt die beiden Männer an. »Aber warum? Er ist schwer krank und wird ohnehin bald sterben.«

Der Narbige musterte ihn mit schräg gelegtem Kopf. »So. Und das weißt du?«

»Ja«, entfuhr es Ewalt schärfer als gewollt. Er fühlte sich in seiner Ehre gekränkt.

Die beiden sahen ihn an.

»Weil du bislang so ehrlich warst und uns nichts verschwiegen hast, wollen wir dir glauben, nicht wahr, Mattheis?«, ließ sich der Graubart vernehmen.

Zum ersten Mal hörte Ewalt einen Namen. Und dieser klang keineswegs so, als stamme der Mann aus dem mittleren Rheingebiet. Die beiden waren Bayern. Und es gab nur einen Bayern, der sich für Otto und seine Gesundheit interessierte:

»Ihr seid Mannen Herzog Heinrichs von Bayern?«, stieß er nach.

Sofort änderte sich die Stimmung. Aus der Neckerei wurde augenblicklich eine handfeste Drohung.

»Halt's Maul!«, herrschte ihn Mattheis an, packte ihn und zog ihn zu sich. Ewalt spürte die Spitze eines Messers an den Rippen.

»Seid ihr verrückt?«, entfuhr es Ewalt.

»Nicht mehr als andere. Wir sind nicht daran interessiert, dass du herumposaunst, wem wir dienen. Also hör zu! Entweder du tust ab jetzt, was wir sagen, oder du tust nie wieder irgendwas.«

Ewalt schluckte. Dieser Kerl hörte sich nicht so an, also könnte man mit ihm verhandeln. »Ich muss mich ohnehin nach einem anderen Herrn umschauen, da ist es schon egal …«

»Was schwafelst du da?«, hakte der Graubart nach.

»Warum so eilig?«, wollte Mattheis wissen.

Er entblößte sein Gebiss, das schief war wie ein Weidezaun und voller bräunlicher Zähne. Außerdem stank er aus dem Mund.

Angeekelt drehte sich Ewalt zur Seite. »Ich diene dem Kaiser!«, murmelte er.

Die beiden Männer nickten sich zu und grinsten über beide Ohren.

»Ja. Und ich putze dem Herzog den Hintern ab«, verkündete Mattheis.

Ewalt starrte ihn verblüfft an. »Du machst – was?«

Mattheis verdrehte die Augen. »Ja, glaubst du denn, wir nehmen alles für bare Münze, was uns ein dahergelaufener Bauernlümmel auftischt?«

Ewalt schluckte. Die Messerspitze drückte noch immer gegen seine Rippen.

»Und glaubt ihr, es ist Zufall, dass sich der Lindwurm des kaiserlichen Heeres in Bewegung setzt, nachdem ich hier aufgetaucht bin? Ich habe ihn geweckt, den Drachen. Ich habe ihm die Botschaft des Kaisers gebracht, ich …« Ein heftiger Stich ließ ihn zusammenzucken und verstummen.

»Warum sollten wir ihm glauben, Girgl?«, fragte Mattheis, der mit dem Messer gespielt hatte.

Endlich war der zweite Name gefallen. Mattheis und Girgl, Matthäus und Georg, so hießen typische Heinrich-Anhänger. Auch wenn sie nicht gerade zimperlich waren, hatten sie Ewalt bislang verschont, was darauf schließen ließ, dass sie nicht nur Mordgesellen waren. Man konnte sie vielleicht überzeugen.

»Wir müssen dir nicht glauben«, brummte Girgl und lächelte falsch.

Ewalt sah von einem zum anderen. »Ihr solltet es aber«, sagte er. »Der Kaiser liegt im Sterben!«

7

CASTEL PATERNO, JANUAR 1002

Mena sah auf den gebeugten Rücken der alten Küchenmagd. Gertrud hatte schon unter Ottos Vater und sogar unter seinem Großvater gedient. Jedenfalls behauptete sie das in jedem dritten Satz. Sie war darüber alt geworden, und ihr Rücken hatte sich unter all der Schlepperei und Buckelei gekrümmt. Die Haare waren dünner und strähniger geworden, bis der Knochen sichtbar wurde und der Kopf beinahe einem Totenschädel glich. Dennoch war Gertrud kräftig wie eh und je und den jungen Dingern immer ein Vorbild, auch was den Humor betraf. Sie nahm vieles mit einem Lächeln. Ihre Stimme galt etwas in der Runde der Dienerschaft – und was ihr Wissen von Ehe, Kindern und Schwangerschaft betraf, so diente dieses vor allem den jüngeren Frauen und Mädchen dazu, sich die Männer – und wenn nicht die Männer, so doch die Kinder – vom Hals zu halten, bis sie verheiratet waren.

Jetzt stand die Alte krumm an ihrer Tischplatte in der Küche und hackte Zwiebeln und Knoblauch in einer Geschwindigkeit klein, bei der sich andere die Finger abgeschnitten hätten.

Mena saß hinter ihr und starrte auf die Rippen, die sich unter dem fadenscheinigen Kittel abzeichneten. Sie dachte darüber nach, ob Gertrud, die nie ein Kind geboren hatte, aber immer wieder von ihren Abenteuern mit den Panzerreitern der Kaiser erzählte, tatsächlich eine Frau war.

»Jetzt red schon! Du bist sicher nicht gekommen, um mir auf den Hintern zu glotzen«, fuhr die Alte Mena an, die nicht wusste, wie sie das Gespräch beginnen sollte.

»Was geschieht …«, begann diese und räusperte sich wieder.

»Irgendwas geschieht immer, Mädchen.« Gertrud warf ihr über die Schulter einen schalkhaften Blick zu und zog laut den Rotz hoch. Dann wischt sie sich mit dem Ärmel über die Augen, die noch erstaunlich scharf waren und einen mit einem durchdringenden Blick ansehen konnte.

»Otto … der Kaiser … ich …« Mena stöhnte. Sie wusste nicht, was sie sagen sollte und schon gar nicht, wie.

»So, die wichtigsten Personen hätten wir. Jetzt kommen wir zum Geschehen. Wart, ich helfe dir.« Die Alte wischte sich die feuchten Hände an der Schürze ab und drehte sich zu Mena um. Dann stemmte sie die Hände in die Hüften.

»Lass mich raten: Er hat dich verstoßen. Für ein paar Tage hattest du das Gefühl, sein Liebling zu sein und im Mittelpunkt zu stehen – und jetzt lässt er sich verleugnen und hat eine andere. Stimmt das so weit?«

Missmutig schüttelte Mena den Kopf. »Nein, so ist es nicht. Von mir aus kann er zehn Frauen an einer Hand haben. Es ist nur … Wie komme ich an das Herz des Kaisers?«

Jetzt war es heraus, und sie fühlte sich erleichtert.

Die alte Gertrud sah Mena verblüfft an. Dann senkte sie den Kopf, ging zum Herd und fing an, in dem Kessel zu rühren, der über der Feuerstelle hing. Der Dunst, der von dem brodelnden Gericht in die Küche drang, schien sie für einen Moment zu umhüllen und aus dieser Welt zu nehmen. Schließlich wandte sie sich um und betrachtete Mena, als hätte sie gefragt, ob sie sich als Preis bei einem Turnier anbieten wolle. Ihr beinahe zahnloser Mund verzog sich zu einem Grinsen, und sie schoss ihre Frage ab wie einen Pfeil.

»Gebraten oder gesotten?«

»Was?«, stotterte Mena.

»Wie willst du es zubereitet haben? Männerherzen müssen

einem Genuss bereiten, vor allem dann, wenn die Kerle einem alles versprochen und nichts gehalten haben. Wenn man ihnen schon das Herz herausreißen will, dann sollte es wenigstens munden.«

Wieder griente sie bis über beide Ohren.

»Ach, Gertrud. Du verstehst gar nichts. Ich will niemandem das Herz herausreißen und verspeisen schon gar nicht. Ich will nur wissen, wie ich an das Kaiserherz komme, wenn Otto tot ist.«

Noch nie hatte Mena gesehen, dass sich Gertrud auf einen Stuhl gesetzt hätte. Früher hatte sie mit den anderen Mägden darauf gewettet, dass sie sogar im Stehen schlief. Jetzt zog sich die alte Frau einen Schemel heran und hockte sich hin.

»Was sagst du da?«, fragte sie tonlos.

Mena fiel auf, wie blass sie geworden war.

»Wusstest du es nicht? Otto ist krank. Schwer krank. Ich war bei ihm. Er stirbt.«

Bedächtig, als müsse sie die Erkenntnis erst in sich einsickern lassen, schüttelte die Alte den Kopf. »Drei Kaiser«, flüsterte sie. »Ich habe drei Kaiserleichen gewaschen, wenn der letzte Otto tot ist. Drei Kaiser.«

Sie musste Gertrud Zeit lassen, das hatte Mena schon verstanden. Ihr Kopf arbeitete zwar immer noch zuverlässig, aber nicht mehr so schnell.

»Das Herz«, bohrte Mena dennoch nach. »Wie komme ich an das Herz?«

Gertrud schwieg eine Weile. Schließlich schluckte sie hörbar, fuhr sich mit dem Kittelärmel über die Nase und schmierte sich den Rotz auf die Kleidung. »Das Herz …«, flüsterte sie.

In diesem Augenblick löste ein Tumult auf dem Burghof die gespenstische Ruhe auf, die eben noch zwischen ihnen geherrscht hatte.

»Was ist da los?«, fragte Gertrud.

Mena stand auf und trat ans Fenster. Von hier aus konnte sie nur einen Teil des Hofes und die Stallungen sehen. Reiter versammelten sich dort. Schwer bewaffnete Panzerreiter mit dem Wappen Ekkehards von Meißen.

»Das Heer ist gekommen«, sagte Mena. »Reiter über Reiter!«

»Der Kaiser«, sagte Gertrud und schluchzte auf. »Der Kaiser ist tot.«

»Heute früh lebte er noch, auch wenn er krank und schwach war.«

Gertrud leckte sich über die trockenen Lippen. Erst jetzt fiel Mena auf, dass von den Lippen der Alten ganze Fetzen trockener Haut abstanden.

»Wenn er hier in Italien stirbt …«, begann Gertrud heiser. »Wenn er hier stirbt, kann die Leiche nicht nach Aachen gebracht werden. Nicht mal einbalsamieren können wir ihn. Er würde uns unter den Händen wegfaulen. Also …« Sie hielt inne, legte den Kopf in beide Arme und weinte.

Mena ließ ihr nur einen kurzen Moment der Trauer. »Also … was?«, drängte sie.

Gertrud schaute hoch. Ihre Miene war wie verwandelt. Das Grauen stand ihr ins Gesicht geschrieben, aber sie sagte kein Wort mehr.

8

CASTEL PATERNO, JANUAR 1002

Karlmann hatte die alte Gertrud holen und den Kaiser waschen lassen. Unablässig strömten ihr die Tränen über die Wangen, als sie Otto in seinem Elend erlebte. Unterstützt von seinem Leibdiener Ewalt hatte sie frische Bettwäsche aufgezogen und den Kranken in ein neues Hemd gekleidet. Das hatte den Gestank verringert, aber nicht weniger unerträglich gemacht.

Ob der junge Herrscher davon etwas wahrgenommen hatte, wusste Ewalt nicht zu sagen. Auf Ottos Stirn stand der Schweiß, und das Hemd war schon bald wieder völlig durchgeschwitzt. Als Gertrud die Kemenate verlassen hatte, war Ewalt in eine Nische neben dem Lager des Kaisers geschlüpft, jederzeit bereit herbeizuspringen, falls dieser nach etwas verlangte.

Ekkehard war irgendwann hinzugekommen. Karlmann und er hatten sich zugenickt und auf den dahinsiechenden Körper Ottos geblickt. Die Anwesenheit des Dieners schienen sie vollkommen vergessen zu haben.

Ewalt hörte, wie Karlmann dem Heerführer zuraunte: »Der Bischof lässt auf sich warten.«

Ekkehard antwortete nicht auf die Bemerkung, sondern fragte geradeheraus: »Warum habt Ihr mich holen lassen?«

Er hatte so laut gesprochen, dass Otto zusammenzuckte, ohne zu erwachen. Er stützte sich auf sein Schwert, obwohl in der Nähe des Kaisers jegliche Waffen verboten waren. Aber die Männer, die ihm den Beidhänder hätten abnehmen können, unterstanden ihm, und Otto konnte es ihm nicht verbieten. Folglich hatte der Heerführer es bei sich behalten. Aus den Augenwinkeln beobachtete Ewalt, dass sich in Karlmanns Miene Sorge abzeichnete.

»Wenn die Römer erfahren, dass Otto krank oder gar tot ist, werden sie über uns herfallen«, sagte der Seneschall. »Das ist so sicher wie das Amen in der Kirche. Also müssen wir weg von hier, bevor es bekannt wird, dass der Kaiser nicht mehr lebt.«

»Noch lebt er«, murmelte Ekkehard.

»Aber wie lange? Selbst seine Schwäche ist ein Zeichen für die Römer. Ihr wisst, dass die Familie des Crescentius, des Stadtpräfekten von Rom, unseren Herrn lieber tot als lebendig sehen will.«

»Er hätte ihn nicht enthaupten dürfen«, entgegnete Ekkehard.

»Wollt Ihr an seiner Urteilskraft zweifeln?«, herrschte Karlmann ihn an.

»Nein, aber an seinem Verstand.«

Der Vertraute des Kaisers schnappte laut nach Luft. Ewalt wusste, dass Ekkehard für seine klaren Worte bekannt war. Er hatte noch nie mit seiner Meinung hinter dem Berg gehalten, auch gegenüber dem Kaiser nicht. Otto hatte ihn dafür geschätzt und deshalb mit der Führung seines Heeres betraut.

»Wir müssen weg. So schnell es uns möglich ist. Und Ihr müsst dafür sorgen, dass es uns gelingt.« Karlmann seufzte.

Mit einem Kopfschütteln sah Ekkehard den Senneschall von der Seite an. »Ihr wollt ihn bewegen? In diesem Zustand? Ihn auf ein Pferd setzen, womöglich reiten lassen?«

Karlmann nickte. Ewalt hielt vor Schreck die Luft an.

»Es wird ihn umbringen«, sagte Ekkehard leise.

Die Flügeltüren zur Kemenate des Kaisers wurden aufgerissen, und die beiden Männer fuhren gleichzeitig herum. Bischof Bernward von Hildesheim stand auf der Schwelle. Sein mürrischer Gesichtsausdruck zeigte an, dass er keineswegs glücklich darüber war, hier auftauchen zu müssen.

»Gut, dass Ihr kommt, Bischof«, sagte Karlmann und eilte mit ausgestreckter Hand auf den Geistlichen zu. Er wollte verhindern, dass der Tross von Mönchen und Nonnen, die er wie einen Fliegenschwarm hinter sich herschleppte, in den Raum drang.

Der Bischof übersah ihn und seine ausgestreckte Hand. Den Blick nur auf Otto gerichtet, ging er an Karlmann vorbei. Dieser breitete die Arme aus und verwehrte allen anderen den Zutritt. Energisch schloss er die Tür.

»Ist er tot? Dann komme ich zu spät. Einen Toten konsekriere ich nicht mehr«, erklärte Bischof Bernward ohne Umschweife.

»Er lebt«, brachte Karlmann mit unterdrücktem Zorn hervor.

Ekkehard würdigte der Bischof keines Blickes. Einem Mann des Schlachtfelds und des Todes reichte man allerhöchstens beim letzten Abendmahl die Hand.

Bernward schnippte mit dem Finger, und Karlmann ging, um das Versehbesteck und das Öl für die Krankensalbung zu holen, das nur für Otto bestimmt war.

Der Bischof trat an das Bett und beugte sich über den Kaiser. Mit einer Hand hielt er sich ein Taschentuch vor den Mund, das mindestens so streng nach einem Duftöl roch wie der Kaiser nach Schweiß und Urin. Mit der anderen schlug er ein Kreuz und murmelte einige Gebete. Als Karlmann zurückkehrte, war das übliche Zeremoniell bereits abgeschlossen. Nur die Salbung fehlte noch. Der Seneschall kniete sich neben den Bischof, senkte das Haupt und hob das Salbgefäß über seinen Kopf. Bernward öffnete es, entnahm ihm etwas vom Chrisam und zeichnete ein Kreuz auf die Stirn des Herrschers.

»Schließt Eure Augen, Herr«, flüsterte er. »Ihr seid sicher in den Händen Gottes.«

Dann drehte er sich zu Karlmann um, hieß ihn aufstehen und nahm das Tuch von der Nase. »Was machen die Panzerreiter in der Burg?«

»Wir werden uns über die Alpen zurückziehen, Exzellenz«, entgegnete Karlmann. »Es ist sein letzter Wunsch. Außerdem …« Mit dem Wink seiner Augen bat er den Bischof zur Seite. Ekkehard folgte den beiden Männern. »Außerdem müssen wir geheim halten, dass der Herrscher über das Heilige Römische Reich verschieden ist.«

Um Bernwards Mund zuckten die Muskeln. »Ihr redet, als wäre er tot. Er lebt aber noch. Ich würde immer auf ein Wunder hoffen.«

»Wir hoffen seit sechs Wochen darauf«, entgegnete Karlmann.

Bernward presste die Lippen zu einem schmalen Strich zusammen. Man sah ihm an, dass er mit der Situation unzufrieden war. »Es ist seine Strafe«, verkündete er.

Ewalt in seiner Nische sperrte verblüfft die Ohren auf und streckte den Kopf ein wenig vor.

»Die Strafe wofür?«, knurrte Ekkehard. »Was …«

Karlmann unterbrach den Feldherrn mit einem flehentlichen Blick. »Hat mein Herr nicht seine Pilgerpflichten erfüllt? Hat er nicht am Grab des Apostels Petrus gebetet? Hat er sich nicht dem Papst unterworfen, als er ihm die Krone anvertraut hat? Wofür sollte er bestraft werden?«

Kurz kreuzte sein Blick den Ekkehards.

»Es hat mit seiner Hybris zu tun«, erklärte der Bischof.

»Welche Hybris meint Ihr, Exzellenz? Alle Herrscher sind von sich überzeugt.«

»Ich kann diesen Frevel nicht ungeschehen machen.«

Karlmann sah erneut zu Ekkehard hin. Dieser verdrehte die Augen. Beide wussten offenbar, was jetzt kommen würde.

»Er hat das Grab des ersten Frankenkaisers öffnen lassen, hat dessen Totenruhe gestört und sogar den Leib des ersten Kaisers entweiht.«

Ewalt beobachtete, wie Ekkehard hinter Bernwards Rücken lautlos mitsprach und Grimassen zog. »Er hat ihm nur einen Zahn genommen«, sagte er schließlich leise. »Als Glücksbringer.«

Bernward richtete sich kerzengerade auf. Sein Gesicht wirkte plötzlich wie versteinert.

»Es war nur ein Zahn«, versuchte Karlmann, ihn zu beschwichtigen. »Nur ein Zahn, Exzellenz!«

»Ihr nutzlosen Blindgläubigen! Einen Zahn als Glücksbringer? Heidenbrauch!«

»Oder wie eine Reliquie …«, warf Karlmann ein.

Bernward holte Luft und wollte gerade antworten, als sich eine heisere Stimme vernehmen ließ: »Werft den Pfaffen hinaus! Sofort!«

Der Bischof, in seiner Suada gehemmt, die nun losgebrochen wäre, schnappte nach Luft. »Aber … aber … aber …«, keuchte er.

»Aber … sofort!«, ließ sich Otto vernehmen, der offenbar erwacht war. Soweit Ewalt erkennen konnte, hielt er zwar die Augen geschlossen, aber sein Geist schien klar zu sein.

Jetzt war Ekkehards Stunde gekommen. Seine Gesichtszüge spiegelten die Freude wider, die er empfand, als er, seinen Beidhänder quer über die Armbeuge gelegt, auf den Bischof zutrat und sich zwischen ihn und den Kaiser stellte.

»Wie sagtet Ihr noch? Man muss nur auf ein Wunder hoffen, Exzellenz!«

Der Heerführer betonte den Titel in einer Weise, dass er wie ein Schimpfwort klang. Ewalt musste grinsen.

»Auch Ihr werdet … werdet dereinst in die … Verlegenheit

kommen, die Mutter Kirche um ... um Beistand anzuflehen«, stieß der Bischof stotternd hervor.

»Möglich«, erwiderte Ekkehard. »Aber wahrscheinlicher ist, dass mir das Schlachtfeld diesen Umstand erspart.« In seinem Lächeln stand keine Freundlichkeit, sondern eine Drohung. »Mir ist ein ehrlicher Hieb gegen den Schädel lieber als das Kreuz einer falschen Religion auf meiner Stirn.«

Der Heerführer stellte den Beidhänder mit der Spitze auf den Boden, hielt ihn aber so, dass er mit einer einzigen fließenden Bewegung ins Spiel gebracht werden konnte. Bernward, der ihm dabei zusah und immer wütender auf seiner Unterlippe kaute, wusste das. Auch er führte eine schnelle Klinge, wenn es sein musste. Auf den italienischen Schlachtfeldern der letzten Jahre war er zu einem zuverlässigen Kämpfer gediehen. Nur gegen Ekkehard hätte er den Kürzeren gezogen.

Schließlich hob er den Kopf, segnete alle Umstehenden und schwebte nach draußen.

»Beinahe hätte ich es nicht überlebt«, verkündete Otto, musste aber den Satz mit einem wilden Husten büßen.

»Überanstrengt Euch nicht, Herr«, sagte Karlmann besorgt.

Otto öffnete die Augen. Ewalt richtete sich ein wenig auf und spähte zum Krankenlager. Es waren rot geränderte, mit geplatzten Adern übersäte Kugeln, die tief im Schädel lagen. Ein Todgeweihter sah ihnen entgegen.

»Ekkehard?«

»Ja, Herr? Ich bin hier.«

»Wir müssen unsere Leute über die Alpen bringen. So schnell wie möglich.« Otto hustete die Wörter mehr heraus, als dass er sie sprach.

»Es wird Euch umbringen!«, warf Ekkehard ein.

»Keine Sentimentalitäten, Ekkehard. Ich habe die Heilige Lanze bereits voraussenden lassen. Wer die Lanze hat, hat den

Thron. Ich weiß, dass ich es nicht überleben werde. Nicht darauf kommt es mehr an. Ich will, dass du und Karlmann meine Männer über die Alpen bringt. Unbeschadet. Ich will keinen Toten mehr in diesem verfluchten Land – außer mir.«

Otto schnaufte und rang nach Atem.

So viel hat er die letzten Wochen nicht mehr an einem Stück gesprochen, dachte Ewalt.

Karlmann nahm den Krug Wasser neben dem Bett und befeuchtete damit einen Lappen. Er drückte ihn Otto an die Lippen und wischte ihm damit behutsam über die Stirn.

»Danke, mein Freund«, sagte Otto matt. »Hört zu. Niemand darf erfahren, dass ich … dass ich schwer erkrankt bin oder gar nicht mehr lebe. Niemand. Sonst würden euch die Wölfe hier in Stücke reißen.«

Ekkehard nickte. Dennoch schien er etwas auf dem Herzen zu haben. »Aber Ihr müsst dem Heer voranreiten, Herr«, sagte er langsam. »Ihr seid der Heerführer. Ihr seid das Zeichen unserer Stärke. Wie soll das gehen? Schaut Euch doch an.«

Otto versuchte ein Lächeln, das aber mehr dem Grinsen eines Totenschädels glich. »Ich werde voranreiten, meine Freunde, wenn auch nicht selbst.«

Karlmann und Ekkehard sahen sich an. Ewalt riss die Augen auf.

»Ihr wollt voranreiten, aber nicht selbst?«, fragte Karlmann und schüttelte verwirrt den Kopf.

Otto hustete ein Lachen. »Es wird ein Wunder, das selbst Bischof Bernward erstaunen – und gläubig machen wird.«

9

AUF DEM WEG VON FALERIA ZUM
CASTEL PATERNO, JANUAR 1002

Wie bei einer Eskorte ritten Mattheis und Girgl links und rechts von ihm, während Ewalt zwischen ihnen versuchte, Schritt zu halten. Sein Atem lag weiß in der Luft, und er dampfte wie die Gäule neben ihm. Er war durchgeschwitzt und wusste nicht recht, ob er sein Wams ausziehen oder sich eine zusätzliche Decke überwerfen sollte. Wären sie jetzt stehen geblieben, wäre er vermutlich erfroren.

»Ich hätte ein Pferd haben können«, maulte Ewalt völlig außer Atem.

»Hättest du. Aber der Schwanz des Heerwurms hat gezuckt, als du eines eingefordert hast, und dich in den Graben geschleudert.«

Die beiden Reiter lachten ausgelassen. Dabei schlug der Löwenkopf von Mattheis' Schwertscheide Ewalt immer wieder gegen die Schulter.

»Ein schlechtes Bild, weil ich ...«, wollte er sich rechtfertigen, aber Girgl fiel ihm ins Wort.

»Spar dir deinen Atem. Es geht in die Berge, hinauf zur Burg. Wir haben es eilig.«

Ewalt tat, was tatsächlich besser für ihn war. Er hielt seinen Mund. Entkommen konnte er den Männern ohnehin nicht, Sie waren mit Ihren Gäulen allemal schneller als er. Auch hatte er mit ihnen eine Art Vertrag geschlossen, was hieß, sie hatten ihn mit ihm geschlossen. Nicht ganz freiwillig. Er hatte die Wahl gehabt zwischen der Annahme der Vereinbarung oder Tod. Es war ihm leichtgefallen zuzustimmen. Dabei war das Angebot nicht ohne.

Gesetzt den Fall, Otto würde seine Krankheit nicht überleben – was sehr wahrscheinlich war –, dann bekäme er die Möglichkeit bei seinem Nachfolger als Diener anzufangen. Dieser Nachfolger war niemand anderer als Heinrich von Bayern. Der letzte männliche Verwandte Ottos, der auf den Königsthron Anspruch erheben konnte. Anscheinend war der gesamte Hofstaat, den Otto nach Italien mitgeschleppt hatte, von Zuträgern für Heinrich durchsetzt – und über sie hatte der Herzog von Ottos schlechtem Gesundheitszustand erfahren. Das waren zwar nur Spekulationen, aber sie entbehrten nicht einer gewissen Wahrscheinlichkeit.

Allzu schwer war es Ewalt daher nicht gefallen, die Seiten zu wechseln – jedenfalls, solange er zwischen Mattheis' und Girgls Pferden dahinstolperte.

Die beiden unterhielten sich neben und über ihm in ihrem Dialekt, von dem sie vermutlich annahmen, dass Ewalt ihn nicht verstand. Aber sie täuschten sich. Er konnte diese breite und maulende Sprache zwar nicht sprechen, doch gab es am kaiserlichen Hof genügend Gesinde aus der Gegend um Augsburg, dem Chiemsee und südlicher davon, mit denen er zu tun hatte. So war er im Verstehen durchaus geübt.

»Glaubst du, er ist zuverlässig?«, ließ sich Girgl vernehmen.

Er redete so breit und so schnell, dass Ewalt tatsächlich Mühe hatte, ihn zu verstehen. Aber den Sinn des Gesagten begriff er sogleich.

»Solange er uns gibt, was wir wollen, soll er leben. Wenn nicht …«

Mattheis ließ offen, was er mit »wenn nicht …« andeuten wollte.

Aber Ewalt wusste jetzt, dass es um sein Leben ging.

Doch die beiden Mannen des bayerischen Herzogs würden sich noch wundern. So einfach war es nicht, einen Ewalt zu hintergehen und auszunutzen.

Sie folgten dem Heerwurm, der sich den Hang hinaufschlängelte. Nur die Trosswagen blieben im Tal. Sie wurden unter Bewachung und mit einer kleinen Mannschaft weitergeschickt in Richtung Civita Castellana. Dort würden sie auf die Hauptmacht des Heeres warten.

Mit jedem Schritt wurden Ewalts Beine lahmer, und sein Atem wurde kürzer. Manchmal glaubte er, Sternchen vor den Augen zu sehen. Er brauchte etwas zu trinken und zu essen. Seit dem Vortag hatte er nichts mehr zu sich genommen. Er wusste, dass eine knappe halbe Meile vor ihnen ein kleiner Pfad nach Westen abzweigte. Wenn sie diesen einschlagen würden, kämen sie an einer Quelle vorbei und zu einem anderen, etwas abgelegeneren Zugang zum Castel Paterno.

Bis dahin würde er noch mitlaufen, aber dann ...

»Es ... es gibt zwei ... Eingänge«, keuchte Ewalt. »Einmal oben, über die Brücke ... aber es gibt noch einen ... einen Grabenzugang. Für die Küche ... wegen der Abfälle ...«

Mattheis und Girgl hörten ihm nicht zu. Sie redeten weiter und bemerkten nicht einmal, dass Ewalt zurückfiel. Schließlich blieb er abrupt stehen, während die beiden Reiter weiterritten. Sie unterhielten sich über die Stärke des Heeres und dessen Treue gegenüber dem Kaiser, denn die Panzerreiter lebten von der Beute, die sie mit nach Hause brachten. Gekämpft hatten sie allerdings seit beinahe vier Monaten nicht mehr. Daher brauchten Mattheis und Girgl eine Weile, bis sie bemerkten, dass Ewalt nicht mehr zwischen ihnen lief. Als sie sich umwandten, war der Diener Kaiser Ottos verschwunden.

Ewalt hörte die beiden Männer noch fluchen. Doch er war so schnell in den Pfad eingebogen, der hier von der Hauptstrecke abbog, dass sie ihn nicht gesehen hatten. Er rannte, was sein geschundener Körper hergab. Seine Lunge brannte, seine Beine schmerzten, aber er flog regelrecht über Steine und Wurzeln. Äste und Ranken schlugen ihm das Gesicht blutig. Der Pfad war so schmal, dass er hoffte, die Kerle würden ihm nicht folgen können. Es würde ohnehin dauern, bis sie den Abzweig fänden. Aber für solche Überlegungen war keine Zeit. Seine Kehle war trocken, und es fühlte sich an, als würde er durch Sand atmen. Er hoffte, den richtigen Pfad gefunden zu haben.

Irgendwann vernahm er ein leises Plätschern. Dann stand er vor der Quelle. Links von ihm brach sie in Kopfhöhe aus dem Felsen. Das Wasser sammelte sich in einem Becken, das man künstlich aus Stein geformt hatte, bevor es überlief und den Hang hinabgluckerte, um sich irgendwo im Gebirge zu verlieren und mit dem Hauptfluss zu vereinen.

Die Ränder waren vereist, aber die Mitte war frei. Hastig steckte Ewalt den Kopf in das Becken, kühlte sein erhitztes Gesicht und trank gleichzeitig in gierigen Schlucken. Das Wasser war kalt und frisch. Als er den Kopf aus dem Wasser zog, war er fürs Erste nicht mehr durstig. Er lauschte auf Geräusche hinter sich. Doch er hörte weder Schritte noch Pferde.

Vögel sangen, Bäume knackten unter der Kälte. Pinienzapfen lösten sich von den Zweigen und kullerten über den Boden. Ein Specht hackte in einem wiederkehrenden Tremolo gegen einen morschen Stamm. Mehr war nicht zu vernehmen.

Hatten die beiden Männer womöglich seine Spur verloren?

Ewalt strich sich die nassen Haare aus dem Gesicht und schlürfte einen zweiten langen Schluck eiskaltes Wasser, das ihm im Magen schmerzte. Er lehnte sich gegen den Steintrog, immer darauf bedacht, nicht von den herabrieselnden Tropfen getroffen zu werden.

Nur kurz wollte er die Augen schließen, sich der Erschöpfung einen Moment lang hingeben. Er lauschte dennoch, ob ihm jemand folgte.

Plötzlich fuhr er auf. Er war eingenickt. Was hatte ihn geweckt? Ein Geräusch? Seine Verfolger? Er zitterte, lauschte, dachte nach.

Für einen Augenblick war er unschlüssig, was zu tun war. Er musste weg von hier, in die Burg, am besten unerkannt. Er musste Karlmann warnen, denn Mattheis und Girgl waren nicht nach Paterno geschickt worden, um dort mit Würfeln zu spielen. Sie waren Weichensteller. So viel hatte er begriffen: Sie waren gekommen, um der Zukunft eine andre Richtung zu geben. Das musste er Karlmann sagen, aber dazu musste er erst einmal zu ihm vordringen.

Er orientierte sich. Die beiden Männer hatten ihm nicht zugehört, als er von dem zweiten Zugang zur Burg gesprochen hatte. Hoffte er jedenfalls. Wenn sie ihm folgten, dann zu Fuß. Die Pferde würden sie hier unmöglich durchzwängen können. Von hier aus lief der Pfad parallel zur eigentlichen Straße weiter. Er kam nur etwas unterhalb des Gemäuers im Westen heraus. Dort gab es besagte Pforte, die gern von den Küchenmägden benutzt wurde – und von ihren Liebhabern. Er selbst hatte diese Tür erst kennengelernt, als Mena sich mit dem Kaiser eingelassen hatte und er … Er wollte nicht weiter darüber nachdenken. Er konnte davor warten, bis Marie oder Trude den Abfall des Tages dort vor die Burg schafften. Im oberen Grabenteil hinter der Burg wurden ein paar Schweine gehalten. Von der Brücke aus war der Koben nicht einzusehen. Wenn er sich beeilte, dann konnte er bis zum Mittagsläuten dort sein. Früher als Mattheis und Girgl, wenn sie den üblichen Weg mit dem Heerzug nahmen und über die Brücke und den Halsgraben kamen. Sie würden ohnehin vor der Burg rasten müssen, denn für all das Kriegsvolk war der Innenhof zu klein.

Ewalt nahm einen letzten Schluck eisigen Wassers. Es fuhr ihm wie Dolche ins Gedärm.

Noch einmal lauschte er in das Gestrüpp hinter ihm, in dem er den Pfad selbst kaum ausmachen konnte. Nichts rührte sich. Also trabte er weiter. Seine Muskeln schmerzten, und das eisige Wasser im Bauch schwappte unangenehm. Es wäre sicher besser gewesen, sich zu mäßigen, doch dafür war er zu durstig gewesen. Deshalb musste er sich jetzt bewegen. Die Bewegung taute seine steifen Glieder auf und wärmte ihn. Immer schneller jagte er dahin, sprang sicher über Steine und Wurzeln. Plötzlich hörte er das Klirren und Schlagen von Rüstungen und Schwertern über sich. Ein Blick nach oben sagte ihm, dass er nur einen Pfeilschuss weit von der eigentlichen Straße entfernt war. Zwischen dem Gesträuch konnte er oberhalb des Hangs Kettenhemden blitzen sehen und Männer miteinander reden hören. Es waren kurze, knappe Sätze, die da gesprochen wurden. Aber sie hörten sich allesamt müde an.

Eine ganze Weile begleiteten die Geräusche seine Flucht. Dann wurden sie wieder leiser. Die Straße bog nach Osten ab in Richtung Halsgraben und Zugbrücke. Bald würde der hintere Graben in Sicht kommen.

Es war nur ein Bruchteil Unaufmerksamkeit – und schon knickte er mit dem linken Fuß um, verlor den Halt und stürzte. Er konnte sich nicht auf dem schmalen Pfad halten, rutschte über den Weg hinaus und den Hang hinunter. Unwillkürlich löste sich ein Schrei. Der Hang war steil. Er überschlug sich, glitt auf glattem, weil feuchtem Feengras abwärts und wurde erst von einem der Stämme, die sich auf dem Hang selbst gehalten hatten, unsanft abgebremst. Der Aufprall presste ihm alle Luft aus der Lunge und brach ihm zweifellos eine Rippe, wenn nicht ein halbes Dutzend.

Er blieb liegen, weil er zuerst den Schmerz veratmen musste.

Der linke Fußknöchel war betroffen, die Rippen der rechten Seite und seine linke Hand, mit der auf dem Boden aufgeschlagen war. Alles tat höllisch weh.

Ewalt hätte heulen können. Warum musste ihm das so kurz vor dem Ziel zustoßen?

Am liebsten wäre er so liegen geblieben, aber in seinen Schmerz bohrte sich ein Geräusch, das er am liebsten überhört hätte.

»Was war das? Ein Mensch?«, fragte jemand.

»Ich glaube, wir haben unseren Freund wiedergefunden!«, antwortete eine andere Stimme, die Ewalt sofort als die Girgls erkannte.

Das war doch unmöglich. Waren die beiden geflogen?

Ewalt sah sich um. Er hing an einem fast senkrecht abfallenden Hang am Stamm eines Baumes fest. Von oben so sichtbar wie eine Burgmauer, wenn man davorstand. Wenn auch nur einer von den Kerlen einen Blick nach unten warf, mussten sie ihn entdecken. Im Augenblick war es ihm ziemlich gleich, wie sie es geschafft hatten, ihn zu überholen.

Ihm wurde heiß, und das schnellere Atmen ließ den Schmerz in seinen Rippen aufflammen. Nirgends gab es ein Versteck oder die Möglichkeit unterzuschlüpfen. Er konnte sich nicht einmal wegbewegen, denn auf dem spiegelglatten Hang würde er sofort ins Rutschen geraten – und nach unten gab es, jedenfalls so weit er es sehen konnte, kein Ende.

»Ich hab's deutlich gehört. Der Kerl hat uns entdeckt und ist zurück.«

»Woher sollte er wissen, dass wir hier auf ihn lauern? Mit dem Pferd ist man immer schneller.«

Das war Mattheis' Stimme. Es bestand kein Zweifel, sie hatten ihn überholt und abgepasst.

»Wenn man weiß, wo man suchen muss.«

Verzweifelt versuchte Ewalt, sich aufzurichten und den Hang weiter hinabzublicken. Hochklettern war unmöglich. Er musste tiefer hinunter, aus dem Blickfeld der bayerischen Haudegen.

»Glaubst du, er ist über unser Seil gestürzt? So ein Tölpel kann er doch gar nicht ...«

Kurz horchte Ewalt auf. Sein Sturz war also nicht zufällig gewesen. Sie hatten ihm eine Stolperfalle legen können, weil er zu lange gebraucht hatte, den Weg entlangzukommen. Offenbar war er nicht nur kurz eingenickt, sondern hatte etwas länger geschlafen.

Die Rippe auf der rechten Seite stach, als würde jemand ihm ein Messer in den Leib rammen. Er wusste sehr gut, dass man damit vorsichtig sein musste. Ein Onkel hatte sich nicht um seine gebrochene Rippe geschert, bis sie ihm aus dem Leib getreten war, bleich und spitz. Keine drei Atemzüge später war er tot gewesen. Erstickt.

Ihm blieb jedoch nichts anderes übrig, als sich entgegen aller Erfahrung und Vorsicht zu bewegen.

Der Hang direkt unter ihm machte nach etwa zwanzig Fuß einen scharfen Knick, wurde kurz steiler, um dann einen Sims zu bilden. Schmal, aber von seinem Standort aus gut zu sehen. Wenn er es richtig beurteilte, dann war dieser Sims von weiter oben nicht mehr zu sehen, so wie er ihn im Liegen auch nicht gesehen hatte.

Wenn er es bis dorthin schaffte, dann war er womöglich den Blicken der beiden Kerle entzogen.

Das einzige Problem bestand darin, dorthin zu kommen, ohne Lärm zu machen oder sich zu Tode zu stürzen. Wenn er nämlich weiter ungebremst den Hang hinabrutschte, konnte er über diesen Sims hinausschießen – und dahinter ging es abwärts. Dort unten half dann nur noch wegfegen.

Von seiner Warte aus musste er sich links halten, von dort

konnte er drei Stämme schräg abwärtsgleiten und dann vielleicht die zwei Meter hinunterspringen.

»Lass uns nachsehen! Komm. Wenn nichts war, dann legen wir uns wieder auf die Lauer«, hörte er Girgl sagen.

Mattheis stöhnte, schien sich aber aufzuraffen. Ein Rascheln war zu vernehmen – und das war für Ewalt das Zeichen. Er stieß sich kurz ab, schnellte zum nächsten Stamm schräg gegenüber, hielt sich für einen Wimpernschlag fest, rutschte auf den Schuhsohlen tiefer, bremste mit den Händen seine Geschwindigkeit ab, glitt weiter, und dann war der Abhang da. Er wusste, dass er das letzte Stück springen musste. Bis jetzt hatte er den Schmerz einfach nicht an sich herangelassen, aber vor dem Sprung graute ihm. Doch es ging alles zu schnell, als dass er noch hätte nachdenken können. Die Geräusche von oben wurden immer lauter. Er bremste sein Gleiten ganz ab, dann sprang er über die Schwelle.

Wenn er gewusst hätte, wie weit es dort wirklich hinunterging, hätte er es sich nicht getraut. So aber war er bereits unterwegs, bevor er über diesen Irrsinn nachdenken konnte. Er schlug auf dem Sims auf, rollte sich ab, hätte am liebsten vor Schmerzen geschrien, konnte sich aber gerade noch beherrschen. Ein kurzes Jammern war alles, was er von sich gab.

»Was war das?«, hörte er es leise von oben.

»Wildsau«, kommentierte Mattheis.

Ewalt konnte kaum noch atmen. Er robbte zum Hang hin und streckte sich längs des Knicks aus. Er schaute nicht mehr nach oben und konnte von oben auch nicht mehr gesehen werden. Ein leises Wimmern, und ihm wurde dunkel vor Augen.

10

CASTEL PATERNO, JANUAR 1002

Mena lag in ihrem Bett, hatte die Augen weit aufgerissen und starrte an die Decke. Mit einer Hand umfasste sie den Lederbeutel mit dem Zahn Kaiser Karls, den sie sich umgehängt hatte.

Sie hatte den Tod gesehen. Gertrud hatte ihr von der Farbe des Todes erzählt, die den Menschen befällt und an der sein sicheres Ableben zu erkennen ist. Sie hatte in Ottos Gesicht geblickt und darin den Tod gesehen. Ottos Stunden waren gezählt.

Das Horn weckte sie nicht, sondern rief sie nur aus dem Bett. Sie brachen auf.

Alles, was sie über die Alpen wieder mit zurücknehmen wollte, hatte sie bereits am Abend zuvor zusammengepackt – und sie hatte sich dafür geschämt. Ihr Leben passte in einen Beutel, der leichter war als der Krug Wasser, den sie täglich in die Küche zu schleppen hatte. Mena hatte sich überlegt, was von ihr bleiben würde, wenn sie einst die Schwelle zum Tod zu überschreiten hatte wie Kaiser Otto – und das Ergebnis war erbärmlich gewesen: ein Beutel, der leichter war als ein Krug Wasser.

Erst dieses unbestimmte Kribbeln in ihrem Bauch hatte sie ein wenig versöhnt. Wenn dieser Junge – und sie wusste, es würde ein Junge – auf die Welt kam, dann würde sie der Nachwelt etwas hinterlassen, das größer war als die Leistungen Ottos III., größer als alles, was sie sonst jemals an Wert für sich in dieser Welt beansprucht hätte.

Für dieses Wesen galt es zu kämpfen.

Nach dem zweiten Hornsignal schob sie die Decke beiseite,

wickelte sie auf, band sie mit einem Strick zusammen und schulterte sie. Auch den Leinensack hängte sie sich über. Sie war bereit abzumarschieren, auch wenn der Weg aus dieser Burg hinaus für den Vater ihres Kindes den Tod brachte.

Als sie den Innenhof betrat, wollte sie ihren Augen nicht trauen. Auf dem Ross des Kaisers saß, gerüstet und in Waffen, das Gesicht halb von einem Helm bedeckt, die Kinnpartie von einem Tuch gegen die Kälte geschützt, Otto. Der Kaiser des Heiligen Römischen Reiches führte das Pferd, als wäre er noch immer der kräftige, die Welt in seinen Händen haltende Jüngling, der er gewesen war, als er sie zu sich ins Bett geholt hatte.

Sie blieb auf der Schwelle vor dem Palas stehen, um dieses Wunder zu bestaunen. Als sich das Pferd tänzelnd drehte, wagte sie ein kurzes Winken mit der Hand – und Otto nickte ihr zu. Ihr Herz machte einen Sprung, und auch das Kind in ihrem Bauch schien sich zu freuen, denn sie fühlte plötzlich deutlich, wie es sich bewegte.

»Er gehört Euch, Herr«, flüsterte sie vor sich hin. »Ich werde Euren Sohn für Euch austragen.«

Dann ertönte das dritte Hornsignal, und der Kaiser gab seinem Rappen die Sporen. Das Tier wusste, was von ihm verlangt wurde. Mit einem majestätisch tänzelnden Schritt übernahm das Schlachtross, der Dextrarier, der alle anderen Tiere an Schulterhöhe übertraf, die Führung des Zugs.

Mena ging zum Küchenwagen, auf dem bereits die alte Gertrud Platz genommen hatte.

»Guten Morgen«, begrüßte sie die Alte.

Gertrud saß in sich zusammengesunken da und murmelte vor sich hin. »Das ist nicht richtig«, sagte sie immer wieder. »Nicht richtig.«

Mena hörte zuerst nicht darauf, sondern spürte diesem neuen Gefühl nach, das so plötzlich von ihr Besitz ergriffen hatte. Das

Kind war da, in ihrem Körper, keine Vermutung mehr, sondern Gewissheit. Sie fühlte es, spürte es, wusste es.

Es dauerte nicht lange, da liefen sie neben dem Karren her, weil der Boden derartige Schläge austeilte, dass Mena das Gefühl hatte, sie schadeten dem Ungeborenen. Aber auch Gertrud stieg ab und trottete hinter dem Wagen her. Mit einer Hand hielt sie sich am Rahmen fest. Sie schnaufte und keuchte. Das Alter machte ihr zu schaffen. Und dennoch brachte sie es fertig, mit jedem vierten Atemzug »Es ist nicht richtig!« zu murmeln.

Es war schon nach Mittag, als Mena zum ersten Mal der Gedanke kam, die Alte nach dem Grund für ihr ständiges Gemurmel zu fragen.

»Hast du denn keine Augen im Kopf?«, herrschte Gertrud sie an. »Schaust du denn nicht hin?«

Ihr Gesicht war feucht von Schweiß, aber die Augen funkelten in einem Zorn, der Mena beinahe versengte.

Überrascht, so angefahren zu werden, zog sich Mena wieder zurück. Doch der Satz der alten Magd ließ sie nicht los. Was sollte sie denn übersehen haben? Sie blickte voraus und ließ den Blick nach hinten schweifen. Aber sie sah nur Panzerreiter auf Schlachtrössern, Fahnen, Küchen- und Transportwagen, Männer und Frauen, die liefen, und wenn sie in den Himmel blickte, dann folgte ihnen dort oben ein Mäusebussard, weil der Zug vermutlich links und rechts seines Weges Kleingetier aufscheuchte, das er zu gerne fing. Der Weg wurde von hohen Tannen beschattet, auf deren Nadelfächern sich der Reif hielt und den Tross weiß bestäubte.

Nichts war anders. Alles war, wie es sein sollte. Der Kaiser ritt vorneweg. Neben ihm Ekkehard von Meißen, der Heerführer, daneben Hermann von Sölden, der die Reichsinsignien bewachte …

Menas Blick glitt über die Spitze des Zuges, die sie beim Abzweigen nach Civita Castellana gut überschauen konnte. Jetzt sah sie es auch … Karlmann fehlte. War der Vertraute des Kaisers in Castel Paterno zurückgeblieben? War er vorausgeritten? Unwahrscheinlich war das nicht, schließlich hatte er als Seneschall mehr zu tun, als neben dem Kaiser herzureiten. Vermutlich war er nach Civita Castellana vorausgeeilt, um das Heer reisefertig zu machen, was eigentlich die Aufgabe des Heerführers gewesen wäre. Der aber ritt neben Otto.

Mena war verwirrt. Hätte Karlmann nicht bei diesem Schauspiel des Abzugs neben seinen Herrn gehört? Sie stahl sich neben Gertrud, die mittlerweile so außer Atem war, dass sie nur noch die Lippen bewegte.

»Willst du dich nicht in den Wagen setzen?«

»Spar dir das Süßholzraspeln!«, herrschte die Alte sie an.

Mena ging über die Abfuhr hinweg. Gertrud war eine ständige Maulerin, aber ihr Herz war weich und hilfsbereit. Man musste sie nur zu nehmen wissen. Und sich durch den Ton nicht beleidigt zu fühlen gehörte dazu.

»Ich weiß jetzt, was du meinst«, flüsterte Mena. »Karlmann ist verschwunden. Wo ist er hin?«

Die alte Dienerin drehte ruckartig den Kopf zur Seite, sah Mena mit runden Augen an, dann begann sie zu kichern wie ein junges Mädchen.

»Du bist göttlich, Mädchen. Ihr jungen Dinger denkt nur mit eurem Unterleib. Wenn ein ansehnlicher Kerl fehlt, fällt es euch auf. Aber für die wesentlichen Dinge seid ihr blind.« Vor Kichern bekam sie kaum noch Luft. »Und jetzt hilf mir hoch, bevor ich noch unter die Hufe komme.«

Mena half ihr zwar auf den Wagen, aber bis zur Stadt redete sie kein Wort mehr mit ihr. Dafür hielt sie Ausschau nach Ewalt. Auch ihn hatte sie seit Tagen nicht mehr gesehen, was sie verwunderte. Schließlich war die Burg nicht so weitläufig, als dass man sich tagelang aus dem Weg gehen konnte. Vermutlich hatte er sich, da Otto ihn ja nicht mehr brauchte, die Zeit mit den Küchenmägden vertrieben. Einerseits schmerzte sie dieser Gedanke, andererseits glaubte sie nicht recht daran. Sie beschloss, sich unauffällig auf die Suche nach ihm zu machen. Trotz aller Missstimmung empfand sie ihn noch immer als Vertrauten.

Sie ließ sich zurückfallen, begann mit dem einen oder anderen Fuhrwerker, die auf den Leitpferden saßen und die Wagen lenkten, ein Gespräch, fragte beiläufig nach Ewalt – und wenn die Antwort abschlägig war, suchte sie den nächsten Wagen auf. Tatsächlich fand sie in den hinteren Karren keine Spur von ihm. Nur einer der altgedienten Fuhrwerker deutete an, er habe ihn zufällig auf einem der Gäule der vorderen Wagen gesehen.

»Er sieht aber nicht gut aus. Hat wohl einen über den Durst getrunken. Ich glaub, er leidet.«

Mena seufzte und machte sich auf den Weg nach vorn. Die Äußerung des Fuhrmanns hatte sie stutzen lassen. Ewalt und leiden? Weil sie ihn hinausgeworfen hatte?

»Jungfer«, wurde sie angesprochen, als sie sich an zwei Reitern vorbeimogeln wollte. Beide sahen nicht so aus, als würden sie zu denen gehören, die zum Schutz des Kaisers abgestellt waren.

»Ja?«, fragte sie misstrauisch.

»Wir haben gehört, Ihr sucht einen Ewalt. Nun, den suchen wir auch. Gebt uns doch Bescheid, wenn Ihr ihn gefunden habt. Wir schulden ihm noch etwas.«

»Von wem soll ich grüßen?«, fragte sie weiter.

Die beiden Kerle gefielen ihr nicht. Aber das musste sie ihnen ja nicht auf die Nase binden.

»Mattheis«, stellte sich der Ältere vor. »Er kennt uns.«

Mena nickte. Während dieser Mattheis sie offen anschaute, sah sein Nachbar, ein spitzes Rattengesicht mit grauem Bart, zu Boden, was Mena befremdete.

Sie löste sich von den Männern und lief weiter nach vorn. In ihrem Rücken spürte sie die Blicke der beiden und nahm sich vor, diesen Männern gegenüber kein Sterbenswörtchen davon zu verraten, ob sie Ewalt gefunden hatte.

Sie zählte die Wagen vor ihr. Sechs, sieben, acht waren es noch. Acht schwer beladene, vierrädrige Karren, die von Pferden oder Ochsen gezogen wurden. Die beiden ersten, an denen sie vorüberkam, waren mit Ölplanen fest verschnürt. Auf den Zugpferden saßen ihr unbekannte Männer. Niemand hätte sich dort zusätzlich in den Wagen aufhalten können. Der nächste war ihr eigener Kastenwagen mit Kochstelle, auf dem eigentlich Gertrud hätte sitzen sollen. Doch die Alte war verschwunden.

Mena kümmerte sich nicht darum, wo sie abgeblieben war. Dafür war später noch Zeit. Der Wagen davor enthielt Teller und Töpfe für den Herrscher. Alles aus Silber und Gold, selbst die Trinkbecher. Niemand durfte sich diesem Karren nähern. Er war von sechs Mann schwer bewacht und wurde von zwei Fuhrwerkern gelenkt. Sie musste warten, bis der Weg eine Ausweichstelle eröffnete. Dann erst konnte sie unter den finsteren Mienen der Lanzenreiter vorbeihuschen. Die drei letzten Wagen bis zur Spitze gaben ihr Rätsel auf. Es waren drei Karren für Personen. Aber warum drei? Einer hätte für den Kaiser ausgereicht, ein weiterer vielleicht für Ekkehard, der sich allerdings, so viel hatte Mena in den letzten Jahren erfahren, lieber bei seinen Männern im Zelt aufhielt als in diesen abgeschlossenen Wagen.

»Sie stinken nach Schimmel und Pisse, verdammt«, hatte sie ihn einmal bei einem Fest fluchen hören. »Lieber liege ich unter einer Pinie und lass mich vom Fallen der Zapfen wecken!«

Der Heerführer brauchte also ganz sicher keinen Wagen. Zudem schepperte und klapperte es darin, und sie wirkten merkwürdig leer. Mena lief näher an den ersten der drei Wagen heran. Er hatte auf Kopfhöhe eine kleine Reihe von Fensteröffnungen, die nicht verschlossen waren. Sie musste sich im Laufen auf die Zehenspitzen stellen, um einen Blick hineinwerfen zu können.

Zu ihrer Überraschung war er nicht leer. Drinnen lag ein Mann auf der Seitenpritsche und stöhnte. Mena konnte ihn nicht richtig erkennen. Es war zu dunkel, und sie musste hüpfen, um richtig sehen zu können. Nur die Kleidung kam ihr bekannt vor.

»Ewalt?«, fragte sie ins Blinde hinein.

Niemand antwortete ihr.

»Ewalt?«, wiederholte sie, diesmal etwas lauter, weil sie glaubte, ein weiteres Stöhnen als Antwort vernommen zu haben. Sie wollte zum dritten Mal ansetzen, als sie angeschnauzt wurde.

»Sei still!«, vernahm sie deutlich. »Oder willst du mich umbringen?«

Es war Ewalts Stimme.

»Seit wann bringt es dich um, wenn ich deinen Namen rufe?«, fragte sie voller Sorge.

»Weil du die Geier anlockst«, kam es aus dem Innern.

Mena zählte eins und eins zusammen. »Meinst du diesen Mattheis und seinen Kumpan?«

Aus dem Wagen drang ein Fluch, der eigentlich die hölzernen Wände des Karrens in Flammen hätten setzen müssen. Doch nichts geschah.

Mena versuchte, sich so unauffällig wie möglich zu verhalten, wollte weiter nach vorn, um Ewalt nicht zu verraten. Aber der vorletzte Wagen vor der Spitze war noch stärker gesichert als das goldene Geschirr des Kaisers.

Mena vermutete, dass darin die Reichsinsignien transportiert wurden. Dort mussten Krone und Mantel, Schwert und Zepter liegen. Niemals würde sie an diesen Wagen heran- oder auch nur an ihm vorbeikommen. Was sie allerdings erstaunte und verwirrte, war das Vorhandensein des ersten Karrens. Auch dies war ein halb geschlossener Wagen für Personen. Sollte er den Kaiser aufnehmen, sobald er müde wurde? Für Otto musste es eine unglaubliche Strapaze bedeuten, sich bei seinem Gesundheitszustand einen ganzen Tag im Sattel zu halten.

Mena versuchte, sich vor den Karren zu schieben, in dem sich Ewalt befand. Das gelang ihr erst, als sie mit dem Fuhrwerker einige belanglose Worte wechseln konnte. Er lud sie ein, sich auf den Holm der Deichsel zu setzen.

Es war nicht ungefährlich, sich hinter die Pferde zu stehlen, unter den Riemen hindurch und dann mit einem kleinen Hüpfer auf die Deichsel zu springen. Abgesehen davon war es keineswegs bequem. Aber es war besser, als mitzulaufen. Rechts vor ihr ritt der Fuhrwerker, ein junger Kerl, nicht viel älter als sie.

Seit wann er denn auf sei, fragte sie ihn. Bereitwillig begann er draufloszuschwatzen. Marx heiße er, und er habe vor Aufregung die ganze Nacht nicht schlafen können, weil er zum ersten Mal hinter den Insignien herreite und diese Nacht eine ganz ungewöhnliche Aufregung geherrscht habe.

Mena war ganz Ohr und bestätigte dem jungen Kerl seine Beobachtung. Das habe sie auch bemerkt, log sie. Sie hoffte nur, dass er nicht weiter nachforschte. Aber der junge Fuhrwerker plapperte und plapperte unverdrossen weiter.

Zuerst sei dieser Karlmann gekommen und sofort zu Otto vorgelassen worden. Kurz darauf sei der Bader geholt worden, und Bischof Bernward sei auch wieder in Ottos Kemenate geführt worden. Man plane den Rückzug, habe ihm die alte Gertrud im Vorbeigehen zugeflüstert, die für eine Weile geholt und dann wieder zurückgebracht worden sei. Und die ganze Nacht hätten in der Kemenate des Kaisers die Lichter gebrannt. Vom Hof unten habe er das genau gesehen.

Schließlich sei dieser Ewalt im Morgengrauen zu ihm hergewankt, völlig betrunken, und habe gesagt, Karlmann habe ihm erlaubt, im Karren mitzufahren, da er in seinem Zustand nicht reiten könne.

Sie unterhielten sich noch eine ganze Zeit über Belanglosigkeiten, dann musste der Junge absteigen und zum vordersten Pferd vorlaufen, um es an der Hand zu führen.

Sofort drehte sich Mena zu Ewalt um. »Was ist los?«, fragte sie. »Warum versteckst du dich?«

»Sie jagen mich. Die beiden Kerle sind hinter mir her.«

»Spielschulden?«, fragte Mena. Es klang gehässiger, als gewollt.

»Sehr witzig. Nein. Sie … sie sind … Ach, das verstehst du doch nicht.«

Mena runzelte die Stirn. Wut stieg in ihr auf. »Was soll ich nicht verstehen?«, zischte sie, und ohne eine Antwort abzuwarten, setzte sie hinzu: »Ich werde dir zeigen, was ich alles nicht verstehe. Die beiden Kerle auf ihren Pferden beobachten mich gerade und fragen sich sicherlich, mit wem ich denn da spreche. Soll ich sie herholen, weil ich ja nicht verstehe, warum sie wegbleiben sollen?«

Ewalt stöhnte. »Tu's nicht. Sie bringen mich um.«

»Doch nicht hier, inmitten der Reiter Ottos.«

Die Deichsel war zu schmal, und langsam tat ihr der Hintern weh. Wenn Ewalt nicht bald erklärte, was ihn in diesen Karren gebracht hatte, würde sie abspringen müssen. Auch glaubte sie, das Schlagen des Wagens und die gekrümmte Haltung könnten dem Ungeborenen in ihrem Leib schaden.

»Die Männer wollen zu Otto.«

»Zum Kaiser?« Sie hob den Blick und suchte die beiden Männer, die sich so weit hinter ihr befanden, dass sie sie kaum erkannte. »Was wollen sie denn von ihm?«

»Sie sind Aasgeier. Sie werden vom Sterben und vom Tod

angezogen«, flüsterte Ewalt hinter der Holzverkleidung. »Sie stehen im Dienst des bayerischen Herzogs.«

Jetzt verstand Mena tatsächlich nichts mehr. »Und was hat das mit dir zu tun?«, entfuhr es ihr verblüfft.

Sie hörte, wie sich Ewalt offenbar aufsetzte und gegen die Holzwand lehnte. »Wenn ich es dir erzähle, bringst du mich um«, sagte er.

Mena stutzte. Was sollte das nun wieder? »Soll ich den beiden winken? Sie sehen gerade wieder zu mir her«, sagte sie und lächelte gezwungen.

»Herrgott!«, fluchte Ewalt lautstark.

»Ich komme Otto nahe. Ich bringe ihm seinen Wein. Ich helfe ihm in die Kleidung. Ich bin um ihn herum. Sie haben es herausgefunden, was offenbar nicht schwer war. Dann haben sie mich gefragt, ob ich beim Wechsel der Herrschaft nicht ebenfalls wechseln möchte.«

Mena runzelte die Stirn. »Sprichst du vom Bayernherzog als nächstem Herrscher?«

»Natürlich«, zischte Ewalt. »Was aber schlimmer ist, sie wollten von mir wissen, wie krank Otto ist.«

»Du hast ihnen hoffentlich …«

»Nein, habe ich nicht. Aber sie haben mich bedrängt, ob ich nicht etwas nachhelfen könnte. Schließlich käme ich in seine direkte Nähe.«

Entsetzen stahl sich auf Menas Gesicht, und auf ihren Unterarmen breitete sich eine Gänsehaut aus.

»Du solltest den Kaiser umbringen?«

»Zumindest nachhelfen.«

»Deshalb bis du abgehauen?«

»Natürlich – und sie sind mir gefolgt. Weil ich sie abgewiesen habe, müssen sie mich loswerden. Ich bin der einzige Zeuge für das, was sie geplant haben.«

Mena verstand sofort. Ewalt war in höchster Gefahr!

»Warum bist du nicht im Castel Paterno geblieben?«

Plötzlich war Ewalt ruhig. Eben noch hätte sie einfach den Kopf gehoben und ins Innere geschaut, was los sei, aber nachdem sie erfahren hatte, was geschehen war, wagte sie nicht, Ewalt in irgendeiner Weise zu gefährden. Auch wenn er sie beiseitegeschoben hatte, weil sie schwanger war, mochte sie ihn dennoch. Wenn sie in den Wagen blickte und dieser Mattheis sah das zufällig, würde er seine Schlüsse ziehen. Sie schlug mit der Faust gegen die hölzerne Wand. »Was ist? Willst du mir nicht antworten?«

»Die Ereignisse – sie haben mich eingeholt«, sagte Ewalt matt.

Menas Nasenwurzel bekam eine steile Falte. Was redete Ewalt da? »Wie ... soll ich das ... verstehen?«, stotterte sie. Eine Ahnung kroch in ihr hoch, die so ungeheuerlich war, dass es ihr beinahe die Luft abschnürte. Die Deichsel grub sich tiefer in ihren Hintern und tat weh. Das kleine Wesen in ihrem Bauch wehrte sich deutlich gegen die gebückte Haltung.

»Ich habe doch gesagt, dass du das nicht verstehst!«

CIVITA CASTELLANA, 24. JANUAR 1002

Mena suchte nach Gertrud. Die Wagen hatten Civita Castellana erreicht und waren auf die Hauptmacht des Heeres gestoßen. Sie waren in eine große Blase aus Dreck, Lärm und Gestank eingedrungen und hatten sich darin festgefahren. Die Feuchtigkeit, die von den Körpern der Männer und Tiere ausgeschwitzt wurde, verklebte die Haut und legte sich auf die Lungen. Tausende von Hufen verwandelten die Luft trotz des feuchten Bodens in einen schwer zu atmenden Nebel aus Staub.

Man hatte beschlossen, noch am selben Tag weiterzuziehen. Der Kaiser und die Reichsinsignien waren jetzt geschützt. Die Karren wurden schließlich von einem ganzen Heer begleitet, und mit Hermann von Sölden hatten sie einen zuverlässigen Bewacher.

Seit Mena von Ewalts Wagen abgestiegen war, suchte sie Gertrud. Die Alte wusste etwas, was sie als letzte Bestätigung brauchte.

Der Heerwurm wandte sich nach Norden und würde sich sicherlich noch gut einen halben Tag vorwärtsbewegen, bevor ein vorübergehendes Lager aufgeschlagen werden würde.

Die Luft wurde eisiger, weil sich ein Nebel vor die Sonne schob, und gegen Mittag setzte ein kalter Regen ein, der das Vorwärtskommen erschwerte. Die Wege wurden glitschig, Pferde rutschten aus und begruben ihre Reiter unter sich. Wagen glitten von der befestigten Straße und mussten mühsam aus Erdlöchern gezogen werden.

All das kannte Mena – nur die Abwesenheit Gertruds machte ihr Sorgen. Die alte Frau konnte nicht die ganze Strecke laufen.

Wieder ließ sich Mena zurückfallen, um nach ihr zu suchen. Diesmal achtete sie darauf, nicht den beiden bayerischen Reitern zu begegnen. Der Zug war breit genug, um ihnen aus dem Weg zu gehen. Gertrud fand sie dennoch nicht.

Erst als sie die Wagen hinter sich hatte und sich unter die Knappen und Fußsoldaten mischte, entdeckte sie das rote Kopftuch der Alten. Wieder musste sie erkennen, dass sie Gertrud völlig unterschätzt hatte. Während sie glaubte, die alte Magd wäre irgendwo am Straßenrand zurückgelassen worden, weil sie nicht mit der Hauptmacht Schritt halten konnte, humpelte sie wie selbstverständlich zwischen den Speerträgern dahin, riss Witze und brachte die Mannschaft zum Lachen. Sie selbst lachte am lautesten.

Eine ganze Weile besah sich Mena das Schauspiel, dann kämpfte sie sich zu Gertrud vor. Diese war ihr eine Antwort schuldig.

Mena zwängte sich zwischen den Männern hindurch und schob sich neben Gertrud. Immer wieder fühlte sie grobe Hände auf ihrem Körper, die Nähe und Gelegenheit ausnutzten, aber sie tat, was man bei diesen Kerlen tun musste: Sie schlug zu und erntete dafür Gelächter.

Endlich stand sie neben der Magd und funkelte sie an. »Erzähl mir alles!«, fauchte sie.

Keineswegs überrascht sah Gertrud sie von der Seite an. »Mädchen, du bist entweder zu gründlich oder zu dumm. Beides kann ich nur schwer beurteilen. Aber lassen wir diesen armen Hunden hier ihr kleines Vergnügen. Komm zum Wagen.«

Gertrud ging rasch, und Mena musste kräftig ausschreiten, um mit ihr Schritt halten zu können. Humpelte die Alte womöglich aus Berechnung?

Wenig später saßen sie nebeneinander auf der Pritsche im Heck ihres Karrens.

»Was ist los?«, fragte Gertrud, nachdem sie sich etwas eingerichtet hatte.

Mena räusperte sich. »Das ist nicht so einfach …«

Gertrud hob die Augenbrauen. »Nichts ist einfach in dieser Welt. Aber das Schwierige ist oft nicht so schwierig, wie man es sich vorstellt. Red nicht um den heißen Brei herum.«

Mena nickte. Dann schoss es aus ihr heraus. »Was ist mit Otto?«

Gertrud wirkte überrascht, doch in ihren Augen sah Mena, dass sie ins Schwarze getroffen hatte.

»Ich habe ihn gestern Nacht gewaschen.« Gertrud schüttelte den Kopf. »Du hörst nicht zu, Mädchen. Gestern Nacht war nur ich da. Niemand sonst. Ich habe den Leichnam unseres Kaisers gewaschen.«

Eine Pause entstand. Mena spürte einen leichten Schwindel. Das Schaukeln des Karrens drückte ihr auf den Magen, und das Ungeborene rührte sich. Es zuckte, als würde es sich vor der Wirklichkeit, die es nur über ihren Leib erfahren konnte, erschrecken.

»Was?«, entfuhr es Mena laut.

Einige der Reiter um sie herum drehten kurz die Köpfe, aber niemand schien sich wirklich für sie zu interessieren.

»Willst du damit andeuten …« Mena wagte es nicht, die Wahrheit auszusprechen. Es war zu ungeheuerlich, als dass es stimmen konnte.

»Otto ist tot. Gestorben mit dem Segen des Herrn und versehen mit allen Sakramenten im Beisein seiner Getreuen.« Es klang wie auswendig gelernt. »Und ich habe ihn gewaschen«, ergänzte Gertrud. »Ich habe meinen dritten Kaiser gewaschen.«

Mena stiegen Tränen in die Augen und rollten die Wangen

hinunter. Das Ungeborene in ihrem Bauch machte einen Sprung, als hätte es ein Schlag getroffen.

Otto ist tot. Stumm gab sie sich dem Schmerz hin, der durch diesen einen Satz von Gertrud ausgelöst worden war. Unwillkürlich griff sie an das Ledersäckchen mit dem Zahn Kaiser Karls. Hatte sie Otto damit das Glück genommen? Nein. Insgeheim hatte sie es geahnt. Sie hatte den Tod in seinem Gesicht erblickt, hatte gespürt, wie er ihn umarmt, ihn zum letzten Tanz geladen hatte. Ottos Weg war vorgezeichnet gewesen.

Doch dann schoss ihr ein Gedanke durch den Kopf, der sofort ihre Tränen stillte. Langsam wandte sie sich zu Gertrud, die offenbar einfach abgewartet hatte, bis Mena auffiel, was an der ganzen Geschichte nicht stimmte.

»Aber wer sitzt dann auf Ottos Schlachtross?«

12

HEERLAGER VOR ORVIETO, ENDE JANUAR 1002

Ewalt war wie gelähmt. Er starrte zu dem Zelt hinüber, aus dessen Innerem ein Blubbern und Zischen drang, als würde dort die Suppe für das Heer gekocht. Allein der Geruch verwirrte ihn. Es duftete so intensiv nach gekochtem Fleisch, dass er Hunger bekam – und doch graute ihm vor dem Kessel im Inneren des Zeltes.

Lange Zeit hatte sie der Monte Soratte in ihrem Rücken begleitet wie eine Wegmarke, einsam und spitz, auf seinem Gipfel weiß bestäubt mit Schnee, bis er von den Hügeln Latiums und Umbriens verschluckt wurde. Von Civita Castellana aus waren sie ins Tibertal hinabgestiegen und an dessen umbrischen Höhen entlanggezogen. Jetzt lagerten sie völlig erschöpft und frierend kurz vor Orvieto.

Die Männer um ihn herum schliefen. Alle waren sie wie zerschlagen von dem Gewaltmarsch, den sie hinter sich hatten. Drei Tage lang ohne Unterlass marschieren. Drei Tage lang nicht aus den Stiefeln kommen. Drei Tage lang auf Pferden, die sich zuletzt mit hängenden Köpfen bis hierher geschleppt hatten.

Gestern waren noch Kaufleute zu ihnen gestoßen, die sich in der Nähe des Kochzeltes niedergelassen hatten, weil die Männer des Trosses den Ort mieden. Sie wollten nach Norden und hofften darauf, dass sie sich dem Heerzug anschließen konnten. Sie hatten ihm gern einen Platz abgetreten, und Ewalt hatte ebenso gern angenommen, schon deshalb, weil er so in Menas Nähe sein konnte. Er bekam dieses verfluchte Weib einfach nicht aus dem

Kopf. Sie hatte ihn zweifellos verhext. Der Kaufmann aus Augsburg hatte ihm erzählt, dass seine beiden Wagen erst die Vorhut wären. Es kämen noch mehr.

Ewalt hatte Mena gebeten, ihm eine Gugel zu besorgen, damit er sich wieder unter die Menschen wagen konnte. Jetzt saß er an einem der Feuer in der Nähe des Kochzeltes, die Kapuze tief ins Gesicht gezogen, blickte auf das unsichtbare Grauen dort und überlegte.

Hin und wieder trat die alte Gertrud vor das Zelt und wischte sich übers Gesicht. Auch Mena konnte er als Schatten erkennen, seit es dunkel geworden war, wenn sie zwischen Holzfeuer und Zeltwand hin und her lief.

Die Zeltstadt war dicht um das Kochzelt herum angelegt worden, damit niemand unbemerkt heraus- oder hereinkam, der nicht dort sein sollte.

Otto war tot. Nach diesen drei aufzehrenden Tagen hatte Karlmann den Männern die Wahrheit verkündet. Bei den meisten war er auf Entsetzen und Unverständnis gestoßen. Man hatte den Kaiser doch reiten sehen. Er hatte seine Mannen begrüßt. Er hatte ihnen zugewunken. Wie war es möglich, dass ein Mann in seiner ganzen Kraft von einem Tag auf den anderen verstarb? Sie verstanden es nicht – und Karlmann hatte irgendwann aufgehört, ihnen zu erklären, dass nur er selbst an der Spitze geritten war, in Kaiser Ottos Rüstung.

Einen Tag lang hatten die Kämpfer zusammengesessen. Sie hatten das Ereignis besprochen und in ihren Köpfen gewälzt und sich schließlich dazu durchringen müssen, das Unvorstellbare zu akzeptieren.

Noch zwei Tage würden sie hier verbringen. Karlmann hatte Wachen aufgestellt und einen Trupp Reiter zurückgeschickt, der etwaige Verfolger aufspüren sollte. Ein weiterer Trupp, der den Weg bereiten sollte, war vorausgesandt worden. Außerdem brauchten sie Gefäße. Urnen. In Orvieto sollten sie besorgt werden.

Ewalt hatte die beiden Männer des Bayernherzogs im Auge behalten. Mit Gugel und frisch geflickter Hose verschwand er in dem Lumpengesindel, das sich kaiserliches Heer schimpfte. Der ganze Tross starrte vor Dreck. Alle froren sie erbärmlich, und der Mangel an Nahrung machte sich mehr und mehr bemerkbar. Sie hätten ein sicheres Winterquartier benötigt, ein Kloster oder eine Pfalz oder eine der umbrischen Städte, in denen es Nahrungsmittel in Hülle und Fülle gab.

Lange hatte Ewalt darüber nachgedacht, den Tross ganz zu verlassen – schließlich lief er hier Gefahr, Mattheis und Girgl in die Arme zu laufen. Doch dann war ihm ein anderer Gedanke gekommen, der ihm geradezu befohlen hatte, beim Heer zu bleiben. Da der Kaiser tot war, musste sich auch Mena nach einer neuen Herrschaft umsehen. Das konnten sie ebenso gut gemeinsam tun. Schließlich hatte er die Möglichkeit, sich an den Nachfolger zu wenden und ein gutes Wort für sie einzulegen. Er musste lächeln, als er daran dachte. Es würde sie beide wieder zusammenführen. Müde wickelte er sich in die Decke, die den Rücken vor Kälte schützte. Leider wärmte das Feuer nur von einer Seite – und sein Gesicht glühte. Er würde warten, bis die Glut weit genug heruntergebrannt war, dann würde er sich direkt neben das Feuer legen und ein wenig schlafen.

Ewalt wollte sich eben umsetzen, als er Hufgetrappel vernahm. Ein Trupp Reiter preschte im gestreckten Galopp ins Lager. Neugierig stand er auf, wie eine ganze Reihe anderer auch. Offenbar hatte sich etwas Ungewöhnliches ereignet.

Im Schein der rasch entzündeten Fackeln erkannte er den Voraustrupp. Die Männer waren erregt und verschwitzt. In Gedanken überschlug er die Möglichkeiten für die Besorgnis, die aus dem Verhalten der Panzerreiter sprach.

Orvieto würde es nicht wagen, sie anzugreifen. Schon deshalb nicht, weil außer den Mannen Ottos noch niemand wusste, dass der Kaiser tot war. Es musste also etwas anderes sein – und viele Möglichkeiten blieben nicht.

Ewalt wischte sich über sein glühendes Gesicht. Jetzt war an Schlaf nicht mehr zu denken.

Er stand auf, hüllte sich ganz in seine Decke und ging möglichst unauffällig zum Zelt Ekkehards von Meißen. Kurz vor dem Führer des Trupps traf er dort ein.

Er wusste sehr wohl, dass Ekkehard ihn – im Gegensatz zu Karlmann – niemals mit ins Zelt bitten würde. Für den Meißener war er Gesinde. Bei dem Gedanken spuckte Ewalt aus und bog ab, kurz bevor er mit dem jungen Panzerreiter zusammenstieß. Er umrundete das Zelt und trat von hinten nahe an die fadenscheinige Plane, bevor der Meißener durch die Zurufe alarmiert, die Wand zurückschlug und den Mann überrascht und ratlos ansah.

»Was ist geschehen?«, fragte Ekkehard von Meißen scharf.

»Herr«, stieß der Panzerreiter hervor. »Nicht hier vor aller Ohren.«

Der Meißener nickte, und der Führer des Trupps betrat nach ihm das Zelt. Ewalt ging hinter einem Busch in die Hocke. Wenn ihn nicht gerade jemand bemerkt hatte, als er sich hinter das Zelt gestellt hatte, dann war er jetzt für die Menschen um ihn herum unsichtbar. Aber alle Aufmerksamkeit war auf die Panzerreiter gerichtet gewesen.

»Jetzt redet!«, herrschte Ekkehard den Reiter an.

Ewalt hörte ausgezeichnet. Die Leinwand hielt den Schall kaum ab.

Der Reiter schien zuerst einen Tisch anzusteuern und sich etwas zu trinken einzuschenken, dann erst begann er.

Er erzählte, wie sie langsam und vorsichtig das Gelände und

den Weg erkundet hätten. Dann wären wie geplant zwei Mann nach Orvieto weitergeritten, um dort nach Urnengefäßen zu sehen und auch welche zu kaufen. Sie hätten für den späten Nachmittag mit dem Rest der Truppe einen Treffpunkt vereinbart.

»Aus Orvieto wollen übrigens Kaufleute zu uns stoßen und uns über die Alpen begleiten«, ergänzte der Reiter.

Ekkehard, der ohnehin nicht zu den Geduldigsten gehörte, stöhnte.

»Sie sind längst da. Gibt es sonst nichts Neues?«

»Herr, das ist nicht alles. Unsere beiden Männer, die wir zurückgelassen hatten ...«

»Geht es etwas schneller, oder wollt Ihr mir eine neue Episode aus den alten Heldensagen oder dem Kontobuch eines Kaufmanns erzählen?«, knurrte der Heerführer ungehalten.

»Wir sind dann am Nachmittag wie vereinbart wieder mit ihnen zusammengetroffen. Fast jedenfalls«, erklärte der Panzerreiter und nahm einen weiteren Schluck.

Ewalt wurde nervös. Was erzählte der Mann da?

»Habt Ihr die Urnen?«, hakte Ekkehard von Meißen nach. Seinem Ton war anzuhören, dass der Panzerreiter ihm zu weitschweifig war.

»Ja, haben wir ...«

»Und deshalb seid Ihr so aufgelöst?«

Wieder nahm Ewalt die Ungeduld und Verärgerung in der Stimme des Heerführers wahr.

»Nein, nicht deshalb. Die Urnen sind gekauft und alle unbeschädigt.«

»Was dann? Hat es mit den Kaufleuten und ihren beiden Wagen zu tun?«

Der Panzerreiter räusperte sich. »Nein.«

Offenbar war er es nicht gewohnt, klar und schnell zu berichten. Er bemerkte die Gereiztheit nicht, die Ekkehard von Meißen mehr und mehr überkam.

»Kommt endlich auf den Punkt!«, knurrte der Heerführer.

»Jemand hat einen der Männer, die gewartet haben, erschlagen.«

Beinahe hätte sich Ewalt verraten, als er scharf die Luft einsog.

»Was?«, stöhnte Ekkehard und machte eine Pause, in der nichts geschah. »Jetzt lasst Euch doch nicht alles aus der Nase ziehen!«, fuhr er den Reiter an. Seine Stimme bebte vor Zorn.

»Von dem zweiten Mann fehlte zuerst jede Spur. Wir haben uns selbstverständlich umgehört – und von einem Bauern, der gerade einen Obstbaum beschnitten hatte, erfahren, dass ein Panzerreiter nach Norden geritten ist.«

Ekkehard pfiff durch die Zähne. »Was bedeutet das?«

»Hier«, sagte der Reiter und zeigte dem Heerführer offenbar etwas. »Das haben wir bei dem Toten gefunden. Es lag unter seinem Körper.«

Zu gern hätte Ewalt gewusst, was der Mann da herzeigte, aber er konnte es sich fast denken.

»Ein Wappensiegel des Bayernherzogs«, murmelte Ekkehard. Der Heerführer stand jetzt so nahe bei Ewalt, dass dieser mit dem Schwert durch die dünne Zeltbahn hätte zustechen können, um ihn zu töten.

»Er stand in Diensten des Bayern?«, fragte Ekkehard lauter werdend und hörbar überrascht.

»Offenbar. Jedenfalls dürfte der Mann, der weitergeritten ist, Herzog Heinrich vom Rückzug des Heeres berichten … und vom Tod des Kaisers.«

Ewalt hatte ein Toben erwartet, ein Schreien und Wüten, doch Ekkehard von Meißen blieb völlig ruhig. Er stieß nur die Luft pfeifend zwischen den Zähnen aus.

»Der Verräter kann die Alpen nicht überqueren. Er wird am Scheideweg zu den beiden Passhöhen warten müssen wie wir, bis die Schneeschmelze die Wege freigibt. Lassen wir ihn also vorerst laufen. Spätestens dort holen wir ihn wieder ein.«

Ewalt nickte. Diesem Gedankengang wäre er auch gefolgt. Er erhob sich vorsichtig und schlich sich zurück zum Feuer, um sich schlafen zu legen. Mit einem Lächeln auf den Lippen rollte er sich in die Decke ein, den Blick auf das Kochzelt gerichtet, in dem die beiden Frauen unermüdlich bei der Arbeit waren.

Kurz bevor ihm die Augen zufielen, sah er noch, wie mehrere Panzerreiter auf das Zelt zugingen und vier Gefäße davor niederstellten.

Mena trat heraus, bedankte sich und nahm zwei der kleineren Urnen mit ins Zelt. Es waren kostbare Gefäße, die im flackernden Lichtschein des Feuers glänzten.

Hinter seinen geschlossenen Lidern sah Ewalt einen Panzerreiter nach Norden sprengen, bis er auf einen Heerhaufen stieß, der vom Bayernherzog nach Süden geführt wurde.

13

HEERLAGER VOR ORVIETO, ENDE JANUAR 1002

Dreimal hatte sich Mena übergeben und sich damit das missbilligende Knurren der alten Gertrud eingefangen, danach waren Grausen und Übelkeit einem geschäftsmäßigen Tun gewichen.

Zuerst hatte sie nicht verstanden, was die Alte von ihr wollte. Ständig hatte sie Mena angetrieben und gerügt. Der Kessel dürfe nur halb mit Wasser gefüllt werden, sie müsse sorgfältiger schüren, dürfe die Flammen unter dem Kupferkessel aber nicht zu hoch schlagen lassen, sonst könne man sich nicht mehr darüberbeugen. Das Wasser solle aber ständig kochen.

Solange der Kessel geschürt wurde, war alles in Ordnung. Mena war nur neugierig darauf gewesen, was sie für eine besondere Suppe kochen würden – und für wen. Dann war von Ekkehard von Meißen und Karlmann ein Tisch in das Zelt getragen worden, und Mena hatte sich gewundert.

Als die beiden Männer kurz darauf die Leiche des Herrschers hereingetragen hatten, war Mena zum ersten Mal nach draußen gelaufen und hatte ihr spärliches Frühstück hinter das Zelt gespuckt. Der Leichnam verströmte trotz der Kälte bereits einen süßlichen Geruch.

Gertrud hatte ihr gezeigt, wie man gegen den Verwesungsgestank Rosmarinzweige in ein Tuch wickelte und sich vor die Nase band. Dann hatte sie aus einer Tasche ein scharfes Messer geholt und es auf einem Wetzstein geschliffen.

»Was tun wir?«, hatte Mena geflüstert.

»Wir können den Leichnam des Kaisers nicht in Gänze über

die Alpen bringen«, entgegnete Gertrud. »Er würde uns verwesen, bevor wir Aachen erreichten. Also müssen wir Fleisch und Knochen voneinander trennen. Wir kochen den Körper und lösen so das Fleisch von den Knochen. Das wird unsere Aufgabe für diesen und den nächsten Tag sein.«

Sie lächelte gezwungen und drehte sich zur Leiche Ottos um, da Mena nicht den Mund aufbrachte, um etwas zu sagen. Sie setzte das Messer an. »Herrgott, jetzt pack schon an. Für eine alte Frau ist das alles nichts mehr.«

Als wäre sie eine Puppe und würde geführt, ging Mena zum Tisch. Sie spürte wie sich ihr Kind im Bauch unwohl fühlte, sich bewegte, drehte.

»Wolltest du nicht das Herz des Kaisers?«, fragte Gertrud. »Wenn die Urnen eintreffen, kannst du es haben.« Die Alte lachte verhalten.

Den restlichen Tag hatten sie nichts weiter zu tun, als die einzelnen knöchernen Teile von Ottos Körper zu putzen und zu trocknen: den Schädel, die Oberschenkelknochen, den Unterschenkel und das Wadenbein.

Gertrud ermahnte sie, sorgfältig zu sein, ja kein noch so winziges Knöchelchen zu übersehen. »Sonst fehlt dem armen Kerl am Jüngsten Tag ein Teil, und er kann womöglich nicht mehr laufen oder den Arm heben.«

Als sich Mena darüber beschwerte, dass die kleinsten Knochen nur schwer herauszufischen wären, lachte Gertrud nur.

»Wir warten, bis alles erledigt ist, dann finden wir auch noch den letzten«, klärte Gertrud sie auf.

Gegen Abend kamen die Urnen. Mena holte die metallenen Gefäße für das Herz und die anderen Innereien ins Zelt und legte sie sorgfältig hinein. Das Herz bekam wie die Leber eine eigene Urne. Mit einem Wachspfropfen und einem Öltuch wurden die Gefäße abgedeckt. Das Tuch wurde mit golddurchflochtenem

Zwirn festgebunden und die Gefäße mit Siegelwachs verschlossen, das sie vor dem Feuer aufgewärmt hatten. Danach kamen die anderen Organe – Lunge, Magen, Gedärm und Nieren –, nachdem sie gewaschen worden waren, in die restlichen beiden Urnen. Jeder einzelne Behälter wurde sorgfältig verschlossen und beschriftet, was Karlmann oblag, den sie dazu ins Zelt riefen.

Als Mena die letzte Urne, die sie gesäubert hatte, zum Tisch brachte, wo die drei anderen standen, las sie auf der Herz-Urne die Aufschrift: *COR*. Sie wunderte sich, dass das Wort auf Latein ebenso kurz war wie in ihrer Sprache. Als sie kurz aufblickte, schimmerte schon das Tageslicht durch den Spalt des Zelteingangs. Mena hatte nicht bemerkt, dass über all der grauenvollen Arbeit die Nacht vergangen war. Sie fühlte nur, wie sie schwankte, unsicher auf den Beinen wurde, als sie zu dem Tuch hinüberging, auf dem sie die Gebeine zum Trocknen ausgebreitet hatten.

Schließlich sank sie auf einen Schemel und schloss die Augen. Sie hörte noch das höllische Blubbern des Kessels, das sie bis in einen Traum hinein verfolgte, den sie aber nicht zu fassen vermochte.

Ein Schwindel weckte sie auf. Sie hatte das Gefühl zu stürzen. Ich muss mich irgendwo festhalten, sonst falle ich von diesem Schemel, dachte sie noch, während sie nach vorn sank und der Länge nach hinschlug. Dabei warf sie den Tisch mit den Urnen um, die durch das Zelt kullerten.

Im selben Moment war sie wieder hellwach. Das Herz. Es schlug ihr nicht nur bis in die Kehle, sie hoffte darauf, die Herz-Urne nicht zerschlagen zu haben, bis ihr einfiel, dass alle Urnen aus Metall waren. Plötzlich war in ihrem Kopf wieder der Gedanke, der sie die ganze Zeit beschäftigt hatte: Sie brauchte das Herz! Nur mit Ottos Herz konnte ihr ungeborener Sohn legitimiert werden. Doch sie konnte nicht sagen, ob sie eben aufgewacht war oder nur träumte. Und es gelang ihr auch nicht zu überprüfen, was der Wahrheit entsprach.

Erst ein unerwarteter Schmerz ließ sie die Augen aufschlagen. Im Zelt herrschte Zwielicht, das alles zu Schatten verwusch. Das Feuer war ausgegangen.

»Die Alte hat es mitgenommen. Da bin ich mir sicher, Mattheis«, hörte Mena jemanden flüstern.

Sofort kniff sie die Augen wieder zu. Die Finger ihrer linken Hand taten ihr weh. Offenbar war ihr jemand auf die Fingerspitzen getreten.

»Die wichtigste Urne«, schimpfte die Stimme erneut. »Das darf doch nicht wahr sein! Damit könnte Heinrich seinen Anspruch auf den Thron anmelden. Im Handumdrehen wäre er Kaiser.«

Mena spürte, wie das Ungeborene sich regte, wie es regelrecht in ihrem Bauch rumorte, aus Furcht davor, das Herz, ihre einzige Möglichkeit, zu verlieren.

»Verflucht, ich hab gesehen, dass sie nichts mit rausgenommen hat, Girgl«, flüsterte eine andere Stimme.

»Ob sie auf der Urne liegt?«

»Rühr das Mädchen nicht an! Wenn sie schreit, pfählen sie uns!«

Sie hörte die Furcht, die in Mattheis' Stimme mitschwang.

»Verflucht. Die Kaufleute aus Orvieto, die gestern Abend angekommen sind, hätten uns mitgenommen. Es werden noch mehr, zwei oder drei weitere Wagen. Wir wären nicht auf den Heerzug angewiesen gewesen ...«

»... und zwischen den Warenballen und Fässern wäre die Urne nicht aufgefallen. Schau genau nach!«, schimpfte Mattheis.

»Nichts. Vermaledeites Kreuz«, fluchte Girgl.

»... verdammt, da kommt jemand«, zischte Mattheis plötzlich.

Die beiden Männer, die nach Ottos Herz gesucht hatten, verschwanden nach draußen. Sie hatten auf der Rückseite eine Bahn gelockert und waren durch diesen Spalt geschlüpft.

Mena musste schlucken. Sie raffte sich auf, als Karlmann den Eingang zurückschlug und sie ansah.

»Wir brechen heute noch auf, wenn ihr fertig seid«, sagte er und schaute sich um. »Wo ist die alte Gertrud?«

Mena deutete nach draußen. »Sie schläft im Karren.«

Sie bückte sich und stellte drei Urnen, die sie vom Tisch gestoßen haben musste, als sie vom Stuhl gekippt war, wieder in Reih und Glied.

»Was ist passiert?«, fragte Karlmann misstrauisch.

»Ich … ich bin dagegengestoßen … vor Müdigkeit«, gestand sie freimütig.

Offenbar genügte ihm die Erklärung. Er rümpfte die Nase wegen des Geruchs, der das gesamte Zelt erfüllte.

Er ließ den Blick schweifen. »Die Herz-Urne fehlt!«, rief er fassungslos. »Wo … wo ist sie?«

Mena, die spürte, wie stark ihr eigenes Herz bei dem Gedanken klopfte, dass die Urne verschwunden sein könnte, versuchte, Karlmann zu beruhigen.

»Sie ist nicht weg. Sie ist nur …« Mena ging auf die Knie und hob eine Falte des Zeltes auf. Darunter lag die Herz-Urne.

Mit einem Seufzer nahm sie das Gefäß auf und stellte es neben die anderen. »Sie war nur daruntergerollt.« Sie wollte so beiläufig wie möglich wirken, was ihr aber nur bedingt gelang. Wenn Karlmann genau hingehört hätte, hätte er ihre Anspannung bemerken müssen.

Karlmann lächelte sie erleichtert an. »Wir verpacken sie noch heute und bringen sie in den Karren mit den Insignien des Kaisers, zusammen mit Ottos Gebeinen. Danach brechen wir auf. Säubert sie.«

Der letzte Satz war ein Befehl, den er schon im Hinausgehen gab.

Kein Wort des Dankes, kein Wort der Anerkennung, nichts. Hätte Karlmann ein freundliches Wort für sie übriggehabt, hätte sie ihm vermutlich von dem Besuch erzählt, der sie geweckt hatte. So dachte sie an etwas anderes. Wenn die Herz-Urne des Kaisers im Insignienkarren verschwand, war sie für ihr Ungeborenes verloren.

Mena konnte den Blick nicht von dem golden schimmernden Gefäß mit dem gelben Deckwachs und dem leuchtend roten Siegel nehmen. Sie nahm Lappen und Urne in die Hand und begann, sie zu polieren. Ihre Gedanken überschlugen sich ...

Langsam schälte sich aus diesen wirren Überlegungen eine Idee heraus. Aber Mena wusste, dass sie das nicht allein durchführen konnte. Und Gertrud, die Einzige, der sie zutraute, ihr beizustehen, war zu alt dafür. Sie würde Mena nur behindern. Es blieb nur ein Mensch, dem sie sich anvertrauen konnte: Ewalt.

14

HEERLAGER VOR ORVIETO, ENDE JANUAR 1002

Als er kurz in die Büsche gegangen war, um sein Wasser abzuschlagen, hatte Ewalt zwei Schatten hinter das Zelt der beiden Frauen schlüpfen sehen. Er war sofort alarmiert gewesen. Gertrud hatte das Zelt längst verlassen, nur Mena war noch nicht gegangen.

Er hatte sich näher herangewagt, war bis zur Zeltwand geschlichen und hatte gelauscht. Aber er hörte nur ein unbestimmtes Flüstern.

Dann waren da Schritte gewesen. Ewalt hatte sich geduckt und versucht, mit dem Erdboden zu verschmelzen. Bevor der Ankömmling das Zelt erreicht hatte, waren die beiden Schatten durch die hintere Wand geflohen. Ewalt hatte einen verstohlenen Blick riskiert und gesehen, um wen es sich handelte: die Männer Heinrichs.

Im Grunde war das zu erwarten gewesen. Wenn der Bayernherzog sie ausgeschickt hatte, um die allgemeine Lage zu erkunden und auszuforschen, wie es um die Gesundheit des Kaisers stand, dann waren sie auf alle Fälle hinter den Reichsinsignien und nun auch hinter der Urne her. Der Besitz dieser Gegenstände – die Herrschaftszeichen und das Herz des Kaisers – würden einem möglichen Thronanwärter ausreichend Legitimation verschaffen, die Kaiserwürde zu fordern.

Wenn allerdings die beiden Gauner das eine oder andere an sich brachten, dann war er, Ewalt, ausgebootet. Als Leibdiener eines toten Kaisers blieb ihm nur eines: sich zu verkrümeln. Niemand brauchte ihn – und er ärgerte sich, dass er das Angebot der Kerle so leichtfertig ausgeschlagen hatte.

Er wollte gerade zurückkriechen, als das Trompetensignal das ganze Lager weckte. Jetzt war es gleich. Er stand einfach auf. Im Trubel des morgendlichen Aufbruchs achtete niemand darauf, woher er kam.

Aus allen Löchern krochen die Recken, verschlafen und noch immer erschöpft von dem Gewaltmarsch der letzten Tage, und begannen, sich zu versammeln. Ewalt sah Karlmann auf einen Felsen klettern, damit er eine etwas erhöhte Position einnehmen konnte. So sah man ihn, so hörte man ihn.

»Männer!«, schrie er, als sich die allermeisten eingefunden hatten und der erste Lärm verstummt war. »Wir haben unseren Kaiser reisefertig …«

Weiter kam er nicht. Mit einem Surren schnellte fast unsichtbar im Zwielicht des Morgens ein Pfeil heran und bohrte sich ihm seitlich durch den Hals. Das Geräusch war kaum hörbar gewesen. Es war, als wäre das Geschoss aus dem Nichts gekommen.

Karlmann schien im ersten Augenblick nicht zu begreifen, warum er nicht mehr sprechen konnte. Er fasste nach dem Schaft des Pfeils und versuchte, ihn zu entfernen. Doch als er daran zog, schoss ein Strahl Blut aus der Halswunde, und die Augen traten ihm beinahe aus den Höhlen, als er verstand, was geschehen war.

Ewalt hatte es sofort erfasst, obwohl es auch ihn überrascht hatte. Er drehte sich in die Richtung, aus der das gefiederte Geschoss gekommen war, sah aber nur die dunkle Wand eines Pinienhains, der im Unterholz mit trockenen Büschen durchwachsen war.

Erst als der Seneschall das Gleichgewicht verlor und in die Knie brach, ging ein Raunen durch die Menge. Dann lief alles sehr rasch ab.

Die Männer deuteten auf Karlmann, drehten sich in alle

Richtungen, schrien durcheinander. Man deutete in die eine und in die andere Richtung, ohne sich dafür entscheiden zu können, woher der Pfeil gekommen war.

Ekkehard drängte sich plötzlich durch die Menge, sprang auf den Stein und beugte sich über den Verwundeten. Gleichzeitig brüllte er Befehle, die Ewalt nicht verstand, die aber sofort ein Dutzend seiner Männer zum Hain hinüberschickten. Andere gingen augenblicklich zu ihren Zelten und legten ihre Rüstungen an.

Zwei der Panzerreiter hatten einen der Bader, die das Heer begleiteten, unter den Armen gepackt und zerrten ihn noch im Hemd zu Karlmann.

Ekkehard versuchte, die Blutung zu stillen, presste aber vergeblich seine Finger auf die Wunde. An der schlaffen Körperhaltung konnte Ewalt erkennen, dass es mit dem Leben des Paladins nicht mehr weit her war. Der Pfeil hatte ihm die Halsschlagader zerrissen.

Der sonst so geordnete und träge morgendliche Heerappell wirkte wie ein Ameisenhaufen, in den man mit einem Stecken gebohrt hatte. Alles lief durcheinander, schrie durcheinander, war durcheinander.

Nur die volltönende Stimme Ekkehards gab diesem Chaos etwas Struktur und Rhythmus, und Ewalt wunderte sich, wie schnell der Heerführer das Heft in die Hand nahm und wie schnell er seine Männer im Griff hatte. Er fragte sich nur, warum der Meißener eben nicht bei Karlmann oder zumindest unterhalb von ihm gestanden hatte. Schließlich waren es seine Panzerreiter, nicht die des Seneschalls.

Ewalt drehte sich um sich selbst, weil auch er nicht wusste, was zu tun war. Auch er wartete darauf, dass ihn einer der vielen Befehle traf und in Gang setzte. Doch niemand schenkte ihm Beachtung. Während er beständig angerempelt und beiseitegestoßen wurde, überschlugen sich seine Gedanken, und schließlich kam er auf das Nächstliegende: In diesem höllischen Durcheinander hätte man problemlos den Karren mit den Reichsinsignien ...

Ewalt erschrak. Während er noch darüber nachdachte, hatten seine Beine schon den Weg zu dem Wagen eingeschlagen, in dem Schwert, Zepter, Weltkugel und Krönungsmantel aufbewahrt wurden. Vier bis an die Zähne bewaffnete Paladine standen wie Felsen in der Brandung auf ihren Posten, die Piken gesenkt, die Hände auf den Schwertknäufen. Nicht einmal seine Blicke ließen die Männer zu. Sie fuhren ihn an, was er so blöde gaffe, bis Ewalt sich umdrehte und davonging. Die Insignien waren sicher.

Kurz überlegte er, wer der Bogenschütze gewesen sein konnte. Jedenfalls war er außerordentlich treffsicher gewesen. Von dieser Sorte gab es selbst in einem Heer wie diesem mit mehreren Tausend Mann nur eine Handvoll – und Ekkehard von Meißen, der, wie es Ewalt jetzt erst auffiel, aus der Richtung des Hains gekommen war, gehörte dazu.

Mit einem Mal überfiel ihn ein anderer Gedanke. Er drehte sich auf dem Absatz um und rannte los. Was, wenn es der Bogenschütze nicht auf die Reichskleinodien abgesehen hatte, weil diese seinem Herrn ohnehin in die Hände fallen würden, plump, wie sie transportiert werden mussten?

Ewalt hastete zum Kochzelt – und seine Vermutung wurde bestätigt. Der Zelteingang war zurückgeschlagen. Er sah, wie eine Schwertspitze daraus hervorstand. Sie hob ein wenig den Zeltstoff an, weil der Mann, der die Waffe am Gürtel trug, wohl den Eingang bewachte und gleichzeitig ins Innere sah.

Ewalt schalt sich einen Tölpel, weil er nicht sofort daran gedacht hatte.

An der Ausführung der Schwertscheide war deutlich zu erkennen, wer da unter das Zeltdach gekrochen war. Diese kupferne Spitze in Form eines Löwenkopfes war Ewalt bekannt. Und als er näher kam, hörte er Mattheis auch schon fluchen.

»Gerade eben war sie nicht da und jetzt wieder nicht. Das gibt's doch nicht! Ob Karlmann sie mitgenommen hat?«

»Lass uns abhauen. Wenn sie uns hier erwischen, werden sie glauben, wir hätten das Herz gestohlen. Und dann werden sie denken, einer von uns hätte auf Karlmann geschossen.«

Girgls Angst ist verständlich, dachte Ewalt. Ihm wäre es nicht anders gegangen. Aber dass das Herz verschwunden war, gab ihm einen Stich. Es war schließlich nicht irgendeine Reliquie, sondern das Herz eines Kaisers, seines Kaisers Otto.

Doch dann musste er grinsen. Er wusste, wer die Urne genommen und beiseitegeschafft hatte.

Plötzlich ertönte ein Alarm im Lager, und Ewalt wandte sich zum Felsen um. Ein Nebel aus Staub und Kälte lag über der Szenerie und verlieh ihr etwas Überirdisches, weil die Sonnenstrahlen, die sich langsam auf ihren Rastplatz stahlen, die feinen Eispartikel zum Glitzern brachten, die durch die Hektik aufgewirbelt wurden. Wie ein Regenbogen brach sich das Licht und zerfiel in die unterschiedlichsten eisigen Farben.

Ekkehard von Meißen hatte von Karlmann abgelassen und stand jetzt dort, wo dieser noch kurz zuvor zu den Panzerreitern gesprochen hatte. Von hier aus leitete er das Lager. Er schickte den einen hierhin, die anderen dorthin. Er ließ die Hunde kommen und sandte sie zu dem Wäldchen hinauf. Mit schneller Hand versammelte er einen Kreis von Reitern um sich, damit sie ihn und den Leichnam beschützten. Gleichzeitig beorderte er den Wagen mit den Insignien zu sich. Offenbar war ihm der gleiche Gedanke gekommen wie Ewalt und hatte ihn dazu gebracht, die äußerst wertvollen Gegenstände zu sichern.

Nur um Ottos Gebeine und die Urnen kümmerte sich offenbar niemand.

Bis Ewalt das Zelt erreicht hatte, waren die beiden Herzogsmannen bereits wieder verschwunden. Er warf nur einen kurzen Blick ins Innere und sah das Tuch, auf dem die Knochen ausgebreitet waren. Auf dem Tisch standen drei Urnen. Der Sudkessel in der Mitte brodelte noch und verströmte den süßlichen Geruch von gesottenem Fleisch.

Ewalt musste bei dem Gedanken würgen, dass noch immer Fleischstücke Ottos in dem Wasser schwammen. Gleichzeitig lief ihm bei diesem Geruch das Wasser im Mund zusammen.

Er schüttelte sich und wollte kehrtmachen, als er mit der alten Gertrud zusammenstieß.

»Na? Wolltest dir ein Stückchen Reliquie sichern? Ein Stück Königsheil? Statt eines Zahns eine Elle oder Speiche oder gar einen ganzen Oberschenkelknochen?« Die Alte kicherte vor sich hin. »Die Fußknöchelchen geben passable Würfel ab, Söhnchen. Kaiserwürfel! Wäre das nichts?«

Ewalt schüttelte es. Allein der Gedanke daran stieß ihm übel auf.

»Schau besser nach, ob was fehlt«, sagte er barsch. »Gerade haben hier zwei Kerle etwas gesucht. Aber sie haben offenbar nicht gefunden, was sie wollten, und sind unverrichteter Dinge wieder abgezogen.«

Die Alte sah ihn merkwürdig an, nickte und humpelte ins Zelt.

Ewalt atmete tief durch. Er wusste, dass er Mena finden musste, bevor die Gefolgsleute Heinrichs sie entdeckten. Sonst wäre er nutzlos für die beiden, und sie würden ihn töten. Er wandte sich um und eilte davon.

15

HEERLAGER VOR ORVIETO, ENDE JANUAR 1002

Mena sah sich um und stellte die Herz-Urne unter einem der großen Büsche ein Stück weit hinter dem Kochzelt ab. Sie legte den abgebrochenen Ast einer Pinie darüber, schob mit dem Fuß etwas trockene Nadeln dazu und verwischte mit einem Wedel ihre Fußabdrücke. Dann rannte sie ans andere Ende des Lagers.

Die Unruhe war ansteckend. Sie hatte erst bemerkt, dass man auf Karlmann geschossen hatte, als sich die Menge geteilt und einen Blick auf den Felsen freigegeben hatte. Das anschließende Geschrei hatte ihr sofort den Gedanken eingegeben, das Herz mitzunehmen und zu verstecken. Mehr als diesen Plan konnte sie noch nicht vorweisen – und sie musste ans andere Ende des Lagers. Möglichst unauffällig. Wenn man sie mit dem Diebstahl des Herzens in Verbindung brachte, dann durfte sie nicht in der Nähe des Zeltes gesehen werden. Wo sie war, musste sonst zwangläufig auch die Urne sein. Diese Überlegung konnte sie in der Kürze der Zeit nachvollziehen.

Niemand beachtete sie, weil die Menschen im Lager durcheinanderliefen, aufgeschreckt von dem Ereignis. Man rief einander die Nachricht zu, während man gleichzeitig weitereilte, blieb allerhöchstens für ein, zwei kurze Sätze stehen und hastete dann in unterschiedliche Richtungen davon. Vieles war zu tun. Alle ahnten oder wussten oder hatten gehört, dass sie das Lager abbrechen und weiterreiten würden, bald schon, eigentlich gleich, im Grunde war das Heer schon im Aufbruch.

Die ganze Unruhe übertrug sich auf die Natur. Aus dem Pinienwäldchen hörte man lautstark eine Elsternschule keckern. Die Tiere flogen auf, als die Panzerreiter den Hain betraten. Fünf der schwarz-weiß gefiederten Vögel brachen aus dem Wald und segelten in wippenden Bögen zu den kleineren Apfelbäumen hinüber. Noch im Vorübergehen bewunderte Mena die unbeschwerte Leichtigkeit, mit denen sich die Todesboten – denn etwas anderes konnten sie nicht sein – einer nach dem anderen durch das Astwerk bewegten, fließend geradezu, als stünde ihnen kein Hindernis im Weg. Zielstrebig und schimpfend bewegte sich die Schule auf den Felsen und damit auf den Leichnam Karlmanns zu. Mena hörte noch das erschrockene Kreischen einiger Frauen, als sie bemerkten, wohin die Elstern flogen.

Mena wandte sich ab. Aberglaube war nicht ihre Sache. Hätten die Männer die Vögel nicht aus dem Pinienwäldchen gescheucht, würden sie immer noch dort sein.

Ganz außer Atem und mit der Hand auf ihrem Bauch, weil sie das Kind offenbar geweckt hatte, stieß sie auf der anderen Seite des Lagers bewusst mit einem Panzerreiter zusammen. Er hatte rotes Haar, und sein Gesicht war ebenfalls gerötet. Es war Hermann von Sölden. Sie kannte ihn. Sie musste nur dafür sorgen, dass er sich auch an sie erinnerte. Mena versuchte, ihre Atemnot zu unterdrücken, lächelte Sölden an und entschuldigte sich. Und damit sie ihm auch im Gedächtnis blieb, bewegte sie sich in dieselbe Richtung wie er, um an ihm vorbeizukommen. Wieder stießen sie gegeneinander, versuchten es erneut, und erst beim vierten Mal kamen sie aneinander vorbei, und auch erst, als der Mann laut lachend ihre Schulter fasste und sie einfach um sich herumdrehte.

Erschöpft ließ sich Mena auf einem Stein nieder. Erst jetzt wurde ihr wirklich bewusst, was geschehen war.

Karlmann war tot. Aber wer hatte ihn ermordet und vor allem, warum? Der Vertraute des Kaisers war kein Thronanwärter gewesen, auch wenn mit Otto der letzte direkte männliche Nachkomme seines Geschlechts gestorben war. Aber sein Vetter lebte noch, Heinrich der Bayer.

Wem also war Karlmann im Weg gewesen?

Mena war die Einzige, die Ottos Vermächtnis unter dem Herzen trug, die Einzige, die ihm den Nachfolger gebären konnte. Sie langte an ihren Hals und berührte den kleinen Lederbeutel mit dem Zahn Kaiser Karls. Sie wusste, sie würde einen Sohn gebären. Mütter fühlten das. Auch die alte Gertrud hat ihr versichert, dass ihr rosiges Aussehen und ihre frische Haut eindeutige Anzeichen für einen Jungen waren.

Wer wusste davon? Niemand – außer Ewalt. Und der hatte sie deswegen verstoßen. Die alte Gertrud wusste nur, dass sie schwanger war. Sie mochte ahnen, dass ihr Sohn den Lenden des letzten Ottonen entsprungen war, aber Gewissheit hatte sie nicht.

Mena bemerkte erst, wie kalt ihr war, als das Zittern ihres Kiefers nicht mehr aufhörte. In der übereilten Flucht, die sie ergriffen hatte, hatte sie vergessen, in ihre Wollweste zu schlüpfen und sich eine Schaube überzuwerfen. Sie schlang die Arme um sich und versuchte, sich selbst zu wärmen, aber es gelang ihr nicht. Der durch Hunderte Beine und Aberhunderte Hufe aufgewirbelte Staub war mit Eiskristallen gesättigt, die sich auf der Haut niederließen und dort schmolzen. Mit jedem Atemzug fror sie stärker.

Die Unruhe im Lager nahm beständig zu. Zelte wurden abgebrochen, Pferde angeschirrt, Männer saßen auf, und schließlich brachen die ersten Wagen und Reiter auf.

War es niemandem aufgefallen, dass Ottos Herz fehlte?

Jemand legte ihr eine Decke um die Schultern.

Überrascht und dankbar sah sie auf – und blickte in Ewalts ausdruckslose Miene.

Am liebsten hätte sie sofort die Decke abgeworfen und wäre aus seiner Nähe geflüchtet, aber sie fror so erbärmlich, dass sie sich nicht getraute, das wärmende Tuch abzustreifen.

»Was willst du?«, fragte sie misstrauisch. Wo kam er plötzlich her? Sie musterte sein Gesicht – nichts darin ließ auf seine Absichten schließen.

»Ich habe nur gesehen, wie du frierst.« Er zuckte mit den Schultern.

»Danke«, sagte sie, und es klang auch in ihren Ohren ehrlich. Das Zittern des Unterkiefers hatte sofort nachgelassen. »Warum hat jemand Karlmann …« Sie wollte ermordet sagen, doch Ewalt legt den Finger auf den Mund und zog sie hoch. Dann umarmte er sie und drückte ihren Kopf gegen seine Brust, schließlich vergrub er seinen Kopf an ihrem Hals.

Im ersten Augenblick war Mena zu verblüfft, um sich zu wehren. Ewalt machte auch keine Anstalten, sie zu küssen oder zärtlich zu berühren.

Schließlich versuchte sie, ihn von sich wegzudrücken. Aber Ewalt ließ es nicht zu. Er hielt sie umklammert.

»Nicht«, sagte er nur und setzte ein gehauchtes »Bitte!« dazu.

Doch Mena war nicht in der Stimmung, sein Anlehnungsbedürfnis zu stillen. »Lass mich los!«, zischte sie.

»Gleich«, wiederholte er nur und hielt sie weiterhin fest.

Mena ließ sich fallen und wäre ihm beinahe durch die Arme gerutscht. Doch da war der Spuk auch schon vorbei.

»Was sollte das?«, herrschte sie ihn an. Sie spürte noch seinen Atem an ihrem Hals, wo er einen feuchten Fleck hinterlassen hatte. Mit dem Handrücken wischte sie die Stelle trocken. Sie wollte zuschlagen und ihm eine Maulschelle verpassen, aber er fing ihre Hand ab. Kurz starrten sie einander an, als wären sie bereit, für ihre Überzeugungen zu töten.

»Wolltest du nicht wissen, wer Karlmann getötet hat? Und

warum?«, flüsterte Ewalt endlich, und Mena spürte wie ihre Wut einem Staunen wich.

»Woher … hast du vielleicht … kannst du mit dem Bogen …?«, stotterte sie ihn an.

»Unsinn«, blaffte er und ließ ihre Hand los.

Die ganze Energie war aus ihr gewichen. Kraftlos sank die Hand herab.

»Ich ziehe nur meine Schlüsse aus dem, was ich sehe.« Er sprach so leise, dass Mena sich nahe zu ihm beugen musste.

Und wieder kochte ihr Unmut hoch. »Ach. Und deshalb hast du mich an dich gedrückt? Hundsfott!«

Diesmal war er nicht schnell genug. Die Maulschelle klatschte. Zwei Panzerreiter, die an ihnen vorübergingen, sahen zu ihnen herüber, lachten und warfen ihnen eine zotige Bemerkung zu, die Mena nicht beachtete, weil Ewalt etwas zu ihr sagte, was ihr den Atem stocken ließ.

»Der Mörder ist gerade an uns vorbeigegangen – und er kennt mich. Leider. Ich musste mein Gesicht verbergen.«

»Er kennt dich? Wer hat geschossen?«, fragte sie, diesmal mit großen Augen und einem schlechten Gewissen. »Steckst du mit ihm unter einer Decke?«

»Allerdings kennt er mich …«, sagte Ewalt. »Er hat auch schon versucht, mich zu töten. Was er allerdings ebenfalls weiß, ist, wer die Herz-Urne gestohlen hat. Sie suchen danach.«

Er sah Mena, die sich wieder auf dem Stein niedergelassen hatte, forschend an. Sie wusste nicht, was sie darauf antworten sollte.

Hatte er sie womöglich beobachtet?

16

HEERLAGER VOR ORVIETO, ENDE JANUAR 1002

Ohne Furcht bewegte sich die Füchsin unter Menschen und Tieren. Sie trug zwei Wühlmäuse im Fang. Mit dem Geschick einer Wissenden glitt sie zwischen den Beinen der Pferde hindurch und wich den gelegentlichen Schwerthieben aus, die weniger ernsthaft als launisch gegen sie geführt wurden. Zielstrebig wandte sie sich dem Pinienwäldchen zu, dessen Sandhügel wohl ihren Bau verbarg, und verschwand darin, nur um kurze Zeit später wieder aufzutauchen, dem Treiben des aufbrechenden Heeres für einen Moment zuzusehen oder die Lücke darin zu entdecken, um wieder quer durch die wuselnden Wagen, Tiere und Menschen hindurch ihren Weg zu den nahen Flusswiesen zu suchen, auf denen sie die Wühlmäuse fing.

Mena hatte gehört, dass Füchse ihre Nahrung oftmals vergruben, um sie aufzubewahren. Offenbar nutzte die Fähe den Umstand, dass der Abmarsch der kaiserlichen Truppen die kleinen Tiere aufscheuchte, für die Anlage eines kleinen Nahrungsvorrats.

Sie bewunderte die Ruhe und Gelassenheit, mit der die Füchsin vorging. Als wäre sie es gewohnt, sich zwischen mehreren Tausend Menschen zu bewegen. Auch ihr vorausschauendes Handeln nötigte Mena Respekt ab. Ahnte das Tier, dass nach dem Abzug der Massen die Welt wieder in ihr Gleichgewicht zurückfallen würde?

Mena verglich diese Gelassenheit mit ihrer eigenen inneren Unruhe und begriff, wie wichtig es war, ruhig und mit Überblick zu handeln.

»Ich habe die Herz-Urne nicht gestohlen«, sagte sie und richtete den Blick auf Ewalt, während die Füchsin zwischen den abrückenden Massen verschwand. »Ich habe sie in Sicherheit gebracht.«

»Jedenfalls ist die Urne weg. Ich kann mir nicht vorstellen, dass Ekkehard zwischen verschwunden und gerettet unterscheidet.«

Mena nickte. Sollte sie Ewalt einweihen? Sollte sie ihm erzählen, was er vermutete, aber nicht sicher wusste?

»Mit Otto ist der letzte männliche Nachkomme seines Geschlechts gestorben. Aber ich trage seinen Nachfolger unter dem Herzen«, verriet sie ihm, ohne wirklich darüber nachgedacht zu haben.

Ewalt starrte sie an, als habe sie eben gesagt, sie wolle Kaiserin des Heiligen Römischen Reiches werden. Dann, langsam, ganz langsam änderte sich sein Gesichtsausdruck. Seine Miene, die zuvor düster gewesen war, hellte sich ein wenig auf. Er lachte freudlos.

»Aber niemand weiß es, und niemand wird es dir glauben«, sagte er nur.

»Außer, ich kann es beweisen. Die Herz-Urne ist der Beweis ... und das hier.«

Sie holte den Beutel mit dem Zahn Kaiser Karls zwischen ihren Brüsten hervor und öffnete ihn.

»Der Zahn des Kaisers Karl«, erklärte sie, nachdem sie die Reliquie auf ihre Handfläche gelegt hatte. Sie hielt ihn Ewalt unter die Nase und steckte ihn dann wieder zurück.

Mehr würde sie nicht preisgeben. Dass sie Ottos Herz nach Augsburg bringen und dort dem Bischof vorlegen musste, damit sie die Legitimation für ihren Sohn erhalten würde, weil Otto sowohl den Brief wie auch die Heilige Lanze bereits über die Alpen vorausgeschickt hatte, das verschwieg sie ihm. Ewalt würde es, wenn es nötig war, früh genug erfahren.

»Du musst der alten Gertrud helfen«, sagte Ewalt gepresst. »Sonst werden sie dich holen und mit Gewalt nachfragen, wo die Urne geblieben ist. Ob danach dein Balg noch leben wird, ist fraglich.«

Sie ahnte, was er dachte. Ihr Zusammensein mit Otto schmerzte ihn noch immer.

»Die Überreste des Kaisers werden in die Wagen mit den Reichsinsignien geladen und kommen an die Spitze des Zuges. Schwer bewacht«, sagte er.

Mena hatte es gewusst. Sie wusste nur nicht, wie sie es anstellen sollte, die Urne mitzunehmen und im Tross zu verbergen, ohne dass es auffiel. Womöglich musste sie Gertrud doch einweihen oder die Urne Ekkehard von Meißen aushändigen. Dann aber war sie für sie selbst verloren. Niemand kam an den Paladinen vorbei, die den Karren mit den Insignien bewachten.

Sie ließ sich von Ewalt hochziehen und folgte ihm. Sie mussten wie die Füchsin quer durch den aufbrechenden Zug hindurch – und plötzlich stand das Tier wieder vor ihr, zwei Mäuse im Fang. Eine der Feldmäuse zuckte und zappelte noch, war also nicht ganz tot. Mena stellte sich vor, wie die Fähe die Maus fallen lassen und mit ihr ein Spiel treiben würde, das zuletzt tödlich für die Maus endete. Sie kannte es von Katzen, die so ihre Geschicklichkeit beim Mäusefang übten und in diese Übungen auch den Nachwuchs einbezogen. Dass Füchse ähnlich vorgingen, hatte sie bislang nicht gewusst.

Die Fähe wich den Hufen eines Pferdes aus, zog sich ein kleines Stück zurück und schoss dann mit schnellen Trippelschritten an ihnen vorbei in Richtung Pinienwäldchen. Einem Fußtritt Ewalts wich sie geschickt aus.

Mena kam erst wieder zu sich, als Ewalt sie mit Gewalt nach vorn stieß. Als sie sich beschweren wollte, bemerkte sie den

Ochsenkarren, der hinter ihr vorüberzog. Die mächtigen Tiere schnauften vor Unmut, weil sie nicht rechtzeitig ausgewichen war.

Vielleicht war es der Stoß, vielleicht auch nur der Schrecken, beinahe überfahren worden zu sein. Jedenfalls wusste sie jetzt, was zu tun war.

Das Schlüsselwort hieß Orvieto.

Als sie sich dem Kochzelt näherten, sah Mena den Karren mit den Reichsinsignien und den Paladinen, die ihn bewachten, direkt vor der Öffnung stehen. Sie hielt kurz inne, weil sie nicht wusste, ob sie sich überhaupt ins Zelt wagen sollte. Wenn man entdeckt hatte, dass die Herz-Urne fehlte ...

»Hörst du das?«, fragte Ewalt hinter ihr.

Mena lauschte. Jetzt fiel ihr die zusätzliche Unruhe auch auf. In den Lärm des allgemeinen Aufbruchs mischte sich eine weitere Quelle. Sie suchte danach und entdeckte tatsächlich Männer und Karren, die begleitet von berittenen Kämpfern auf das Lager zuhielten und so das Abrücken behinderten. Es kam zu einem Handgemenge und zu wüsten Beschimpfungen. Panzerreiter gürteten sich, Männer schrien nach ihren Piken und Schwertern. Knappen rannten umher, stolperten und ließen die Waffen krachend fallen, gefolgt vom Geschrei und Geschimpfe ihrer Herren.

Sie erkannte vier Fuhrwerke, die den Abfluss des Heeres zur Straße hin verstopften und wohl ins Lager wollten. Die kräftigen Gäule, die vor Anstrengung dampften, zogen zu zweit Karren, beladen mit Warenballen und Holzfässern. Eine Art Zaun auf Piken hinderte sie am Fortkommen und hielt einen Weg frei für das Heer.

Ein kalter Schauer überlief Mena. Trotz der Decke, die Ewalt ihr gebracht hatte, fror sie erbärmlich.

»Was ist da los?«, fragte Mena unsicher.

»Kaufleute«, sagte Ewalt. »Ich habe gehört, sie wollen sich dem Heer anschließen. Aber es fehlten noch einige Wagen und Männer. Das sind sie wohl.«

Mena nickte. Natürlich. Einen besseren Schutz würden Gertrud und sie nicht mehr finden. Und dennoch waren sie zu einem ungünstigen Zeitpunkt eingetroffen. Das Heer zog ab und benötigte Platz. Mit wildem Geschrei wurden die Kaufleute beiseitegedrängt.

»Bist du dir sicher?«, fragte Mena. »Die Pässe sind verschneit und gewiss bis März nicht mehr begehbar. Schon gar nicht mit diesen Karren.«

Eine Gestalt zog ihre Aufmerksamkeit auf sich. Den Kaufleuten vorweg schritt ein großer, hagerer Mann mit einer Muschelschale auf der Brust, die ihn als Pilger auswies. Doch seine ganze Haltung, seine Kleidung, sein Auftreten machten deutlich, dass es sich nicht um einen solchen handelte. Mena vermutete in ihm einen der Kaufleute, deren Karren hier ankamen. Er stellte sich den Panzerreitern in den Weg, gestikulierte, schrie, bat und fing sich letztlich einen Schwerthieb mit der flachen Seite der Waffe ein, der ihn niederstreckte. Der Hieb war sicherlich schmerzhaft gewesen, aber nicht tödlich. Für sie selbst aber war er ein Glücksfall, so viel begriff sie. Augenblicklich nahm sie die Ankunft der Kaufleute in ihren Plan auf.

Hatte sie bislang vorgehabt, sich nach Orvieto zu begeben und dort auf eine günstige Gelegenheit zu warten, um nach Norden ziehen zu können, wollte sie sich jetzt diesen Männern anschließen.

Die Kaufleute würden um Begleitung nachfragen, würden sicherlich die Bitte äußern, den Tross begleiten zu dürfen. Und sie selbst würde bei ihnen unterschlüpfen. Aber zuerst musste sie ins Zelt zu Gertrud.

»Ich warte hier«, sagte Ewalt barsch, was auch hieß: Ich lasse dich nicht aus den Augen. Er trat in den Schatten und verschränkte die Arme.

Mena strebte zum Eingang des Kochzelts, doch einer der Männer vertrat ihr den Weg. Er war mindestens zwei Köpfe größer als sie. Ein Bulle, Hermann von Sölden. Der Panzerreiter, mit dem sie zusammengestoßen war. In seinem Blick erkannte sie das kurze Aufblitzen einer Erinnerung an sie.

»Lasst mich durch. Ich muss Gertrud helfen. Wir haben beide …«

Sölden schüttelte den Kopf und stieß ihr mit seiner ledergepanzerten Hand gegen die Brust. Kurz blieb Mena die Luft weg. Dann siegte ihr Zorn. Sie wusste nicht, ob sich Gertrud tatsächlich im Zelt befand, aber die schwachen Geräusche, die sie hörte, ließen es vermuten.

»Gertrud!«, rief sie. »Sie lassen mich nicht ins Zelt.«

Nichts geschah, und der Riese vor ihr winkte schon mit den Augen, sie solle verschwinden, als ein grauhaariger Kopf in der Zeltöffnung erschien.

»Lasst sie durch, Sölden, in Gottes Namen! Eine alte Frau kann ja nicht alles allein machen!«

Der Paladin reagierte gelassen. Er trat beiseite und beachtete sie nicht mehr.

Als Mena ins Zelt trat, stand Gertrud an Feuer und Kessel.

»Du befiehlst einem Hermann von Sölden?«, fragte Mena.

Gertrud zog den Rotz hoch und spuckte ihn in eine Ecke.

»Warum denn nicht? Wenn er eine Wunde genäht haben will oder sonst ein Wehwehchen hat, dann kommt er ja auch zu mir. Außerdem habe ich ihm schon den Hintern gewischt, da kannte er noch nicht einmal den Unterschied zwischen Männlein und Weiblein. Jetzt schau nicht so. Ich war seine Amme.«

Mena musste glucksen, als sie sich den Bullen von Mann auf einem Wickelbrett vorstellte.

»Was ist da draußen los?«, knurrte die Alte sie an, als wäre weiter nichts gewesen.

»Kaufleute«, entgegnete Mena einsilbig.

Gertrud hielt kurz inne. »Kaufleute, sagst du? Aus Orvieto?«

»Ich weiß es nicht. Vermutlich. Ein Teil kam schon gestern. Heute wohl der Rest«, antwortete Mena überrascht. »Warum ...«

Gertrud sah sie forschend an. Dabei bohrten sich ihre Blicke bis tief in ihr Herz.

»Ich habe die Urnen in den Karren gebracht«, sagte Gertrud. »Alle!«, betonte sie und hob die Augenbrauen.

Mena sah sie mit großen Augen an. »Alle? Aber ...«

Gertrud stampfte mit dem Fuß auf. »Alle! Schluss.« Sie begann, weiter den Kessel auszuschöpfen. Schließlich drückte sie Mena den vollen Eimer in die Hand und befahl ihr, das Wasser auszugießen. »Ausgießen. Aber nicht gleich draußen. Ich will nicht im Sud waten. Geh etwas abseits!«

Mena nahm den Eimer und trat hinaus, noch immer verwirrt von Gertruds Verhalten. Sie schleppte den Eimer hinter das Zelt, dorthin, wo sie die Herz-Urne versteckt hatte – leerte ihn aus. Mit einem raschen Blick vergewisserte sie sich, dass das Gefäß noch an Ort und Stelle war.

Also hatte Gertrud sie beschwindelt – oder vermutlich eher für sie geschwindelt. Wenn sie behauptete, alle vier Urnen seien im Wagen der Reichsinsignien, würde niemand so schnell dort nachsehen und dies überprüfen. Außer Ekkehard von Meißen durfte sich niemand auch nur in die Nähe des Karrens wagen. Man musste der alten Magd also glauben.

Mena brachte den Eimer zurück, und Gertrud sah sie forschend an. »Und?«

Mena wusste nicht recht, was sie sagen sollte. Vermutlich ahnte die Alte, dass sie die Herz-Urne an sich gebracht hatte.

Aber wollte sie jetzt, dass sie diese zurückgab? Oder sollte sie sie behalten und an anderer Stelle verbergen?

Als würde sie ihre Gedanken lesen, schöpfte Gertrud weiter und erklärte beiläufig, alles wäre so verstaut, dass nichts beschädigt werden könne und zerstört würde. Sie habe die Urnen in Fässer gepackt, die mit Stroh ausgestopft waren. Geöffnet würden diese erst an ihrem Bestimmungsort in Aachen.

Wieder und wieder musste Mena den Eimer ausleeren, und jedes Mal untersuchte sie das Versteck genauer. Nichts war auffällig. Die Herz-Urne war in Sicherheit.

Die Neige siebten sie durch ein Tuch und sammelten kleine Fuß und Handknochen zusammen. Dann packten sie die letzten Knochenreste in ein sauberes Laken und legten sie zu den anderen Knochen in eine Kiste.

»Männer!«, rief Gertrud, und alsbald steckte der Riese seinen Kopf ins Zeltinnere.

»Nagelt die Kiste zu. Die Gebeine schaffen wir dann an Ort und Stelle. Nicht wahr?« Sie zwinkerte Mena zu.

Kurz darauf schleppten die beiden Frauen die Holzkiste zum Wagen. Ohne sich helfen zu lassen, wuchteten sie die Kiste ins Innere und schoben sie in eine Ecke.

Als sie fertig waren, befahl Gertrud den Männern, das Kochzelt abzubauen.

Bewundernd sah Mena zu, wie die Panzerreiter, ohne zu murren, anpackten und es niederlegten.

»Als wärst du eine Adlige«, staunte Mena.

»Das nicht. Aber wenn sie von mir was Vernünftiges zu essen wollen, müssen sie arbeiten. Das haben sie gelernt. Selbst sie verstehen das«, flüsterte Gertrud grinsend.

Sie verstauten die Planen ebenfalls im Wagen. Kaum waren sie fertig, zog der Karren an und fuhr ab. Ohne sie.

»Wir müssen auch in einem Karren mitfahren, Hermann von

Sölden«, sagte Gertrud zu dem Mann, der sie beinahe nicht ins Zelt gelassen hätte. Sie zeigte auf Mena. »Sie wird uns einen Karren besorgen.«

»Ich bewache den Abzug«, sagte er nur und deutete nach vorn, wo die Kaufleute warteten.

Gertrud wandte sich an Mena. »Die Kaufleute – es waren doch Kaufleute?«, vergewisserte sie sich. Mena nickte. »Aus Orvieto? Und sie wollen über die Alpen?«

Mena zuckte mit den Schultern. »Ewalt hat es mir gesteckt.«

»Ewalt!«, spottete Gertrud. »Woher weiß er, dass sie über die Alpen wollen?«

»Ich ... er hat es gesagt ... ich ... noch nicht gesprochen ...«, stotterte sie ob der Rüge, die in diesem »Ewalt!« mitschwang.

»Finde es heraus – und zwar sofort«, herrschte die Alte sie an und scheuchte sie in Richtung der Kaufleute, die mittlerweile offenbar aufgegeben hatten und abseits standen. »Wir müssen irgendwo mitfahren.«

Mena gehorchte zwar, war sich aber nicht sicher, was Gertrud damit meinte. Sie zog ihre Schaube enger und holte sich noch eine zusätzliche Decke. Als Mena sich das Wolltuch überwarf, ärgerte sie sich darüber, es nicht außerhalb des Zeltes abgelegt zu haben. Der Stoff hatte den süßlichen Geruch der Kocherei aufgesaugt. Gerade an der frischen Luft begleitete er sie auf Schritt und Tritt.

Sie konnte sehen, dass sich der Kaufmann im Pilgergewand wieder erhoben hatte und neben seinem Karren stand, das Gesicht blau angelaufen und voller Blut.

17

HEERLAGER VOR ORVIETO, ENDE JANUAR 1002

Ewalt war nur für einen Augenblick unaufmerksam gewesen, weil er Mena hinterhergesehen und ein wenig davon geträumt hatte, wie anmutig sie ihre Hüften bewegte, wie sanft sich die Linie vom Hals zum Ohr schwang.

Die Hand auf seiner Schulter und vor allem die Stimme an seinem Ohr holten ihn in die Wirklichkeit zurück.

»Ich glaube, wir kennen uns!«

Ewalt fuhr herum und starrte in das breit grinsende Gesicht Girgls.

Bevor er sich auch nur rühren konnte, spürte er auf Bauchhöhe einen stechenden Schmerz. Eine Messerspitze bohrte sich durch sein Wams und sein Hemd in die Haut.

»Nicht so hastig, nicht so zappelig. Sonst wird dir mein Gnadengeber ganz unabsichtlich den Bauch aufschlitzen.«

Ewalt erstarrte. Er öffnete den Mund und wollte etwas sagen, aber kein Ton kam heraus. Also schloss er ihn wieder.

»Ich habe Mattheis nicht geglaubt, als er davon schwadroniert hat, er habe dich gesehen. Hab gedacht, du wärst abgestürzt. Aber Unkraut vergeht nicht, stimmt's?«

Die Messerspitze bohrte sich tiefer. Ewalt stöhnte, und ein gequältes »Ja« drang aus seinem Mund.

»Du hast uns hintergangen. Nun, ich bin auch kein ehrlicher Kerl, glaub mir. Da nehm ich es weniger übel, wenn man mich anlügt. Mattheis ist da anders. Der ist durch und durch ehrlich. Dem hat es wehgetan, als du abgehauen bist. Richtig wehgetan. Und ich vermute, er ist ein wenig aufgebracht deswegen. Da kann ich für nichts garantieren.«

Girgls Stimme klang in Ewalts Ohren traurig und zerknirscht. Doch er wusste, dass alles nur ein Spiel war, ein Spiel mit tödlichem Ausgang.

»Er hat gesagt, wenn ich dich treffen sollte, dann müsste ich dich unbedingt zu ihm bringen. Schon wegen der Entschuldigung. Also dreh dich langsam um und geh vorwärts. Und lass dir ja nichts anmerken!«

Ewalt spürte, wie das Messer zurückgezogen wurde. Er spürte auch, dass ein kleines Rinnsal Blut seinen Bauch hinablief und in den Schritt sickerte.

»Wir gehen langsam geradeaus weiter. Bis zu dem kleinen Hain dort hinten.«

Ewalt nickte, drehte sich um und ging los. Das Messer spürte er wieder als festen Druck in seiner Nierengegend.

In der allgemeinen Betriebsamkeit schien niemand zu bemerken, dass er nicht freiwillig vor dem Mann herlief. Manche schienen ihn überhaupt nicht wahrzunehmen. Er selbst stolperte vorwärts, als wäre er leicht betrunken. Wenn Girgl ihn nicht immer wieder an der Schulter zurückgehalten hätte, wäre er einfach in Pferde und Ochsenkarren hineingelaufen.

»Bist du eigentlich blöd, oder was?«, knurrte Girgl.

Ewalt antwortete nicht. Fieberhaft überlegte er, was er sagen sollte, wenn er Mattheis begegnete. Hatten die beiden beobachtet, wie er mit Mena gesprochen hatte?

»Na, die Kleine scheint's dir ja schwer angetan zu haben, so wie du um sie herumscharwenzelst!«, feixte Girgl, bevor er ihn zwischen zwei Pinien hindurch in das Wäldchen schob.

Der Lärm des Aufbruchs verebbte und machte einem Rauschen Platz, das sich als Grundton im Hintergrund hielt. Das Rascheln ihrer Schritte und ihr stoßweises Atmen traten hervor und begleiteten sie. Ewalt bemerkte, dass er sich weniger anstrengen musste. Unwillkürlich beschleunigte er seinen Schritt.

Sie stiegen eine Anhöhe hinauf, und Ewalt spürte, wie der Druck des Messers nachließ. Mit drei schnellen Schritten hatte er Girgl abgehängt. Der Weg führte einen kurzen, steilen Anstieg hoch, den Ewalt rasch erklomm. Oben angekommen drehte er sich um. Der Herzogsmann stapfte laut keuchend voran. Das Messer hatte er nach unten gerichtet. Ewalt stand bereits so hoch über ihm, dass seine Füße auf Kopfhöhe waren.

Er trat zu. Girgl schien erst zu begreifen, was geschah, als ihm der Fuß das Messer aus der Hand schlug. Es flog ins Unterholz, und Girgl drehte sich nach ihm um. Doch da traf ihn bereits der zweite Tritt und ließ ihn den kurzen Anstieg zurückrutschen. Er versuchte noch, sich festzuhalten, griff nach Ästen und Stämmen um sich herum, aber er kippte nach hinten, überschlug sich und blieb dann bäuchlings liegen. Bevor er sich aufrappeln konnte, war Ewalt über ihm.

»Jetzt können wir reden«, keuchte Ewalt und drückte ihm das Knie ins Kreuz. »Wir sind wieder auf Augenhöhe.«

»Geh sofort runter von mir«, schimpfte Girgl.

»Warum sollte ich? Um wieder ein Messer in den Bauch gerammt zu bekommen? Du kannst von Glück reden, wenn ich dir nicht den Hals breche.«

Fieberhaft überlegte Ewalt, was er tun sollte. Schließlich hatte er keine Waffe, und körperlich war er dem Mann unterlegen. Vermutlich war Girgl im Nahkampf besser geschult, als er es jemals werden konnte – nur der Umstand, dass er auf ihm kniete, ihm das Knie in den Nacken drückte und sein Gewicht den Mann niederhielt, verschaffte ihm einen Vorteil. Sobald er ihn losließ, würde Girgl ihn töten.

»Wir wollten dir nur ein bisschen Angst einjagen. Wir brauchen dich«, keuchte Girgl.

Er versucht erst gar nicht, sich zu befreien, oder er wartet nur auf den rechten Augenblick, auf den Lidschlag Unaufmerksamkeit, der mir eben schon zum Verhängnis geworden ist, dachte Ewalt. Also drückte er den Kopf des Herzogmannes tiefer in den mit trockenen Nadeln bedeckten Boden.

»So rasch können sich die Dinge ändern«, sagte er. »Warum sollte ich dir glauben?«

»Weil du selbst nicht in der Gosse landen willst. Oder was glaubst du, erwartet dich, wenn der Trupp die Alpen überquert hat?«

Ewalt wusste, dass Girgl recht hatte. Sobald der Streit um Ottos Nachfolge offen ausgetragen würde, hätte er als ehemaliger Leibdiener des verstorbenen Kaisers keine Bedeutung mehr. Folglich würde er dorthin zurückkehren, wo Otto ihn aufgelesen hatte: in die Gosse.

Voller Unbehagen sah er sich bereits für irgendeinen unbedeutenden Adligen den Haushalt führen und wegen eines nicht makellos polierten Silberbechers Prügel beziehen.

»Was schlägst du vor?«, zischte er. Sein Blick suchte nach dem Messer. Aber das Unterholz hatte es verschluckt.

Girgl spuckte trockene Nadeln und versuchte zu sprechen. »Du lässt mich los. Ich bring dich zu Mattheis, und wir reden drüber, wie wir weiter vorgehen.«

Ewalt überlegte einen Moment, und dann tat er etwas, was er selbst nicht für möglich gehalten hatte. Er verriet Mena.

»Ich weiß, wo die Herz-Urne ist. Aber ich nehme mein Wissen mit ins Grab. Vor allem wenn ihr mich wieder vorführen wollt wie du eben.«

Die Elsternschule, die schon am Morgen durch den Wald gestreift war, ließ sich über ihren Köpfen nieder. Ihr Keckern klang neckend und streitend zugleich.

»Einverstanden?«, knurrte Ewalt. Wenn er etwas wusste,

dann, dass er nicht länger eine Spielfigur sein wollte, die von anderen hin und her geschoben wurde. Nie mehr! Er wollte die Dinge selbst in die Hand nehmen.

»Einverstanden!«, murmelte Girgl.

»Bleib liegen, bis ich stehe. Hörst du? Sonst ramme ich dir mein Messer ins Genick.« Ewalt hatte zwar kein Messer, aber die Drohung konnte schließlich nicht schaden.

Doch kaum hatte er seine Position gelockert und Girgl Raum gelassen, als dieser sich aufbäumte, ihn abwarf und auf die Füße kam. Zwar hatte Ewalt beinahe damit gerechnet, aber die Gewalt überraschte ihn dann doch. Er stolperte rückwärts und entging damit einem Hieb Girgls, der aus der Bewegung heraus sofort ausgeholt hatte. Durch den Schwung des Schlags, der ins Leere ging, drehte sich Girgl um die eigene Achse. Als er Ewalt kurz den Rücken zuwandte, rammte ihm dieser den Ellbogen in den Rücken und stieß ihn damit vorwärts. Girgl strauchelte, fiel vorwärts und schlug mit dem Kopf gegen einen der Pinienstämme. Aus seiner Lunge entwich pfeifend Luft. Er stürzte nach vorn und sackte zu Boden. Ewalt vergewisserte sich, dass er noch atmete. Dann suchte er im Unterholz, bis er das Messer fand, und steckte es ein.

Er wollte sich schon zum Gehen wenden, als er sich anders besann. Er betrachtete Girgls schlaffen Körper. Wenn der Mann des Bayernherzogs wieder erwachte, würde er ihn suchen, wenn er noch dazu in der Lage war, und … Ewalt biss sich auf die Lippen und zögerte. Er würde Girgl töten müssen. Dann sah er den Pfad entlang. Es musste noch eine andere Lösung geben. Kurz entschlossen machte er sich auf den Weg. Er würde erst Ruhe vor den beiden Männern haben, wenn er geklärt hatte, dass sie und er aufeinander angewiesen waren. Denn das waren sie.

Der Pfad, dem er folgte, führte den Abhang hinauf weiter hinein in den Pinienhain. Frische Spuren zeigten, dass auch die

Männer, die nach Karlmanns Tod den Hain durchsucht hatten, hier entlanggekommen waren.

Ewalt roch den frischen Duft der Nadelbäume, vermischt mit der Feuchtigkeit des Winters, der in diesen Breiten kaum Schnee brachte, sondern sich vor allem im Regen verlor. Der letzte Anstieg war so glitschig, dass Ewalt zweimal ausrutschte und auf die Knie fiel.

Als er das zweite Mal hochsah, stand Mattheis über ihm.

»Wo ist Girgl?«, fuhr der ihn an.

»Girgl? Vielleicht lebt er noch!«, sagte Ewalt und versuchte, so viel Verachtung in seine Stimme zu legen, wie er nur konnte.

18

HEERLAGER VOR ORVIETO, ENDE JANUAR 1002

Mena hatte die Urne in ein Tuch gewickelt und einen Ast durch die Schlaufe gesteckt. Es sah aus, als enthielte der Beutel ihre wenigen Habseligkeiten und etwas Verpflegung. Zwar trugen auch alle anderen, die aufbrachen und dem Heer hinterhereilten, ihren Proviant und ihre Habe auf diese Weise mit sich, aber Mena bekam dennoch weiche Knie, als sie an Hermann von Sölden vorüberging und ihm zunickte. Sie hatte das Gefühl, jeder müsse sie fragen, was sie denn in ihrem Beutel verstecke.

Die Kaufleute hatten aufgegeben und sich abseits der Straße niedergelassen. Die Fuhrleute hockten auf ihren Fersen, aßen und beobachteten das Geschehen. Ab und zu ließen sie einen Trinkschlauch herumgehen. Nur der hochgewachsene Kaufherr, der die Pilgermuschel umhängen hatte, stand an einen seiner Wagen gelehnt und sah den abrückenden Mannschaften hinterher. Mit einem feuchten Tuch säuberte er sich das Gesicht. Er wirkte trotz seiner blutverkrusteten Wunde über dem Auge gelassen und keineswegs enttäuscht. Wenn die letzten Trosskarren sich in Bewegung setzten, würde er sich einfach einreihen.

Das jedenfalls hoffte Mena, die den Mann seit Längerem aus der Ferne beobachtete. Es würde zwar noch den halben Tag dauern, bis die letzten Wagen den Lagerplatz verließen, aber sie musste handeln. Gertrud hatte recht. Wenn sich ihr Kind nicht nur rührte, sondern ihre Schwangerschaft sichtbar wurde, dann würde das Heer sie zurücklassen, weil sich niemand um sie kümmern konnte. Also musste sie eine Gesellschaft finden, die sie mitnahm. Vorbehaltlos.

Kurz entschlossen packte sie ihren Beutel, schlang die Decke fester um ihre Schultern und schritt auf den Kaufmann zu. Er musterte sie freundlich, als er bemerkte, dass sie zu ihm wollte.

»Was führt Euch zu mir?«, fragte er.

»Ich möchte mich Euch anschließen«, erwiderte Mena rundheraus.

Der Kaufmann lachte. »Uns anschließen? Wie kommt Ihr dazu?«

Mena trat näher. Der Mann runzelte die Stirn und schnupperte. Mena wurde sich wieder bewusst, dass sie wegen der Decke, die sie um die Schultern gelegt hatte, nach dem Kessel roch.

»Ihr wollt über die Alpen? Ich auch.« Breitbeinig stellte sie sich vor den Kaufmann hin.

»Woher wollt Ihr das wissen? Und warum sollten wir Euch mitnehmen?«

Der Kaufmann war nicht abweisend. Er schien im Gegenteil neugierig und amüsiert, weil sie so forsch auftrat.

»Weil ich weiß, wie Ihr Euch dem Heer anschließen könnt.«

Jetzt musste der Kaufmann hellauf lachen. Seine Männer wandten die Köpfe in ihre Richtung. »Überschätzt Ihr Eure …« Er ließ seinen Blick von Kopf bis Fuß über ihre Gestalt wandern. »Überschätzt Ihr nicht Eure Möglichkeiten?«

Mena presste die Lippen aufeinander. Warum glaubten Männer immer, den Aussagen von Frauen sei nicht zu trauen?

»Könnte es sein, dass Ihr mich unterschätzt?«, fragte Mena ruhig, obwohl sie innerlich kochte. Wie gut der Kaufmann auch aussehen mochte, er war wie alle Männer: überheblich und dumm. »Hört genau zu«, fuhr sie fort, drehte sich um und winkte dem Panzerreiter, der dafür sorgte, dass sich die letzten Männer um ihn sammelten, um die Nachhut zu bilden.

Hermann von Sölden bemerkte ihr Winken und trieb das Pferd in ihre Richtung.

Mena wartete nicht, bis sie nicht mehr schreien musste. Sie hob die Stimme und rief ihm zu: »Wir fahren bei ihnen mit, Gertrud und ich.« Sie deutete über die Schultern zu den Kaufleuten.

Die Fuhrleute sprangen auf. Der Kaufmann ließ sein Tuch fallen. Er sah sie entsetzt an, versuchte mit Gesten, sie am Weiterreden zu hindern.

Der Panzerreiter preschte heran, nickte Mena zu und deutete den Kaufleuten an, sie sollten sich am Ende einreihen. Der Kaufmann stand da wie erstarrt, als Hermann von Sölden vor ihm das Pferd verhielt.

»Euer Name?«

»Gerold von Rehlingen aus Augsburg. Auf Pilgerfahrt aus Rom.«

Kein Kaufmann also, dachte Mena, aber geschäftstüchtig. Die vier Karren enthielten sicherlich nicht nur seine persönliche Habe, die er mit sich führte. Der Adlige hatte seine Pilgerfahrt dazu verwendet, einige Kleinigkeiten einzukaufen, um sie in seiner Heimatstadt wieder zu veräußern.

»Nehmt die beiden Frauen mit«, sagte der Panzerreiter nur. »Sucht Euch eine Lücke am Schluss des Trosses. Vorwärts!« Er wendete sein Pferd und widmete sich wieder seiner Aufgabe.

Mena kümmerte sich nicht um den Kaufmann, der sie mit offenem Mund anstarrte. Sie suchte den Lagerplatz ab. Irgendwo musste Gertrud sein. Sie hielt auch nach Ewalt Ausschau, aber er war wie vom Erdboden verschluckt. Seit sie ins Zelt getreten war, hatte sie ihn nicht mehr gesehen.

Schließlich drehte sie sich zu dem Kaufmann um. »Ich suche noch nach Gertrud. Sie ist alt und braucht einen Platz oben auf einem der Karren. Ich laufe nebenher. Über die Alpen. Etwas zu essen und einen Platz zum Schlafen. Wir sind genügsam.« Sie lächelte den Mann an. »Als Gegenleistung«, ergänzte sie, als sie bemerkte, wie er zögerte. »Ansonsten bleibt Ihr hier.«

Der Blick des Kaufmanns verfinsterte sich, dann aber nickte er.

»Wir werden Euch bis Augsburg begleiten, Gerold von Rehlingen«, bestimmte Mena. Sie wartete die Antwort nicht ab, sondern drehte sich um und lief zu ihrem Lagerplatz zurück.

Gertrud saß auf einem der Pinienstämme, die abgeholzt und zur Hälfte ins Feuer gesteckt worden waren. Die noch unverbrannte Seite diente ihr als Sitz. Als sie Mena sah, lächelte sie. »Ich bleibe hier, Kleines«, sagte sie. »Meine alten Knochen wollen und können nicht mehr. Seit vierzig Jahren ziehe ich mit Kaisern durch die Welt. Irgendwann ist es genug.«

Mena setzt sich neben Gertrud und nahm ihre Hand. Sie war schrundig und doch weich, dürr und doch kraftvoll. »Wir fahren mit den Kaufleuten mit. Du bekommst einen Platz auf einem der Karren. Ich habe es ausgehandelt. Bis Augsburg.«

Gertrud schüttelte den Kopf. »Das war mein letzter Gang. Ich spüre jeden Schritt in den Knochen.«

Mena sagte nichts, saß nur neben Gertrud und hielt ihre Hand. Sie sahen zu, wie die Kaufleute ihre Wagen abfahrbereit machten. Wie sie die Geschirre anlegten, die Karren aus dem tieferen Erdreich des Wegrands auf die Straße schoben.

»Ich brauche dich«, sagte sie leise. »Du bist meine einzige Stütze. Ich weiß, dass es viel verlangt ist, aber wem soll ich sonst trauen? Selbst Ewalt ist verschwunden.«

Gertrud seufzte. Dann nickte sie und versuchte, auf die Beine zu kommen, aber es gelang ihr nicht.

Mena zog die Alte hoch, fasste sie um die Hüfte und führte sie zu den Wagen.

Nur einer der Karren war ein Reisewagen mit Sitzbrett, alle

anderen hatten lediglich Zugdeichseln. Die Lenker saßen auf dem Rücken der Pferde.

Gerold von Rehlingen musterte seine neue Begleitung mit Stirnrunzeln, als ihm klar wurde, dass die zweite Frau offensichtlich zu gebrechlich war, um die Strecke von hier nach Augsburg zu überstehen.

»Muss sie mit?«, zischte er Mena an, nachdem sie Gertrud auf den Reisewagen befördert hatten und wieder allein waren. »Sie wird uns wegsterben.«

»Dann werden wir sie eben begraben«, antwortete Mena. »Aber sie ist zäher, als Ihr Euch vermutlich vorstellen könnt, Rehlinger. Sie war mit drei Kaisern hier in Italien. Womöglich überlebt sie sogar Euch und mich.«

Damit schulterte sie ihr schweres Bündel und ließ ihn stehen.

»Reiht Euch am Schluss ein, ich finde Euch«, rief sie ihm zu. Sie wollte Ewalt suchen.

19

Wo ist Girgl?«, wiederholte Mattheis barsch.

Ewalt zuckte mit den Schultern und zog ein Gesicht, als würde er das Fehlen Girgls wirklich bedauern.

»Womöglich ist er gestolpert, als er mir gefolgt ist. Der Weg ist uneben.«

Um Mattheis' Mundwinkel zuckte es verdächtig. Er ließ den Blick über Ewalt weg in den Hain schweifen, ohne ihn aus den Augen zu lassen.

»Er sollte dich zu mir bringen«, murmelte Mattheis.

»Ich war Leibdiener des Kaisers, da bin ich feinere Umgangstöne gewohnt. Girgl ist – wie soll ich sagen – etwas grobschlächtig in seinen Manieren.«

Ewalt konnte beobachten, wie Mattheis' grimmige Miene mehr und mehr einen erstaunten Ausdruck annahm.

»Was wolltet ihr von mir?«, fragte Ewalt und legte die Hand auf den Griff des Messers, das er Girgl abgenommen hatte.

Mattheis' Blick folgte der Bewegung – und erstarrte zuerst. Natürlich erkannte er das Messer sofort. Dann wischte ein Grinsen über sein Gesicht. »Wir haben dir einen Vorschlag zu unterbreiten.«

»Vorwärts. Ich höre«, forderte Ewalt den Schwertmann auf.

Mattheis lachte jetzt leise vor sich hin und schüttelte ungläubig den Kopf. Dann hielt er plötzlich inne. »Wir erschlagen das Weib, die Mena, und nehmen uns die Herz-Urne«, sagte Mattheis grinsend. »Dafür brauchen wir dich nicht.«

Ewalt sah ihn an. »Nur zu. Ihr werdet die Urne nicht bekommen. Glaubst du wirklich, es wäre so simpel? Glaubst du wirklich, Mena trägt sie einfach so mit sich herum?«

»Sie muss sie mitnehmen. In diesem Heer ist es unmöglich, irgendwas so gut zu verstecken, dass wir es nicht finden.«

»Deshalb habt ihr sie ja auch schon«, spottete Ewalt.

Er wusste, dass er sich auf dünnem Eis bewegte, versuchte jedoch, so gelassen wie möglich zu bleiben.

Mattheis dagegen lief unruhig auf dem schmalen Gipfelgrat des Hügels auf und ab. Er kaute auf seiner Unterlippe und überlegte sichtlich, wie er Ewalts Äußerungen einschätzen sollte.

»Ich weiß, wo die Herz-Urne ist. Aber wir haben es nicht eilig. Sie muss mit uns über die Alpen – und auf dem Weg werdet ihr mehr als eine Gelegenheit haben, an das Gefäß zu kommen. Ohne mich wird euch das allerdings schwerlich gelingen.«

Mattheis musterte ihn scharf, und Ewalt konnte seine Gedanken erraten. Die beiden Männer des Bayernherzogs würden nicht bis zu den Alpen warten. Sie würden sehr bald zuschlagen. Sie würden ihn und Mena töten, um keine Zeugen zu hinterlassen.

»Ihr habt keine Ahnung«, sagte er nur. »Sie wird es euch nicht verraten.« Dabei versuchte er, nicht zu lächeln.

»Sie muss sie irgendwo versteckt haben. Aber in einem Tross ist die Möglichkeit dafür, wie gesagt, nicht allzu groß.«

Ewalt stöhnte innerlich auf. Mattheis hatte den Nagel auf den Kopf getroffen. Das war die Schwachstelle seines Plans. Wenn Mena schlau war – und daran zweifelte er keinen Augenblick –, dann trug sie ihren Schatz nicht mit sich herum, sondern hatte ihn irgendwo verborgen.

»Versucht es. Erschlagt mich oder sie und sucht nach der Urne. Ich bin gespannt, was euer Herr sagt, wenn ihr sie nicht findet. Oder glaubst du, Ekkehard von Meißen lässt euch den

Tross einfach so durchsuchen, weil sie ja irgendwo sein muss?«
Ewalt lachte schallend und schlug sich auf den Schenkel. »Ich
weiß, wie euer Abenteuer enden wird, selbst wenn ich es nicht
mehr erleben werde. Der Tross wird weiterziehen, der Bayernherzog wird sich schwarzärgern, und ihr werdet vom Wegrand
aus auf die vorbeiziehenden Truppen herabsehen … jedenfalls
eure Köpfe, die dann auf Spießen stecken.« Er gluckste. »Oder
habt ihr gesehen, wo sie die Urne versteckt hat?«

Mattheis stand ihm stumm gegenüber. Schließlich streckte
er seine Rechte aus. »Schlag ein. Wir werden bis über die Alpen
zusammen weiterziehen. Aber spätestens auf dem Brennerpass
erzählst du uns, was du weißt.«

Ewalt schlug ein, aber ihm entging das Glitzern in Mattheis'
Augen nicht. Er würde sich vorsehen müssen. Dieser Hand-
schlag galt nichts. Mattheis war ein Gauner, und das Wort eines
Gauners galt kaum über den Moment hinaus, in dem man sich
die Hand gab. Aber damit hatte Ewalt etwas Zeit gewonnen.
Zeit, in der er überlegen konnte, was zu tun war. Zeit, in der er
sich Gedanken darüber machen konnte, wie er weiter vorgehen
musste.

»Du machst mit diesem falschen Kerl Geschäfte?«, keuchte
es von unten.

Girgl war aufgewacht und kletterte zu ihnen hoch. Er sah
fürchterlich aus. Nicht nur das Gesicht war zerschunden. Auch
der linke Arm hing ihm wie leblos an der Seite.

Ewalt war zwar erleichtert, dass Girgl sich wieder erholt
hatte, doch dessen verzerrte Fratze verhieß nichts Gutes.

»Lass die Finger von ihm«, mahnte Mattheis, der offenbar
dieselbe Beobachtung gemacht hatte.

»Warum? Ich erschlag ihn und habe meine Ruhe. Er macht
nur Scherereien«, knurrte Girgl. Ihm lief noch ein Rinnsal Blut
über Wange und Hals und sickerte ins Hemd.

Mattheis vertrat ihm den Weg. »Wenn du ihm ein Haar krümmst, erschlage ich dich. Haben wir uns verstanden?«, knurrte Mattheis drohend und ließ das Schwert pendeln.

Girgl starrte ihn mit offenem Mund an. »Was soll das?«, stieß er hervor. »Ich hatte ihn fast schon auf dem Spieß, und du lässt ihn laufen?«

»Weil ich weiter vorausdenke als du. Er weiß, wo die Herz-Urne ist.«

»Prügeln wir es aus ihm heraus.«

Mattheis verdrehte die Augen und schüttelte den Kopf. »Deshalb führe ich unsere Mission und nicht du. Ich denke nach, du führst aus. Dabei wird es bleiben. Und wenn ich durch Nachdenken zu dem Schluss gekommen bin, dass wir ihn leben lassen und als unseren Verbündeten betrachten, dann solltest du das auch tun.« Mit der Spitze seines Schwertes fuhr er Girgl unter das Kinn und hob so dessen Kopf leicht an. »Haben wir uns jetzt verstanden?«

»Ja«, murmelte Girgl widerwillig und schickte einen bitterbösen Blick zu Ewalt hinüber.

»Und jetzt komm rauf und lass dich anschauen«, sagte Mattheis. »Vielleicht kann ich dir ja noch helfen.«

Mit einem Mal legte sich ein sanftes Rauschen über den Hain. Alle drei blickten sie hoch, und erst als Feuchtigkeit ihre Gesichter netzte, begriff Ewalt, dass es regnete. Die Pinien hielten fürs Erste die Tropfen ab, aber es würde nicht lange dauern, bis sie das Nadelgitter durchquert hatten und bis zu ihnen vordrangen.

Ewalt schlug die Kapuze seiner Gugel über den Kopf. »Ihr wisst, wo ihr mich findet, Männer«, sagte er, ohne die beiden aus den Augen zu lassen.

Er ging den Hügel hinunter und an Girgl vorbei, der ihn wütend anstarrte, sich aber keinen Schritt bewegte. Er war gerade so weit von dem Panzerreiter entfernt, dass der ihn mit seinem Schwert nicht mehr erreichen konnte, als er sich umdrehte.

»Warum habt ihr Karlmann erschossen?«, fragte er. »Damit habt ihr euch das Leben schwerer gemacht als nötig.«

Er wollte sich schon wieder wegdrehen, als Girgl sagte: »Haben wir nicht!«

»Was?«

»Wir waren das nicht«, sagte Mattheis. »Wir sind ja nicht blöde.«

»Ihr habt es auch nicht befohlen?«

»Auch das nicht«, brummte Girgl.

»Dann hat euer Herr noch einen dritten Mann im Heer?«

»Wissen wir nicht«, entgegnete Mattheis. »Glaube ich aber nicht. Niemand konnte ahnen, dass Otto so jung stirbt.«

Ewald kaute auf seiner Unterlippe. Offenbar spielte noch jemand auf dieser Laute, der sich noch nicht gezeigt hatte. Dann hatten nicht nur Mattheis und Girgl ein Interesse an der Herz-Urne. Und die Tatsache, dass Otto die Heilige Lanze vorausgeschickt hatte, war nicht nur eine Vorsichtsmaßnahme gewesen, sondern womöglich die Ahnung, vielleicht getötet zu werden, und der Kaiser hatte dieser dritten Person nicht in die Hände spielen wollen.

Über ihnen keckerten wieder die Elstern, als lachten sie die drei Männer aus, die ratlos dastanden. Das Lärmen ging Ewald durch Mark und Bein.

»Ihr seid also nicht die einzigen Spieler«, stellte er fest. »Wer hat euch erlaubt, euch der Truppe anzuschließen? Immerhin seid ihr Mannen des Bayernherzogs.«

»Aus allen Gauen sind sie dem Ruf Ottos gefolgt, um dem Kaiser zu dienen«, erklärte Mattheis. »Ekkehard von Meißen hatte nichts dagegen. Vor allem jetzt, da es zurück in die Heimat geht. Auch durch das Gebiet des Bayernherzogs.«

Ewalt bückte sich, hob einen Pinienzapfen auf und warf ihn in Richtung der keckernden Vögel. Diese stoben auf und jagten davon, allerdings schimpften und fluchten sie, dass es ihn schauderte. Elstern, hieß es, würden die Zukunft voraussehen und in ihrer Sprache Verwünschungen ausstoßen. Er hoffte, sie hätten sich nur über ihn beschwert und ihn nicht verwünscht. Als er Heinrichs Panzerreitern den Rücken zukehrte, begann er, die Liste der möglichen Mitspieler durchzugehen: Ekkehard von Meißen, Bischof Bernward von Hildesheim, Mattheis und Girgl als Handlanger des Bayernherzogs – und womöglich noch eine Person, die er nicht kannte. Karlmann konnte er ausschließen. Der Seneschall war tot.

20

HEERLAGER VOR ORVIETO, ENDE JANUAR 1002

Sie verließen das Lager als letzte Gruppe. Selbst Hermann von Sölden ritt vor ihnen, was bedeutete, dass sie die Truppe zwar begleiten durften, nicht aber von ihr geschützt wurden. Sie waren Freiwild, nur geduldet, nicht erwünscht.

Die alte Gertrud hockte auf dem Sitzbrett des Karrens, zusammengesunken wie ein halb voller alter Sack Getreide. Sie hielt die Augen geschlossen, schien zu schlafen, schreckte aber von Zeit zu Zeit hoch und vergewisserte sich, wo sie war.

Mena ging mit langsamen Schritten neben dem Wagen her, ihr Bündel geschultert. Der Stock drückte schwer, und sie dachte daran, wie es sein würde, wenn sie die nächsten fünfzig Tage dieses Gewicht spüren müsste. Aus den Druckstellen würden Geschwüre, die das rohe Fleisch zeigten, und daraus Entzündungen, die sie schließlich umbringen würden.

Aus dem Pinienhain stob die Schar Elstern auf, als würde sie vertrieben. Sie keckerten und schimpften, zeigten aber mit ihrem eleganten Flug, einer Mischung aus Segeln und Flattern, dass sie nicht so leicht zu erwischen waren.

Mena bewunderte die Vögel, deren weißer Bauch blitzte und deren blauschwarzes Gefieder wie ein polierter Edelstein funkelte. Die blauen Flügeldecken mit den weißen Spitzen leuchteten zu ihr herüber wie Signallichter, als wollten sie ihr etwas mitteilen. Sie hätte gern verstanden, was sie vermeldeten.

»Wollt Ihr Eure Last nicht ablegen?«

Der Rehlinger war an ihre Seite geritten.

Mena überlegte kurz. Wenn sie sich weigerte, machte sie ihn auf ihren prall gefüllten Beutel neugierig.

»Wohin?«, fragte sie und versuchte, ihr Herzklopfen, das sich eingestellt hatte, nicht über ihre Stimme hörbar werden zu lassen.

»Legt den Beutel in den Wagen zu den Sachen der Alten. Es läuft sich so besser.«

Mena nickte, stieg während der Fahrt auf den Wagen und verstaute die Urne im hinteren Teil zwischen einer Plane und einer Decke. Sie hoffte inständig, dass die Schläge den noch frischen Verschluss nicht bröckelig werden lassen würde und dieser sich öffnete. Was das Gefäß selbst anging, so hatte sie keine Bedenken – alle Urnen waren aus Metall und robust. Um das Gewicht erleichtert kletterte sie wieder nach draußen.

Gerold von Rehlingen war nicht weitergeritten. »Was führt eine so junge Person in den Tross des Kaisers?«, fragte er.

Offenbar war Neugier eine seiner hervorstechendsten Eigenschaften. Mena ahnte jedoch den Hintersinn dieser Frage.

Junge Frauen, die einen Kriegszug begleiteten, waren oftmals willige Dienerinnen der Männer, um deren Bedürfnisse zu befriedigen. Vermutlich sah er in ihr solch eine Person, die ihm selbst zu Willen sein könnte, für eine Wohltat, die er ihr gewährte.

Kurz zögerte sie und überlegte. Sie erkannte jedoch nicht, warum sie ihm die Wahrheit verschweigen sollte. Es würde ihr keine Vorteile bringen.

»Ich war die Leibdienerin des Kaisers.«

Sie sah, wie sich die Augen des Kaufmanns oder Pilgers, wie immer er sich sah, weiteten.

»Ihr wart … was? Die Leib…«

»Wir waren zu zweit. Ewalt und ich. Aber Ewalt ist … nun … ich weiß es nicht. Vermutlich weiter vorn im Tross.«

»Und warum habt Ihr Euch mir angeschlossen? Ihr hättet an der Spitze reiten …«

Mena riss abwehrend die Hand hoch. Ihre heftige Geste ließ ihn verstummen. »Der Kaiser ist tot. Und Ihr habt gewiss gehört, dass der Vertraute des Kaisers, Karlmann, durch einen Pfeil ermordet wurde. Er hätte mich an der Spitze reiten lassen. Ekkehard von Meißen, sein Nachfolger, ist ein Kriegsmann. Ihm sind …« Sie stockte kurz, bevor sie weitersprach. »Ihm sind *Frauen* im Heer zuwider.« Sie hoffte, dass ihm diese Erklärung genügen würde.

»Ich verstehe«, murmelte er.

»Seid Ihr sicher?«, fragte Mena beiläufig und handelte sich dafür einen überraschten und zugleich zornigen Blick ein. Offenbar hatte sie damit seine gedanklichen Pläne durchkreuzt.

Sie bestrafte ihn mit Schweigen, um ihm zu zeigen, dass sie ihn durchschaut hatte. Ihre Augen suchten den Wegrand ab und entdeckten in einiger Entfernung das rötliche Fell der Füchsin, die sie schon den ganzen Tag über begleitet hatte. Diesmal war sie nicht allein. Zwei jüngere Tiere liefen hinter ihr her, offenbar der Nachwuchs des vergangenen Jahres. Die Füchse waren auf dem Weg in den Pinienwald, der ihren Bau verbarg. Doch kurz bevor sie ihn erreichten, drehte die Fähe ab und sprang eilig den Waldrand entlang. Die beiden Jungtiere folgten ihr hastig.

Dann brach durch das Walddickicht eine Gestalt, die sich mit ausgreifenden Schritten dem Trossende näherte.

»Ewalt«, flüsterte Mena.

Woher kam er? Was hatte er in dem Pinienwald zu suchen gehabt?

Sie überlegte, ob sie ihn rufen sollte, entschied sich dann aber dagegen. Wenn er sie finden wollte, würde er sie finden. Nachlaufen wollte sie ihm nicht.

»Dieses Heer zieht undurchsichtige Gestalten an wie Aas die

Fliegen«, sagte der Rehlinger, der ihrem Blick gefolgt war. »Bis wir am Alpenrand angelangt sind, werden es mindestens fünfhundert Menschen mehr sein.«

Ewalt bewegte sich in einem steilen Winkel zum Heereszug. Er würde, wenn es langsam weiterging, irgendwo in der Mitte auf die Panzerreiter stoßen. Ein Mann mit gutem Schritt konnte den Zug leicht ein- und überholen.

Mena hatte sich eben entschlossen, Ewalt doch zu sich zu rufen, als hinter ihm zwei Männer aus dem Pinienwald kamen. Beide waren sie als Panzerreiter zu erkennen, wenn auch der Kleinere der beiden ziemlich zerschlagen aussah, als wäre er in einen Kampf verwickelt gewesen und hätte ordentlich Prügel bezogen.

Sie verließen das Wäldchen an derselben Stelle, an der Ewalt aufgetaucht war, was nur einen Schluss zuließ: Die drei Männer waren sich begegnet. Hatten sie auch miteinander gesprochen? Hatten sie sich womöglich abgesprochen? Ewalt wusste, dass sie die Urne an sich gebracht hatte!

Mena kannte die beiden Männer. Sie waren um ihr Zelt herumgeschlichen. Mit Bestimmtheit konnte sie sagen, dass auch sie hinter der Herz-Urne her waren.

Woher kannte Ewalt sie, und was hatte er mit ihnen zu schaffen? Hatte er sie, Mena, verraten?

TEIL II

DIE WEISSE HÖLLE

I

Ihr seid wahnsinnig, Rehlinger. Das wird Euch umbringen!«

Die Schankstube wurde nur von einer einzigen Schlitkerze erleuchtet, und es war so düster, dass man kaum seine Hand am Krug erkennen konnte.

Gerold von Rehlingen lehnte sich zurück und legte die Arme ausgestreckt auf die Rückenlehne der Holzbank. Er strotzte vor Selbstbewusstsein und sah Ewalt direkt in die Augen, die klar aus dem Halbdunkel hervorleuchteten. Ewalt musste dem Blick ausweichen. Um gegen so viel Stolz angehen zu können, war er bereits zu betrunken.

»Oder mich zu einem reichen Mann machen«, erwiderte der Rehlinger. »Ich habe es mir genau überlegt. Schließlich reise ich jetzt das dritte Mal über diese Strecke. Wer als Erster die Alpen überquert, der macht das beste Geschäft.«

»Wenn er es überlebt«, murmelte Ewalt und griff nach seinem Krug Wein. Mehrmals verfehlte er den Griff, bis er ihn packen konnte.

Der Rehlinger beugte sich vor. »Die Menschen hinter den Alpen gieren nach Baumwolle und Seide, nach Muskat und Pfeffer.« Er schien amüsiert. Bevor Ewalt den Krug zum Mund führen konnte, legte ihm der Kaufmann die Hand auf den Arm und flüsterte ihm zu: »Ich weiß, was ich tue. Kommt mit. Ich zeige es Euch.«

Ewalt löste sich mürrisch aus dem Griff und wischte das Angebot mit einer Bewegung der freien Hand beiseite. Er wusste nicht, ob er überhaupt noch laufen konnte. Er versuchte, den Krug an den Mund zu setzen, verschüttete aber das meiste, weil er die Lippen nicht erwischte. »Ekkehard wird ... Euch nicht ... nicht gehen lassen. Schließlich braucht er jeden Mann ...« Er hörte selbst, dass er undeutlich sprach. Seine Zunge gehorchte ihm nicht mehr ganz.

Unvermittelt fuhr der Kaufmann auf. »Ich stehe nicht in seinen Diensten. Ich habe mich seinem Zug anschließen wollen, und er hat mir keinen Schutz gewährt. Gerade mal mittrotteln durften wir.«

Dass dieser Schutz nicht wirklich nötig gewesen war, verschwieg er. Keine Räuberbande, keine marodierenden Panzerreiter oder die Mannen der italienischen Städte hatten sich dem Heerzug ernsthaft in den Weg gestellt. Selbst die Nachhut war verschont geblieben. Natürlich hatte es kleinere Gefechte gegeben, doch es waren eher Streitereien als echte Scharmützel. Selbst die besten Kämpfer blieben bei diesen Temperaturen in ihren Burgen und Häusern, weil mehr Männer auf ihren Gäulen erfroren als von Feinden erschlagen wurden.

Ewalts Kopf war schwer, und es gelang ihm kaum, ihn zu heben. Hatte er vier Krüge Wein getrunken oder nur drei?

Als er den Krug endlich an den Mund setzen konnte, musste er feststellen, dass er leer war. Mit einem heftigen Knall stellte er ihn zurück auf den Eichenholztisch.

»Wirt!«, rief der Rehlinger in den Raum hinein. »Zwei Krüge!«

»Warum seid Ihr so versessen darauf, den Heerzug zu verlassen?«, lallte Ewalt.

Der nächste Krug würde für heute sein letzter sein. Er wollte nicht betrunken vor der Schankstube in den Schnee fallen und in der Nacht zu einer starren Puppe erfrieren, wie es Hermann von Sölden ergangen war. Ein guter Mann, der den Fall in eine

Schneewehe nicht überlebt hatte. Als sie ihn am Morgen danach gefunden hatten, war er steif wie ein Brett gewesen. Sie hatten ihn auf dem Kirchfriedhof auf eine Grabplatte gelegt, weil der Boden zu stark gefroren war, als dass sie ihn hätten begraben können.

Ewalt musste kichern, als er daran dachte, dass Sölden ein guter Mann, aber etwas steif gewesen war.

»Wollt Ihr sehen, was ich vorbereitet habe?«, drang die Stimme des Rehlingers in seine Gedanken.

Mit trüben Augen suchte Ewalt wieder den Blick des Kaufmanns, der sich erneut zurückgelehnt hatte. Sein Kopf war im Dunkel verschwunden.

»Ich habe es letztes Jahr schon mal versucht. Und es ist mir gelungen. Allerdings etwas später. Wenn wir über den Reschenpass fahren, müsste es auch früher gelingen. Weniger Schnee und weniger steile Wege.«

»Fahren? Mit Karren? Unmöglich«, widersprach Ewalt. »Sie sinken ein.«

»Ich verwende keine Karren.«

»Dann tragt Ihr das Zeug über den Pass? Nicht mit mir.« Ewalt schüttelte heftig den Kopf und bereute es sogleich.

»Ich trage nichts«, antwortete der Kaufmann ruhig. Die Stimme schien aus dem Nichts zu kommen, aus einem schwarzen Dunkel, als flüstere der Höllenfürst in der Schänke.

Der Wirt brachte volle Krüge und räumte die leeren ab. Dann hielt er die Hand auf. Seit das Heer in der Stadt lag, gab es nichts mehr auf Kredit. Geld oder geh, hieß die Devise.

»Noch könnt Ihr Euch daran erinnern. Morgen vielleicht nicht mehr. Zwei Münzen«, brummte der Wirt.

Er grinste den Kaufmann an, was Ewalt nur erkennen konnte, weil dem Mann die vorderen Zähne im Mund fehlten und so die Lücke zwischen den Lippen dunkel schimmerte. Seine Hände waren so schmutzig, als wühle er ständig im Holzkohleeimer.

Der Rehlinger zählte ihm zwei Münzen in die Hand und schickte ihn weg. »Wenn wir nicht austrinken, stellt den Wein beiseite!«, rief er ihm nach. »Wollt Ihr nun sehen, was ich verwende?« Sein Gesicht kam aus dem Dunkel auf Ewalt zu. Ganz der Kaufmann, mit einem bösen Lächeln auf den Lippen.

Ewalt stieß der Wein auf. Kurz füllte sich sein Mund mit bitterem Magensaft, den er zurückwürgte, dann nickte er, nahm einen Schluck und versuchte aufzustehen. Herr über seinen Körper und seinen Geist zu sein fiel ihm in diesen Tagen nicht leicht. Immer wenn er Mena betrachtete, stellte sich ein unbändiger Durst ein, mit dem er seine Wut und sein Begehren betäuben wollte.

»Ewalt, seid Ihr noch in dieser Welt?«, spöttelte der Kaufmann und rüttelte ihn.

Der ehemalige Diener Ottos fuhr auf und bemerkte, dass er erst halb aus der Bank gerutscht war.

»Ist es weit?«, brummte er.

»Um die Ecke«, versicherte der Rehlinger.

Keiner von beiden war mehr ganz sicher auf den Beinen. Sie stützten sich gegenseitig, als sie zur Tür wankten. Sobald sie aus der warmen Stube in die Kälte hinaustraten, schlug ihnen die eisige Luft wie eine Faust ins Gesicht. Ewalt hatte das Gefühl, zwei Krüge mehr getrunken zu haben, als er tatsächlich vertrug. Seine Beine brachen unter ihm weg, und unversehens kniete er neben dem Rehlinger im Schnee.

»Verflucht«, murmelte der. »Was riecht hier so komisch?«

»Frische Luft!«, antwortete Ewalt und erbrach sich in den Schnee.

Nur mühsam zogen sie sich aneinander wieder hoch.

»Links oder rechts?«, fragte Ewalt.

Der Rehlinger drehte den Kopf und zuckte mit den Schultern. »Weiß nicht.« Auch er atmete schwer und sprach stockend. »Ge-rade-aus.«

Ewalt schaute sich um. »Geradeaus geht nicht. Nur Schnee. Wo müssen wir hin?«

»Stall«, lallte der Rehlinger. »Links?«

»Der ... der Stall ist ... ist rechts!«

Ewalt zog den Kaufmann mit sich. Sie stolperten den freigeschaufelten Weg entlang, der zu einem Stallgebäude führte, das Ekkehard mit seinen Mannen nicht hatte verwenden können, weil es voll mit den Mietkarren der Kaufleute stand, die auf besseres Wetter Ende März, Anfang April hofften. Die Kaufleute zahlten mehr als das kaiserliche Heer.

»Pst!« Der Rehlinger legte den Finger auf den Mund.

Schief hing er in Ewalts Arm. Offenbar war er den Wein weniger gewohnt als er selbst. Langsam klärten sich Ewalts Gedanken wieder. Ihm wurde bewusst, dass sie bei der Kälte nicht lange draußen herumstromern durften.

Als der Stall in Sicht kam, beschleunigt der Rehlinger seinen Schritt. Er zerrte Ewalt hinter das Gebäude. Rundum war der Schnee weggeschaufelt worden. Als sie an einer Hintertür angelangt waren, hob er noch einmal die Finger an den Mund.

»Pst!«, schrie er fast.

Dann hob er den Riegel und zerrte an der Tür. Sie öffnete sich nur schwer. Zu viel Schnee sperrte. Aber irgendwann stand der Spalt so weit offen, dass die beiden Männer hindurchschlüpfen konnten. Hinter ihnen schloss der Rehlinger das Tor.

Im Halbdunkel des Stalls ragten die Skelette verschiedener Fahrzeuge auf.

»Na?«, fragte der Kaufmann und deutete stolz auf drei Holzskelette ohne Räder.

»Was?«, fragte Ewalt und versuchte zu erkennen, was er da sah. »Wir tragen die Karren?«

Der Rehlinger lachte schallend und schlug sich auf die Schenkel, bis Ewalt den Finger an den Mund legte: »Pst!«

»Aber die Wagen haben keine Räder. Die muss man tragen.«

Der Kaufmann packte ihn am Ärmel und zerrte ihn näher an die aufrecht stehenden Gestelle heran.

»Schlitten. Drei große Schlitten. Keine Räder, sondern Kufen. Damit kann man auf Schnee gleiten. Und wenn wir über die Alpen sind, machen wir wieder Räder an die Wagen. Die stehen in Innsbruck bereit.«

»Schlitten«, murmelte Ewalt und sank vornüber. »Verrückt.«

2

TRIENT, FEBRUAR 1002

Es gab ein Leben vor einer Schwangerschaft und ein Leben danach. Das Leben dazwischen war die Hölle.

Mena hätte nie vermutet, welche Mühe es bedeutete, ein Kind im eigenen Bauch durch die Welt zu tragen. Plötzlich wurden Anstiege zu beinahe unüberwindlichen Hindernissen, Tische rückten von einem ab. Einen Eimer mit Wasser zu schleppen wurde geradezu zur Lebensaufgabe. Ganz abgesehen von der Tatsache, das Gefühl nicht loszuwerden, für zwei zu essen und für drei zu pinkeln und dabei nicht einmal mehr die eigenen Zehen sehen zu können.

Unterdessen saß sie wie auf heißen Kohlen. Seit das Heer in Trient haltgemacht hatte, befürchtete sie, die Kerle, die sie mit Ewalt gesehen hatte, würden sie entdecken. Bislang war es ihr gelungen, sich unsichtbar zu machen. Die beiden Männer waren offensichtlich nicht auf den Gedanken gekommen, dass sie am Ende des Trosses, hinter dem Heer selbst, herzog. Sogar Ewalt hatte sie erst hier in Trient nur zufällig entdeckt. Zumindest hatte er das gesagt.

»Ich muss weg von hier!«, sagte sie zu Gertrud.

Die Alte hob die Augenbrauen und kaute auf einem Stück getrocknetem Schinken herum. In den letzten Wochen waren ihr zwei weitere Zähne ausgefallen. Sie musterte Mena mit ihren stahlblauen Augen, die in einem gelblichen Weiß schwammen.

»Wohin? Zurück nach Rom?«

Mena rückte näher an die Alte heran. Sie waren in einem Stall hinter den Pferden untergekommen. Die Tiere hatten sich mittlerweile an sie gewöhnt und wurden nicht mehr unruhig, wenn Gertrud mitten in der Nacht zu schnarchen begann. Es war einigermaßen warm, und wenn sich ein Tier hinlegte, kuschelten sie sich an den warmen Körper. Dass sie ihren Hirsebrei mit etwas Getreide auffüllten, das sie aus den Pferdetrögen stahlen, half zusätzlich.

»Ich will nach Norden. Nach Augsburg. Nein, ich muss!«

Die alte Gertrud zog ihre Decke enger. Sie hatte Mena gegenüber schon die letzten Tage darüber geklagt, nicht mehr warm zu werden. Ihre Lippen waren beinahe so blau wie ihre Augen und zitterten fortwährend. »Du kannst nicht weiterziehen. Du wirst das Kind verlieren.«

»Wenn ich nicht weiterziehe, verliere ich die Herz-Urne. Das ist mindestens ebenso schlimm.«

Gertrud zuckte mit den Schultern und zog die Decke noch enger. Mit einer Hand schob sie Stroh unter ihre Beine und stopfte sich damit aus. Mena sah, wie erschreckend dürr die Alte geworden war.

»Du wirst dich gedulden müssen. Solange die Pässe verschneit sind, wird sich keine Maus in die Alpen wagen«, sagte Gertrud und mümmelte weiter an ihrem Speck.

Mena seufzte. Alle sagten ihr das. Es hieß, die Pässe seien zu gefährlich. Nicht nur wegen der Kälte. Lawinen würden das Leben zusätzlich bedrohen. Sie konnte sich zwar nichts unter Lawinen vorstellen, aber es beschlich sie ein beängstigendes Gefühl, wenn sie nur daran dachte, gänzlich von Schneestaub bedeckt zu werden.

»Ich habe keine Zeit mehr. Schau mich an, in vier Wochen werde ich nicht mal mehr laufen können.«

Die Alte lächelte sie an, jedenfalls glaubte Mena das, denn

Gertrud hatte ihre Decke mittlerweile so weit hochgezogen, dass nur noch die Augen hervorschauten.

»Du glaubst nicht, was eine Schwangere alles kann. Ein Kind zu bekommen ist keine Krankheit.«

Diesmal hatte Gertrud recht. Aber es war schlimm. Viel schlimmer. Mena fühlte sich wie ein Fuhrknecht, der seine Ware selbst zu schleppen hatte. Dennoch wollte sie weiter. Je länger sie beim Tross blieb, desto gefährlicher wurde es für sie. Sie hatte sich umgehört und herausgefunden, dass der Weg über den Reschenpass im Winter durchaus begangen wurde, allerdings nur von Einheimischen, und auch nur in Ausnahmefällen. Von einer Schwangeren, die um diese Jahreszeit die Alpen überquert hätte, hatte sie jedoch nichts gehört. Männer gingen. Junge Männer. Nur die wenigsten kamen zurück.

Unwillkürlich glitt ihre Hand zu dem Lederbeutel, der an ihrer Brust baumelte, und sie spürte den Zahn darin. Sollte es nicht genügen, den Schutz eines derart bedeutenden Mannes zu besitzen, um alles zu wagen? Sie schloss die Faust um den Beutel und drückte zu, als wolle sie das Glück aus dem kleinen Säckchen herauspressen. Aber das Glück ließ sich nicht melken wie eine Kuh. Man konnte nur darüber stolpern und es dadurch womöglich erhaschen.

»Wir brauchen etwas zu essen, Mena«, sagte die Alte. »Sonst kannst du nirgendwohin laufen.«

Das nächste Problem, das sich auftat. Sie besaßen nichts und Geld schon zweimal nicht. Bislang hatten sie sich vom Tisch des Kaufmanns bedienen dürfen, doch dessen Geduld war zu Ende. Sobald die Wege frei waren, würde er losziehen und sie zurücklassen. Dann würde es tatsächlich gefährlich für sie. Sie würden wieder im Heer Unterschlupf suchen müssen – und Hermann von Sölden, ihr einziger Schutz, war tot. Jämmerlich erfroren.

»Ich suche uns etwas«, sagte Mena und stand auf.

In den letzten Wochen hatten sie sich Kleidung und Essen dadurch beschafft, dass sie die in einem Beutel gesammelten kleinen Fußknöchelchen Ottos, die sie aus dem letzten Sud gesiebt hatten, an die Mannschaften verkauften. Aber der Beutel war mittlerweile leer, die kleine Geldquelle, die sie notdürftig am Leben gehalten hatte, war versiegt.

Das Einzige, was Mena noch besaß, war ihr Körper.

Schon in den letzten Wochen hatte sie mit dem Gedanken gespielt, sich den Männern anzubieten, um wenigstens an ein wenig Hirse und Trockenfleisch zu kommen. Doch die Preise für Lebensmittel waren derart in die Höhe geschnellt, dass sie das Geld dafür niemals aufbringen könnte, indem sie die Beine breit machte. Die Panzerreiter hatten es besser. Ihre Kriegsbeute reichte aus, um sich zu ernähren. Wenn auch nicht alle viel besaßen – für den Weg über die Alpen war es allemal genug.

Als sie aufstand und die Decke fest um ihren Körper schlang, fiel der Entschluss. Noch einmal konnte sie derzeit nicht schwanger werden – und sie brauchten etwas zu essen. Die letzte ordentliche Mahlzeit hatten sie vor drei Tagen gehabt. Nur die Alte hatte noch etwas Speckschwarte zum Kauen und Lutschen behalten, weil sie sie nicht mehr zerbeißen konnte.

»Ich komme wieder«, sagte Mena und kroch hinter dem Hengst eines der Panzerreiter hervor. Wer nur flüchtig in die Ställe blickte, sah ihre hinter den Trögen liegenden Schlafplätze nicht.

Sie schlich durch den Stall und trat vorsichtig auf die Straße. Sie hatte keine Erfahrung darin, sich anzubieten. Was musste sie tun? Sich einfach an den Stall lehnen und warten, bis sie angesprochen wurde? Oder sollte sie auf die Männer zugehen? Was, wenn sie nur ihr Vergnügen haben wollen, aber nicht zahlten?

Mena spürte, wie ihr Herz schneller schlug und das kleine Wesen in ihrem Bauch unruhig wurde, während sie darüber nachdachte. Unwillkürlich schlang sie die Arme um sich und sah zu Boden. Sie wollte und konnte den Blick nicht heben. Zu sehr schämte sie sich. Aber sie wollte, dass ihr Kind lebte. Deshalb musste sie ihre Scham zurückstellen.

Sie blickte hinüber zum Marktplatz und schlich, eng an die Häuserwände gepresst, darauf zu. Dort, vermutete sie, würde sie am ehesten angesprochen. Sie verschränkte die Arme unter der Brust und drückte ihren Busen etwas in die Höhe, damit er noch fülliger wirkte. Eine Hüfte stellte sie aus und glaubte, so ihre Bereitschaft, mit jemandem mitzugehen, ausreichend deutlich zu zeigen.

Noch immer jagte ihr Atem, und das Herz schlug ihr bis zum Hals. Oft würde sie sich diesem Gefühl nicht aussetzen können, vermutete sie. Aber vielleicht würde sie sich auch daran gewöhnen, wie man sich an vieles gewöhnte.

Verstohlen hob sie den Blick und sah in die Runde – und sofort sank ihr Mut. Mindestens zwanzig Frauen, gehüllt in Lumpen und Decken, säumten den Platz. Alle hatten sie dieselben verschüchterten Blicke, dieselbe aufreizende Körperhaltung, ähnlich rote Gesichter vor Aufregung und Scham. Was konnte einer Frau Schlimmeres widerfahren, als sich selbst in den Dreck werfen zu müssen, um zu überleben? Der Hunger trieb seine schmutzigen Blüten.

Die Sonne verließ im Tal schon früh den Himmel und warf tiefe Schatten über den Platz. Besser war es, dieses Elend nicht ins Licht zu stellen, und doch war es so himmelschreiend, dass Mena der Zorn überkam. Sie ballte die Faust und zerrte an ihrer zerlumpten Decke, die sie kaum warm hielt, bis in ihr der Entschluss reifte, es auf andere Art zu versuchen. Lieber betteln als sich erniedrigen.

Mena wandte sich um und lief direkt in einen der Panzerreiter hinein, der sein Pferd eben in den Stall zurückführte. Sie hatte ihn noch nie gesehen.

»Warum so eilig?«, fragte er lachend. »Der Abend ist noch lang.«

»Es ist eisig hier«, entgegnete sie.

»Dann müsste man sich aufwärmen. Allein ist das derzeit schwierig. Alle Betten sind belegt.«

»Ich brauche kein fremdes Bett«, sagte Mena und wollte an dem Mann vorbeigehen, aber der vertrat ihr den Weg. Er schmunzelte noch immer.

Mena hob den Kopf. Seine Augen waren blassgrau und kaum vom Weiß des Augapfels zu unterscheiden, was ihnen etwas Unheimliches, Starres und Bedrohliches gab. Einen solch harten Blick hatte sie noch nie gesehen. Als läge kein Funken Leben darin, keinerlei Gefühl.

»Lasst mich vorbei«, bat sie mit Nachdruck.

Doch der Panzerreiter dachte nicht daran. Immer wieder begegnete er ihren Ausfallschritten. Schließlich griff er an ihren Arm. »Wolltest du dich nicht aufwärmen, Mädchen? Ich bring nur kurz den Gaul weg, dann …«

Sie verzog kurz die Mundwinkel zu einem gekünstelten Lächeln. »Mir ist nicht mehr kalt.«

Der Panzerreiter ließ nicht locker, packte sie am Handgelenk und zog sie unsanft an sich. Wie nebenbei strich er ihr über die Brust. Er hatte sein Tier losgelassen, das schnaubend hinter ihm stand und ihr den Weg versperrte.

Jetzt geschah das, was sie befürchtet hatte. Womit hatte sie ihn gereizt? War sie zu offen gewesen? Zu passiv? Hatte sie ihn herausgefordert?

»Lasst mich los!«, fuhr sie den Mann an, der lauthals lachte und ihr so fest an die Brust griff, dass sie zusammenzuckte.

»Na, gefällt dir das?«, flüsterte er. »Ich kann noch mehr für dich tun.«

Er lachte hart, und mit einem raschen Griff hatte er ihr zwischen die Beine gefasst.

Mena schrie und riss sich los, aber der Panzerreiter war schneller. Er packte sie an der Gurgel und drückte zu.

»Immer mit der Ruhe ...«, sagte er in einem Ton, der so sanft war, dass es sie eisig überlief und sie vor Schmerz und Atemnot schauderte. Beinahe tonlos flüsterte er: »Du willst es doch auch, gib's ruhig zu.«

Nein, nein, sie wollte es nicht! Nicht mehr und nicht so. Sie öffnete den Mund, um zu schreien, aber es kam kein Laut heraus. Obwohl sie verzweifelt nach Atem rang, wuchs ihre Entschlossenheit.

3

Mattheis spürte die Unruhe als Ziehen in den Beinen, die sich urplötzlich bewegen wollten und nur dadurch zu beruhigen waren, dass er sie ausschüttelte, als müsse er sie vom Reisefieber befreien. Ihn beunruhigte, dass in Innsbruck, hinter den Gipfeln, hinter den Schneemassen, hinter den Pässen Herzog Heinrichs Heer auf eine Nachricht wartete, auf die Nachricht über den Gesundheitszustand des Kaisers. Und er wusste, wenn er sie nicht bald auf den Weg bringen würde – wie auch immer das geschehen sollte –, müsste er mit dem Zorn und der Ungnade seines Herrn rechnen. Aber so oft er auch nachgefragt hatte, niemand wollte das Risiko eingehen, um diese Zeit die Berge zu überqueren.

»In drei Wochen, vielleicht vier«, hörte er immer wieder von den Einheimischen, sooft er auch nachfragte. »Dann sind die Wege wieder einigermaßen passierbar. Es sterben zwar noch immer Menschen auf den Pässen, aber es kommen mehr auf der anderen Seite lebend an. Jetzt sterben alle, die es versuchen.«

Mit der flachen Hand hieb Mattheis vor Zorn und Unmut auf die Kiefernbohlen des Tisches. Seine Hand brannte, und er fühlte den Schmerz als wohltuende Abwechslung im fortwährenden Einerlei des Wartens. Sein Weinkrug war umgekippt, und der Rest des Inhalts bildete eine Pfütze, die langsam eine feuchte Nase ausbildete, die zur Tischkante hin unterwegs war und Girgls Haare feucht werden ließ.

Sein Begleiter war eingenickt und mit dem Kopf auf den

Tisch gesunken. Jetzt schreckte er hoch, fühlte die Nässe im Haar und bekam eine Strähne davon in den Mund. Sofort begann er, den Wein davon abzulecken.

Der Wirt der Schenke sah zu ihnen herüber, füllte einen frischen Krug und trat an ihren Tisch. »Ihr habt Ärger, Herr?«, fragte er, während er mit einem schmutzigen Lappen die Pfütze aufwischte und auch um Girgls Kopf, der schon wieder nach vorn gesunken war, herumfuhr.

»Ärger? Nein. Wut? Ja«, schimpfte Mattheis. »Warum macht sich keiner deiner Landsleute auf in die Berge? So schlimm wird's doch wohl nicht werden. Das bisschen Schnee hie und da wird uns schon nicht umbringen.«

Der Wirt schaute ihn an, als müsse er darauf nicht antworten. Bevor er sich umdrehte und zurück an den Ausschank ging, hielt Mattheis ihn fest. »Ich zahle gut.«

Der Wirt sah auf seinen Ärmel, dann auf Mattheis, dann wieder auf seinen Ärmel.

»Der Letzte, Herr, der mich so angefasst hat, musste danach mit der linken Hand nach dem Wein rufen. Seine rechte hatte er nicht mehr. Lasst mich also los.«

Der Wirt hatte ruhig gesprochen, hatte nicht einmal die Stimme erhoben und auch sonst keine Miene verzogen.

Mattheis war verblüfft. Ein einfacher Wirt redete mit ihm wie mit einem Leibeigenen.

»Seid ihr noch bei Sinnen?«, herrschte er ihn an, doch er lockerte den Griff.

Der Wirt sagte kein Wort mehr. Er blickte nur auf die Hand, die noch immer seinen Unterarm umfasst hielt.

Mattheis hörte das Sirren, noch bevor er die Klinge sehen konnte. Pfeilschnell zog er die Hand zurück, und im gleichen Augenblick sauste eine krumme Klinge wie aus dem Nichts am Arm des Wirts entlang und hieb eine Kerbe in die Tischbohle.

Hinter dem Mann tauchte ein Sarazene auf, breitschultrig, kampferfahren und mit einem Säbel in der Hand, den er geradewegs aus dem Rückhalfter gezogen hatte.

Der Wirt lächelte verbindlich, dann streckte er die flache Hand aus. »Personal kostet etwas, Herr. Drei Krüge Wein.«

Mattheis blickte zwischen dem Sarazenen, der wie ein Geist aus dem Nichts aufgetaucht war, und dem Wirt hin und her, dann griff er in seinen Geldbeutel und warf drei Münzen auf den Tisch. »Mir ist der Durst vergangen«, brummte er.

Der Wirt schmunzelte und schob die Geldstücke mit der linken Hand in die rechte.

Kurz ließ sich Mattheis von der Bewegung ablenken, und als er hochsah, war der Sarazene verschwunden, als hätte es ihn nie gegeben. Für einen Moment glaubte er, einem Trugbild erlegen zu sein. Aber so sehr konnte er sich nicht getäuscht haben. Erst als er die frische Kerbe im Tisch ausmachte, wusste er, dass ihn seine Sinne nicht getrogen hatten.

»Wo ist er hin?«, murmelte er nur und suchte Zuflucht in dem frischen Krug Wein, den der Wirt auf den Tisch gestellt hatte.

Mattheis sah sich im Schankraum um. Der Wirt stand an einem Wasserbottich und spülte seine Krüge aus. Ihre Blicke trafen sich, und der Wirt lächelte, als wäre nie etwas geschehen, als hätte er ihm nicht gedroht.

»Der Augsburger will es wagen, der Rehlinger!«, sagte der. »Ich hab's nur gehört. Er ist die letzten Jahre schon zweimal um diese Zeit aufgebrochen. Zweimal habe ich mich verabschiedet, weil ich glaubte, ich würde ihn nie wiedersehen. Und zweimal stand er im Sommer wieder vor meiner Tür.«

Der Wirt erzählte es beiläufig, während er die Krüge ins Wasser tauchte und mit einem dreckstarrenden Lumpen auswischte. Sauber wurden sie dadurch sicherlich nicht, nur trocken.

Mattheis hob seinen Krug zum Mund. Bevor er trank, musste er die Frage stellen. »Nimmt er noch jemanden mit?«

Der Wirt zuckte mit den Schultern.

»Wo finde ich ihn?«

Wieder zuckte der Wirt mit den Schultern. »Bin ich Jesus? Weiß ich alles?«

Mattheis verdrehte die Augen. Der Kaufmann also. Er würde herausfinden, wo er sich herumtrieb, obwohl das in der augenblicklichen Situation schier unmöglich war. Die Panzerreiter hockten in beinahe jedem Winkel dieser Stadt an der Etsch-Furt. Jeder beheizbare Raum war belegt, um jede Feuerstelle saßen zehn und mehr Personen, damit sie nicht erfroren. Manche hatten sich sogar aus Platzmangel in den hohen Schnee Behausungen gegraben. Es war ein wildes Durcheinander, in dem alle den Überblick verloren.

»Kommen sie her, um zu trinken?«

Der Wirt nickte. Strähnen seiner dunklen Haare fielen ihm über die Stirn und bedeckten die Augen. »Jeden Abend. Aber von mir wisst Ihr das nicht.«

Mattheis sagte nichts. Er nahm noch einen kräftigen Schluck und lehnte sich zurück. Es würde ein gemütlicher Abend werden. Er stieß Girgl in die Seite, damit dieser aufwachte. Doch sein Begleiter schlief derart tief, dass ihn selbst ein Tritt gegen das Schienbein nicht aufwecken konnte.

Mattheis seufzte und ließ ihn weiterschlafen. Er nahm seinen Krug in die Hand und ging zu dem Wirt hinüber.

»Wie ist es ihm gelungen?«, erkundigte er sich leise.

»Was?«, fragte der Wirt zurück, ohne seine Arbeit zu unterbrechen.

Er schenkte Krüge voll, nahm sie, ging damit zu einem Tisch in der Ecke, stellte den Wein ab und kassierte umgehend. Als er zurückkam, lächelte er verschmitzt. »Was ist es Euch wert?«

»Was wollt Ihr?«

»Einen Krug Wein.«

»Sollt Ihr haben«, versicherte Mattheis.

Der Wirt füllte sich einen frischen Krug ab und stellte ihn neben den Waschtrog. Dann streckte er die flache Hand aus, damit Mattheis eine Münze hineinlegen konnte. Der Wirt musterte ihn mit einem ausdruckslosen Blick, während Mattheis zögernd in seinem Geldsack nach einer Münze kramte.

»Und? Wie hat er es gemacht«, drängte Mattheis.

Der Wirt nahm seinen Krug, prostete Mattheis zu und nahm einen gewaltigen Schluck. Dann wischte er sich mit dem Handrücken über den Mund und zuckte mit den Schultern. »Keine Ahnung!«

Mit keinem Muskelzucken ließ Mattheis sich den Ärger darüber anmerken, dass er wieder einmal auf den Arm genommen worden war. Er drehte sich auf dem Absatz um und ging zurück zu seinem Tisch. Girgl schnarchte, dass sich in seinem Mundwinkel Blasen bildeten.

Plötzlich wurde die Tür aufgerissen. Vier Panzerreiter standen auf der Schwelle. Sie hielten Schwerter in der Hand und blickten sich um. Ihre Mienen wurden vom Nebel der Atemluft verdeckt. In ihren Bärten hing Reif, der in der Wärme langsam zu verdunsten schien. Einer von ihnen hielt sich die Seite. Seine Hand war dunkel, sein Gesicht blass.

»Tür zu!«, herrschte sie der Wirt an, ohne sich um ihre grimmigen Mienen zu kümmern.

Die Männer betraten den Raum. Der Letzte hielt die Tür offen, vermutlich um einen raschen Rückzug zu gewährleisten.

»Es wird kalt, Herrgott!«, fauchte der Wirt. »Ihr betretet mein Haus. Haltet Euch gefälligst an die Regeln. Noch mal. Tür zu!«

Kaum hatte der Wirt ausgesprochen, stolperte der Panzerreiter an der Tür in den Raum, als hätte er von hinten einen Stoß erhalten. Überrascht griffen die anderen ein und hielten ihn fest, bevor er auf den Boden schlug. Dann krachte die Tür ins Schloss.

»Warum nicht gleich so«, ließ sich der Wirt ruhig vernehmen. »Wein? Vier Krüge?«

Die Panzerreiter drehten sich zum Eingang. Dort stand, die Arme überkreuz, in der rechten wie in der linken Hand einen Säbel, der Sarazene.

»Steckt die Schwerter weg«, sagte der Wirt. »Sala'ah-Din ist da empfindlich. Außerdem ist es immer so eine Sauerei, die abgeschlagenen Schwerthände zu entsorgen.«

Die Panzerreiter wechselten in Kampfstellung, auch wenn es dem Blutenden schwerfiel. Doch für den niedrigen Raum und die Enge darin waren ihre Schwerter zu lang und sie selbst zu unbeholfen. Kaum hatten sich die Männer formiert, zuckten die Säbel des Sarazenen – und die Schwerter der zuvorderst Stehenden polterten zu Boden. Als einer der Männer seine Waffe aufheben wollte, trat Sala'ah-Din auf die Klinge und hielt sie so am Boden.

»Noch einmal, die Herren. Meine Gaststube, meine Regeln.« Der Wirt wirkte noch immer so ruhig, als serviere er nur einen Krug Wein. »Und damit es so bleibt, achtet mein Freund hier auf gutes Benehmen.«

Der Wirt richtete vier Krüge her. »Wein?«, fragte er erneut.

Mattheis beobachtete die Männer, die sich wie Wildkatzen duckten und sprungbereit machten. Der Vorderste schwankte und schien sich nur unter großen Mühen aufrecht halten zu können.

Die beiden noch bewaffneten Panzerreiter drehten sich so, dass einer von ihnen den Sarazenen im Blick hatte, der andere sich dem Wirt zuwandte. Die beiden Entwaffneten hatte ihre Hände an die Kurzwaffen gelegt und sie gelockert.

»Wir suchen ... eine ... eine Verbrecherin!«, warf ihm der Vorderste schwer atmend zu. »Sie hat mich mit dem Dolch verletzt.«

»Kurz bevor die Tore schließen«, setzte der Mann, der neben ihm stand, hinzu. »Weit kann sie noch nicht sein. Eine Hexe, fuchsrot, mit einer Sturmmähne.«

Mattheis horchte auf. Eine Füchsin? *Die* Füchsin?

Der Wirt wandte sich zu seinem Fass um und ließ den ersten Krug vollllaufen.

»Eine Frau?« Er lachte spöttisch. »Wenn Ihr Euch einer unserer Ehefrauen genähert habt, was ja durchaus vorkommen kann, dann hätte ich Euch den Schwanz abgeschnitten. Wenn Ihr Euch an einer der Jungfern unserer Stadt vergangen habt, dann ist jeder Tod weniger als die Strafe, die Euch erwartet und die Ihr verdient hättet, wenn Ihr uns in die Hände gefallen wärt. Davon abgesehen kann ich mir nicht vorstellen, dass eine Frau einen Mann übertölpelt, ihn absticht und sich dann seelenruhig in eine Weinschänke begibt, um das Blut runterzuspülen. Außerdem ...« Der Wirt drehte den Kopf nach hinten. »Seht Ihr hier irgendwo eine Frau mit fuchsroter Mähne?«

Er war fertig und stellte den Krug auf die Holzbohle, die ihm als Schanktisch diente.

Der Kerl vor ihm schwankte und war weiß wie der Schnee vor der Tür. Wenn Mattheis die Zeichen richtig deutete, dann hatte die Füchsin ihn schwerer verletzt, als er es wahrhaben wollte. Wenn er innerlich blutete, dann war es nur noch eine Frage der Zeit, bis er ...

»Was ist jetzt?«, rief der Wirt. »Der Krug hier geht aufs Haus. Trinkt auf die Füchsin und seid froh, dass Ihr noch mit Eurem Schwanz im Jenseits ankommt ...«

Kaum hatte er das gesagt, als das Schwert des verletzten Panzerreiters zischend durch den Raum fuhr, an der Decke eine

Kerbe hinterließ, weil es zu lang war, und in das Holz des Tresens einschlug.

Unwillkürlich duckte sich Mattheis, und selbst Girgl, der bislang alles verschlafen hatte, zuckte hoch und sah mit schreckgeweiteten Augen auf das, was jetzt geschah.

Der Wirt hatte offenbar Kampferfahrung. Er war zur Seite gesprungen, nicht überhastet, aber so, dass der Schlag ihn nicht erreichte. Hinter dem Weinfass hatte er ein Kurzschwert hervorgezaubert und hieb auf den Schwertgriff ein, bevor der Panzerreiter die Klinge wieder aus der Holzbohle ziehen konnte.

Die Waffe vibrierte, und der Angreifer musste loslassen.

Der Sarazene wütete unterdessen an der Tür. Mit schnellen, kurzen Attacken schlug er zwei der Männer nieder und warf sich gegen den Bewaffneten, der dem Verletzten den Rücken deckte. Der reagierte falsch und unbeholfen. Sein Schwert segelte durch den Raum und landete mit einem lauten Klirren auf Mattheis' und Girgls Tisch.

Mattheis hielt es fest. Gleichzeitig beugte er sich zu Girgl hinüber. »Hast du gehört? Eine Fuchsrote! So viele wird's davon nicht geben.«

Kurz darauf standen die beiden Männer da, beide leichenblass und mit Klingen an den Hälsen.

»Die Schwerter sind die Bezahlung für den Schaden, den ihr hier angerichtet habt«, verkündete der Wirt gelassen. »Ihr hättet den Wein annehmen sollen.«

Die Männer am Boden stöhnten, aber sie lebten noch. Beide bluteten aus Platzwunden an Stirn und Schläfen.

»Das wird dir noch leidtun«, knurrte der Anführer. »Wir …«

»Das glaube ich nicht«, entgegnete der Schankwirt und drückte dem Mann mit der Klingenspitze den Kopf nach oben. »Ich werde euch Gesindel direkt zu Ekkehard von Meißen bringen lassen. Es gibt ein Abkommen mit ihm und der Stadt. Auf euch dürften die Bären warten.« Er stieß ein Schnauben aus, in dem ein gewisses Bedauern über die Vergeudung von so viel hoffnungsvollem Kampfesmut mitschwang. »Ihr taugt für eine Schlacht ohnehin nicht. Zu langsam, zu vertrauensselig, zu voreingenommen. Seid froh, dass ihr eine Chance habt, einen Bären mit bloßen Händen zu erwürgen. Auf dem Schlachtfeld hätte man euch die Bäuche aufgeschlitzt – und ihr hättet es nicht einmal bemerkt.« Er räusperte sich, dann sah er dem schwankenden Panzerreiter ins Gesicht und deutete auf die Wunde an seiner Seite. »Ihr werdet es ohnehin nicht mehr erleben, mein Freund. Ihr hättet den letzten Schluck nehmen sollen. Ein letzter Genuss vor der Höllenfahrt.«

Der Panzerreiter spuckte aus. »Euer Sauerampfer wäre alles gewesen, nur kein Genuss.«

»Wenn Ihr nur noch Wasser bekommt, wird Euch allein die Erinnerung an meinen Wein wie die versagte Gaumenfreude auf Ambrosia vorkommen.«

»Wo habt Ihr die Rothaarige gesehen?«, mischte sich Mattheis ein, der sich bislang nur über die Schnelligkeit des Wirts gewundert hatte.

Ein erstaunter Blick des Anführers traf ihn. Sein Gesicht hatte schon die wächserne Farbe des Todes angenommen. »Warum interessiert Ihr Euch für sie?«

»Lasst das meine Sorge sein.«

»In der Nähe des Marktplatzes, beim Galgen. Aber warum …«

»Nun, Ihr werdet nicht mehr die Gelegenheit haben, Euch zu rächen. Also würde ich das für Euch übernehmen.«

War das Gesicht des Mannes bei der Erwähnung des Bärenzwingers durch den Wirt blass geworden, stieg ihm jetzt die Zornesröte ins Gesicht.

»Seid Ihr von allen guten Geistern verlassen?«, schrie er plötzlich. »Ich werde …«

Weiter kam er nicht, denn die flache Klinge seines Gegners schlug ihm gegen den Kopf. Er staunte noch, dann sackten ihm die Beine weg, und er schlug auf dem Boden auf. Mattheis glaubte nicht, dass er den Fall überlebt hatte, so schräg wie sein Kopf zum Körper stand.

4

Gertrud!«, rief Mena. »Gertrud. Wir müssen fort. Schnell. Ich habe …«

Mena wischte ihre blutigen Hände im Stroh ab. Sie zitterte, aber nicht vor Kälte, sondern vor Wut und Angst. Sie konnte diese Mischung aus Ärger und Verzweiflung selbst nicht recht begreifen. Denn ihr war klar, dass sie sich zum Freiwild gemacht hatte.

»Gertrud. Los, raus jetzt. Wir müssen die Stadt verlassen. Sofort.«

Sie packte die Alte, die ins Stroh gesunken war, und rüttelte sie. Die Kälte der Hüfte, an die sie gefasst hatte, kroch ihr den Unterarm hinauf und über die Schulter bis ins Herz.

Gertrud rührte sich nicht mehr.

»Gertrud?«, fragte Mena ein letztes Mal gefasst.

Sie drehte das Wenige um, das von der Frau geblieben war. Im Gesicht hatten sich bereits Eiskristalle gebildet, die ihre Augen zu blicklosen weißen Flecken machten. Der Reif, vermutlich aus den letzten Atemzügen gebildet, hatte sich in die Wimpern gekrallt.

Gertrud lag da, weiße Augenspiegel, gefrorene Härchen im Gesicht und wie aufgeklebt wirkende Strohhalme über Kopf und Leib verteilt – und war tot.

Als Mena die Alte umgedreht hatte, hatte sie rote Schlieren auf ihrem Kleid hinterlassen. Sie schluckte. Sah Gertrud an und horchte in sich hinein, ob in ihr irgendetwas angestoßen würde,

ob sich ein Gefühl regte, ob sie Trauer empfand über dieses sinn-
lose Opfer an die Kälte.

»Bleib liegen, du Liebe«, flüsterte sie und legte den Leichnam
der Erfrorenen wieder in die Strohkuhle zurück.

Dann raffte sie die Habseligkeiten zusammen, die noch ihr
gehörten, stopfte die Urne in einen Umhängesack und schlich
nach draußen. Noch am Tor zum Pferdestall kehrte sie um.

»Du wirst die Decke nicht mehr brauchen, Gertrud. Tote
frieren nicht!«, sagte sie und zog die Decke unter dem Körper
hervor. Auch die Schuhe der Alten waren besser als die ihren. Sie
nahm sie an sich und schlüpfte hinein. Sie wickelte sich die Decke zusätzlich um den Kopf und verbarg damit ihre roten Haare.
Schließlich schlüpfte sie aus dem Stall.

Vorsichtig sah sie sich um. Sie vermutete, dass der Panzerreiter schon gefunden worden war. Sicher war er längst verblutet.
Sie hat keine Zeit mehr gehabt, den Mann im Schnee zu ver-
scharren. Warum musste er sich auch auf sie stürzen? Warum
war er so unvorsichtig gewesen, sein Messer nicht abzulegen?
Den Dolch zu ziehen, während er noch an seinem Hosenstall
nestelte, und damit zuzustoßen, war eine einzige fließende Bewegung gewesen. Er hatte ihr wehgetan, obwohl sie noch nie in
ihrem Leben eine Waffe gegen einen Menschen gerichtet hatte.
Kapaune hatte sie geschlachtet, Hasen gehäutet, auch Hühner-
vögeln und dem einen oder anderen Schwan den Kopf abge-
hackt, aber niemals einen Menschen bewusst verletzt.

Sie wusste aber auch, was das bedeutete. Man hatte sie gesehen. Man hatte ihre feuerrote Mähne gesehen, man wusste, wer
zugestochen hatte. Außerdem hatte der Panzerreiter geschrien
wie am Spieß – und war blutend zusammengebrochen.

Nein, Mitleid empfand sie keines. Sie fühlte auch kein Bedauern, sie war nur erschöpft, weil sie sich in eine Lage gebracht
hatte, die nahezu ausweglos schien. Sie musste die Stadt verlas-

sen, sonst würden die Panzerreiter über sie herfallen. Sie hatte gehört, dass der Verwundete nach seinen Kampfgefährten gerufen hatte, und sie hatte die alarmierten Stimmen der herbeieilenden Männer vernommen, bevor sie davongerannt war.

Was für eine Ironie! Sie hatte nichts weiter gewollt, als etwas zu essen, und war um ihr Leben betrogen worden. Um das ihre und das ihres Kindes. Sie berührte ihren Bauch und fühlte, wie es sich in ihr leicht bewegte. Es schlief, hatte offenbar nichts von dem gespürt, was sie hatte durchmachen müssen.

Gleichzeitig war sie sich auch des schweren Beutels bewusst, den sie sich an ihren Gürtel unter dem Kleid gebunden hatte. Es war die Geldkatze des Panzerreiters. Mena hatte sich sie gegriffen, als der Mann die Augen verdreht hatte und zusammengesackt war.

Sie tröstete sich damit, dass es kein rechter Diebstahl war, sondern eher ihrem Sohn diente. Der Kerl hätte sich ihr nähern können und wäre auf seine Kosten gekommen, wenn er zärtlicher gewesen wäre. So aber waren die Münzen, die sie noch nicht einmal angesehen hatte, eine Entschädigung für ihre Schmerzen.

So weit das in dem tiefen Schnee möglich war, huschte Mena durch die Gassen. Jede Wehe, jeden aufgeschütteten Berg, jede Kuhle versuchte sie auszunutzen. Sie hatte neben dem Geldsack noch den Proviant des Kämpen an sich genommen, der am Sattel seines Pferdes hing. Das Tier hatte sie dort gelassen, wo es stand. Als sie das Stadttor erreichte, das nach draußen ins Etschtal führte, bedauerte sie, es nicht mitgenommen zu haben.

Sie zog die Decke um ihren Kopf enger, hoffte, dass keiner der Stubenhocker vor die Tür treten, sie ihr vom Kopf reißen und die rote Haarpracht entdecken würde. Sie stolperte durch das Tor, hastete über die Brücke und war schon außer Sichtweite, als der erste Wächter, den Spieß in der Hand, auf die Straße trat.

Sie musste nach Norden, so viel wusste sie von Gertrud. Sie musste sich jede Nacht eine Schneehöhle graben, um warm zu bleiben. Sie musste trinken, damit sie das Kind nicht verlor, sie musste … musste … musste … Vor allem aber mussten sie überleben. Sie und ihr Sohn.

So stolperte sie hinein in die weiße Weite, mit der das Tal bis obenhin angefüllt war, und je weiter sie lief, desto irrsinniger erschien ihr der Plan, sich allein bis ins Inntal durchschlagen zu wollen.

Sie erkannte nicht einmal einen Weg, geschweige denn die Richtung nach Norden. Selbst die Etsch, die dieses Tal ausgespült hatte, war unter den Schneemassen wie begraben – und sie erinnerte sich an Gertruds Warnung, dass sie vorsichtig sein müsste, denn an manchen Stellen sei der Fluss so dick mit Schnee bedeckt, dass man durch den Firn hindurchbrechen und ertrinken konnte.

Aber das alles war ihr gleich. Was sie noch vor wenigen Tagen als Hirngespinst und Fantasterei abgetan hatte, erschien ihr jetzt durchaus möglich. Es musste einfach möglich sein! Sie würde es schaffen – oder den Tod finden.

Der helle Himmel verschmolz mit der weißen Schneelandschaft, und die Flocken verwischten zusätzlich die Sicht. Es war, als wühle sie sich durch einen riesigen Berg gespülter blendend heller Schafwolle, ohne oben und unten.

Mena stapfte voran und bahnte sich einen Weg, wo keiner mehr zu sein schien. Sie orientierte sich nur an der etwas niedriger wirkenden Schneedecke und der dunkleren Form des in die Fahrmulde gefallenen Schnees. Es fing wieder an zu schneien, und für einen Moment blieb Mena stehen. Sie streckte die Zunge heraus, um die Flocken darauf zergehen zu lassen.

Sie hatte den Weg, den sie einschlagen wollte, vor Augen: nach Bozen, den Reschenpass hinauf und dann ins Inntal hinunter. So hatte es ihr Gertrud eingegeben. Die Alte hatte die Strecke ja bereits mehrfach zurückgelegt.

»Kein Kinderspiel«, hatte sie gesagt. »Sobald du kalte Füße hast, musst du umkehren. Wem die Füße erfrieren, der wird den Pass nicht überleben. Ich habe schon Männer gesehen, die auf ihren abgefrorenen Stümpfen weiterkrochen, bis sie im Schnee liegen geblieben sind.«

Schon jetzt spürte Mena ihre Füße nicht mehr, und kurz kam ihr der Gedanke, sie hätte die falsche Entscheidung getroffen. Sie schob ihn beiseite, stapfte mit zusammengebissenen Zähnen weiter in die weiße Wildnis hinaus und verlor sich zwischen den Schneeflocken.

5

TRIENT, FEBRUAR 1002

Mattheis hatte sie gesehen und wieder aus den Augen verloren. Die Füchsin war beinahe in Armlänge vor ihm vorübergelaufen – und er war wie vom Donner gerührt gewesen. Ein Augenblick der Starre hatte ausgereicht – und sie war ebenso plötzlich wieder in den Griesel des Schneefalls eingetaucht, wie sie daraus hervorgekommen war. Kaum hatte er begriffen, wen er da eben gesehen hatte, war er ihr nachgesprungen, doch es war, als hätte der Erdboden die Rothaarige verschluckt, als wäre ein Geist an ihr vorübergeschritten, nur um ihn zu locken.

Er versuchte zu erraten, welche Richtung sie eingeschlagen haben könnte. Er hatte sie zweifelsfrei erkannt. Die rote Strähne, die unter ihrer Kopfbedeckung hervorspitzte, war ihm ein deutliches Zeichen gewesen. Sie hatte ein Bündel geschultert, sich in eine Decke gewickelt und war in Richtung Stadttor gegangen. Aber sie würde gewiss die Stadt nicht verlassen. Das wäre der schiere Selbstmord!

Der Schneefall überzuckerte die Gebäude und wischte die scharfen Konturen aus dem Weichbild der Stadt.

Mattheis haderte mit sich. Eben war er noch bei Ewalt gewesen und hatte ihm Anweisungen gegeben. Aber jetzt hatte sich alles geändert.

Er stapfte hinter Mena her zum Tor, das trotz der Anweisungen Ekkehards von Meißen offenbar unbesetzt war. Ungehindert konnte er es durchschreiten und sich draußen umsehen. Als er in die weiße Weite des Etschtals hinausblickte, die sich im Schneefall verlor, kam ihm ein Fluch über die Lippen. Das Weib hatte ihn genarrt, sie war tatsächlich aus der Stadt geschlüpft. Noch konnte er ihre Spuren deutlich auf der Brücke erkennen.

»Wollt Ihr die Stadt verlassen, Herr?«, sprach ihn einer der Wachmänner von hinten an, umrundete ihn und verstellte ihm den Weg.

Mattheis schüttelte den Kopf. »Eben ist jemand durch das Tor raus«, fuhr er den Soldaten an und deutete auf die Fährte im frisch gefallenen Schnee. »Habt Ihr ihn kontrolliert?«

Verlegen blickte der Soldat zu Boden.

»Nun?«, bohrte Mattheis nach.

»Durch das Mannloch ist jemand rausgeschlüpft. Ein schmächtiger Kerl. Völlig unvernünftig, wenn Ihr mich fragt.«

Ich frage Euch aber nicht, hätte Mattheis beinahe geantwortet, stattdessen versuchte er, den Mann zu verunsichern.

»Hätte auch eine Frau gewesen sein können«, stellte er fest.

Der Soldat lachte laut auf. »Was sollte eine Frau bei diesem Wetter vor der Stadt? Sie wäre erfroren, bevor sie auch nur die Kirchturmspitzen von Bozen gesehen hätte.«

»Seid Ihr sicher, Mann?«

Der Wachmann hob den Kopf und schenkte Mattheis ein spöttisches Lächeln. »Ich bitte Euch, denkt doch mal nach!«

»Ich denke lieber nicht so viel nach, sondern schaue mich lieber in der Welt um«, erwiderte Mattheis und spähte über die Schneefläche nach draußen. Irgendwo dort vor ihm musste sie sein.

Es hatte keinen Sinn, darauf zu beharren, dass es eine Frau war, sagte sich Mattheis. Der junge Kerl war so fest davon überzeugt, einen Mann gesehen zu haben, dass er kaum davon abzubringen wäre. »Hat sich noch jemand angekündigt, der die Stadt verlassen will?«, fragte er wie nebenbei, ohne das Tal aus den Augen zu lassen. Er suchte nach dem einzigen schwarzen Punkt in der weißen Weite, der ihm sagte, dass die Füchsin dort draußen unterwegs war, doch der Schnee, der vom Himmel fiel, trübte unerbittlich die Sicht.

»Der Kaufmann aus Augsburg«, erklärte der Wachmann. »Er wird ebenfalls abreisen. Wie jedes Jahr.«

Mattheis war sofort alarmiert. Das konnte kein Zufall sein. Der Kaufmann, die Füchsin, Ewalt … Dass dieser Rehlinger tatsächlich aufbrechen würde, wusste Mattheis schon. Aber so früh im Jahr?

Einerseits hätte er unbedingt mitreisen sollen, um seinem Herrn die gewünschten Informationen zu bringen, auf die Heinrich von Bayern in Innsbruck wartete. Andererseits durfte er diese Mena nicht aus den Augen lassen. Und in den Besitz der Herz-Urne zu gelangen war mindestens ebenso wichtig. Mattheis hatte abwägen müssen. Deshalb hatte er Ewalt gegen das Schienbein getreten und ihm gesagt, den Herzog zu verständigen, während er selbst hier nach der jungen Frau suchte. Wenn er sich in ihrer Nähe hielte, so sein Plan, dann konnte er eingreifen, wenn es an der Zeit war.

Doch die zufällige Begegnung hatte all diese Überlegungen über den Haufen geworfen. Die Füchsin war aus der Stadt entwischt. Sie wollte über die Alpen. Allein. Oder sie würde versuchen, sich dem Kaufmannstross anzuschließen. Ein gefährliches Unterfangen. Tödlich in seinen Konsequenzen. Wenn sie dort draußen in den Schnee fiel und erfror, dann war die ganze Mühe umsonst gewesen. Für alle Seiten.

Um das zu verhindern, mussten Girgl und er hinter ihr her.

Mattheis befürchtete, dass sie zu spät aufbrechen könnten, denn er musste zunächst Girgl suchen, dann mussten sie Proviant und Ausrüstung besorgen, und schließlich mussten sie erst die Spur wiederfinden.

Den Soldaten ließ er einfach stehen. Wenn er sich beeilte,

könnten sie sich dem Tross selbst anschließen und zwei Fliegen mit einer Klappe schlagen: Sie konnten den Herzog rechtzeitig informieren und ihm sogar die Urne aushändigen. Er drehte sich auf dem Absatz um und hastete zurück in die Stadt.

Mehrmals rutschte Mattheis mit seinen Ledersohlen auf dem glatt gelaufenen Schnee auf den Straßen aus und wäre um ein Haar gestürzt, doch immer wieder gelang es ihm, sich abzufangen. Er brauchte nicht lange zu überlegen, wo er Girgl zu suchen hatte. Sein etwas beschränkter Freund lag entweder in einem Weinfass oder zumindest in unmittelbarer Nähe eines solchen, damit er nur den Mund zu öffnen brauchte, um sich zu betrinken. Er musste ihn wach rütteln, musste ihm auftragen, die Pferde zu satteln, und er selbst musste Proviant besorgen. Außerdem brauchten sie die Erlaubnis Ekkehards von Meißen, die Stadt verlassen zu dürfen. Letzteres bereitete ihm am wenigsten Kopfschmerzen.

Zuvor jedoch hatte er mit Ewalt zu reden und hoffte inständig, dass der Tross des Kaufmanns noch nicht aufgebrochen war.

Mehr rutschend als laufend suchte er zwischen den Häusern und Ställen im Außenbezirk in der Nähe der Etschbrücke nach Rehlingers Lager – die Ställe waren leer! Vor nicht allzu langer Zeit hatte er Ewalt noch in der Schänke angetroffen – und jetzt war das Nest verlassen. Mattheis schlug sich auf die Schenkel und fluchte wie ein Fuhrknecht. Zwar hatte er den Diener des verstorbenen Kaisers mit einem Auftrag mitgeschickt, aber er war zu kurz gesprungen.

Wütend machte er kehrt, glitt schließlich doch aus und landete auf seinem Allerwertesten. Zuerst blieb ihm die Luft weg, dann spürte er den Schmerz.

6

Ewalt war gerade dabei das Pferd zu satteln und ihm Taschen auf die Kruppe zu binden. Er trug dicke Fellschuhe. Auf seinem Kopf thronte eine spitze Mütze, die innen mit Fell gefüttert war und mit zwei herabhängenden Lappen die Ohren schützte. Seine ebenfalls gefütterten Handschuhe lagen auf dem Sattel, sein Umhang aus schwerer Filzwolle hing am Sattelhaken. Eine Decke hatte er als Reitunterlage dazugelegt, damit das Leder nicht zu kalt durchschlug. Zwei Deckenrollen hatte er hinten aufgebunden, außerdem eine Wachstuchplane als Zudecke. Links und rechts hingen Wasserbeutel mit Schnaps, damit das Wasser nicht gefror, und getrocknetes Fleisch, eingewickelt in dünne Tuchbeutel. Daneben baumelten zwei kleinere Säcke mit Hirse. Verhungern würde er die nächsten zwei Wochen nicht.

Wie aus dem Nichts tauchte Mattheis auf und griff in die Zügel des Pferdes. Ewalt fuhr zurück, als hätte er den Leibhaftigen vor sich. Der Herzogsmann humpelte und verzog schmerzlich das Gesicht.

»Du hast mich erschreckt!«, schimpfte Ewalt, sah es dann aber doch als notwendig an, sich nach dem Befinden des Geschäftsfreundes zu erkundigen. »Hast du dich verletzt?«, fragte er, auch um seine Überraschung zu überspielen.

Mattheis stand gebückt vor ihm und musste sich an einem Balken abstützen, um überhaupt aufrecht stehen zu können. Er schien ebenso verblüfft, Ewalt zu begegnen, wie er selbst es war.

»Du bist nicht wie besprochen mit dem Kaufmann mitgezogen?«

»Ich ... wir ... die Vereinbarung ... ich meine mit Rehlinger ... wir treffen uns ... ich folge ihm nach.«

»Er ist noch nicht aus der Stadt?«

Ewald schüttelte den Kopf. Dann sah er sich misstrauisch um. Mattheis trat nie allein auf. Sein Schatten, dieser Girgl, musste irgendwo stecken. »Nein. Wir treffen uns am Nordtor.« Er sah durch die Stalltür nach draußen. Im Schneetreiben war der Sonnenstand nicht zu erkennen. »Bald.«

Mattheis nickte nur beiläufig. »Die Rothaarige wird sich euch anschließen. Sie ist schon vorausgeeilt. Du weißt, was das bedeutet?«

Ewald nickte, dann schüttelte er den Kopf. »Ich dachte, ihr wolltet hier nach ihr suchen.«

Wieder verzog der Mann des Bayernherzogs das Gesicht. Er biss sich auf die Zähne, als er das Gewicht von einem auf den anderen Fuß verlagerte. »Was nützt es mir, hier nach ihr zu suchen, wenn sie nach Norden unterwegs ist?«, fauchte er ihn an. »Bist du blöde?«

Ewald senkte den Kopf. Fieberhaft überlegte er, wie er den Mann wieder loswerden könnte. Er wollte den Tross nicht verpassen.

»Sie läuft in ihr Verderben«, wusste er nur zu sagen.

»Unsinn. Sie wartet auf den Kaufmann. Und du wartest auf sie. Ich will, dass du Folgendes klärst ...« Mit einer überraschend schnellen und behänden Bewegung packte Mattheis Ewald am Arm, zog ihn zu sich heran und hielt sich gleichzeitig an ihm fest. »Ich will die Urne. Aber ich will nicht, dass irgendjemand erfährt, dass wir sie der Füchsin abgenommen haben. Verstanden?«

Ewald zog eine Augenbraue hoch. »Wie soll das gehen?«, fragte er spöttisch.

»Wie du das machst, bleibt dir überlassen. Wir folgen dem Tross, und irgendwann werden wir von dir eine Mitteilung erhalten. So einfach ist das. Wir nehmen die Urne an uns und schließen uns dem Tross über die Berge an. Wir kennen dich nicht, und du kennst uns nicht.«

»Und Mena?«

Der Vertraute des Bayernherzogs zuckte nur mit den Schultern. »Lass dir etwas einfallen. So schwer wird das ja nicht sein. Du hast drei oder vier Tage Zeit. Spätestens ab Bozen muss die Sache erledigt sein. Ansonsten greifen wir ein – und glaub mir, wir wälzen alles auf dich ab.«

Ewalt löste sich aus Mattheis' Griff und streifte sich die Handschuhe über. Dann schlüpfte er in seinen Filzumhang.

»Gott mit dir, Ewalt!«, verabschiedete sich Mattheis und bleckte die Zähne. »Solltest du uns hintergehen, werden wir dich nicht mehr aus unseren Fängen lassen ... wie beim letzten Mal. Dann bist du fällig.«

Erneut verzog er das Gesicht, ob er aus Schadenfreude grinste oder Schmerz seine Züge verzerrte, konnte Ewalt nicht mehr ausmachen. Mattheis wechselte wieder das Bein, stöhnte laut auf und humpelte davon.

Ewalt fluchte im Stillen. Warum wehrte er sich nicht dagegen, dass diese beiden Gestalten ihn herumschubsten? Warum zeigte er nicht, dass auch er ein passabler Kämpfer mit einem tapferen Herzen war? Stattdessen ließ er sich zum Spielball politischer Interessen machen. An die Mär von der Stellung am neuen Kaiserhof glaubte er längst nicht mehr. Sie erschien ihm mit jedem Tag absurder, und sie machte ihn abhängig. Wenn er etwas erreichen wollte, musste er sein eigener Herr bleiben.

Er sah dem humpelnden Mattheis nach und überlegte, wie er es anstellen konnte, dem Zugriff der herzoglichen Panzerreiter zu entgehen, konnte aber keine Möglichkeit erkennen.

Er führte das Pferd aus dem Stall, und sofort begann der rieselnde Schnee alles mit weißem Puder zu überdecken. Die Stadt sah aus, als wäre sie in einem Backtrog mit Mehl versunken. Grußlos zog Ewalt an dem hinkenden, vor sich hin fluchenden Mattheis vorüber und wandte sich zum Nordtor. Es war nicht einfach, sich in dieser konturlosen Welt zu orientieren, doch das Pferd schien zu wissen, wohin es ging, und wies ihm etwas ungehalten den Weg. Ewalt beeilte sich, zum Tor zu kommen – und wurde dort bereits erwartet. Kaum hatte er aufgesessen, zogen Rehlingers Wagen aus der Stadt heraus.

Einer der Soldaten beäugte die Gesellschaft misstrauisch – und hätte er gewusst, dass sich Ewalt dem Kaufmann angeschlossen hatte, hätte er ihm den Ausritt verweigert. Kein Mann aus dem Tross durfte die Stadt ohne die Genehmigung Ekkehards von Meißen verlassen. Ewalt setzte sich über einen Befehl hinweg und hoffte, der Heerführer würde seine Abwesenheit nicht bemerken.

Kaum hatte er die Brücke erreicht und war auf den Weg hinausgeritten, ließ er die Augen über die verschneite Landschaft streifen. Irgendwo dort draußen musste Mena sein, und er hoffte inständig, sie – und damit die Herz-Urne – gingen ihm nicht verloren.

7

ETSCHTAL, FEBRUAR 1002

Mena war einfach weitergelaufen. Sie hatte sich eine Straße erdacht und war ihr gefolgt. Doch irgendwann waren ihr Zweifel gekommen. Im nahezu schmerzhaften Weiß des Tages mit seinen immer dichteren Schneefällen und kurzen hellen Auflockerungen war es ihr vorgekommen, als wäre sie das einzige Lebewesen auf der Welt. Sie hörte nur dieses beständige Rauschen, vernahm ihren eigenen Atem als Keuchen und das Knirschen ihrer Tritte auf der frischen Schneedecke. Ansonsten war die Welt um sie her stumm. Sie lief wie durch ein Nichts – und wenn sie sich nicht regelmäßig ihrer eigenen Existenz versichert hätte, indem sie sich in die Arme zwickte, hätte sie geglaubt, als Geist durch diese konturlose Landschaft zu wandeln.

Schwer atmend hielt sie inne, nachdem sie sich einen Hügel hochgearbeitet hatte, und versuchte, Flocken zu fangen, als ein Klingeln an ihre Ohren drang.

Mena zuckte zusammen. Schneeflocken klingelten nicht. Sie fielen lautlos, allenfalls mit dem beunruhigenden Rauschen, das von allen Seiten auf sie eindrang.

Hinter ihr waren Menschen! Männer mit Waffen, die an Brünnen und Schwertgehänge schlugen, oder gar Panzerhemden, deren klirrende Geflechte weithin hörbar waren. Also war sie doch nicht so allein, wie sie geglaubt hatte. Sie wusste sogleich, was das zu bedeuten hatte. Bei so einem Wetter jagte man nicht einmal seinen Hund vor die Tür. Aber die Panzerreiter konnten es gewiss nicht auf sich beruhen lassen, dass einer der

Ihren abgestochen worden war, noch dazu von einer Frau. Sie waren hinter ihr her, verfolgten sie, jagten sie.

Von panischer Angst erfüllt stand sie wie gelähmt da. Wohin? Hinein in die weiße Weite? Bis zu den Bäumen, die sich schemenhaft an der Grenze ihres Blickfeldes abzeichneten, würde sie es unmöglich schaffen. Der Schnee war zu tief, ihre Kraft begrenzt, und zwischen dem Wald und ihr lag vermutlich auch noch irgendwo unsichtbar der Fluss. Außerdem würde sie eine Spur in den Schnee wühlen, der selbst ein Blinder zu folgen vermochte. Und sie würden ihr folgen. Wer außer ihr sollte sich sonst hier draußen aufhalten?

Sie sank, wo sie stand, auf die Knie und ließ sich rückwärts in den Schnee fallen, der sie augenblicklich zudeckte. Von einem Moment auf den anderen war sie unsichtbar geworden.

Sie lag ganz still und horchte nur auf das Klingeln.

Was sie zuerst für das Klirren von Kettenhemden gehalten hatte, war das Klingeln von Halsglöckchen. Das waren keine Panzerreiter, sondern Zugpferde, die hier unterwegs waren. Es waren zwei, drei, vier und mehr Tiere. Mena richtete sich auf, steckte ihren Kopf aus dem Schnee. Als sie noch versuchte festzustellen, aus welcher Richtung die Geräusche kamen, sah sie den ersten Schlitten wie eine Geistererscheinung über die weiße Ebene ziehen. Sie erkannte, dass jedes Gespann von einem Fuhrwerker begleitet wurde.

Schließlich begriff sie, wen sie da vor sich hatte: Rehlinger! Er zog tatsächlich los in Richtung Bozen – und von dort aus vielleicht …

Ein heißer Strahl Leben schoss durch ihren Körper. Furcht und Erschöpfung waren wie weggeblasen. Rasch rappelte sich Mena auf und stapfte hinter dem Zug her. Sie zählte drei, nein, vier Schlitten, hoch bepackt mit Waren. Wenn sie sich den Männern anschließen könnte …

Sie rannte so schnell, wie es der Tiefschnee zuließ, dann begann sie zu schreien. Sie pflügte durch das weiße Pulver, sackte immer wieder bis zu den Schultern in Mulden, arbeitete sich hervor, drückte sich erneut durch Wehen und Schnee, Schnee, Schnee ... Der Zug wäre ihre Rettung. Ansonsten würde sie hier draußen erfrieren, verhungern, verdursten oder eben alles gleichzeitig. Aber so sehr sie sich auch mühte, sie kam den Schlitten nicht näher.

Die Fuhrwerke auf Kufen waren schneller als sie zu Fuß. Während sie sich bemühte, sie einzuholen, verschwanden Pferde und Wagen im Schleier der fallenden Flocken. Das Klingeln entfernte sich und erstarb schließlich ganz, als hätte die Weite den Spuk wieder eingesogen, den sie kurz zuvor ausgespuckt hatte.

Tränen schossen Mena in die Augen. Sie musste sich mehr anstrengen, musste schneller werden, doch neben dem Schnee, der jeden ihrer Schritte behinderte, begann sie, unter der Last der Frucht in ihrem Körper zu stöhnen. Der Tross war zu schnell für sie. Irgendwann, die Glöckchen waren schon lange verstummt, gab sie auf, ließ sich auf die Knie sinken und fing an zu weinen. Sie war völlig durchgeschwitzt und rang nach Atem. Jetzt, da sie sich nicht mehr bewegte, kroch Eiseskälte unter die Decke, unter ihr Kleid, ließ die Beine gefühllos werden. Ihr Atem brannte. Dennoch sog sie die eisige Luft tief in ihre Lunge.

Sie ließ los. Mit einem Mal war es ihr gleich, ob sie hier draußen erfror oder nicht. Auch wenn sie den Bastard des Kaisers unter dem Herzen trug, was nützte es ihm, was ihr, wenn sie in dieser weißen Hölle zugrunde ging? Niemand würde je davon erfahren, und es war auch nicht wichtig. Im Frühjahr, wenn der Schnee ihren Körper wieder freigeben, wenn die Sonne sie auftauen würde, dann würden sich die Menschen wundern, welches Gefäß sie mit sich herumgeschleppt hatte. Sie würden es leeren, auswaschen und wiederverwenden. Vielleicht konnte sie dann auf barmherzige Menschen hoffen, die ihren Körper zusammen mit dem Herz Ottos in die Erde legen und ihn nicht von den Tieren zerreißen ließen. Vielleicht würden sie für sie beten und dem einen oder anderen, der sie genauer betrachtete, würde auffallen, dass sie nicht allein gewesen war. Da aber ungeborene Kinder ohne goldene Krone im Mutterleib heranwuchsen, würde nie jemand erfahren, dass dies der letzte legitime Spross Ottos III. gewesen war, der hier direkt vor ihnen zusammen mit seiner Mutter in einem feuchten Grab vor sich hin moderte.

Sie presste ihr Gesicht in den Schnee und überließ sich der Kälte. Sie fühlte, wie ihre Stirn taub wurde, wie ihre Wangen einfroren, die Lippen auskühlten – und es war gut so.

Jemand rüttelte an ihrer Schulter, und sie fühlte nichts. Nicht nur ihr Körper, auch ihr Inneres war taub. Sie musste eingeschlafen sein – oder war gar keine Zeit vergangen? Sie konnte es nicht sagen.

Undeutlich drangen zwei Stimmen an ihr Ohr, die sie vage zu kennen glaubte.

»Ich hatte recht! Ich hab ihr rotes Haar gesehen«, sagte jemand.

»Was macht sie hier draußen?«, hakte die andere Stimme nach. »Wäre spannend zu erfahren, was sie hierhergetrieben hat. Los, nehmt sie hoch und auf den Wagen mit ihr.«

Mena spürte, wie jemand sie hochhob, als hätte sie kein Gewicht – und vermutlich stimmte das sogar. Sie hatte kaum noch Fett auf den Rippen, ähnlich wie Gertrud. Und Gertrud war tot. War auch sie tot?

»Bin ... ich ... tot?«, stammelte sie.

»Habt Ihr das gehört? Sie hat etwas gesagt. Sie lebt.«

»Natürlich lebt sie, sonst hätte ich sie nicht mitgenommen.«

»Nennt Ihr das Leben, Rehlinger? Schaut sie Euch an. Haut

und Knochen und ein Bankert im Bauch.« Mena vernahm die Stimme so schwach, als dränge sie aus dem Jenseits an ihr Ohr. Sie war hart und kalt und schnitt wie Eis in ihr Inneres.

Doch sie wurde überdeckt von dieser anderen Stimme, die weich und mitfühlend war und so ganz im Gegensatz zu der unerbittlichen Kälte stand, die ihr bis ins Mark kroch.

»Man kann sich die Umstände oft nicht aussuchen. Und in diesem Haufen von Kriegsvolk bleibt niemand unschuldig, außer er verteidigt seine Unschuld mit der Waffe. Und dann ist er bestenfalls tot.«

Sie vernahm ein hartes Schnauben voller Missbilligung.

»Wir können jetzt nicht anhalten. Wir sind ja kaum aus der Stadt heraus. Legt sie auf einen der Schlitten und deckt sie zu. Mehr können wir im Moment nicht für sie tun. Wenn sie bis heute Abend noch lebt, nehmen wir sie mit über die Alpen.«

Mena fühlte, wie sie in eine Decke gewickelt wurde, wie sie zuerst auf der Kruppe eines Pferdes landete. Mit einer Hand hielt der Reiter sie von hinten fest, mit der anderen schien er das Pferd zu lenken. Mit schweren Schritten stapfte das Ross vorwärts, und Mena konnte das Pflügen vernehmen, wenn sich der massige Körper des Tieres durch den Schnee schob. Das Klingeln setzte erneut ein und drang so hell in ihr Inneres, als wären es Sonnenstrahlen. Schließlich hielt der Reiter an. Jemand lud sie sich auf die Schulter und warf sie mit einem Schwung auf einen der Wagen.

Wie ein Sack Getreide, dachte sie kurz. Dann wurden erneut Decken über sie gebreitet, als wolle man sie darunter begraben. Es half. Langsam, aber spürbar wurde ihr wärmer, bis sie nicht mehr dagegen ankämpfen konnte und in einen traumlosen Schlaf fiel.

8

ETSCHTAL, FEBRUAR 1002

Ausgeschlafen?«

Es dauerte, bis Mena begriff, wo sie war und wer sie angesprochen hatte. Und so ganz genau konnte sie es gar nicht sagen. Ein Feuer brannte. Sie roch es. Es prasselte und knackte. Sie hörte es. Um sie her war Nacht. Sie sah über sich als breites weißes Band die Sterne der Milchstraße. Offenbar hatte es zu schneien aufgehört.

Sie schloss wieder die Augen, musste sich erst erinnern, was genau geschehen war: die Schlitten, ihre Jagd, ihr Aufgeben, die Stimme.

Mena versuchte, sich aufzurichten, doch das Gewicht vieler Decken drückte sie nieder. Sie waren zu schwer oder sie zu schwach.

»Warte. Es ist Zeit, dich auszupacken. Wir frieren alle, damit du es warm hast.«

Er lachte, aber es klang so gequält, als würde er die Wahrheit sagen.

»Rehlinger?«, fragte sie. »Warum habt Ihr mich mitgenommen?«

»Weil er dich gefunden hat«, sagte der Kaufmann, dessen Gesicht jetzt über ihr schwebte. Er zerrte die vierte Decke unter ihr hervor und verteilte die wärmenden Tücher unter seinen Männern.

Langsam wurde es Mena kühl.

»Ich bin *er*«, sagte eine Stimme neben dem Kaufmann.

Mena drehte den Kopf und starrte in die flackernde Finsternis. Ein Gesicht tauchte auf, das im Spiel der Flammen aussah, als würde es direkt aus der Hölle stammen. Selbst das Lächeln, das sie darin zu erkennen glaubte, wurde durch die schnell wechselnden hellen und dunklen Zuckungen der Flammen verzerrt.

»Ewalt!«, flüsterte sie. »Du hast mich gefunden?«

»Ich bin über dich gestolpert«, sagte er.

Sie sah ihn an und versuchte, in den wechselnden Gesichtsschatten ein Mienenspiel zu erkennen, das sich deuten ließ. Aber es war unmöglich.

Es war, als ob ihr Denken noch immer in Eis gepackt wäre und nur träge dahinfließen würde, ja immer wieder ins Stocken geriete. Sie hatte die Schlitten einzuholen versucht, weil sie ...

Eine Erkenntnis durchflutete sie. Sie hatte einen Mann erstochen. Sie war aus der Stadt geflohen.

»Was machst du hier? Sollst du mich holen?« Sie sah Ewalt an und glaubte, ein Kopfschütteln zu erkennen.

Mit der letzten Decke, die der Kaufmann von ihr abzog, fuhr nicht nur die Kälte in sie hinein, sondern auch die Erkenntnis, dass da noch etwas anderes war. Sie tastete um sich, suchte nach ihrem Beutel. Siedend heiß fuhr es ihr in die Eingeweide: die Urne. Wo war die Herz-Urne?

»Meine Sachen?«, krächzte sie. »Wo sind sie?«

»Macht Euch keine Sorgen. Sie liegen auf dem Schlitten. Wir haben alles mitgenommen.«

»Den Beutel«, drängte sie. »Bringt mir den Beutel ... Bitte.«

»Zuerst esst Ihr eine Kleinigkeit. Dann sehen wir weiter.«

Angst irrlichterte durch ihren Kopf wie das Lagerfeuer. Wenn sie die Urne mit dem Herzen nicht am Körper trug, konnte es verschwinden. Es war ihre einzige Versicherung, ihre einzige Zukunft.

Sie rappelte sich auf, stand unsicher auf den Beinen. Sie spürte ein Prickeln in ihren Zehen, eine Taubheit, die von Schmerzen verdrängt wurde. Sie stöhnte kurz und suchte Halt.

»Ich ... brauche den ... Beutel!«, forderte sie eindringlich.

»Soll ich ...?«

Das war Ewalt. Menas Erwiderung fiel so scharf und hart aus, dass selbst der Kaufmann kurz zurückzuckte. »Nein. Ich hole ihn selber.«

Sie hielt sich an der Schulter des Kaufmanns fest, der plötzlich neben ihr stand.

»Warum seid Ihr so ... abweisend gegen ihn?«, fragte er, während er neben ihr herlief.

Die Kälte hatte sie wieder im Griff. Ihre Zähne fingen an zu klappern. Ihre Finger wurden mehr und mehr taub. Sie kämpfte sich jeden Meter vorwärts, bis sie schließlich an einem der Schlitten stand. Von ihrem Beutel war in der Finsternis nichts zu sehen.

»Was ist so wertvoll, dass Ihr es nicht aus den Augen lassen wollt?«, fragte der Rehlinger.

Als sie wieder stumm blieb und nur versuchte, auf den Schlitten zu klettern, wurde er etwas ungehalten. »So wartet doch, ich hole ...«

»Nein!«, fauchte sie, aber der Kaufmann war schon auf den Schlitten geklettert und reichte ihr den Beutel.

»Nehmt schon, sonst lasse ich ihn fallen.«

Mena griff sich den Lederriemen, tastete nach der Urne und hängte sich den Beutel schließlich erleichtert um.

»Bringt Ihr mich ... zurück ... zum Feuer?« Das Klappern ihrer Zähne war lauter als ihre Stimme.

Der Rehlinger schüttelte nur verständnislos den Kopf und bot sich wieder als Stütze an. Am Feuer warf er ihr eine Decke über die Schultern und ließ sie sitzen.

Mena zitterte und konnte nicht sagen, ob es wirklich nur die

Kälte war, die ihre Zähne aufeinanderschlagen ließ, oder zugleich die nachlassende Anspannung und die Angst davor, Ottos Herz verloren zu haben.

Nur langsam kamen ihre Gedanken zur Ruhe. Die Urne im Beutel kühlte ihr den Rücken und ließ sie erschaudern. Die hochschlagenden Flammen heizten ihr Gesicht auf, als glühe es im Fieber.

Ewalt ließ sich neben ihr nieder. Sie roch es sofort. Noch aus Tausenden Männern hätte sie seinen Geruch erkannt. Sie musste schlucken, weil sie nicht wusste, was er hier zu suchen hatte.

»Bist du mir gefolgt?«, fragte sie leise.

»Warum sollte ich?«, fragte er zurück.

»Weil Ekkehard von Meißen …«, flüsterte sie. »Hat er dich mir nachgeschickt?«

»Aus welchem Grund?«

»Ein Panzerreiter … erstochen …«

Mena starrte ins Feuer und spürte, wie ihre Nasenspitze langsam zu brennen begann, als hätte sie Feuer gefangen. Für einen Moment verschwamm ihr Blick, und kleine Flämmchen tanzten auf der Spitze vor ihren Augen.

»Hattest du etwas damit zu tun?«, fragte er leise. »Hast du … bist du deshalb aus der Stadt geflohen?«

Sie sagte nichts, wagte es auch nicht, ihn anzublicken, denn sie wusste, dass ihr Mienenspiel sie verraten würde. »Ja«, hauchte sie.

»Kurz bevor ich aufgebrochen bin …«, berichtete er, doch Mena hörte nur Bruchstücke, so sehr rauschte das Blut in ihren Ohren. »… einer der Panzerreiter … er ist erstochen worden. Das Lager war in heller Aufregung.«

Menas Lippen trockneten durch die Hitze aus, die das Feuer verströmte. Sie leckte sich über die rissigen Stellen, versuchte, sie zu befeuchten. »Dann ist er also tot?« Die Frage war wieder beinahe tonlos gesprochen, und sie erwartete keine Antwort. Mit einiger Anstrengung versuchte sie, sich daran zu erinnern, was genau geschehen war. Als der Mann sie gepackt und zu einem der Ställe gezerrt hatte, hatte sie zufällig sein Messer greifen können. Sie hatte es gezogen und beinahe sofort zugestochen. Überrascht hatte der Panzerreiter sie losgelassen und sich die Wunde betrachtet. Mena hatte Erfahrung mit Stichwunden. Sie waren in der Männerwelt des Heeres so alltäglich wie das Zusammensitzen und gemeinsame Trinken. Viele waren harmlos, erwischten nur die Muskeln oder die harmloseren Innereien. Aber ihr Stich war tief gewesen und auf eine Stelle getroffen, die einen Mann töten konnte, langsam töten.

Der Panzerreiter hatte geflucht – und war dann in die Knie gegangen und hatte zu brüllen begonnen. Noch bevor seine Kameraden herbeigeeilt waren, hatte sie die Flucht ergriffen.

»Hast du etwas damit zu tun?«, fragte Ewalt erneut und beugte sich zu ihr hinüber. »Hast du ihn …?

Mena wandte ihm das Gesicht zu.

Langsam nickte sie. »Er wollte mich … er hat mich gepackt und in einen der Ställe gezerrt … ich musste mich … ich wollte ihn nicht …« Sie spürte, wie ihr Tränen in die Augen schossen, wie sie nicht mehr in der Lage war, auch nur einen vernünftigen Satz hervorzubringen.

»Sie haben das gesamte Lager von unten nach oben gekehrt«, flüsterte Ewalt. »Sie haben jede noch so schäbige Dirne aus ihrem Loch gezerrt und vor die Kameraden gestellt, die den Panzerreiter begleitet hatten. Das Lager, die ganze Stadt ist in Aufruhr.«

Mena nickte. Sie hatte so etwas erwartet. Deshalb hatte sie den Weg aus der Stadt hinaus gewählt. Ihre einzige, wenn auch trügerische Hoffnung auf Rettung. »Ich will über die Alpen. Der Rehlinger nimmt mich mit.«

Ewalt schluckte und spuckte in die Flammen. »Du hast dich dem Panzerreiter nicht ... nicht freiwillig ... angeboten?«.

Mena schüttelte den Kopf. In ihrem Kopf arbeitete es. Sie wusste, wie Männer darüber dachten, selbst wenn sie mit Ewalt im Augenblick nicht verbunden war. Nie würde er erfahren, was wirklich vorgefallen war – jedenfalls nicht von ihr. Warum auch?

»Er hat mich gepackt.«

Ewalt nickte. Sie konnte sehen, wie er in ihrem Gesicht zu lesen versuchte, ob sie die Wahrheit sagte.

»Also gut. Ich glaube dir.« Er stockte und strich sich über das Kinn. »Aber du kannst nicht mehr zurück. Du musst weiter. Du musst schnell weiter.«

Mena zitterte wieder. Sie konnte nicht schnell weiter. Nicht mehr. Ihr Kind hinderte sie. Es forderte sein Recht, wollte sich gesund in diese Welt schreien. Es wog schwer und machte ihr deutlich, dass sie sich irgendwo niederlassen und auf seine Geburt warten und nicht bei eisiger Kälte durch irgendwelche Schneewehen stapfen sollte.

»Ich begleite dich«, bestimmte Ewalt mit einer Stimme, die keine Widerrede zuließ. »Allein wirst du es kaum schaffen.«

Mena seufzte im Stillen. Das war nicht viel, aber mehr, als sie hatte erwarten können. Sie sah Ewalt zum ersten Mal in die Augen und fand nicht das, was sie erhofft hatte. Es lag eine Art Triumph darin, ein Glitzern, das natürlich vom Rauch des Feuers herrühren konnte. Auch ihre Augen tränten. Doch dieser Blick war anders, siegessicher, als hätte er es nur darauf abgesehen gehabt.

In einem kurzen Moment gefühlsmäßigen Erkennens langte sie nach der Urne in ihrem Beutel und drückte sie fest an sich.

9

Wenn er uns hintergangen hat, erschlag ich ihn«, murmelte Mattheis.

Girgl stand hinter ihm und hielt die Gäule, während Mattheis mit den Augen der Spur folgte, die die Schlitten und Pferde des Kaufmanns in den Schnee gefräst hatten. Den zweiten Tag schlichen sie nun schon hinter dem Tross her und warteten auf eine Nachricht.

»Da«, sagte Girgl und deutete in die Landschaft hinaus. In dem langsam dunkler werdenden Tag zeichnete sich ein noch dunklerer Fleck ab, der sich auf sie zubewegte.

»Er läuft«, bemerkte Mattheis überrascht.

Sie warteten, bis sich die Umrisse zu einer klar erkennbaren Person verdichteten, dann traten sie aus dem kleinen Hain am Wegrand, der ihnen Sichtschutz gewährt hatte.

Der Mann war erschöpft, als er bei ihnen anlangte.

»Wir hatten schon früher ein Zeichen von dir erwartet«, beschwerte sich Mattheis.

Ewalt fuhr sich über das Gesicht, um den Schweiß abzuwischen, der auf seiner Haut zu gefrieren begann. Er rang nach Atem, und Mattheis wusste, wie die eisige Luft in die Lunge stach, wenn man sie mit geöffnetem Mund einsog. Aber er hatte kein Mitleid. Der Kerl hätte ja auch reiten können.

»Ich kann mich nicht einfach entfernen«, rechtfertigte sich Ewalt. »Ihr habt mir eingebläut, Vorsicht als oberstes Gebot walten zu lassen.«

Mattheis nickte. Was sie nicht gebrauchen konnten, waren Zuschauer, die davon Wind bekamen, hinter wem und was sie herjagten.

»Hat sie die Urne bei sich?«, fragte Mattheis.

»Ja«, bestätigte Ewalt. Er war noch immer völlig außer Atem. »Sie hütet sie wie ihren Augapfel.«

»Wir müssen uns beeilen. Wir haben noch für zwei Tage Verpflegung, dann ...«

»Morgen«, fiel ihm Ewalt ins Wort. »Abends werden wir in Bozen ankommen, so Gott will. Ob es von dort aus weitergeht, wissen wir nicht. Es entscheidet sich vor Ort. Aber da fallt ihr beiden auf.«

Mattheis grinste. »Dann morgen. Und wie stellst du dir das vor?«

Ewalt schnäuzte sich in die Hand und wischte sie sich am Hosenbein sauber. »Sie wird zurückfallen. Ich werde bei ihr bleiben. Dann will ich den Kaufmann benachrichtigen, dass er es langsamer angehen soll, und verschwinde. Sie bleibt allein. Das ist der Augenblick, den ihr ergreifen müsst.«

Girgl lachte rau. »Wir greifen nach allen Gelegenheiten.«

Ewalt sah von einem zum anderen. Sein Ausdruck war düster. »Ihr wird nichts geschehen!«, fauchte er. »Wenn einer von euch sie auch nur falsch anfasst, dann ...«

»Was dann?«, fragte Mattheis und langte nach seinem Schwert. Seine Faust schloss sich um den Knauf, und er zog die Klinge ein Stück weit aus der Scheide.

Ewalt sah den Bayernknecht an, dann lachte er kurz und hart. Er entblößte die Zähne, und Mattheis hatte das Gefühl, er würde einem Raubtier gegenüberstehen.

»Ihr wird nichts geschehen«, sagte Ewalt langsam und betont. »Wenn ich zurückkomme, nehme ich sie wieder in Empfang. Gesund, nur ohne Urne. Dann könnt ihr machen, was ihr wollt.

Nur anschließen dürft ihr euch dem Tross nicht. Das würde auffallen. Geht zurück zu Ekkehard und dem Heer.«

Girgl verzog den Mund.

»Wann?«, hakte Mattheis nach.

»Gegen die Mittagszeit, bevor wir erstmals rasten. Sie ist dann immer völlig erschöpft und kämpft um jeden Schritt.«

Mattheis nickte nur. »Geh zurück, bevor sie deine Abwesenheit bemerken.«

Grußlos machte Ewalt auf dem Absatz kehrt und pflügte wieder durch die Spur zurück. Mattheis sah den Mann kleiner werden und schließlich im Weiß der Schneemassen verschwinden.

»Warum tut er das?«, fragte Girgl. »Er hasst uns, hat versucht, sich vor uns zu verbergen, er wollte seinen Herrn warnen – und jetzt hilft er uns. Ist das eine Falle?«

Mattheis blickte weiter geradeaus ins Nichts. Wollte Ewalt der jungen Frau schaden? Warum? Sollte sie für etwas büßen, was sie getan hatte? Ihm missfiel, dass er darauf keine schlüssige Antwort fand und hätte den leidigen Diener am liebsten niedergestochen und sich selbst der Urne bemächtigt. Das hätte die Sache abgekürzt und weniger kompliziert gestaltet. Aber sie hatten gegenüber dem Bayernherzog Verpflichtungen. Und da sie die Voraussendung der Heiligen Lanze nicht vorhergesehen hatten und diese ihnen schon durch die Lappen gegangen war, musste es eben jetzt klappen. Sie mussten überlegt handeln und durften nichts übereilen.

Das Weiß verschwamm vor seinen Augen, und er musste blinzeln. Es war gefährlich, in diese blendende Helligkeit zu starren. Man verlor womöglich das Augenlicht. Der gleißende Schleier, der die Welt umschloss, konnte einem Dinge vorgaukeln, denen man im wirklichen Leben nicht begegnen wollte. Außerdem vermittelte einem diese ewig gleiche Puderschicht das Gefühl, als blicke sie einem entgegen, als versteckten sich in den weißen Laken aus Schnee, die sich über alle Felsen, Gräser, Bäume gebreitet hatten, Augen, die einen unablässig beobachteten.

Nur schwer konnte sich Mattheis von diesem Gedanken lösen. Bevor er sich zu Girgl umdrehte und auf seine Frage antworten wollte, gewahrte er am Rande seines Blickfeldes eine Bewegung. Als wäre das weiße Laken verrutscht und gäbe jetzt erst den Blick frei. Doch so sehr er sich auch bemühte, er konnte nichts entdecken – gewiss war er einer Sinnestäuschung erlegen. Hier draußen war niemand außer ihnen selbst und dem Kaufmann mit seiner Fracht.

10

AUF DER STRASSE NACH BOZEN, FEBRUAR 1002

Der Himmel hing schwer zwischen den Bergen. Er hatte eine bleigraue Farbe angenommen, und es sah aus, als wolle der Herrgott über der weißen Landschaft eine Abdeckung errichten, um sie zu erhalten.

Der Wind war abgeflaut. Er drang offenbar nicht mehr durch die dichten Wolken. Alle schauten auf die drückende Decke am Himmel, und es konnte einem angst werden, wenn man glaubte, er sei aus grauem Bruchstein oder gar Blei. Wenn er brach und stürzte, würden sie von den gewaltigen Brocken erschlagen werden.

Das Wetter drückte auch Mena aufs Gemüt. Sie hatte das Gefühl, als bekäme sie keine Luft mehr. Ein leichter Anstieg erschwerte das Laufen. Sie keuchte und musste nach jedem dritten Schritt kurz innehalten. Zwar spurten die ersten Schlitten mit ihren Pferden den Weg und traten den Neuschnee fest, dennoch brach sie bei jedem zweiten oder dritten Schritt ein und versank bis über die Knie im pulvrigen Weiß. Immer größer wurde die Distanz zwischen den Schlitten und ihr. Nur Ewalt blieb an ihrer Seite. Wie stoisch und treu er ist, dachte sie. Sein Pferd führte er am Zügel.

»Willst du nicht aufsitzen?«, fragte er. »Das würde dich entlasten.«

»Auf dem Pferd? Mit gespreizten Beinen? Nein.«

Sie lächelte ihn an, damit er nicht meinte, sie würde seine Fürsorge nicht schätzen. Aber in ihrem Zustand konnte sie nicht reiten. Sie hatte ohnehin das Gefühl zu entwässern. Ständig musste sie den Rock heben. Das konnte sie nur, wenn sie lief. Ansonsten hätte Ewalt sie alle fünfhundert Fuß vom Pferd heben müssen.

Nein. Sie wollte nicht, sie wollte es ihm aber auch nicht erklären müssen. Es war ihr peinlich. Außerdem drückte das Wetter. Es war, als presse die Schneeschwere der Luft ihre Lunge zu einem Klumpen zusammen.

»Wenn der Himmel auf uns niederstürzt, kann ich mich unter das Pferd werfen«, sagte sie scherzhaft. Und als wollte die Natur sie Lügen strafen, hörten sie ein Donnern, das sich in ihrer Magengrube fortsetzte. Und dann fing es wieder an zu schneien. Große, nasse Flocken und übergangslos so dicht, dass man kaum mehr die Hand vor Augen erkennen konnte.

»Ich werde den Rehlinger bitten, auf uns zu warten«, sagte Ewalt. »Er hängt uns sonst ab. Folg einfach der Spur. Ich bin gleich wieder da.«

Sie bat ihn, bei ihr zu bleiben, doch Ewalt ließ sie einfach stehen.

Mena war sprachlos, als er mit dem Pferd hinter dem Schneevorhang verschwand, der sich auf sie niedersenkte. Sie versuchte zuerst, sich an die Spuren zu halten, aber der Schneefall war so dicht und stark, dass sich diese alsbald verwischten. Zwar war die Narbe noch zu erkennen, aber im Neuschnee verlor sich die Spur, weil alles gleich aussah.

Ihr Atem beschleunigte sich, denn sie hatte eine solche Situation schon einmal erlebt und war ihr nur durch Zufall entronnen. Sie begann zu rufen, schrie in die Schneewand um sich herum, aber nichts rührte sich. Ewalt blieb verschwunden.

Wieder hörte sie dieses Donnern. Diesmal schien es direkt von vorn zu kommen. Ein Wind kam auf und trieb die Flocken für kurze Zeit beinahe waagerecht zum Boden vor sich her. Die

Kristalle stachen wie Nadeln in ihr Gesicht und nahmen ihr die Sicht. Sie musste Mund und Augen schützen. Blind stolperte sie vorwärts.

Dann wurde es schlagartig still. Das Wehen ließ nach. Die Flocken fielen wieder senkrecht zu Boden.

Mena hatte nicht darauf geachtet, wohin sie ging. Plötzlich stand sie auf einer weißen Schneefläche, die jungfräulich unberührt war. Keine Kufenspuren, keine Pferdespuren, keine Menschentritte. Als wäre sie vom Himmel herab auf diese Fläche gestürzt. Selbst als sie sich umdrehte, konnte sie nicht erkennen, woher sie gekommen war. Sie hatte den Tross und damit den Anschluss verloren.

Wieder fing sie an zu rufen, diesmal schluchzend. Sie konnte nicht anders. Tränen drückten sich aus den Augen und gefroren sogleich auf ihren Wangen. Jedes Mal, wenn sie diese anspannte, platzten die Tränenstraßen aus Eis ab.

»Ewalt!«, schrie sie. Doch die Schneemassen, die vom Himmel stürzten, schluckten jedes Wort.

Dennoch glaubte sie, von irgendwoher eine Antwort zu vernehmen. Sie drehte sich um die eigene Achse, schrie, horchte, schrie wieder, horchte und tatsächlich, da waren Stimmen. Zwei Stimmen. Männerstimmen.

Mena stand starr da. Wie dumm konnte ich sein, fragte sie sich leise. Natürlich waren sie immer noch hinter ihr her. Wer aus Trient losgezogen war, um sie einzufangen, musste ihr mindestens bis Bozen folgen, denn dort würde man sie letztlich einholen können. Sie schlug die Hände vor den Mund, suchte nach einem Ausweg und horchte in das leise Rauschen des Schneefalls hinein.

Inzwischen waren die Stimmen so nah, als flüsterten sie ihr ins Ohr. Sie hatte das Gefühl, als müsse sie nur die Hand ausstrecken, dann könnte sie die Männer berühren. Mena wagte nicht, sich zu bewegen.

»Herrgott, verdammt, hätte es nicht ein bisschen später anfangen können zu schneien! Das Weibsbild muss doch irgendwo sein. Eben hat sie noch geschrien wie am Spieß.«

Sie erkannte die Stimme sofort: Mattheis.

Langsam sackte sie in sich zusammen. Sie hoffte, wenn sie sich kleiner machte, dann würden sie sie nicht finden. Der Schnee tat ein Übriges. Er deckte sie langsam zu. Aus dem Menschen wurde einer der kleinen Hügel, unter denen sich auch junger Baumbestand verbarg. Sie zitterte vor Angst und Kälte.

»Wenn sie den Anschluss verloren hat, wird sie erfrieren«, antwortete der zweite Mann. Es war Girgl. Sie sah sein spitzes Rattengesicht vor ihrem inneren Auge und verband es erstmals mit seinem zischenden Sprechen.

Mena blieb einfach hocken, auch wenn ihr die Kälte über den Rücken in den Bauch drang. Das Kind begann sich zu bewegen. Es strampelte, auch wenn nicht mehr viel Platz blieb. Vielleicht schlug es mit den Armen und Beinen, damit ihm wärmer wurde, nachdem ihm seine Mutter keine Wärme mehr zu spenden vermochte. Sie legte die Hände auf ihren Bauch, hoffte, dass selbst ihre eisigen Finger etwas dazu beitrugen, ihren Sohn zu schützen.

Sie hörte die beiden Männer wieder fluchen, dann schienen sie sich zu entfernen. Langsam. Dem dumpfen Hufschlag nach zogen sie Pferde hinter sich her.

Wenn auch die beiden Männer des Bayernherzogs nach ihr suchten, dann waren dort draußen noch andere. Sie musste weg von hier.

Sie kämpfte mit sich, um aufzustehen. Wenn sie jetzt nachgab, wenn sie sich jetzt einfach hinlegte, dann wäre es das Aus für sie. Nie wieder käme sie hoch. Nie wieder würde sie die Augen öffnen können.

Also musste sie sich überwinden, schon dem Kind zuliebe.

Dabei wusste sie nicht, was genau sie unternehmen sollte. Vor ihr waren Mattheis und Girgl. Wenn sie zu dem Kaufmann aufschloss, lief sie ihnen direkt in die Arme. Nach Trient durfte sie auch nicht zurück. Man würde sie noch am Tor in Empfang nehmen und sie unter dem Bogen aufknüpfen.

Also konnte sie ebenso gut liegen bleiben und erfrieren. Es sollte, hatte sie immer wieder gehört, ein schöner Tod sein. Sie erinnerte sich an Gertrud, die mit keinem Wort geklagt hatte. Auch sie war verhungert und letztlich erfroren.

Ihre Gedanken wurden von einem Geräusch unterbrochen. Sie hatte es deutlich gehört. Das Knirschen im Schnee war das von Tritten.

Plötzlich wurde sie am Arm gepackt und hochgezogen.

Mattheis? Girgl? Oder doch Ewalt? Sie war auf alles gefasst, nur nicht auf das, was sie sah: Ein Bär hatte sie gepackt und zog sie an sich. Sein beinahe schwarzes Fell war mit weißem Puder überzogen. Seine Tatzen rissen an ihr. Sein Blick war wild und herrisch. Er grunzte sie an und umklammerte sie.

Es war der Augenblick, als sich die Schnauze des Bären ihrem Hals näherte, der sie aus der Zeit nahm. Sie fühlte ihre Beine nachgeben, und es wurde schwarz um sie her.

II

NAHE DER STRASSE NACH BOZEN, FEBRUAR 1002

Mena atmete noch. Der Bär lag über ihr, schwer und bleiern. Sie roch ihn, hörte ihn atmen, aber es war warm. Als sie die Augen aufschlug, blickte sie in eine schimmernde Dunkelheit, die vergeblich versuchte, ans Licht zu kommen. Sie lag in einer Höhle. Sie sah, wie ihr Atem weißlichen Nebel vor ihrem Mund bildete.

Der Bär hatte sich an sie geklammert, drückte seinen Körper an den ihren. Sie versuchte festzustellen, ob sie Schmerzen hatte, ob sie verletzt war. Aber das Einzige, was sie spürte, war die Wärme, die von dem Tier ausging.

Sie konnte sich nicht entscheiden, ob sie von der Quelle dieser Wärme abrücken oder liegen bleiben sollte. Wenn der Bär jedoch Hunger bekam, würde es für sie nicht gut ausgehen. Schließlich gewann die Vorsicht die Oberhand. Langsam versuchte sie wegzurutschen, doch die Höhle erwies sich als zu eng.

Sie musste nach unten gleiten. Kaum hatte sie sich ein Stück weit gelöst, als sich das Tier neben ihr bewegte, nach ihr griff und sie festhielt. Mena durchfuhr ein Schrecken, der ihr eine Hitzewelle durch den Körper jagte. Sie begann zu zittern und konnte nicht damit aufhören, obwohl die Tatze sie noch stärker an sich drückte. Ihr Atem ging keuchend, bis schließlich ihre Angst einen Punkt erreicht hatte, an dem sie die Herrschaft über ihren Körper verlor. Sie fing an, um sich zu schlagen, zu schreien, mit den Beinen zu treten, doch nichts half. Die Tatzen des Bären umklammerten sie und gaben sie nicht mehr frei.

Plötzlich näherte sich sein heißer Atem ihrem Ohr.

»Nicht!«, brummte das Tier. »Du führst sie sonst zu uns. Sei endlich still.«

Für einen Moment setzte Menas Herz aus, als sie begriff, dass sie das Tier verstand, und sie stürzte erneut in eine Dunkelheit, die sie nicht benennen konnte. Ein Bär, der sprach!

»Bist du noch da?«, hörte sie ihn irgendwann fragen. »He, wach auf.«

Mena fühlte, wie sich ihr Atem wieder beschleunigte. »Wieso kannst du sprechen?«, wollte sie fragen, aber aus ihrem Mund drang nur ein unverständliches Zischen und Stottern.

»Warum sind sie hinter dir her?«, fragte die tiefe Stimme.

Die Worte kamen undeutlich, genuschelt und verschliffen, so als beherrsche das Tier die Sprache der Menschen nicht recht. Kurz schloss Mena die Augen und sammelte sich, damit sich ihr Atem beruhigte. Sie bemühte sich, das Zittern zu unterdrücken, das wieder einsetzte, und versuchte, sich zusammenzunehmen. Sie hatte einen Kaiser entbeint, da kam es auf einen sprechenden Bären auch nicht mehr an.

»Wer bist du? Warum sprichst du?«, fragte sie wieder und hoffte, ihre Stimme klänge ruhig genug.

»Gor«, knurrte der Bär. »Ich folge dir, seit du die Stadt verlassen hast. Gefährlich, sich hier draußen aufzuhalten. Man erfriert leicht.«

Mena atmete tief durch. Sie musste all diese Eindrücke erst einmal auf sich wirken lassen. Offenbar war das Tier neben ihr doch kein Bär. Jedenfalls kein echter. Sie sog den Gestank des Fells ein, das sie bedeckte. Auch wenn sie bislang nur Tanzbären auf Marktplätzen gesehen hatte und den Geruch nur von dort kannte – das Fell war echt.

»Du ... bist kein ... kein Bär?«, stotterte sie.

Das Wesen neben ihr lachte. Es war ein kollerndes, rundes Lachen, das freundlich klang. »Nein. Ich trag nur ein Bärenfell.«

Mena schloss die Augen. Sie spürte den Tatzen nach, die sie umschlangen, und fühlte kräftige Arme und Hände, die in Handschuhen steckten. Sie hielten sie an einen Körper gedrückt. Und auch das spürte sie: Es war zweifellos der Körper eines Mannes.

Mena versuchte wieder, von ihm abzurücken.

»Ich wollte dich nur wärmen. Du wärst fast erfroren«, sagte der Mann in seiner seltsam harten, ungeschliffenen Sprache.

»Warum tust du das?« Mit bestimmten, unzweideutigen Bewegungen wühlte sich Mena aus der Umarmung. Nur widerwillig gab der Bär sie frei.

»Weil ich auch gern gerettet werden will, wenn ich in Gefahr bin.«

»Woher wusstest du, dass ich in Gefahr war?«

»Ich hab deine Verfolger belauscht, seit sie hinter dir her waren.«

»Und wo sind wir jetzt?«

»In einer Schneehöhle. Ich habe sie gegraben, damit wir nicht erfrieren. Nicht weit von der Straße nach Bozen.«

Mena versuchte erneut, sich umzusehen, aber es war zu dunkel, um etwas zu erkennen. Nur ein blasser Lichtschimmer drang durch die Wände ihrer Höhle. Plötzlich vernahm sie ein Donnern, und ihr Unterschlupf begann zu beben.

»Wir müssen hier weg. Du hast dich wohl genügend aufgewärmt. Kannst du gehen?«

»Ja«, sagte Mena. Doch das Geräusch, das Zittern der Welt, beunruhigte sie und ängstigte sie bis ins Mark. »Was ist das?«

»Schnee!«, erwiderte Gor und stand auf. »Viel Schnee, der vom Hang ins Tal rutscht. Sehr gefährlich.«

Sein Unterkleid war aus hartem Stoff, das Menas Haut aufgerieben hätte, wenn sie es hätte tragen müssen. Darüber lagen mehrere Schichten Fell.

»Es wird noch kälter werden«, erklärte er. »Wir müssen zu meiner Hütte. Da habe ich auch warme Kleidung für dich. Felle.«

Das Bärenfell stank, als er es aufhob und über sich hielt. Es roch, als würde es am Körper des Mannes verfaulen. Mit einer schnellen Bewegung drückte Gor sich nach oben und durchbrach die Höhlenwand. Schnee brach in die Kammer und bedeckte Mena, die sich hastig von der weißen Last befreite.

»Du stinkst«, sagte sie und rümpfte die Nase.

Gor lachte. »Ich weiß, aber es hält die Wölfe davon ab, mich zu fressen. Sie haben noch immer Angst vor dem Bären, der einmal in diesem Fell gesteckt hat.« Er streckte ihr die Hand entgegen. »Komm.«

Mit einem kräftigen Ruck zog er sie aus der Höhle. Er war riesig, überragte sie mindestens um drei Köpfe und war so breit gebaut, dass sie sich hinter ihm verstecken konnte, ohne gesehen zu werden.

Es hatte aufgehört zu schneien. Eine Sonne, die sich eben über einen der Bergsattel schob und nachsah, was sich dahinter verbarg, verwandelte das Tal in ein Juwel. Über der Landschaft lag eine glänzende Haut, so als bestünde sie aus Diamanten, die achtlos in die Welt geworfen worden waren. Alles funkelte und glitzerte in den unterschiedlichsten Farben, nicht nur in Weiß. Blau und Gelb mischten sich mit einem rötlichen Schimmer, der wie ein Irrlicht über die Eisdecke flirrte.

Gespannt blickte sich Mena um. Nirgends konnte sie den Tross oder ihre beiden Verfolger erkennen, nicht einmal Ewalt war zu sehen, der doch längst zurück sein müsste. Die Gegend war menschenleer, was eigentlich nicht sein konnte.

»Wo sind die Kaufleute?«, fragte sie.

Gor zeigte in das glitzernde Weiß hinein. »Dort. Bozen!«

Mena sah nur eine weiße Fläche, die sich in nichts von den sie umgebenden Flächen unterschied.

»Und wo sind die beiden Männer?«

Gors Arm schwenkte etwas nach Süden und deutete auf eine kleine Gruppe Kiefern, die eng zusammengerückt waren, um sich gemeinsam gegen den Schnee zu behaupten.

»Dahinten! Komm jetzt. Sie könnten uns sehen.«

Mena wusste nicht, was sie darauf sagen sollte. Wo niemand war, konnte schließlich auch niemand sie entdecken. Dennoch nahm sie die Hilfe des Bären an. Sie schulterte den Beutel mit der Urne, der unversehrt neben ihr gelegen hatte, zog ihren Filz enger um sich und stapfte hinter dem Riesen her. Der Mann sank noch tiefer in den Schnee ein als sie, und bald schon hörte sie ihn auch vor Anstrengung keuchen. Immer wieder musste er, auf seinen Stock gestützt, innehalten. Sie bemerkte, dass er sich mit ihr immer zwischen einem großen Felsen und dem Kiefernhain aufhielt. Mattheis und Girgl würden so ihre Flucht nicht bemerken.

Gor stapfte spurend vorneweg. Er führte sie zu einer kleinen Waldzunge, die in das Weiß des Tals hineinragte. Er befreite einen der Bäume vom Schnee, griff unter den untersten Wedel und zog zwei pfannenförmige Gegenstände hervor.

»Ich werde dich tragen«, sagte er, während er sich die geflochtenen Pfannen an die Füße band. Mena verstand nicht recht, was Gor da tat, aber als er sich aufrichtete, begriff sie, dass die Schuhe, die er sich an die Füße geschnallt hatte, verhinderten, dass er in den Schnee einsank. Ohne auf ihre Zustimmung zu warten, packte er sie, huckte sie auf und lief los. Während die Spur, die sie von ihrem Unterschlupf bis zu der Fichtenschonung in den Schnee getreten hatten, bestens zu sehen war, konnte man ihre Fährte jetzt kaum mehr nachverfolgen. Sie brachen nicht mehr durch die Schneedecke, sondern glitten auf ihr dahin. Und das in einer Geschwindigkeit, die kein Pferd und kein Schlitten erreicht hätte. Mit einer Hand hielt der Mann sie auf dem Rücken fest, mit der anderen trieb er seinen Stock in den Schnee und jagte voran.

Er hielt sich immer parallel zum Waldrand. An einigen Stellen hatten offenbar von den Bergen darüber herunterfallende Schneemassen Schneisen in den Wald gerissen. Dort war die Schneedecke aufgebrochen und rau, aber wie festgestampft, die Bäume waren umgeknickt, als hätte sie ein übermütiger Riese mit einem Stock geköpft. Auf diesen Flächen, die im Gegensatz zum Neuschnee hart waren, beschleunigte Gor seinen Tritt und jagte mit doppelter Geschwindigkeit darüber hinweg. Immer wieder blickte er in die Höhe und kontrollierte die Berge und den Schnee dort oben. Nur einmal zögerte er vor einer der Schneisen. Er ließ Mena zu Boden gleiten und hielt sich die flache Hand über die Augen, um besser sehen zu können.

»Was ist?«, fragte sie und blickte in die Richtung, in die Gor zeigte.

»Pass auf!«, sagte er, legte beide Hände an den Mund und stieß einen langen dunklen Schrei aus.

»Was soll das?«, fragte Mena. »So können sie uns hören …«

Männer brauchen offenbar solche Situationen, ging es ihr durch den Kopf. Sie müssen mit ihrem Wissen, ihrem Können angeben …

Nichts geschah.

»Ich dachte, wir müssten weiter und dürften uns nicht zu erkennen geben«, spottete sie. »Und jetzt schreist du dir die Seele aus dem Leib. Guter Plan!«

Gor nickte. »Guter Plan!« Er zeigte auf die Schneise vor ihnen. »Wenn wir hier entlanggehen, machen wir Lärm. Lärm kriecht hier hoch.« Er wies nach oben. »Da hängt Schnee über. Wir gehen, wir machen Lärm, Schnee löst sich, Schnee kommt.«

»Offenbar nicht«, sagte Mena, während sie das über einen Vorsprung hängende Feld musterte.

»Schau!« Gor zog seine Fellhandschuhe aus und klatschte dreimal hintereinander in die Hände. Es klang wie scharfe Peitschenhiebe.

»Was soll …«, begann Mena spöttisch und brach ab, als sie eine Bewegung über der Felskante wahrnahm. Das Schneefeld geriet in Bewegung. Es glitt zu Tal. Ein langsam anschwellendes Donnern drang durch den Boden in ihren Körper und an ihre Ohren. Der Schnee stob auf und rutschte in einem atemberaubenden Tempo mit höllenartigem Getöse talwärts. Eine weiße Wand, die sich links und rechts ausbreitete, kam auf sie zu.

»Duck dich!«, befahl Gor und deckte sein Bärenfall über sie.

Wind setzte ein, ein Brausen, dann jagte der Nebel über sie hinweg und nahm ihnen die Sicht. Es blieb nichts als Kälte und Eis.

12

GORS HÜTTE, FEBRUAR 1002

Menas Blick hatte sich verändert. Hatte sie zuvor noch das Eisjuwel des Tals bewundert, so empfand sie jetzt nur noch eine ständige Bedrohung. Nicht nur die Kälte war ihr Feind, sondern der Schnee selbst. Glitzern und Gleißen waren trügerisch. Darunter verbargen sich Verstümmelung und Tod. Und aus dem Frost schälte sich das Geheul von Wölfen, lang gezogen und schauerlich wie eine Mahnung.

Gor hatte sie immer höher geführt, bis sie unterhalb eines gewaltigen vorspringenden Felsens angelangt waren. Zwischen Hang und Felsen schmiegte sich eine Holzhütte, die fast gänzlich mit Schnee bedeckt war. Gor hatte sie vor der Behausung abgesetzt, ihr Holz auf beide Arme geladen, den Zugang freigeräumt und sie dann ins Innere geführt.

Jetzt kniete er vor der offenen Herdstelle und bemühte sich, Feuer zu entfachen. Es dauert, weil das Holz feucht und der Zunder offenbar alt war. Immer wieder schlug Gor Funken, die sogleich verloschen.

»Gib her!«, forderte Mena schließlich und streckte die Hand nach Feuereisen, Stein und Zunder aus. Nur widerwillig überließ er ihr die Gegenstände. Keine zwei Atemzüge später glomm ein Funke auf. Mena blies ihn hoch und hielt trockenes Wollgras dagegen, das augenblicklich Feuer fing und das Reisig entzündete, das Gor ihr reichte. Kurz darauf prasselte ein Feuer auf der Esse und erfüllte den Raum mit Rauch und Wärme.

Erst als ihr der Bärenmann wenig später ein Stück geräuchertes Fleisch auf einer Baumscheibe vorlegte, bemerkte sie, wie sehr sie der Hunger quälte. Wie lange war es her, dass sie etwas gegessen hatte? Einen Tag, zwei oder mehr Tage? Gertrud war darüber verhungert.

Sie versuchte, von dem Stück Fleisch abzubeißen, doch es gelang ihr nicht. Es war hart wie Fels.

»Gämse«, sagte Gor. »Sehr gut. Sehr weich.« Er zog ein Messer aus seinem Gürtel und hobelte von dem großen Stück feine Scheiben ab. Er hielt sie ihr hin. »Iss!«

Er drehte sich um, kramte in einer Art Kastenablage über seinem Kopf und holte einen Klumpen hervor, der aussah wie ein Stein. Auch diesen legte er auf die Baumscheibe und hobelte dünne Späne ab.

»Was ist das?«, fragte Mena erstaunt, weil der Stein sich offenbar leicht bearbeiten ließ.

»Käse«, antwortete Gor und steckte sich einen der Späne in den Mund.

Nur vom Zusehen begann Menas Magen zu knurren, als wäre nicht er, sondern sie der Bär.

Sie griff nach den schmutzigen Spänen und steckte sie sich in den Mund. Sie schmeckten säuerlich, aber nicht unangenehm. Zusammen mit den feinen Fleischscheiben war es das Beste, was sie seit ihrem Aufbruch von Castel Paterno gegessen hatte.

Sie versuchte, nicht zu schlingen. Doch ihre Finger griffen wie von selbst zu und stopften den Mund voll.

»Langsam!« Gor legte ihr die Hand auf den Arm. Sie war warm und fest. »Du kriegst sonst Bauchschmerzen.«

Mena gehorchte, obwohl sie sich dazu zwingen musste.

»Es ist genug da. Warte etwas, dann iss weiter.«

»Ich muss für zwei essen«, sagte sie leise. Ihre Hand glitt zu ihrem Bauch. Sie spürte, wie sich das Kind darin bewegte. Seit sie die ersten Bissen in den Mund gesteckt hatte, war der Nachfolger Ottos aufgewacht und strampelte unruhig, als wolle er sie antreiben.

Gor nickte und zeigte auf ihren Bauch. »Langsam!«, wiederholte er. »Sonst brichst du alles aus. Das nützt ihm nichts.«

Ein Donnern und Zittern schreckte Mena auf. Vor der Hütte grollte der Berg und knurrte drohend. Doch während sie sich vor Angst zusammenkrümmte, lächelte Gor nur.

»Wir sind hier sicher. Keine Lawine kann uns treffen.«

Mena musste ihm wohl oder übel glauben und sah sich im flackernden Schein des Feuers in der Hütte um.

Ihr Blick fiel auf eine Schlafstatt, die an den Felsen gebaut und wie alles im Raum grob aus Bruchholz gezimmert war. Ein Stuhl, ein Tisch, eine Art Truhe am Boden, eine weitere unter der Decke, aus der Gor den Käse geholt hatte. Quer durch den Raum liefen Holzstangen, an denen hart gefrorene Felle hingen: Hermelin, Dachs, Fuchs, Hase. An der Wand entdeckte Mena mehrere Metallschlingen und zwei Fangeisen neben einem rostigen Schwert und einem Spieß. Auch Spaltholz für den Vogelfang hatte der Mann gelagert. Nirgends war ein Anzeichen dafür zu finden, dass auch eine Frau hier lebte.

»Wohnst du hier?«, fragte Mena.

Gor sah sich um und betrachtete stolz seine Wohnstatt. Er nickte.

»Sommer wie Winter?« Mena konnte es kaum glauben, dass jemand das ganze Jahr über so schlicht hauste.

»Immer.«

»Hast du keine Frau?«

Zum ersten Mal sah sie, dass Gor verlegen wurde. Er sah sie lange schweigend an, dann griff er in die Truhe, öffnete sie und zog eine Haube daraus hervor. Beinahe zärtlich strich er mit seinen riesigen Händen über den schwarzen Stoff. Es war eine Hochzeitshaube mit feinen Stickereien und Spitzenbesatz.

»Du bist verheiratet?«, fragte Mena verblüfft.

Gor schüttelte den Kopf. Eine Träne stahl sich aus seinem linken Auge und rollte über die Gesichts- und Barthaare.

»Du warst verheiratet …«, schloss Mena.

Langsam nickte er.

»Und was ist geschehen?«

Gor hob den Kopf, als erneut ein Grollen und Donnern bis zu ihrem Unterschlupf vordrang. Dabei verzog er das Gesicht, als plage ihn eine schmerzliche Erinnerung. Hatte der Tod seiner Frau mit einer Lawine zu tun? Oder lag sie damit falsch? Mena beschloss, bei passender Gelegenheit tiefer zu bohren, ließ es aber im Augenblick, um ihn nicht zu verletzen.

»Wie hat sie geheißen?«

»Ällin!«, antwortete er kurz, und Mena wusste nicht recht, ob sie den Namen richtig verstanden hatte.

»Ällin?«, fragte sie. »Von Agathin?«

Wieder nickte Gor und strich zärtlich über die Haube.

»Das tut mir leid«, murmelte Mena. Jetzt war sie es, die seine Hand in die ihre nahm. »Ist sie in Bozen begraben?«

Gors Miene verdüsterte sich. Energisch schüttelte er den Kopf und stand auf. Er sah sie eindringlich an, als verzeihe er sich nicht, dass sie ihn ausgehorcht hatte. »Ich muss Holz holen.« Er warf sich den Bärenumhang über und ging nach draußen.

Mena blieb nachdenklich zurück. Noch während sie das Innere der Hütte genauer betrachtete und sich einprägte, arbeitete ihr Kopf an einem Plan. Sie musste diesen Mann für sich gewinnen. Sie musste ihn dazu bewegen, mit ihr die Alpen zu überqueren. Zwar war es ihr unheimlich, weil die Angst vor dem Schnee und seiner Gewalt in ihr eine unbestimmte Furcht ausgelöst hatte, aber es war ihre einzige Möglichkeit.

Als sich die Tür wieder öffnete und Gor erschien, eine ganze Hucke Holz auf dem Rücken, war ihr Plan gefasst.

»Geh mit mir über die Alpen. Nach Innsbruck, und weiter nach Augsburg«, sagte Mena ohne Umschweife. »Bitte.«

Verblüfft über ihren plötzlichen Vorstoß ließ er die Tür offen stehen.

Mena schlang die Arme um ihren Körper. »Mach die Tür zu«, bat sie. »Bist du dabei?«

Mit dem Fuß schloss Gor die Tür und lud das Holz ab. Stumm begann er, die Scheite in der Hütte aufzuschichten und dem Feuer zwei davon zum Fraß vorzuwerfen.

Mena wartete. Mittlerweile wusste sie, dass sein Schweigen nicht bedeutete, dass er nicht über ihre Frage nachdachte.

»Niemand kann jetzt über die Pässe«, sagte er nur. »Zu viel Schnee. Zu gefährlich. In zwei Monaten ja, jetzt nicht.«

Diese Antwort hatte Mena erwartet. Sie deutete nach draußen. »Die Männer suchen mich. Sie werden mich hier finden und töten.«

Gor lachte und schüttelte den Kopf. »Hierher kommt niemand«, sagte er und sah sie an.

Zum ersten Mal bemerkte Mena seine Augenfarbe. Kastanienbraun. Sein Blick war ruhig, geradezu milde, und stand im Gegensatz zu seinem furchteinflößenden Aussehen. Schließlich wandte er sich wieder dem Feuer zu, als wolle er verhindern, dass sie in seiner Miene las.

»Warum suchen sie dich?«

Mena blickte zu Boden, dann hob sie den Kopf und fixierte Gors Hinterkopf. Es fiel ihr nicht leicht, es zu gestehen, aber sie musste es tun, damit er sie verstand und ihr womöglich half. »Ich habe einen Mann getötet.«

Tatsächlich hörte Gor auf, im Feuer zu stochern, drehte sich langsam zu ihr um und musterte sie. »Warum?«

Mena schluckte. Sie wollte ihm nichts verschweigen, ihm aber auch nicht die ganze Wahrheit sagen.

Gor begann, Holz aufzuschichten, als wolle er ihr Zeit lassen zu antworten.

»Er hat versucht ... er wollte ...«, stotterte sie unsicher, weil sie nicht die richtigen Worte fand.

»Er hat es nicht besser verdient«, sagte Gor nur und schichtete weiter Holz auf.

In der Hütte begann es, durch die Ritzen der Decke zu tropfen. Die Wärme schmolz offenbar das Eis auf dem Dach, das nun als Wasser ins Innere drang. An immer mehr Stellen bildeten sich kleine Pfützen auf dem Boden. Nur direkt unter dem Felsen blieb es trocken.

Gor stellte seine Hucke an die Holzwand neben der Tür und setzte sich neben Mena auf eine trockene Stelle nahe dem Feuer. »Mit dem Kind im Bauch schaffst du es nicht. Auch bei Schnee wird es ...« Er beendete den Satz nicht, sondern hob den Kopf und lauschte. Langsam erhob er sich und griff nach dem Spieß, der an der Wand hing.

»Was ist?«, fragte Mena.

Gor legte einen Finger an den Mund, und sie verstummte. Dann trat er an die Tür und öffnete sie langsam. Er lauschte und wartete, ob sich jemand davor befand, und schlich gebückt nach draußen, nicht ohne Mena zuvor angedeutet zu haben, dass sie bleiben solle, wo sie war.

13

Ewalt hätte mit den Wölfen mitheulen können. Ihre Stimmen wurden von den Talwänden zurückgeworfen und zeugten von einem Rudel von gut sieben Tieren, die der Hunger bis vor die Stadt geführt hatte. Sie warteten ab, bis die Kälte ihnen das Futter vor die Schnauzen trieb.

Mit misstrauischem Blick sah sich Ewalt um, aber die Tiere befanden sich noch auf der anderen Seite der Etsch. Im Augenblick ging von ihnen weder eine Gefahr für ihn aus noch für Mena. Sofern er sie rechtzeitig fand.

Doch Mena war wie vom Erdboden verschluckt. Keine Spur im Schnee, kein dunkler Fleck war zu sehen, kein Laut zu hören. Als hätte sie sich in Luft aufgelöst. Dabei hatten ihm die beiden Bayernschergen versprochen, sie am Leben zu lassen. Doch selbst Mattheis und Girgl war er bislang nicht begegnet.

Wieder heulten die Tiere, als hätten sie ihn entdeckt, und teilten den anderen mit, wo er sich befand. Einer gegen sieben, ein lohnender Vergleich. Jedes Mal, wenn das Geheul anhob, begann sein Herz, schneller zu schlagen, und sein Blick irrte von Schneehügel zu Schneehügel in der Hoffnung, eine Spur von Mena zu entdecken.

Es hatte aufgehört zu schneien, und zwischen den Wolken hatte eine grelle Sonne Platz gefunden, die helle Streifen über die Landschaft warf. Eine Stille breitete sich aus, die umso unheimlicher wirkte, als sie immer wieder vom hohen Heulton der Wölfe unterbrochen wurde.

Die Luft war klar und rückte Berge und die Stadt Bozen näher heran, als würde man einen Beryll benutzen. Langsam ließ Ewalt den Blick über die Landschaft gleiten. An jedem noch so unbedeutenden Flecken in der jungfräulich weißen Ebene blieb er hängen und versuchte zu erkunden, was sich darunter verbarg.

So entdeckte er die beiden Reiter. Sie hatten sich vor dem heftigen Schneefall in einen kleinen Hain aus wenigen Kiefern geflüchtet und arbeiteten sich gerade daraus hervor. Ewalt erkannte sie sofort: Mattheis und Girgl.

Zorn loderte in ihm auf. Diese Mistkerle hatten Mena verrecken lassen. Er nahm seine ganze Kraft zusammen und stapfte auf den Hain zu.

Die beiden Schergen des Bayernherzogs klopften sich den Schnee von der Kleidung und bürsteten mit den Händen ihre Tiere ab. Sie sahen ihn nicht kommen, bis er mit all seiner angestauten Wut um den Hain herumbog, Girgl am Kragen packte und in den Schnee warf. Die Wölfe begleiteten seinen Angriff mit einem Heulen.

»Ihr Hundsfotte!«, schrie er. »Ich hatte gesagt, es darf Mena kein Leid geschehen, und ihr habt sie getötet!«

Wenn Mattheis überrascht war, ließ er es sich nicht anmerken. »Unser Freund!«, sagte er nur und zog seine Waffe aus der Schwertscheide.

Girgl versuchte unterdessen, auf die Beine zu kommen, doch Ewalts Wut hielt ihn am Boden fest. Er trat nach ihm, und nur der tiefe Schnee verhinderte Schlimmeres, weil er die Bewegung bremste und abmilderte.

Schließlich ging Mattheis energisch dazwischen. »Reiß dich zusammen!«, fauchte er. »Wir haben deine Mena nicht zu Gesicht bekommen. Nicht so viel von ihr!« Sein Schwert streifte Girgls Haar.

Der Angegriffene rappelte sich hoch. »Bist du wahnsinnig?«, schrie er Ewalt an und suchte nach seinem Schwert.

»Wo ist sie?«, fragte Ewalt barsch.

Mattheis stellte sich schützend vor Girgl und wachte darüber, dass sein Kamerad wieder ganz auf die Beine kam. »Wie schon gesagt. Wir haben deine Angebetete nicht gefunden. Der Schneefall vermutlich.«

Sein Schwert schwenkte wie zufällig herum und zeigte unversehens auf Ewalts Kehle. Eine kleine Bewegung, und die Spitze bohrte sich in dessen Hals. Nicht tief, nur so, dass er spürte, wie Blut seinen Hals hinabrann.

»Was soll das?« zischte er und wollte zurückweichen.

Doch hinter ihm stand jetzt Girgl, und sein Schwert zielte auf Ewalts Rücken. Er spürte die Spitze durch die Kleidung hindurch. Plötzlich wurde ihm eiskalt. Was hatte er sich nur dabei gedacht, die Panzerreiter so unwirsch anzugehen?

»Hatten wir nicht eine Abmachung, mein Freund?« Mattheis spuckte in den Schnee. Sein Speichel hinterließ ein dunkles Loch, wo er auf das jungfräuliche Weiß getroffen war.

»Du führst uns die Kleine zu«, knurrte Girgl, »damit wir an die Urne kommen, und du …«

»Genau daran hapert es«, schnitt ihm Ewalt das Wort ab. Er wusste nicht, woher er den Schneid nahm, in seiner Lage so großspurig zu sprechen. »Das war nicht geklärt.«

»Ah! Daran lag es also«, sagte Mattheis. »Nun denn. Machen wir das Geschäft wasserdicht.« Mit übertriebener Freundlichkeit fuhr er fort: »Du führst uns zu dem Mädchen oder zu der Urne, was dasselbe sein dürfte – und wir, Girgl, was schlägst du vor?«

Girgl versuchte, ernst zu schauen, was ihm aber nicht gelang. Er grinste übers ganze Gesicht. »Wir lassen ihn am Leben.«

»Oh!« Mattheis kratzte sich am Kopf. »Ungewöhnlich. Aber man könnte darüber nachdenken.«

Ewalt musste schlucken und spürte, dass sich der Stahl noch immer keinen Fliegenschiss von seinem Hals wegbewegt hatte.

»Weißt du denn, wo sie ist, unsere kleine Prinzessin?«, fragte Mattheis.

Ewalt schluckte wieder. »Ich finde sie«, keuchte er. Die Schwertspitze drückte schmerzhaft. »Wenn du so freundlich wärst und das Schwert …«

Mattheis tat, als wäre er überrascht, dass seine Waffe im Weg stand, machte aber keine Anstalten, sie zu entfernen.

»Vielleicht sollten wir sie selber suchen, Mattheis«, schlug Girgl vor. »Hat er eben nicht gesagt …«

Weiter kam er nicht. Aus dem Dickicht des Hains brachen zwei Wölfe hervor und griffen sie unmittelbar an.

Mattheis fluchte. Sein Schwert schwang von Ewalts Hals weg zu den beiden Tieren hinüber, die angesichts der Waffen innegehalten hatten. Sie senkten beobachtend die Köpfe und bleckten ihre Gebisse. Ansonsten gaben sie keinen Laut von sich.

Ewalt stand da wie erstarrt. Die beiden Wölfe duckten sich zum Sprung, zogen die Lefzen hoch und zeigten beeindruckende Reißzähne. Sie waren so mager, dass man ihre Rippen zählen konnte.

Ewalt erwartete, dass hinter den beiden Rudelführern weitere Tiere durch den Hain brechen und sie mit ihrer schieren Anzahl überrumpeln würden. Nichts dergleichen geschah. Die Wölfe blieben außer Reichweite der Waffen.

»Ich habe sieben gehört«, sagte er, doch es war zu spät.

Die beiden Pferde, die unruhig an ihren Halftern gerissen hatten, wieherten plötzlich, dann schrie Girgls Tier auf, als wäre es ein Mensch in höchster Not. Ein Wolf saß ihm auf dem Rücken. Ewalt und Girgl verstanden zuerst nicht, was geschah, und schon hatte sich ein zweiter Wolf von der Seite angepirscht und sich mit seinen Fängen im Hals des Tieres vergraben, ein dritter verbiss sich in seine Nüstern. Mattheis schlug zwar nach dem Angreifer, aber er verfehlte ihn, weil die beiden anderen, die offenbar als Ablenkung gedient hatten, in den Kampf eingriffen. Schon brach das Pferd unter dem Ansturm zusammen, während sich Mattheis' Pferd aufbäumte, losriss und in gestrecktem Galopp – soweit es der Schnee zuließ – davonstob. Mattheis fluchte, schrie und schlug in seinem Zorn einem Wolf eine tiefe Wunde. Das Tier zog sich humpelnd zurück, aber Girgls Pferd war verloren und sein eigenes war geflohen.

Die beiden Wölfe, die nicht direkt am Angriff beteiligt waren, schützten jetzt ihre Artgenossen, indem sie sich zwischen das Pferd und die Männer stellten. Keiner der Jäger kümmerte sich um das entflohene Tier, sondern sie verhinderten lediglich, dass die drei Männer an das verwundete Pferd herankamen.

»Als hätten die Viecher Verstand«, zischte Mattheis und schlug um sich. Ohne Erfolg. Die Tiere waren zu flink.

»Wie kleine Teufel«, fluchte Girgl.

Als der Gaul zu röcheln anfing und sich um seinen Hals eine Lache aus roter Flüssigkeit bildete, wandten sich immer mehr der Räuber von ihm ab und den Männern zu. Mit gefletschten Zähnen, einem bedrohlichen Knurren und aufgestellten Nackenhaaren stellten sich ihnen immer mehr der Wölfe entgegen.

»Lasst uns verschwinden!«, brüllte Mattheis und zerrte Girgl hinter sich her, der mit seinem Schwert fuchtelte und schrie.

Sobald sie sich bewegten, jagten die Wölfe hinter ihnen her. Doch Ewalt hatte das Gefühl, dass sie sie eher von ihrem Opfer wegleiteten, als sie weiter anzugreifen.

Die drei Männer kämpften sich mühsam durch den Neuschnee und versuchten, sich gegenseitig als Deckung zu benutzen. Mit blinder Hast rannten sie vorwärts, den Blick immer rückwärtsgewandt, um nicht überrascht zu werden. Irgendwann gaben die Wölfe schließlich auf und kehrten zu ihrer Beute zurück.

Während Mattheis und Girgl weiterhasteten, war Ewalt abgebogen. Er hatte etwas entdeckt, das den beiden vor lauter Fluchtgedanken und Furcht wohl verborgen geblieben war.

Sie waren ein Stück den Hang hochgetrieben worden und hatte dann in einem Bogen die Richtung zur Stadt Bozen eingeschlagen. Am höchsten Punkt ihrer Flucht, kurz bevor die Wölfe offensichtlich beunruhigt innegehalten und umgedreht hatten, war ihm eine Spur im Schnee aufgefallen. Schmal nur, aber tief und deutlich. Zuerst hatte er sie für eine Wolfsspur gehalten, dann aber war ihm ein Stiefelabdruck aufgefallen. Als Letzter der Truppe hatte er sich in diesen gespurten Pfad gestürzt und war ihm bis zu einem kleinen Wäldchen gefolgt. Dort hatte er sich in den Schnee geworfen und war liegen geblieben, während die beiden Schergen des Herzogs weitergehastet waren.

Sein einziger Gedanke war Mena gewesen, als er die Spur gesehen hatte – und er hatte recht behalten. Da war der Abdruck eines Rocks gewesen, der über die Spur hinausragte und der nur von einer Frau stammen konnte. Als er das Wäldchen erreicht hatte, war ihm eine weitere Fährte im Schnee aufgefallen, die von einer Art tellerähnlichem Flechtwerk stammte. Weder die Wölfe noch die beiden Männer hatten ihn mehr interessiert. Erschöpft war er in sich zusammengesunken und hatte darauf gewartet, dass ihn die hungrigen Fänge seiner Verfolger in Stücke reißen würden. Aber nichts dergleichen geschah.

Als Ewalt aufstand und um sich blickte, waren nicht nur die Wölfe, sondern auch Mattheis und Girgl verschwunden. Erstaunt stellte er fest, dass der Weg nur von der Stelle aus einsehbar war, von der aus er abgebogen war. Von weiter unten im Tal war der Trampelpfad nicht mehr zu erkennen.

War Mena so gerissen, dass sie sich hier besser zurechtfand

als er und die beiden Herzogsmannen? Er suchte das Wäldchen ab, ob er Mena fand, die sich bis hierher geschleppt hatte. Doch sie blieb wie vom Erdboden verschluckt. Als hätte ein Riesenvogel sie aufgehoben und davongetragen.

Ewalt war mit seinem Latein am Ende. Die Spur bis hierher war überdeutlich zu erkennen, bevor sie beinahe vollständig verschwand.

Erst als sich die Sonne langsam hinter die Bergrücken zurückzog und lange Schatten zu werfen begann, entdeckte er eine Spur, die sich ausnahm, als wäre sie von einer Stoffschleppe in den Schnee gewischt worden. Hier war jemand regelrecht über den Schnee geglitten und hatte ihn nur flüchtig berührt. Ein eisiger Schauer lief ihm den schweißnassen Rücken hinunter. Was war hier geschehen?

Als er sich aus dem Schnee wühlte, um dieser Spur zu folgen, machte er unten im Tal zwei dunkle Punkte aus, die sich auf Bozen zubewegten: Mattheis und Girgl. Er würde noch eine kleine Weile warten, bevor er der Schleifspur folgte, damit die beiden ihn nicht auf der weißen Fläche am Hang erspähen konnten. Der Hain bot ihm ausreichend Schutz.

Als er sich unter eine Krüppelkiefer setzte, sah er vor sich, keine dreißig Fuß von sich entfernt, in der schnurgeraden Spur, die bis hierher gepflügt worden war, einen Wolf stehen. Das Maul war blutverschmiert. Er wirkte satt und zufrieden, sah ihn nur an, machte jedoch keinen Schritt auf ihn zu.

Im ersten Moment setzte Ewalts Herzschlag einmal aus, um nur umso heftiger wieder anzuspringen. Er spürte diesen doppelten Schlag im Hals wie ein heftiges Pochen.

»Verschwinde«, zischte er.

Doch der Wolf rührte sich nicht, blickte nur ohne Furcht zu ihm herüber, als wolle er lediglich prüfen, ob er tatsächlich hierher abgebogen war.

Ewalt wusste, was dieser Besuch bedeutete.

Er stand auf. Sollten ihn Mattheis und Girgl ruhig sehen – er würde den flüchtigen Abdrücken folgen, solange er sie noch erkennen konnte. Vielleicht führten sie ihn ja zu Mena. Es war besser, auf dem Weg zu ihr überfallen und gefressen zu werden, als hier den Wölfen zum Opfer zu fallen.

14

GORS HÜTTE, FEBRUAR 1002

Mena erschrak, als die niedrige Tür aufgerissen wurde und niemand zu sehen war. Eine bissige Kälte schwappte herein. Als nichts weiter geschah, griff sie nach einer der Holzstangen, die Gor wohl dazu verwendete, nasse Kleidung zum Trocknen näher an die Feuerstelle zu hängen. Sie stand leise auf, trat seitlich an die Tür und hob den Prügel. Als Gor den Kopf durch die Öffnung hereinstreckte, hätte sie ihn ihm beinahe über den Schädel gezogen.

»Ein Pferd!«, sagte er und starrte Mena an, die mit erhobenem Stock dastand, bereit, ihn zu erschlagen. Doch er verlor keine Bemerkung darüber, sondern winkte sie nach draußen.

Mena folgte ihm. Er hatte die Hand um einen Zügel gelegt, dessen Lederriemen abgerissen war. Das Tier verdrehte die Augen und hatte die Ohren angelegt. Mit seinem ganzen Gewicht zog Gor das Pferd nach unten, das immer wieder zu steigen und auszubrechen versuchte.

»Es riecht den Bären«, sagte er. »Wir müssen versuchen, es in die Hütte zu bekommen. Hier draußen holen es die Wölfe.«

Mena nickte und begann dem Tier sanft zuzureden und ihm über die Nüstern zu streichen. Nur langsam beruhigte es sich, und schließlich gelang es ihnen, das Pferd durch den Hütteneingang zu schieben.

Gor band es an einen Felsen in der Nähe des Eingangs. Das Tier war noch immer nervös und zitterte am ganzen Körper.

»Was ist dir nur widerfahren?«, murmelte Mena.

Gor, der gerade Holz nachlegte und versuchte, sich nicht in der Nähe der Hufe zu bewegen, drehte sich zu ihr um. »Wölfe«, sagte er. »Offenbar haben sie ein zweites Pferd gerissen.« Er deutete auf dunkle Spritzer auf der Flanke des Tieres, die sich deutlich im Fell abzeichneten. »Blut.«

Plötzlich fiel es Mena wie Schuppen von den Augen. Ihre beiden Verfolger hatten solche Pferde besessen.

»Meine Verfolger?«, fragte sie.

Gor nickte und ließ sich auf einem Holzblock nieder. »Sie sind jetzt zu Fuß unterwegs. Dieses Pferd ist ihnen davongelaufen, das andere tot.« Er machte eine Pause. »Warum sind sie wirklich hinter dir her? Viele Männer sterben, ohne dass ihnen jemand nachtrauert. Warum sollten sie dich deswegen verfolgen?«

Er sah sie nicht direkt an. Er hatte ein Stück Holz vom Balken genommen, an dem er offenbar schon seit Längerem herumschnitzte, und betrachtete sein Werk. Es glich einem unfertigen Wolf. Während Gor sein Messer aus der Scheide nahm und sich an die Arbeit machte, schien er sich nicht für eine Antwort zu interessieren. Und doch wusste Mena, dass sie an einem Scheideweg stand.

Sie blieb bei dem Pferd stehen, das sich durch ihre Nähe langsam beruhigte. Mit einer leichten Berührung strich sie ihm über die Blesse und die Flanke. Die eben noch angelegten Ohren stellten sich auf. Die Augen verloren ihren panischen Ausdruck.

Sie kämpfte nicht nur mit der Furcht des Tieres, sondern auch mit sich selbst. Was sollte, was durfte sie erzählen? Was musste sie verschweigen, was sollte sie ihm offenbaren? Und dann kam ihr die Lawine in den Sinn, die ein einziges helles Klatschen ausgelöst hatte. Der Schnee war urgewaltig zu Tal gestürzt und hatte alles mit sich gerissen. Selbst die feinen Ausläufer hatten ihr noch den Atem vom Mund gezerrt. Wenn Gor sie begleitete, riskierte er sein Leben, und wenn er das tat, dann sollte er wenigstens wissen, wofür.

Sie lehnte sich an das Pferd, umschlang dessen Hals und begann zu erzählen. Sie berichtete ihm vom Tod Kaiser Ottos, von der Urne, die sie bei sich trug und die das Herz bewahrte. Schließlich enthüllte sie ihm, dass sie den Thronfolger in ihrem Leib trug, und endete damit, dass beides, Herz und Sohn, über die Alpen gebracht werden mussten, damit keiner der derzeitigen Thronanwärter – sei es der bayerische Herzog oder der derzeitige Heerführer Ottos, Ekkehard von Meißen – unrechtmäßig auf den Herrscherstuhl des Heiligen Römischen Reiches Anspruch erheben konnte.

»Außerdem«, schloss sie ihre Ausführungen, die sie mehr zum Hals des Pferdes hin als in Gors Ohr gesprochen hatte. »Außerdem würde keiner von ihnen zögern, mich und den Bastard, den ich im Leib trage, zu töten, wenn sie meiner habhaft würden.«

Gor hatte die ganze Zeit geschwiegen und nur unermüdlich Span für Span abgetragen. Das Fell des Holzwolfes erwies sich als aufwendig, da er jede Zottel einzeln mit spitzer Klinge einritzen musste. Erst als sie geendet hatte, hielt er ihn prüfend vor sich hin und begutachtete es. Es war gerade so zu erkennen, um welches Tier es sich handelte. Als Schnitzer für religiöse Kunst taugte Gor allerdings nicht. Mit einem Schwung warf er sein Werk ins Feuer.

»Was geht mich das Heilige Römische Reich an?« Er griff nach einem frischen Stück Holz, in das er mit raschen Bewegungen die Grundform eines Adlers hackte und schnitt.

»Vermutlich so wenig wie mich«, entgegnete Mena. »Noch vor einem halben Jahr wäre ich als Beischläferin des Kaisers entschädigt und mit dem Dorfschulzen in irgendeinem Ort auf dem Weg nach Aachen verheiratet worden. Aber der Kaiser ist tot, und ich trage seinen einzigen Nachkommen in mir. Und das

Herz hier ist der einzige Beweis, dass das alles stimmt. Es geht nicht um den Kaiser, es geht nicht um das Heilige Römische Reich, es geht um mich.«

Gor sah auf und blickte ihr lange in die Augen. Wieder fiel ihr dieser dunkle, beinahe schwarze Blick auf, mit dem er sie betrachtete. Sie hatte das Gefühl, bis hinein ins Mark gemustert zu werden.

Gor legte seine Schnitzarbeit beiseite und stand auf. Er sah sie nicht an, als er anfing, irgendwelche Gegenstände zusammenzusammeln und auf dem Tisch abzulegen.

»Ich glaube nicht an euren Gott«, sagte er beiläufig. »Hat er mir geholfen, als ich ihn brauchte? Nein. Aber ich glaube an die Natur. An das Werden und Vergehen, das mit jedem Hornung endet und mit jedem Lenz wieder beginnt. Ich weiß um die Kraft der Mütter, die das Geheimnis des Lebens tatsächlich in sich tragen, nicht wie dieses Buch, das sie die Bibel nennen. Es ist nur geschrieben, aber weiß nichts vom Leben und lehnt es daher ab.«

Er hatte leise und schnell gesprochen und sie dabei nicht angesehen. Jetzt hob er den Kopf, betrachtete sie eindringlich.

»Meine Frau hatte mich gebeten, ein Kräuterweib zu rufen, weil sie gespürt hat, dass mit unserem Kind etwas nicht stimmte. Ich hab stattdessen den Priester geholt. Er hat noch nicht mal unser Haus betreten, weil er von der Unreinheit der Gebärenden nicht entweiht werden wollte. Er hat auf der Schwelle gekniet und gebetet, statt zu helfen. Als ich dann die heilkundige Kutzerin herbeigeholt habe, war es zu spät. Früher, hat sie vor sich hin gemurmelt, nur eine kleine Weile früher. Als sie ging, hat sie den Pfaffen von der Schwelle gestoßen.«

Gors Blick war auf Mena geheftet, aber er war leer. Plötzlich, als käme sein Geist von einer langen Reise zurück, füllten sich seine Augen mit Leben, und er straffte sich.

»Wo ein Pferd hinkommt, gelangen auch Menschen hin«, sagte er. »Wir sind hier nicht mehr sicher. Wenn die Männer, denen das Pferd gehört, das Tier suchen, finden sie unweigerlich hierher.«

Er hatte ohne Gefühlsregung gesprochen, nur wie jemand, dem eine solche Situation bewusst ist und weiß, wie er darauf zu reagieren hat. Ohne große Hast packte er eine Hucke und verstaute darin Fleisch- und Käsestücke so groß wie Felsen.

»Ich werde dir helfen.« Er öffnete die Truhe am Boden, griff hinein und nahm ein Biberfell heraus. Als er es auffaltete, sah Mena, dass es ein Mantel war, der wie der Bärenumhang Gors mit einer Kapuze versehen war und bis zu den Oberschenkeln hinabreichte. Nur war er zierlicher geschnitten.

Er reichte ihr den Mantel. »Meine Frau hat ihn getragen«, sagte er tonlos und legte ihn neben der Hucke auf den Tisch. »In der Truhe hier fressen ihn nur die Motten.« Ohne darauf zu achten, ob sie ihn tatsächlich nahm, griff er erneut in die Truhe und holte eine Hose sowie Stiefel daraus hervor. »Nun, damit könnten wir es schaffen.« Er hielt ihr die Kleidungsstücke hin.

Mena war sprachlos. »Aber …«, wollte sie einwenden, doch Gor schnitt ihr mit einer energischen Geste das Wort ab und streckte ihr Hose und Stiefel entgegen.

»Ällin braucht sie nicht mehr.«

Als er die Hose schüttelte, fiel etwas mit einem leisen Klacken auf den Steinboden. Mena bückte sich danach und hob einen Anhänger auf. Es war ein Lederband, an dessen Ende ein Zahn gebunden war. Der Zahn war an der Basis durchbohrt. Sie betrachtete das einfache Schmuckstück und reichte es dann Gor.

Er lächelte, als er es erkannte. »Der Zahn einer Füchsin«, sagte er. »Es war der einzige Schmuck, den Ällin getragen hat. Ich war beinahe ein halbes Jahr hinter der Fähe her gewesen. Sie war schlau, schlauer, als jedes andere Tier, das ich je gejagt habe. Und dann war sie von einem der Adligen, die im Sommer die Berge hier unsicher machen, weil sie alles töten, was herumschleicht, aus Übermut mit einem Pfeil erschossen worden. Er hat sie nicht mal sauber getroffen. Sie hatte einen Steckschuss im Hinterlauf. Sie konnte nicht mehr jagen und ist elendiglich verhungert. Der Kerl hatte es nicht mal für geboten gehalten, nach dem verletzten Tier zu suchen. Er ist davongeritten und hat die Füchsin zurückgelassen. Als ich sie gefunden habe, hat sie sich nicht gewehrt. Sie hat mich nur angesehen und darum gebeten, sie von ihrem Leiden zu erlösen. Ällin habe ich einen der Reißzähne geschenkt.« Wehmütig betrachtete er den Zahn, der im Schein des Feuers blinkte, der so glatt und poliert schimmerte, als wäre er aus Gold. Gor machte jedoch keine Anstalten, das Schmuckstück an sich zu nehmen.

Plötzlich hob er den Kopf und sah Mena direkt in die Augen. Für einen kurzen Moment glaubte sie, den Boden unter den Füßen zu verlieren, so eindringlich war der Blick, so tief fiel sie in diese schwarzen Augen.

»Nimm den Zahn«, sagte er sanft. »Meiner Frau konnte er nicht mehr helfen. Vielleicht hilft er ja dir.«

»Aber, das kann ich nicht«, widersprach Mena. An ihren Fingern hing der elfenbeinfarbene Anhänger und baumelte wie ein Pendelorakel hin und her. »Er erinnert dich an Ällin. So etwas gibt man nicht her.«

Gor lächelte schwach und schüttelte leicht den Kopf. »Ich brauche keine Gegenstände, um mich zu erinnern. Sie ist ohnehin Tag und Nacht in meinen Gedanken.« Er berührte den Zahn, dann drückte er ihn Mena in die Handfläche und schloss diese sanft darum. »Wenn wir den Pass hinter uns haben, kannst du ihn mir wiedergeben. Aber erst dann.«

Mena nickte. Sie öffnete ihre Hand und hängte sich den Zahn mit dem Lederriemen um den Hals. Sie ließ ihn unter ihr Hemd gleiten, wo er – neben dem Ledersäckchen mit dem Zahn Kaiser Karls – kalt und spitz zwischen ihren Brüsten zu liegen kam.

Gor nickte. »Zieh die Kleidung an. Die Schuhe müssen wir noch mit Stroh ausstopfen.«

Ohne weitere Worte machten sie sich an die Arbeit. Mena schlüpfte in Hose und Jacke. Die Hose war ungewöhnlich. Sie hatte noch nie ein solches Kleidungsstück getragen, vermutete aber, dass es im Schnee praktisch war, weil es ihren Unterleib schützte und warm hielt. Wie es sich allerdings mit ihrer Blase vertragen würde, wusste sie nicht zu sagen. Die Schuhe waren bequem. Mit der Stroheinlage fühlten sie sich warm und gemütlich an.

Als Gor sein Bärenfell umlegte, begann das Pferd, unruhig zu stampfen.

»Was machen wir mit ihm?«, fragte Mena. »Nehmen wir es mit?«

Gor schüttelte den Kopf. »Im Sommer hätten wir es mitnehmen können. Jetzt ist es unmöglich. Wir können es nicht füttern. Es würde uns aufhalten, und irgendwann müssten wir es töten. Ich bringe es nach Bozen und hole mir eine Entschädigung dafür. Ein bisschen Schnaps und etwas zu essen.«

Zuletzt reichte er ihr Fäustlinge aus demselben Biberfell wie Jacke und Hose. Wieder trat Wehmut in seine Augen.

»Auch von deiner Frau?«, fragte Mena.

»Nein, ich habe sie für unseren Sohn gefertigt.« Er lachte verlegen. »Etwas zu groß, ich geb's zu. Aber du hast kleine Hände. Sie werden dir passen.«

Kurz darauf waren sie bereit zum Aufbruch.

Gor, dessen Bärenfell das Pferd wieder in Unruhe versetzte, verließ mit dem Tier als Erster die Hütte. Seine Hand umfasste das Halfter fest. Mena folgte ihm und schloss die Tür hinter sich. Das Feuer hatten sie vorher mit Schnee gelöscht. Ein letzter Blick zurück sagte ihr, dass sie eine wohlbehütete Unterkunft verließ und sich in ein Abenteuer stürzte, dessen Ende nicht abzusehen war.

Unter dem Felsen kramte Gor in einer Spalte und holte ein zweites Paar Tellerschuhe hervor.

»Zieh sie an«, sagte er. »Ich zeige dir, wie man sie benutzt.«

Sie traten aus dem Überhang hinaus. Vor ihnen erstreckte sich das Tal. Schräg unter ihnen lag Bozen, das jetzt, gegen Nachmittag, durch die Rauchfahnen auffiel, die aus dem Silberweiß der Schneedecke hervorbrachen. Gor folgte Menas Blick.

»Dich dorthin mitzunehmen ist zu gefährlich«, sagte er. Er zeigte in die entgegengesetzte Richtung nach Norden auf einen Felsen, der gut sichtbar in ziemlicher Entfernung von ihnen aufragte.

»Du läufst da rüber. Bis du angekommen bist, bin ich auch zurück. Wir treffen uns dort. Ich gehe mit dem Pferd hinunter, erkunde die Lage und komme, so schnell es geht, wieder. Du findest westlich des Felsens eine Steinhütte, die dich vor Schnee und Wind schützen wird.« Er ließ seinen Blick über den bleigrauen Himmel schweifen. »Eine Weile bleibt es noch hell. Ich werde bis zur Dunkelheit brauchen. Warte auf mich. Bitte.«

Mena spürte, wie sich die Panik in ihr aufbaute wie eine dieser Lawinen, die mit einem Donnern zu Tal fuhren und alles in einem weißen Nebel mit sich rissen.

»Du schaffst das«, sprach Gor ihr Mut zu und legte ihr die Hand auf die Schulter. »Der Zahn der Füchsin wird dir die Kraft geben.« Damit drehte er sich um und zog das Pferd hinter sich her.

Mena sah hinüber zu dem Felsen, der beinahe mit Händen zu greifen war. Tränen verschleierten ihren Blick, aber sie achtete nicht darauf. Sie gefroren auf ihren Wangen zu Eis und platzten irgendwann ab. Aber da war sie bereits auf dem Weg.

15

VOR BOZEN, FEBRUAR 1002

Ewalt hastete die Spur entlang, die sich kaum im Schnee abdrückte, und musste schließlich feststellen, dass sie von dem Pferd, das ihnen durchgegangen war, vernichtet wurde. So konnte er zwar der tieferen Bahn der Hufe folgen, und es fiel ihm leichter, weil das Tier den Schnee mit seinem massigen Körper beiseitegeräumt hatte, doch die ursprüngliche Spur war verloren. Immer hielt er den Blick rückwärtsgewandt, weil er einen Hinterhalt der Wölfe befürchtete. Zwar war er sich sicher, dass der Kadaver von Girgls Pferd am Hain sie eine Weile am Ort ihres Massakers halten würde, aber er traute dem Frieden nicht.

Mattheis' Gaul war in seiner panischen Furcht hangaufwärts geflohen. Endlich erreichte Ewalt völlig erschöpft und verschwitzt einen Felsen, vor dem das Pferd offenbar kurze Zeit gestanden hatte. Rundherum waren Fußspuren zu erkennen. Schließlich entdeckte er sogar den Zugang zu einer Art Hütte, nachdem er den Rauch schon viel früher gerochen hatte.

Vorsichtig schob er die Tür auf – die Behausung war leer. Offenbar der Unterschlupf eines Bergbewohners. Er hatte gehört, dass sich die Männer und Frauen der einheimischen Bevölkerung nur selten in den Städten zeigten, sondern das Leben in der Höhe, in den Bergen vorzogen.

Ewalt inspizierte die Hütte oberflächlich, suchte nach etwas zu essen, denn er hatte seit seinem Aufbruch keinen Bissen mehr zwischen die Zähne bekommen. Irgendetwas beunruhigte ihn, doch er konnte nicht sagen, was es war. Ein zweiter Blick glitt über die Gegenstände – und endlich sah er sie: zwei kleinere Schuhe aus geflochtenem Stroh, die mit Tuchlappen zusammengehalten wurden. Sie gehörten einer Frau – und Ewalt ahnte, dass sie nicht irgendeiner Frau gehörten, sondern Mena.

Nun wusste er auch, was ihn so aufwühlte: Als er mitten im Raum stand, roch er sie. Neben dem Gestank der trocknenden Felle und dem Rauch drang eine weitere, viel sanftere Ausdünstung in seine Nase. Es war eindeutig der Geruch einer Frau. Menas Geruch.

Wie oft hatte er an ihrer Haut geschnüffelt, als sie noch beisammen waren? Wie oft hatte er ihren Duft regelrecht eingesogen? Er war sich sicher – Mena war in diesem Raum gewesen.

War. Denn sie hatte die Hütte vor nicht allzu langer Zeit verlassen. Die Feuerstelle war noch warm.

Ewalt griff sich einen grauen, faustgroßen Stein, der noch auf dem Tisch lag, und leckte daran. Er schmeckte säuerlich. Käse, schoss es ihm durch den Kopf. Mit den Zähnen schabte er sich ein wenig davon ab und kaute. Wunderbar!

Er hatte nicht nur gehört, dass die Einheimischen am liebsten in den Bergen lebten, sondern auch, dass ihre Hütten jedem, der in Not war, offenstanden. Man durfte sich verpflegen, musste aber etwas von Wert als Entschädigung zurücklassen. Wurde das vergessen, dann würde ein Verhängnis über die Diebe hereinbrechen. Ewalt zog aus seinem Mantel eine Kupfermünze hervor und legte sie gut sichtbar auf den Tisch. Dann trat er ins Freie.

Vor der Hütte wurde es langsam dunkel. Die Sonne hatte sich hinter die Bergzinnen zurückgezogen. Ewalt betrachtete die Fährte, die von der Hütte wegführte. Jemand hatte den Gaul mitgenommen und steuerte auf Bozen zu, das gut sichtbar unter ihm lag. Er konnte tatsächlich vor sich eine Gestalt ausmachen, die sich durch den Hangschnee kämpfte: Mena.

Innerlich jubelte er, weil er sie endlich wiedergefunden hatte.

Andererseits überkam ihn Panik, weil sie auf Bozen zuhielt und damit Mattheis und Girgl in die Arme lief, ohne dass sie es wusste. Er musste ihr folgen und sie aufhalten.

Ohne nach links und rechts zu schauen, hastete er hinter dem Pferd und seiner Führerin her. Wenn er sich beeilte, wenn er sich verausgabte, dann würde er sie noch vor den Toren der Stadt einholen. Er hoffte es zumindest.

Ewalt nahm seine letzten Kräfte zusammen und jagte in großen Schritten den Hang hinab, folgte der Rinne, die Pferd und Mensch in die Schneedecke gespurt hatten. Zu rufen wagte er nicht, denn was Geschrei auslösen konnte, hatte er tags zuvor erlebt, als ein gewaltiges Brüllen eine überstehende Schneewechte gelöst hatte, die mit ungeheurer Wucht zu Tal gedonnert war. Unter keinen Umständen durfte er Mena – und das, was sie bei sich trug – gefährden.

Es kam Ewalt wie eine kleine Ewigkeit vor, bis er sich so weit genähert hatte, dass er Einzelheiten erkennen konnte. Aber es wurde langsam dunkel, und mit jedem Schritt, den er auf die Gestalt zumachte, wurde er unsicherer, bis er begriff, dass nicht Mena das Pferd führte, sondern ein Fremder, ein Bergbewohner. So groß und massig konnte Mena nicht sein, auch wenn sie Fellkleidung getragen hätte. Schließlich blieb Ewalt einfach stehen. Er hatte sich geirrt.

Völlig außer Atem und mit schmerzenden Gliedern, vereistem Bart und verschwitzt starrte er dem Gespann vor sich nach. Hatte er Mena vorhin doch nicht gerochen? Die Zweifel fraßen ihn regelrecht auf.

Er war in der Hütte gewesen. Das Pferd war ebenfalls dort gewesen. Und wenn Mena sich auch dort aufgehalten hatte, dann hatte der Fremde vor ihm etwas mit ihrem Verschwinden zu tun. Das musste er herausfinden, egal, was es ihn kostete.

Zwar hatte er das Gefühl, in den wenigen Augenblicken, die

er innegehalten und nachgedacht hatte, festgefroren zu sein, aber allmählich löste er sich aus seiner Erstarrung und folgte der massigen Gestalt langsam nach. Er musste eine Gelegenheit abpassen und mit dem Mann reden oder ihn zumindest belauschen.

Offenbar kannte der Kerl, der jetzt das Stadttor erreicht hatte, die Wächter, denn es genügten einige kehlig gewechselte Worte, und sie ließen ihn ein. Als Ewalt selbst vor dem Tor stand, versperrten sie ihm den Weg. Doch er konnte nicht draußen vor der Stadt bleiben, er musste eine warme Unterkunft finden, sonst würde er erfrieren.

Es kostete ihn eine halbe Silbermünze, die Tordurchfahrt passieren zu dürfen, aber als er die Stadt betrat, war der Fremde verschwunden, hatte sich in nichts aufgelöst. Ewalt stapfte durch die Gassen, suchte nach Pferdeställen und Unterständen und hoffte, dass ihm der Fremde doch noch über den Weg laufen würde. Gleichzeitig hielt er nach einem Markt Ausschau, auf dem er seine Kleidung durch warme Sachen ergänzen konnte. Wenn Mena noch lebte, würde der Fremde ihn zu ihr führen, aber dafür musste er draußen in der froststarrenden Landschaft überleben können.

Wie lange er durch die verschneite Stadt gewandert war, jede Gasse, jeden Platz abgesucht hatte, wusste er nicht zu sagen. Dann plötzlich nahm er aus dem Augenwinkel wahr, dass der Fremde in dem Bärenfell an ihm vorbeiging. Er trug ein Bündel auf dem Rücken. Mit festem, schnellem Schritt stapfte er die Gasse hinauf, während das Bündel auf seinem Rücken im Takt mitwippte. Das Pferd hatte er offenbar irgendwo zurückgelassen.

Jetzt, da er ihn gefunden hatte, griffen Erschöpfung und Kälte mit eiserner Faust nach Ewalt und zwangen ihn stehen zu bleiben. Er überlegte, ob er sich sofort an die Verfolgung machen sollte, entschied sich dann aber dagegen. Er musste schlafen, musste sich besser ausstatten, und am nächsten Morgen würde er die Spur des Fremden noch ebenso gut im Schnee erkennen wie heute. Er lief dem Mann ein Stück weit hinterher, dessen Größe ihn beeindruckte. Er überragte ihn selbst um gut zwei bis zweieinhalb Köpfe. Er war ein Riese.

Der Mann strebte auf das Nordtor zu. Kurz darauf beobachtete Ewalt, wie er die Brücke überquerte. Wieder hatten ihn die Wächter kaum beachtet. Zwei Zurufe hatten genügt.

Ewalt blickte ihm nach, solange er ihn erkennen konnte. Er bemerkte, dass er sich kurz nach dem Verlassen der Brücke umdrehte, als wolle er sehen, ob er verfolgt würde. Dann bog er scharf nach Osten ab und verschwand im aufziehenden Dunkel der Winternacht.

16

VOR BOZEN, FEBRUAR 1002

Mena kauerte zwischen zwei aufgestellten Felsplatten, über die eine weitere Platte als Dach gelegt worden war. Darunter bildeten die Steine eine Art künstliche Höhle, die frei war von Schnee. Die Steine schützten offenbar die Wetterseiten und ließen den Blick nach Süden hin offen. Von dort, so vermutete sie, musste Gor kommen. Doch nichts rührte sich.

Der Weg bis hierher hatte sie ihre letzte Kraft gekostet, und während sie auf den Bären wartete, hatte sie Zeit genug zu überlegen, ob es eine so gute Idee gewesen war, mit einem Kind im Leib im Winter die Alpen überqueren zu wollen.

Wenn dieser kurze Weg, auf dem es kaum einen Anstieg zu verzeichnen gab, sie bereits so anstrengte, wie sollte sie dann die vor ihr liegenden Pässe bewältigen? Darauf wusste sie keine Antwort.

Zu einem kleinen Fellbündel zusammengekauert wartete sie auf Gor. Das weiche Biberfell hielt sie warm, verhinderte ein Auskühlen und schützte vor Nässe. Wovor es nicht schützte, war die Angst, die hochkroch wie die Dämmerung und sich auf ihr Gemüt legte.

War es überhaupt möglich, dass Gor sie nachts fand, wenn sie sich hier in diesem Loch verbarg? Was, wenn er einfach an ihr vorbeilief, sie verfehlte? Was sollte dann aus ihr und ihrem Sohn werden? Außerdem hatte sie Hunger und noch mehr Durst. Das Wasser, das sie in einem Beutel mitgenommen hatte, war gefroren, und das Essen trug Gor in seinem Beutel bei sich.

Dann hörte sie die Wölfe. Ein erster lang gezogener Ton hallte über das Tal hinweg und ließ Mena schaudern. Zwei, drei Tiere antworteten. Schließlich fielen noch zwei weitere Stimmen in den schauerlichen Gesang ein, und Mena hatte das Gefühl, sie sei von Wölfen umzingelt. Manche klangen so nah, als würden sie über ihrem Versteck stehen und ihre Kameraden herbeirufen. Sie spürte, wie ihre Unterlippe zu zittern begann, wie sie sich noch mehr zusammenkauerte, als könne sie sich damit unsichtbar machen.

Schließlich hörte sie, wie die Tiere langsam und vorsichtig herangeschlichen kamen, das Tasten und Spüren. Jeden Augenblick erwartete sie, dass einer der Wölfe vor ihrem Unterstand auftauchen und seinen Schatten in ihr Versteck werfen würde. Noch beleuchtete der aufgehende Mond den Schnee und ließ ihn silbrig glimmen. Doch rasch ziehende Wolken verdeckten den Schein immer wieder und nahmen ihr die Sicht. Begrüßt wurden diese Phasen von einem verstärkten Geheul, das mit jedem Einsetzen noch näher an ihrem Versteck zu ertönen schien.

Plötzlich verdunkelte sich der Eingang zu ihrer künstlichen Höhle, und Mena fing an zu schreien.

»Mena?«

Sie erkannte Gors Stimme, doch sie musste ihre Angst loswerden und schrie einfach weiter.

Eine Hand griff nach ihr, zerrte sie aus dem Loch und umfing sie, bis sie nicht mehr schreien konnte.

»Ruhig, Mena!«

Erst jetzt gelang es ihr, sich wieder unter Kontrolle zu bringen. Sie schnappte nach Luft, atmete stoßweise und drückte sich endlich in das Fell des Mannes. »Ich dachte, du ... du kommst nicht mehr«, stammelte sie. »Die Wölfe ...«

Gor lachte leise. »Die Wölfe tun uns nichts. Sie beschützen uns. Halten Wache. Sei ganz ruhig.«

Er kroch zu ihr unter die Abdeckung. Sie bot gerade genug Platz für sie beide, wenn sie sich eng aneinanderpressten.

»Wir müssen schlafen und dann weitergehen«, sagte er. »Achte nicht auf die Wölfe.«

Mena hörte ihm an, wie erschöpft er war. Die Wärme, die er ausstrahlte, machte auch sie müde, und bevor sie ihm noch antworten konnte, verflüchtigte sich ihre Angst. Sie fiel in einen Schlaf, der sie in einen Traum hinübernahm, in dem sie mit Wölfen um die Wette lief und spielte, als wären es harmlose Hunde.

Ein Schnüffeln und Lecken weckte sie. Sie schlug die Augen auf und blickte in die schräg gestellten Augen eines Wolfs, dessen in einem leicht gelblichen Weiß schwimmende schwarze Pupillen sie musterten.

Mena fuhr hoch, und der Schrei blieb ihr in der Kehle stecken.

Das Tier stand außerhalb eines Holzgestells, das Gor offenbar als Schutz vor ihren Unterschlupf gestellt hatte. Der Morgen dämmerte schon, aber es war noch nicht helllichter Tag. Als der Wolf seine Lefzen hob, um an dem Holz zu lecken, blinkten seine Zähne unheilvoll zu ihr herüber.

»Gor«, flüsterte sie und sah, wie das Tier sofort die Ohren aufstellte und sie fixierte. »Gor!«

Doch der Bär neben ihr rührte sich nicht. Nur ein leises Schnarchen und Grummeln war zu hören. Schließlich stieß sie ihn mit der Faust in die Rippen. Gor stöhnte kurz, und der Wolf vor ihrem Holzgitter knurrte.

»Gor!«, stieß sie ängstlich hervor.

Endlich erwachte der Riese und setzte sich auf. »Was ist?«, murmelte er.

»Ein Wolf!«, flüsterte sie mit zitternder Stimme.

»Wo?«, fragte er leise.

Menas Kopf ruckte zu ihm herum. »Bist du blind? Direkt vor diesem … diesem Gitter!«

Sie streckte die Hand aus und wieder knurrte das Tier vor ihrer kleinen Höhle in einem tiefen Bass. Fröstelnd schlang sie die Arme um sich.

»Ach so, der«, sagte Gor und streckte sich wieder aus. »Keine Sorge. Er frisst nur junge Frauen. Aber erst, wenn die Sonne aufgeht. Du hast … noch … Zeit. Schlaf weiter …«

Mena glaubte, sich verhört zu haben. »Was hast du gesagt?«

Gor zog sie an sich und legte einen Arm um sie. Das wärmte sie zwar, aber im Augenblick hatte sie andere Sorgen.

»Ich hab gesagt, er heißt Fell. Er ist kein Wolf, sondern ein Wolfshund. Er gehört zu mir und bewacht uns … Und jetzt lass uns noch ein wenig schlafen, der Tag wird anstrengend.«

Mena musst wohl oder übel hinnehmen, dass sich Gor noch einmal einrollte und umgehend wieder zu schnarchen anfing. Sie musterte das Tier, das sich vor ihrem Holzgitter niedergelegt hatte und sie ebenfalls beobachtete. Sie rätselte noch darüber, was diesen Wolfshund von einem Wolf unterscheiden sollte und warum sich Gor so sicher war.

»Du bist also Fell«, sagte sie halblaut. Bei seinem Namen hob das Tier sofort den Kopf. Wieder starrten sie sich an, doch diesmal lag in diesem Blick keine Bedrohung, sondern lediglich Neugier. Vermutlich wunderte sich Fell ebenso über sie wie sie sich über ihn. Ihre Angst war keineswegs verschwunden, sie hatte nur etwas abgenommen und löste sich ganz auf, als Mena sich wieder an Gor schmiegte.

Sie legte eine Hand auf ihren Bauch und spürte den langsamen Bewegungen des Lebens darunter nach. Solange dieses Leben erhalten blieb, war auch für sie eine Zukunft gesichert. Sie vertraute Gor und legte ihren Kopf auf seinen Arm.

Irgendwann musste sie eingeschlafen sein, denn als sie die

Augen wieder öffnete, war das Holzgatter verschwunden und das riesige Tier stand mit breit aufgestellten Beinen über ihr.

Ein Schrei drang aus ihrer Kehle. Sie schnellte augenblicklich in die hinterste Ecke der Höhle, und der Wolfshund machte einen Satz zurück.

»Bist du endlich wach«, hörte sie Gor sagen. »Mach dir keine Sorgen, Fell tut dir nichts. Er hat schon eine Jungfrau gefrühstückt, die des Weges gekommen ist.«

»Was redest du da?«

»Fell ist harmlos. Komm raus. Es gibt was zu essen und zu trinken. Dann müssen wir los.«

Jetzt erst bemerkte sie, wie ausgedörrt sie sich fühlte und wie das Kind in ihrem Bauch strampelte. Ihr Schrecken hatte es geweckt, und jetzt hatte es vermutlich ebensolchen Hunger wie sie.

Langsam kroch sie aus dem Unterschlupf, immer auf einen gebührenden Abstand zu Fell bedacht.

Der Hund hatte sich in die Nähe des Ausgangs gelegt und verfolgte jede ihrer Bewegungen. Doch er ließ sie in Ruhe.

Gor hatte das Holzgitter umgekehrt aufgestellt, und jetzt erkannte Mena, dass es sich um eine Art Schlitten handelte. Auf einem Brett lagen Käse und Gamsfleisch, beides fein aufgeschnitten. Aus seinem Bärenfell zog Gor eine Wasserflasche hervor und reichte sie ihr. Das Wasser war eiskalt, aber flüssig.

»Wie hast du das gemacht? Meines ist hart gefroren.«

Gor lächelte. »Du musst es am Körper tragen. Die Körperwärme hält das Wasser flüssig.«

Als sie nach dem getrockneten Fleisch griff, zuckte sie beinahe wieder zurück. Hinter dem Schlitten lag noch ein Tier, beinahe ebenso groß wie Fell, aber nicht ganz so neugierig.

»Das ist Tatze«, erläuterte Gor beiläufig. »Ich habe beide mit der Hand aufgezogen. Sie gehorchen mir blind. Sie waren es, die dich gefunden haben, bevor die Wölfe zugreifen konnten.« Er lachte übers ganze Gesicht. »Wenn du es über die Pässe schaffen willst, dann nur mit den beiden. Und jetzt pass auf. Nimm ein Stück Fleisch, beiß etwas davon ab und gib den Rest zuerst Tatze. Er ist älter und nach mir der ranghöchste Rudelführer. Dann machst du dasselbe mit Fell. Er weiß, dass er warten muss. Aber wenn er auch was abbekommt, wird er dich lieben und akzeptieren. Du darfst das Fleisch nicht vor die Hunde werfen, sondern musst es in der Hand behalten, bis sie es aus deiner Hand nehmen. Hast du mich verstanden? Ich pass auf, dass nichts danebengeht. Schließ niemals die Augen dabei, sondern sieh die Hunde an.« In seinen Augen glitzerte etwas. »Mit nur vier Fingern lässt es sich auch gut leben.«

Mena starrte ihn entsetzt an, als sich sein Mund zu einem Grinsen verzog. Er hob seine linke Hand, und jetzt erst erkannte Mena, dass der kleine Finger fehlte.

Das machte es ihr nicht leichter. Sie tat, wie Gor sie geheißen hatte. Am schwersten fiel es ihr, die Augen aufzuhalten und in die gelblichen Augäpfel der Tiere zu schauen. Doch es gelang ihr. Und kaum hatte auch Fell sein Stück Fleisch verschlungen, erhob sich Gor.

Er blickte zuerst hinunter ins Tal, dann drehte er sich zu ihr um.

»Noch alle Finger dran?«, fragte er beiläufig. Offenbar erwartete er keine Antwort, denn er machte sich daran, ihre wenigen Habseligkeiten auf den Schlitten zu packen. Nachdem er die Hunde davorgespannt hatte, schnallte er sich die Tellerschuhe unter, half Mena, die ihren anzulegen, und schon ging es los.

Gor legte ein gewaltiges Tempo vor. Mena getraute sich nicht, ihm zu sagen, dass es ihr zu schnell ging, dass sie ja für zwei Personen laufen musste und dass sie ohnehin rasch erschöpft war. Irgendwann sank sie einfach um. Gor bemerkte es zunächst gar nicht, weil sie nicht mehr in der Lage war, einen Laut von sich zu geben. Er war schon fast außer Sichtweite, als die Hunde sich weigerten weiterzugehen. Erst da fiel ihm auf, dass sie zurückgeblieben war. Mit jagenden Schritten war er bei ihr, hob sie wortlos auf und trug sie zum Schlitten. Er setzte sie obenauf, und die Hunde zogen sie mit, als würde sie nichts wiegen.

»Du musst etwas sagen«, schalt Gor sie. »Ich bin es gewohnt durch die Wildnis zu ziehen. Du nicht. Wir reisen nach deiner Geschwindigkeit, nach deinem Vermögen, nicht nach dem meinen.«

Mena nickte nur. »Warum hast du es so eilig?«, fragte sie.

»Weil wir nicht allein sind. Wir werden verfolgt. Und ich will nicht, dass sie uns einholen, während wir schlafen. Also brauchen wir immer einen kleinen Vorsprung. Wir sind schlechter dran. Die Hunde und du sind langsam. Wir müssen durch den Tiefschnee. Unser Verfolger braucht nur unserer Spur zu folgen.«

Mehr sagte er nicht. Mit einem kurzen Zuruf hetzte er die Tiere weiter. Die beiden Rüden stemmten sich in die Lederriemen, die er ihnen um die Schultern gelegt hatte. Mena taten die Tiere leid, doch sie wusste, dass sie dieses mörderische Tempo nicht hätte durchhalten können, ohne womöglich ihr Kind zu verlieren.

Der Schlitten war nicht besonders bequem, er bog sich und passte sich den Unebenheiten an, außerdem schlug und schwankte er beständig, aber er gab ihr eine gewisse Sicherheit. Die Urne hielt sie fest an sich gepresst in ihrem Schoß. Wenn es flacher wurde, wechselte Mena immer wieder zu den Flechtschuhen, lief eine Zeit lang nebenher und setzte sich irgendwann wieder auf den Schlitten.

Die Nächte verbrachten sie in selbst gegrabenen Schneehöhlen, die sie erstaunlich warm hielten. Am Morgen stopfte Mena ihren Wasserbeutel voll Schnee und presste ihn gegen ihre Hüfte, damit der Schnee darin schmolz.

Das Tal wurde langsam enger, die Bergflanken links und rechts rückten immer näher heran und wurden steiler. Manchmal brüllte Gor etwas die Felsvorsprünge hinauf oder klatschte in die Hände und löste Schneebretter aus, die sie um ein Haar mitrissen, aber sie kamen zügig voran. Bisweilen hatte Mena das Gefühl, dass der Winter die Überquerung sogar leichter machte, weil der Schnee besseren Halt gab. Sie stiegen auf den schmalen Wegen höher und höher. Ob sie noch verfolgt wurden, wusste sie nicht. Nur nachts hörte sie hin und wieder das Geheul von Wölfen, als würden ihnen die Tiere folgen, und ihr entging nicht der beunruhigte Blick, den Gor zurückwarf, wenn er das Rufen vernahm. Er verbot zwar seinen Hunden, tagsüber zu antworten, doch sobald die Dämmerung hereinbrach, waren sie mehr Wolf als Hund und nicht mehr zu halten.

»Fünf!«, sagte Gor, als sie beide aus ihrer Schneehöhle heraus dem Konzert der Tiere lauschten. »Ich zähle nur noch fünf.«

17

AUF DEM WEG ZUM BRENNERPASS, FEBRUAR 1002

Ewalt musste sich entscheiden. Entweder er folgte den Fliehenden weiter, dann würde er sein Leben aufs Spiel setzen, oder er kehrte nach Bozen um. Den vierten Tag in Folge versuchte er nun schon, sie einzuholen. Aber sie waren zu schnell.

In Bozen hatte er sich eine Art Brett mit Kufen besorgt, mit dessen Hilfe er Nahrung und Wasser hinter sich herziehen konnte. Dichtere Stiefel und wärmere Kleidung hatten ihn ein kleines Vermögen gekostet und den Rest seiner schmalen Ersparnisse aufgebraucht.

Gott sei Dank hatte es die letzten Tage nicht geschneit, sondern war warm gewesen. Der Frühling nahte. Man konnte es spüren, wenn die Luft die Hänge hochkroch und an den Schneefeldern leckte. Seinen Durst stillte Ewalt an tropfenden Schneeschmelzen. Er gab sich jedoch keiner Illusion hin. Was er hier trieb, war lebensgefährlich. Immer wieder musste er Mena und ihrem Begleiter über abgegangene Lawinenfelder folgen und konnte sich einmal nur mit Mühe vor einem Schneebrett retten, weil er sich hinter einen Felsen duckte. Mit letzter Kraft gelang es ihm, sich daraus hevorzugraben.

Die Welt war ein gleißender Traum. Hätte er nur mehr Zeit gehabt, er hätte sich irgendwo hingesetzt und immerfort in dieses Wunder aus Weiß und allen schillernden Farben des Regenbogens geblickt. So nahm er die Schönheit nur im Vorbeihasten wahr.

Auch bereitete ihm die Anstrengung, die tagelange Überbeanspruchung langsam Probleme. Seine Füße waren eine einzige rohe Masse aus Blasen und offenen Wunden. Seine Muskeln waren so hart, als wären sie gefroren, und seine Lunge brannte.

Dennoch war er sich sicher, dass neben dem Bären, den er verfolgte, Mena mit auf dem Schlitten saß. Er hatte sie nicht gesehen, aber die Zeichen waren überdeutlich.

Schon beim ersten Mal, als er die Schneehöhle entdeckt hatte, unter der sie die Nacht verbracht hatten, war ihm der Unterschied aufgefallen, mit dem sich die beiden Personen erleichterten. Der Bär hatte seinen Urinstrahl von oben in den Schnee gesetzt, wie Männer es eben taten. Nicht so die zweite Person. Ihr gelblicher Urinfleck lag tiefer, war weniger verspielt. Man musste sich hinhocken, um einen solchen Fleck zu erzeugen. Die zweite Person war eindeutig eine Frau. Als er am dritten Tag neben der kleineren Schlafkuhle auch noch den Abdruck eines runden Gefäßes entdeckt hatte, war er sich sicher gewesen, dass Mena mit der Urne dort gewesen war.

Was ihn allerdings am meisten beunruhigte, waren die Wölfe. Sie folgten ihnen, seit sie Bozen verlassen hatten. Sie hatten ihn einmal schon gestellt, als er unter einem Felsen vorbeimusste, auf dem eines der Tiere lauerte. Nur die Tatsache, dass er einen Wanderstab bei sich trug, hatte ihm das Leben gerettet. Der Wolf wäre ihm sonst auf den Rücken gesprungen. So hatte er sich selbst aufgespießt, weil der Stecken, der Ewalt um gut einen Kopf überragte, gerade seine Rückseite deckte. Der Wolf war mit dem Maul im Stab hängen geblieben und hatte sich den Oberkiefer aufgerissen. Vermutlich war er verblutet und von seinen Kumpanen schließlich gefressen worden. Zwei Tage hatten sie dann Ruhe gegeben.

Aber nun jagten sie wieder hinter ihm her. Vorsichtiger diesmal. Gefährlicher.

Als Ewalt hinter einer der Talbiegungen hervorkam, glitt sein

Blick den letzten Anstieg empor, der auf den eigentlichen Pass hinaufführte. Er erkannte die Spur als dunkle Narbe im Weiß, die jedoch plötzlich abbrach. Er folgte der deutlich sichtbaren Fährte noch einmal mit den Augen. Sie zog sich einen kaum zu erkennenden Weg entlang und verlor sich dann unter einer Lawinenspur, die diese direkt querte. Er konnte nicht ausmachen, ob die Spur auf der anderen Seite weiterführte.

Ewalt musste schlucken, als er den Gedanken zu Ende dachte. Was er sah, konnte nur eines heißen: Der Bär und Mena waren von einer Lawine verschlungen worden. Er beschleunigte seine Schritte. Er musste Mena suchen. Vielleicht konnte er die Urne noch retten. Wenn sie nicht zu tief unter dem Schnee lag, würde er versuchen, sie auszugraben.

Der Mann war ihm gleich. Nur Mena und die Urne waren für ihn von Bedeutung. So rasch er konnte, hastete er vorwärts, sah nicht nach links oder rechts, sondern suchte beim Weiterlaufen die Oberfläche des Schneefelds nach einem dunklen Fleck ab.

Die Natur verzeiht viel, nicht aber Unachtsamkeit. Während er auf die Lawinennarbe zueilte, kreuzte sich sein Weg mit dem eines der Wölfe, der sich aus Hunger oder Verzweiflung seitlich an ihn herangeschlichen hatte und mit dem Gespür des versierten Jägers seine Gelegenheit erkannte. Eine Beute, die nichts von einem Angriff ahnte, war eine sichere Beute.

Ewalt rannte und musste an einem Vorsprung vorbei, der sich vielleicht zwei Meter über ihm befand. Der Wolf seinerseits jagte auf eben diesen Vorsprung zu, weil er wusste, dass ihm dieser einen überraschenden Angriff von oben ermöglichte.

Ewalt schrie sich die Seele aus dem Leib. Rief nach Mena, rief nach dem Bären, rief wieder nach Mena.

Das plötzlich einsetzende Geschrei ließ den Wolf kurz stutzen. Einen Lidschlag nur zögerte er, ohne seine Geschwindigkeit allzu sehr einzubüßen oder seinen Plan zu ändern. Nur den

Hauch einer Schwankung wäre für einen wachsamen Beobachter wahrzunehmen gewesen. Doch eben dieser Lidschlag war entscheidend.

Ewalt kam unter dem Vorsprung hervor und jagte auf das Lawinenfeld zu, das sich wie eine zerlegene und schmutzige Decke über das glatten Weiß der Landschaft breitete. Im selben Augenblick stieß sich der Wolf in vollem Lauf ab und segelte durch die Luft in den Rücken seines ahnungslosen Opfers. Er hatte die Flugbahn vorausgesehen, hatte gespürt, wo sich der Mensch befand, wenn er weiter so dahineilte wie bislang, hatte erkannt, dass er ihn mit den Vorderpfoten umstoßen und dann mit dem Gewicht seines Körpers kurz am Boden halten konnte, um ihm schließlich, wenn ihn der Schwung darüber hinwegtragen würde, mit einem schnellen Biss den Kehlkopf herauszureißen.

Doch er hatte nicht mit dem Schrei gerechnet, nicht mit seinem winzigen Zögern und dessen Folgen.

Der Wolf sprang zu kurz. Ewalt war bereits weiter, als er hinter sich einen Aufprall hörte. Er wandte sich um und sah den Wolf, der ihn nur um eine Krallenlänge verfehlt haben konnte, durch den Schnee kugeln. Geistesgegenwärtig schwang er seinen Stock und traf das Tier am Schädel. Er hörte es knacken. Die Beine des Tieres zuckten noch, dann war es tot.

Ewalt betrachtete den mageren Kadaver ohne Mitleid. Der Wolf hatte ihn töten wollen. Dann eilte er weiter. Mit fliegender Hast kletterte er auf die Lawinenspur hoch, die sich vom weichen Schnee dadurch unterschied, dass sie bretthart und dicht war und gut zwei Meter über ihm lag.

»Mena!«, brüllte er aus Leibeskräften.

Er sah sich um, schrie den Hang hinauf und hinab. Er lauschte angestrengt, ob er eine Antwort hörte, ob irgendwo jemand stöhnte. Tatsächlich vernahm er vor sich eine Art Knurren, ein Röcheln, und als er sich zwei Schritte auf das Feld hinausbewegte, um dem Geräusch nachzugehen, gab plötzlich der Boden unter ihm nach, und er stürzte bis zur Hüfte in ein Loch, in dem er stecken blieb, weil es nach unten hin enger wurde.

Ewalt fluchte und versuchte, sich zu befreien, aber es gelang ihm nicht.

Panisch dachte er daran, dass noch vier weitere Wölfe hinter ihm her waren und sie ihn in dieser Lage wohl am liebsten gesehen hätten, hilflos eingeklemmt und nicht imstande, sich zu verteidigen.

»Noch vier!«, hörte er eine Stimme sagen, doch er sah niemanden.

Plötzlich nahm er wahr, wie sich die Lawinendecke an einer Stelle bewegte. Der Schnee hob sich, und unter dem schmutzigen Weiß kam ein Fellberg hervor.

»Der Bär!«, entfuhr es Ewalt.

Der Mann richtete sich auf, schüttelte das weiße Pulver von seinem Mantel und trat auf Ewalt zu. Er hatte einen Stock in der Hand, der an einer Seite einen bronzefarbenen Spießaufsatz trug. Die Spitze richtete er auf Ewalts Herz.

Langsam begriff der ehemalige Leibdiener Ottos III., dass er in eine Falle gelaufen war.

»Wer bist du, und was willst du?«, fragte ihn der Riese, und die Spitze des Speers bohrte sich unerbittlich durch seinen Fellumhang in die Haut über dem Herzen.

18

BOZEN, FEBRUAR 1002

Mattheis konnte es nicht mehr hören. »Wir warten! Wir warten! Wir warten!«, hieß es, seit sie angekommen waren. Die meiste Zeit verbrachten sie in der Schankstube des Wirts, unter dessen Dach sie ein Loch zum Schlafen gefunden hatten. Um sie herum hockte ein halbes Dutzend Fuhrleute, die in der bierschwangeren Atmosphäre auf den Befehl zum Aufbrechen warteten.

»Verfluchte Kaufmannssippe!«, schimpfte Mattheis leise. »Haben schon die Hosen voll, wenn noch gar nichts geschehen ist.«

Girgl saß mit dem Rücken an den Ofen gelehnt und kürzte sich mit einem Messer die Fingernägel. »Mir ist's lieber, wir überleben die Überquerung, als dabei draufzugehen. Nützt niemandem, außer diesem Weibsstück.«

»Wir müssen vor ihnen in Innsbruck sein. Und wenn wir hier herumlungern, ist sie mit Sicherheit früher dort als wir – und dann braucht der Herzog Kerle wie uns nicht mehr. Verstehst du?«

»Wenn wir tot sind, auch nicht«, entgegnete Girgl gelassen.

Plötzlich brach ein junger Bursche wie ein Sturmwind in die Schankstube. Er brachte Schnee und Kälte von draußen mit, und aus seinem Mund wehten weiße Atemfahnen, bis er sich einigermaßen beruhigt hatte. Er hatte sich in die ungeschorenen Felle von Schafen gewickelt, seine Füße steckten in Lederhülsen, die er mit Heu ausgestopft hatte. Sein Gesicht war rot vor Kälte und strotzte vor Dreck. Er ließ den Blick über die kleine Gesellschaft schweifen, die sich in dem Gastraum versammelt hatte. Kurz wischte er sich die Schneekristalle von den Augenbrauen, dann trat er auf Mattheis zu und streckte die Hand aus.

»Drei Kupferpfennige, damit ich Euch sage, was ich weiß.«

Mattheis musterte den Jungen, nickte und drehte sich zu Girgl um. »Sie brechen auf! Komm.« Er stand auf und ließ den jungen Kerl stehen.

»Ihr habt es versprochen«, zischte der Junge und stampfte mit dem Fuß auf.

Unvermittelt drehte sich Mattheis um und packte ihn am Kragen. »Hör zu, du Laus. Ich hatte dir versprochen, drei Kupfermünzen zu zahlen, wenn du mich benachrichtigst, wann die Kaufleute aufbrechen. Hast du es mir gesagt? Nein. Ich hab's erraten. Hättest du es hinausposaunt, als du zur Tür reingekommen bist, könnten wir drüber reden. So nicht. Und jetzt verschwinde, bevor ich nachtragend werde.« Er ließ den Burschen los und gab ihm einen Stoß, dass er in den Holzstapel stolperte, der neben dem Ofen aufgeschichtet war.

Girgls Miene blieb verschlossen, als der Junge sich neben ihm aufrappelte und die Fäuste ballte.

»So nicht«, zischte dieser und drängte sich durch die Tische hindurch nach draußen, immer darauf bedacht, nicht wieder in Mattheis' Nähe zu geraten.

Keiner der Fuhrleute rührte sich. Keiner sah von seinem Bier- oder Weinkrug auf. Alle stierten vor sich hin, als wäre nichts gewesen.

Mattheis gab Girgl ein Zeichen, und sie verließen den Schankraum. Draußen schlug ihnen eine nasse Kälte entgegen, die davon zeugte, dass der Winter zu Ende ging. Es taute zwar nur tagsüber, aber es taute.

Der Rehlinger hatte seine Wagen bereits auf dem Marktplatz bereitgestellt und aufgeschirrt. Weitere Kaufleute schlossen sich ihm an. Einer der Führer, ein älterer Mann, der mit seinem dichten Bart, seinem Stock und dem Filzhut als Einheimischer gut auszumachen war, dirigierte die Reihenfolge der Wagen, gab Anweisungen, damit die Kufen mit Unschlitt poliert wurden, und wies auf das eine oder andere Pferd hin.

Mattheis und Girgl begrüßten den Bergführer mit einem Kopfnicken, das dieser jedoch nicht erwiderte. Er hatte sich in einen Filzmantel gewickelt, der bis zu den Waden reichte.

Mattheis trat zu dem Mann, der von den Kaufleuten umgeben war, und drängte sich dazwischen. »Wann brecht ihr auf?«, herrschte er den Alten an.

Der schien ihn zuerst gar nicht gehört zu haben. Erst als Mattheis ihn an der Schaube packte und zu sich umdrehte, schien er ihn zu bemerken.

»Wann brecht ihr auf?«

»Wir? Heute noch«, antwortete der Alte in einer so kehligen Sprache, dass ihn Mattheis gerade noch verstand. »Aber ihr nicht!« Damit wandte er sich wieder zu den Kaufleuten um und gab weiter seine Anweisungen.

»Was?«, entfuhr es Mattheis. Bevor er den Mann erneut packen konnte, hatte dieser ihm mit seinem Stock auf die Finger gedroschen, sodass eine blutunterlaufene Strieme zurückblieb.

»Ja, bist du denn von allen guten Geistern verlassen?«, schrie Mattheis.

Seine rechte Hand war taub, und er war nicht in der Lage, sein Schwert zu ziehen. Er sah zu Girgl hinüber, der die Klinge ziehen wollte, um seinen Kameraden zu verteidigen. Doch ehe der die Waffe aus seiner Scheide ziehen konnte, lag er schon rücklings im Schnee, die Beine in der Luft.

Der Alte trat nahe an die beiden Schergen des Bayernherzogs heran. Sein Blick war klar und eisig wie die Welt um ihn herum.

»Ich nehme mit, wem ich vertrauen kann. Auf euch Gesindel kann ich aber nicht bauen. Ihr sagt im einen Moment dies, im anderen jenes. Was soll ich glauben? Bleibt und wartet, bis die Pässe offen sind, dann kann auch Abschaum die Berge überqueren.« Damit drehte er Mattheis den Rücken zu.

Der hatte sich die Schimpfrede des Alten verblüfft angehört. Als er um sich schaute, entdeckte er auf der gegenüberliegenden Seite des Marktplatzes den jungen Burschen, den er um seinen Lohn geprellt hatte. Der Junge beobachtete die Szene und rieb sich grienend die roten Hände, um sie zu wärmen. Mattheis begriff: Der Kerl hatte sie angeschwärzt.

»Was sollen wir tun?«, fragte Girgl, der sich wieder aufgerappelt hatte und neben Mattheis getreten war.

»Was wir tun? Uns über die Widrigkeiten hinweghelfen. Ganz einfach«, sagte Mattheis und deutete mit einer Kopfbewegung auf die andere Marktseite hinüber.

Girgl entdeckte den Burschen und nickte. Er hatte sofort verstanden.

Mit gesenkten Köpfen trollten sie sich, solange sie vom Markt aus gesehen werden konnten. Sobald sie außer Sichtweite waren, liefen sie wie die Wiesel durch die kleinen Zwischengassen auf die andere Seite des Marktplatzes. Tatsächlich stand der Junge noch dort, wo sie ihn eben gesehen hatten. Mit vor Aufregung rotem Kopf verfolgte er den Aufbruch des Trosses.

Mattheis wagte es jedoch nicht, ihn anzusprechen. Als ein kleinerer Bursche an ihm vorbeiwollte, hielt er ihn kurz fest.

»Warte«, sagte er nur. »Hier hast du eine Kupfermünze. Sag dem Kerl da vorn, dass wir einen Auftrag für ihn hätten.«

»Wen meint Ihr?«, fragte der Junge. Auch er sprach diese rollende, nur schwer verständliche Sprache.

Mattheis zeigte auf ihren Boten.

»Ach, dem Andri? Mach ich. Wie heißt Ihr?«

Mattheis schluckte. Darauf war er nicht vorbereitet.

»Heinrich«, sagte Girgl. »Er heißt Heinrich. Wir warten in der Schänke.« Er deutete auf eine niedrige Tür, über der ein mit Schnee durchsetztes Schild baumelte.

Der Junge nickte und sauste zum Marktplatz, während Mattheis und Girgl sich in den Schatten der Gasse zurückzogen.

Sie konnten beobachten, wie Andri sich neugierig umschaute. Dann nickte er und ging ohne große Furcht in die Gasse hinein und zu der Schänke. Noch bevor er die Tür ganz erreicht hatte, vertrat ihm Mattheis lächelnd den Weg.

»So sieht man sich wieder«, sagte er. »Schade, dass die Umstände so ... wie soll ich sagen ... niederschmetternd sind.«

Den Schlag auf den Kopf spürte der Bursche vermutlich nicht einmal. Girgl hatte sich von hinten angeschlichen und zugeschlagen, bevor er sich umdrehen und weglaufen konnte. Der Panzerreiter schulterte den kraftlosen Körper.

Mattheis ging voraus und beobachtete die Gassen, doch keine Menschenseele hielt sich hier auf. Alle waren auf dem Marktplatz, um den ersten Tross des Frühjahrs zu verabschieden.

Girgl schleppte den Gefangenen bis zu ihrem Stall und warf ihn dann einfach in die Schütte der Pferdebox. Mit raschen Griffen hatte er ihn gefesselt und ihm einen Knebel in den Mund gesteckt.

»Du bleibst hier, damit er uns nicht davonläuft. Lass ihn in Ruhe. Wir brauchen ihn lebend. Hörst du?« Er wartete, bis Girgl genickt hatte. »Den Rest regle ich.«

Zufrieden mit seiner Idee und dem Erfolg schlenderte Mattheis zurück zum Markt. Bevor er den Platz betrat, besah er sich den Striemen, den ihm der Trossführer geschlagen hatte. Er war blau angelaufen und an einer Stelle sogar aufgeplatzt. Dafür würde der Kerl büßen, wenn es Zeit war. Für jetzt hatte er etwas anderes vor.

Mattheis ließ sich über den Platz treiben, redete mit diesem und jenem, streute ein, dass er sich wundere, wo der Andri sei, ob jemand ihn gesehen habe, ob man wisse, wo er sich aufhalte – und beobachtete dabei gleichzeitig den Alten. Irgendwann wurde dem die Kunde zugetragen, dass sich jemand nach Andri erkundigte und zugleich gesagt habe, dass niemand ihn gesehen habe.

Schließlich geschah, was Mattheis erwartet hatte. Der Bergführer löste sich aus der Gruppe der Kaufleute und steuerte auf ihn zu.

»Was soll das?«, fuhr er Mattheis an, sobald er nahe genug war. Die forsche Art, die er an den Tag legte, entsprach nicht dem besorgten Gesichtsausdruck. Mattheis war zufrieden.

»Was meint Ihr?«, fragte Mattheis im unschuldigsten Ton, zu dem er fähig war.

»Warum fragt Ihr nach meinem Enkel?«

»Eurem Enkel?«

Mattheis tat, als wäre es ihm neu, dass hier eine Verwandtschaft vorlag. Dabei war ihm zuvor die Ähnlichkeit zwischen dem Alten und dem jungen Kerl ins Auge gestochen. Großvater und Enkel.

»Ihr wisst, was ich meine. Warum fragt Ihr also?«

»Ich suche ihn nur, weil er noch Geld von uns zu bekommen hat. Drei Kupfermünzen. Für die Mitteilung, dass der Tross abreist.«

Der Trossführer musterte ihn scharf, und Mattheis wusste, dass er überlegte, was er von dieser Geschichte halten sollte. Schließlich hatte ihm Andri von ihrer Begegnung und deren Ausgang erzählt, was den Alten wiederum veranlasst hatte, Mattheis und Girgl vom Tross auszuschließen.

»Na, hoffentlich ist er nicht davongelaufen, weil er Euch die Unwahrheit über uns erzählt hat. Junge Leute!«, schwadronierte

Mattheis und schüttelte den Kopf. »Manchmal können sie grausam sein. Aber grämt Euch nicht, wenn Ihr zurückkommt, werdet Ihr ihn sicherlich finden. Ich hoffe nur ...« Den Rest des Satzes ließ er offen.

Andris Großvater hob die Augenbrauen. »Was hofft Ihr?«

»Nun, Ihr wisst ja, wie heißblütig und unbedacht die Jugend ist. Ich hoffe für Euren Enkel nur, dass er sich seine Lügengeschichte nicht zu sehr zu Herzen genommen hat und sich ...«

Wieder stockte Mattheis und fuhr sich mit der Handfläche übers Gesicht. Er war ganz Besorgnis und Anteilnahme.

»Jetzt redet schon«, fuhr ihn der Bergführer an.

»Ihr habt doch zu tun. Ich will Euch nicht von der Arbeit abhalten, Herr. Wir finden schon einen anderen Tross später im Jahr.« Er lächelte breit. »Ihr wisst schon, einen der auch Gesindel mitnimmt.«

Mattheis konnte spüren, wie der Alte vor Spannung beinahe barst, wie er sich zusammenreißen musste, um nicht lauthals loszuschreien. Aber er drehte ihm den Rücken zu und ging ein paar Schritte davon.

Mit zusammengebissenen Zähnen, die nur mühsam die Erregung unterdrücken konnten, presste Andris Großvater hervor: »Redet, Mann. Sagt, was Ihr meint.«

Mattheis blieb stehen und wandte sich um. »Also, ich glaube ja, dass er vor Scham und Schuldgefühlen – auch Euch gegenüber, weil er sich einer Lüge bedient hat –, nun ja, mit seinem Leben ...«

»Was?«, unterbrach ihn der Trossführer.

»In diesem Alter will man oft nicht mehr leben, wenn eine solche Schuld auf einem lastet. Also ...«

Der Ausdruck der Besorgnis verwandelte sich im Bruchteil eines Augenblicks in Entsetzen.

»Woher habt Ihr das?«, keuchte der Alte.

»Nun«, Mattheis hob beide Arme. »Ich will Euch nicht be- unruhigen. Ihr habt zu tun.« Er lächelte verbindlich und drehte dem Mann bereits zum zweiten Mal den Rücken zu. Über die Schulter setzte er hinzu: »Ich versichere Euch, ich werde weiter nach ihm fragen – und sollte ich ihn finden, werdet Ihr der Erste sein, der davon erfährt.«

Andris Großvater schluckte. Jetzt war ihm anzusehen, dass er bereit war. Mattheis hatte die Festung sturmreif geschossen und wollte nun rasch seine Ernte einfahren. Er machte kehrt, nahm den Mann freundschaftlich am Arm und führte ihn zurück zu den Fuhrwerkern.

»Seid versichert. Ich kümmere mich um den Jungen. Wir ha- ben ja jetzt Zeit, ihn auch außerhalb der Stadt zu suchen. Und – ja, die Kosten für eine Beisetzung … Ich lege sie Euch aus, bis Ihr zurück seid.«

Dem Alten sackten die Beine unter dem Leib weg. Selbst sein vor Kurzem noch so wehrhaft geschwungener Stab nützte ihm nichts mehr. Er stöhnte. »Wo ist er?«, keuchte er. »Wo ist mein Enkel?«

Sie hatten sich den Kaufleuten genähert. Alle Augen waren auf den Trossführer und Mattheis gerichtet. Der schüttelte be- dauernd den Kopf.

»Wo dieser Lügner von Eurem Enkel steckt, weiß ich wirk- lich nicht«, erwiderte er und setzte sein breitestes Lächeln auf. »Ich hoffe nur, dass er sich nicht aus Schuldgefühlen heraus um- gebracht hat. Es wäre wirklich schade um den Jungen.«

19

AUF DEM WEG ZUM BRENNERPASS, FEBRUAR 1002

Rede!«

Der Bär stand wie das gestaltgewordene Unheil über ihm und rollte mit den Augen.

»Mena? Bist du ... mit ... mit Mena unterwegs?«, stotterte Ewalt, der sich nicht rühren konnte, weil er in diesem Kegelloch eingeklemmt war.

Der Mann musterte ihn mit halb zusammengekniffenen Augen. »Was willst du?« Das Misstrauen in seinen Augen blieb ein leichtes Glimmen. Ewalt spürte, wie der Druck der Speerspitze etwas nachließ. »Du hast dich mit den Männern getroffen«, fauchte der Fremde.

Ewalt war verwirrt. Wovon redete der Kerl?

Doch er hatte keine Zeit, länger darüber nachzudenken. Wie aus dem Nichts tauchten zwei Wölfe auf und beugten ihre gierigen Fänge zu ihm herab. Ihr Speichel lief ihm übers Gesicht und die Hände, die er schützend davorhielt. Ewalt schrie, und die Tiere knurrten.

»Tatze! Fell! Aus!«, herrschte eine Stimme in seinem Rücken die Wölfe an, und tatsächlich legten sich die beiden riesigen Tiere nieder, legten die Schnauzen auf ihre Pfoten und sahen ihn mit einem Blick an, als könnten sie ihm kein Haar krümmen.

Ewalt hatte die Stimme erkannt. »Mena?«, rief er und versuchte, den Kopf zu drehen. »Mena! Du?«

»Was willst du?«, fragte sie barsch. »Du brauchst dich übrigens nicht so zu fürchten. Es sind Hunde, und sie gehören zu uns.«

»Gott sei Dank, du lebst! Ich suche dich, seit du in diesem Schneetreiben ...« Ewalt stockte und musste schlucken. Als er weitersprach, bemühte er sich um eine feste Stimme. »... seit ich dich in diesem Schneetreiben aus den Augen verloren habe. Ich dachte, du wärst tot, und dann habe ich diese Spuren gefunden und bin euch gefolgt, weil ich gehofft habe ...« Wieder musste er schlucken. »In der Hoffnung, dich zu retten. Ich hab gedacht ... gedacht, er hätte dich entführt oder gar ... oder gar ...« Seine Stimme versagte.

Mena hatte ihn nicht unterbrochen, sondern stumm in seinem Rücken gestanden und zugehört. Er wusste nicht einmal, ob sie ihn verstanden hatte.

»Ich brauche deine Hilfe nicht«, sagte sie ruhig und ohne Zorn. »Kehr um.«

Ewalt bemerkte, wie der Mann in dem Bärenfell, der ihn bedroht hatte, sie fragend ansah. Er konnte nicht umkehren. Das wäre sein Todesurteil gewesen. Er konnte nur ... mit ihnen gehen.

»Dann würde ich sterben«, sagte er.

»Gor und ich werden dich nicht mit über den Pass nehmen«, bestimmte sie. »Wir haben schon für zwei nicht genug zu essen und zu trinken. Du hättest mir nicht zu folgen brauchen. Kehr am besten um!«

Gor hieß er also, Menas neuer Bettgenosse. Ewalt durchfuhr es heiß, doch er kämpfte seinen Zorn nieder und nickte. Er dachte gar nicht daran, Menas Ratschlag zu befolgen.

»Helft mir aus der Falle«, bat er und streckte dem Riesen die Arme entgegen. Sofort sprangen die beiden Hunde auf, fletschten die Zähne und bellten ihn an.

Der Mann beruhigte die Tiere und packte Ewalt an den Armen. Es schien ihm keinerlei Mühe zu bereiten, ihn aus dem Loch zu ziehen. In diesem Moment setzte das Geheul der Wölfe ein. Zuerst meldete sich nur eine Stimme, dann antwortete eine zweite, eine dritte und eine vierte. Die Hunde hoben den Kopf und witterten. Sie blickten zu ihrem Herrn, der nachdrücklich den Kopf schüttelte. Schließlich zogen sie die Schwänze ein und trollten sich.

Ewalt nahm wahr, dass der Fremde und Mena über seinen Kopf hinweg Blicke wechselten und sich verständigten. Er sah, wie Mena, die so tief in einem Pelz steckte, dass ihr Gesicht kaum zu sehen war, sich auf die Lippen biss.

»Also gut«, sagte sie. »Du kannst uns begleiten. Ich will nicht daran schuld sein, wenn dich die Wölfe fressen.«

Ewalt grinste erleichtert. »Bislang haben sie's nicht geschafft.«

»Der Leitwolf hat es noch nicht versucht«, knurrte der Bärenmann. »Nur die rangniederen Tiere.«

Ohne sich weiter um Ewalt zu kümmern, wandte er sich ab und grub in einiger Entfernung einen Schlitten aus dem Schnee. Als Ewalt hinüberschaute, blieb ihm kurz das Herz stehen. Auf dem Holzgestell festgebunden stand ein Beutel, aus dem der Deckel der Urne ragte. Rasch sah er beiseite und hoffte, Mena habe seinen gierigen Blick nicht bemerkt. Er drehte sich schwungvoll zu ihr um. »Wie geht es dem Kind?«

Doch Mena blieb mürrisch. »Mach dich nützlich, und pack mit an!«, fuhr sie ihn an.

Ewalt beschloss, es vorerst dabei zu belassen. Seine Stunde würde noch kommen. Zuerst mussten sie über dieses vermaledeite Gebirge. Wenn er den Blick nach vorn wandte, dann ragte vor ihnen der Brennerpass wie eine weiße Wand auf, von der er selbst keine Vorstellung hatte, wie sie zu bewältigen war. Kein Weg, kein Steg, kein Tritt war zu erkennen. Nichts, außer das

Wissen dieses Waldmenschen würde sie über diese Hürde hinwegtragen. Vorerst würde er sich also fügen.

Ewalt half Gor, den Schlitten fahrbereit herzurichten, die Verschnürung zu überprüfen, die Knoten nachzuziehen, gerissene Lederriemen neu zu verknüpfen. Zu seinem Erstaunen schirrte der Mann die Hunde an und ließ Mena auf dem Schlitten Platz nehmen. Langsam erklärte sich für ihn die Reisegeschwindigkeit, die diese beiden hatten entwickeln können und die ihm selbst beinahe zum Verhängnis geworden wäre.

Als Gor zuletzt dastand und zu dem im weißen Nichts sich auflösenden Talende hochschaute, trat Ewalt neben ihn. Er hatte sich in die Riemen seines Brettschlittens gezwängt. Stumm suchten sie den Hang ab, sahen aber außer einem hellen Glitzern buchstäblich nichts.

»Hast du das schon mal versucht? Um diese Zeit? Im Winter, meine ich?«, fragte Ewalt, bevor die Hunde anzogen.

Gor warf ihm einen Blick von der Seite zu, der fast wie die Speerspitze vorhin durch ihn hindurchdrang. »Wenn's so wäre, würd ich es bestimmt kein zweites Mal tun«, sagte er, doch bevor er die Hunde mit einem Schnalzen der Zunge antrieb, zwinkerte er Ewalt zu.

Ewalt blinzelte verwirrt und hätte beinahe vergessen, zu den beiden aufzuschließen. Hatte er das jetzt im Ernst gesagt, oder trieb er nur seinen Spaß mit ihm? Die Steigung nahm ihm alsbald den Atem, und die Anstrengung trieb ihm die Gedanken aus dem Kopf. Sein Schlitten schien mit jedem Schritt schwerer zu werden.

Woher Gor wusste, wohin er seinen Schritt lenken musste, wo sie Boden unter den Füßen hatten und nicht Wasser, wo der Weg verlief oder eine Kehre, konnte Ewalt sich nicht erklären. Viele Richtungswechsel erschienen ihm zufällig und willkürlich, und dennoch zögerte Gor nie auch nur einen Lidschlag. Unerbittlich stapfte er weiter, führte sie höher und höher und legte den Finger an den Mund, wenn Ewalt ihn in ein Gespräch verwickeln wollte.

»Sei leise!«, mahnte er. »Wenn hier eine Lawine abgeht, dann begräbt sie uns alle. Wir müssen so rasch wie möglich die ersten Sättel erreichen. Wir laufen, solange es hell ist, ohne einen Laut von uns zu geben.« Er blickte ihm kurz in die Augen. »Selbst die Wölfe sind stumm geworden, weil sie die Gefahr wittern.« Damit drehte er den Kopf wieder in Marschrichtung und stapfte weiter.

Ewalt, der am Schluss lief, wandte sich mehrmals um und spähte nach hinten. Die vier Wölfe folgten ihnen noch immer. Woran Gor das erkannte, konnte Ewalt nicht sagen, wie er überhaupt wenig über die Welt hier wusste.

Mena ging kaum noch zu Fuß. Sie lag auf dem Schlitten und hatte schon genügend mit Atmen zu tun. Gor achtete peinlich genau darauf, dass kein Stoß den Schlitten erschütterte, dass die Hunde nicht fehlgingen oder ihr Transport abrutschte. Allein oder zu zweit stemmten sie sich in die Holme, um das Gefährt zu dirigieren.

So erreichten sie gegen Abend eine Art Zwischenplateau, von dem aus man auf den eigentlich Pass hinübersehen könnte. Als sie erschöpft und müde innehielten, deutete Gor mit ausgestrecktem Arm ins Weiß hinein.

»Morgen. Wenn weiter nichts geschieht.«

An diesem Abend begann es, mit schweren Flocken zu schneien.

20

AUF DEM WEG ZUM BRENNERPASS, FEBRUAR 1002

Hätte Gor sie nicht aufgerüttelt, sie wäre wohl nicht wieder erwacht. Die Nacht war eisig gewesen. Ohne Unterlass fiel Schnee und machte die Welt unkenntlich. Die Hunde waren nurmehr als kleine Hügel im Weiß zu erkennen. Gor und sie hatten zusammen in einer Schneehöhle geschlafen, während Ewalt sich eine eigene hatte graben müssen.

Dennoch zitterte Mena ebenso wie er vor Kälte. Nur Gor schien die frostige Luft nichts anzuhaben. Selbst jetzt hielt er das Messer, mit dem er ihr Essen schnitt, mit bloßen Fingern. Er teilte das Fleisch und den Käse mit Ewalt, während Mena ihre eigene Portion vorgesetzt bekam. Sie aß für zwei.

Natürlich bemerkte sie, dass Ewalt verstohlen ihren Schlitten und die Urne musterte.

Der Aufbruch erfolgte langsamer als am Tag zuvor. Die neue, beinahe einen Schuh hohe Schneedecke, die sich über alle Bodenunebenheiten gebreitet hatte, schien Gor zu bremsen. Immer wieder blickte er sorgenvoll zum Himmel, der sich wie eine weiche Decke über ihnen wölbte und im Griesel der Schneeflocken verschwand.

»Kein guter Tag«, hörte Mena ihn murmeln.

Als sie aufbrachen, zeigte er erstmals eine Unsicherheit, was den Weg anbelangte. Er ging vor, nicht hinter seinen Hunden her. Die Tiere wussten offenbar, wo sie sich bewegen durften, aber er prüfte zusätzlich jeden Richtungswechsel und jeden Flecken, den sie betraten. Sie hielten sich eng an den Felshängen, dort, wo kaum ein Weg zu sehen war und wo Mena vermutete, dass auch kein Pfad unter den Schneemassen zu finden gewesen wäre. Allein die Spur, die sie selbst in den steilen Hang gruben, war ihre Richtung.

Dichter und dichter sanken die Flocken um sie her aus dem bleigrauen Himmel, während sie durch einen schweren Schnee stapften. Er klebte und war feucht, was ihnen die Reise erleichterte, denn die Spur hielt, die sie sich mit den Körpern gruben, auch wenn immer mehr Nässe in ihre Kleidung drang.

Gor, der sonst auch nicht viele Worte machte, war gänzlich verstummt. Sein Blick glitt ständig den Hang links von ihnen hoch und den Abhang rechts von ihnen in die Tiefe. Einmal hielt er vor einer Schneebrücke inne und lauschte, ließ sie aber nicht wissen, worauf.

Doch dann wechselt er plötzlich die Talseite. Woher er wusste, dass die Schneebrücke, die sie dazu benutzten, auch halten würde, oder ob es der reine Zufall war, dass sie nicht in die Schlucht unter ihnen abstürzten, konnte Mena nicht sagen. Gor betrat als Erster die Brücke, holte sie nach und ließ zuletzt Ewalt den Steg aus Schnee überqueren. Solange sie selbst über dem Abgrund schwebte, fühlte Mena nur ihr Herz, dessen Schlag bis in die Schläfen hinein pochte. Erst als sie sicher auf der anderen Seite angelangt waren und Gor ihr zunickte, ließ die Anspannung in seinem Gesicht etwas nach. Die Hunde hatten den unsicheren Weg ohne Murren oder Zucken beschritten, als wäre es das Natürlichste von der Welt, ihr Leben in die Waagschale zu werfen.

Ab dieser Querung ging es wieder steil bergauf, entlang eines langen Schneefelds, dessen einförmiges Weiß keinerlei Rückschlüsse auf den tatsächlichen Weg zuließ.

Es gelang ihnen ohne einen Zwischenfall, bis auf einen weiteren Sattel hochzusteigen. Als sie rasteten, um etwas zu essen, ging Gor ein Stück voraus, um sich zu orientieren.

»Weiß der Kerl überhaupt, wo wir sind?«, sagte Ewalt. Er breitete die Arme aus und deutete in das Nichts ringsum. »Das ist das Nirgendwo. Also *ich* fände mich hier nicht zurecht.«

»Das wundert mich nicht«, entgegnete Mena gelassener, als sie sich fühlte. Auch sie stellte sich ständig dieselbe Frage. Waren sie noch auf dem Weg zum Brennerpass, oder hatten sie sich in der sie umgebenden Schneelandschaft längst verlaufen? Würde Gor zugeben, dass er nicht mehr wusste, wo sie waren? Doch im Gegensatz zu Ewalt vertraute sie Gor vorbehaltlos. »Wenn du ihm nicht zutraust, uns über den Pass zu bringen, kannst du ja umkehren!«, sagte sie schroffer, als sie wollte.

Ewalt breitete wieder die Arme aus. »Kannst du mir etwa sagen, wo der Pass liegt? Da, da oder da?«

Er drehte sich im Kreis und zeigte in alle Richtungen. Tatsächlich gab es keinerlei Hinweise darauf, wo genau sie waren. Alles war gleich hellgrau, alles war gleich verschneit. Wäre sie selbst jetzt losgelaufen, hätte sie den Pass mit Sicherheit verfehlt.

»Er weiß, was er tut«, entgegnete Mena. »Außerdem kann es so schwer nicht sein. Wir bleiben in diesem Tal, und an dessen Ende steigen wir hoch und überqueren den Pass.«

»Hoffentlich.« Ewalt seufzte.

In diesem Augenblick trat Gor aus dem Schneetreiben heraus, zeigte in eine Richtung und sagte nur: »Dort!« Dann hob er mit einem Mal den Kopf und legte ihn schräg.

»Was …?«, fragte Ewalt.

Gor hob die Hand, um ihn zum Schweigen zu bringen.

»Muss ich mir jetzt auch noch den Mund verbieten …«

Weiter kam Ewalt nicht. Gor hatte ihn gepackt und mit dem Gesicht in den Schnee gedrückt. Dann lauschte er wieder. Seine ruhige Miene verwandelte sich in Entsetzen. Er blickte um sich.

Urplötzlich kam ein heftiger Wind auf und wirbelte die Schneeflocken durcheinander. Dann war das Chaos über ihnen.

Mena wurde von einer unsichtbaren Faust von den Beinen gerissen. Sie bemerkte noch, wie der Schlitten zusammen mit den Hunden über sie hinwegflog. Die Tiere jaulten herzzerreißend. Ewalt schrie etwas, was sie nicht verstand. Gor stürzte auf sie zu und begrub sie unter seinem Körper, doch irgendwann wurde er von ihr weggerissen, und auch sie wurde haltlos hinter ihm her durch die Luft geschleudert. Sie ruderte mit den Armen wie ein Ertrinkende. Dann wurde sie abrupt abgesetzt, und Schnee legte sich auf sie. Schwer und drückend.

Was sie verstand, war, dass eine Lawine sie alle mitgerissen hatte.

Mena verlor nicht das Bewusstsein. Ein stechender Schmerz an ihrem Brustbein hielt sie wach. Sie atmete flach und versuchte, sich zu bewegen. Sie war wie eingepresst. Nur die Beine ließen kleine Bewegungen zu. Ihr rechter Arm stand in die Höhe. Die Finger berührten weichen Schnee. Sie drehte, schaufelte, grub mit den Fingern, dann mit der Hand, drückte den schweren Schnee beiseite, konnte den Ellenbogen beugen, bemerkte gleichzeitig, wie sehr sie nach Luft rang, hoffte, sie würde nicht ersticken, bevor sie sich freigeschaufelt hatte. Sie war ständig einer Ohnmacht nahe, aber der stechende Schmerz zwischen ihren Brüsten hielt sie wach. Der Arm schuf schließlich eine Lücke an der Schulter, ließ an der Öffnung am Hals Luft durch zum Atmen. Es gelang ihr zu strampeln, den Kopf zu bewegen, und schließlich schob sie mit einer letzten energischen Geste den Schnee von ihrem Gesicht. Sie schälte sich aus ihrer Eishülle wie aus einem Kokon.

Ihrem Gefühl nach hatte es eine Ewigkeit gedauert. Der Schneefall hatte nachgelassen. Nur noch große, schwere Flocken taumelten wie betrunken zu Boden. Mühsam richtete sie sich auf, klopfte sich allen Schnee von der Kleidung und sah sich um.

Zuerst musste sie nachsehen, was sie derart gestochen hatte. Als sie die Pelzschaube öffnete, stellte sie fest, dass sich der Fuchszahn in ihre Haut zwischen den Brüsten gebohrt hatte, wie der Stachel einer Biene. Sie musste ihn herausziehen und besah die von Blut rote Spitze dankbar. Ohne die Schmerzen hätte sie vermutlich aufgegeben. Sie steckte ihn weg, schloss die Kleidung und schaute sich weiter um.

Wo war Gor, wo Ewalt, wo waren die Hunde? Vor Kälte, Angst und Anstrengung zitterte sie am ganzen Körper. Was, wenn außer ihr niemand überlebt hatte? Die Furcht drang ihr wie ein Dolch in die Seele. Sie berührte ihren Bauch. Das Kind darin führte einen wahren Tanz auf. Es trat und drehte sich und hatte eine Art Schluckauf, der ihren Körper leicht schüttelte. Sie musste lachen, obwohl ihr nicht danach zumute war. Wenn sie allein blieb, war sie dem Tod geweiht. Selbst wenn es ihr gelänge, den Pass zu überqueren, würde sie verhungern oder – das vernahm sie deutlich – den Wölfen zum Opfer fallen, die gerade ihren Kameraden mitteilten, wo leichte Beute zu finden war. Drei Stimmen. Sie zählte nur noch drei Stimmen.

Gleichzeitig vernahm sie ein Winseln, ein leises, doch deutliches Winseln. Das waren keine Wölfe!

Tatze und Fell, schoss es ihr durch den Kopf.

Die beiden Hunde konnten sich unmöglich selbst ausgraben. Sie waren mit Leinen an den Schlitten gebunden. Angestrengt horchte Mena auf die Laute und versuchte, sich ihnen langsam anzunähern.

»Fell!«, rief sie zwischendurch. »Fell! Antworte.«

Das Fiepen wurde schwächer, aber da entdeckte sie eine Schwanzspitze, die nur leicht mit Schnee bedeckt war. Sie sank auf die Knie und begann zu graben. Bald spürte sie ihre Finger nicht mehr, aber sie entdeckte Fell. Er war völlig in die Spannseile verheddert und konnte sich nicht bewegen. Direkt neben ihm lag Tatze, allerdings tiefer im Schnee. Ihn würde sie allein nicht ausgraben können.

Bei Tatze konnte sie nur den Kopf freischaufeln und unter seinem Brustkorb Platz zum Atmen schaffen. Fell hatte sie rascher befreit. Unter Schmerzen knüpfte sie die Knoten auf, die den Hund mit dem Schlitten verbanden. Sobald er frei war, rannte er davon. Mena strich Tatze über den Kopf, versuchte, den Hund zu beruhigen und ihn auf später zu vertrösten, dann jagte sie hinter Fell her. Sie ahnte, wohin es den Wolfshund trieb.

Gut dreißig Schritte von ihr entfernt lag Gor. Der Schnee hatte ihn kaum begraben, aber er war offenbar bewusstlos. Er bewegte sich nicht. Fell war bei ihm und leckte ihm über die Schläfen.

Mena hob seinen Kopf an, der im Schnee steckte, und hoffte, dass die Bewusstlosigkeit und die Tatsache, dass er bäuchlings dagelegen hatte, ihn nicht hatten ersticken lassen. Mühsam drehte sie ihn auf die Seite, setzte sich zu ihm und legte seinen Kopf in ihren Schoß. Fell leckte ihm unaufhörlich übers Gesicht, bis Gor zu blinzeln anfing. Erstaunt sah er Mena an und widersetzte sich dann den Liebkosungen seines Hundes.

»Verdammt, hör schon auf, Fell!«, fluchte er.

Offenbar hatte ihn die Gewalt der Lawine schwerer getroffen. Er stöhnte, als er sich erhob, hielt sich die Seite und langte an seinen Arm.

»Tatze?«, fragte er keuchend.

Mena deutete über ihre Schulter. »Wir müssen ihn ausgraben.«

»Ewalt?«

Mena zuckte mit den Schultern. Sie fand es bemerkenswert, dass er zunächst nach seinem Hund und dann erst nach Ewalt gefragt hatte.

Gor rief Fell zu sich, nahm dessen Kopf in seine Hände und

flüsterte ihm etwas zu. Der Hund schien ihn zu verstehen, denn nachdem sein Herr ihn losgelassen hatte, macht sich Fell daran, den Ort in Kreisen abzusuchen und zu schnüffeln.

Währenddessen gruben Gor und Mena Tatze aus, der sich in sein Schicksal ergeben hatte. Es war mühsam und kräftezehrend, denn der Schlitten stak beinahe senkrecht im Schnee – und sie hatten nur ihre Hände und Gor noch sein Messer.

Irgendwann gab Fell ein Knurren von sich und blieb an einer Stelle stehen. Gor und Mena stürzten sofort dorthin und begannen zu graben, doch sie beendeten ihre Suche recht bald. Zum Vorschein kam der Kadaver eines Wolfes.

»Nur noch drei«, bemerkte Gor und sah sich um. »Weibchen«, sagte er, was gleichzeitig bedeutete, dass der Leitwolf noch lebte.

Wieder nahm Gor Fells Schädel zwischen die Hände und redete mit ihm, dann schickte er ihn weg.

Als Mena bei Tatze auf die ersten Schlittenkufen traf, durchzuckte sie eine Befürchtung: War die Urne ebenso wie sie losgerissen und durch die Luft gewirbelt worden? War sie womöglich verloren? Nach dem ersten Schrecken breiteten sich Furcht und schließlich Niedergeschlagenheit in ihr aus. Ohne die Herz-Urne war ihre ganze Mission umsonst. Dann war sie nichts weiter als eine völlig unbedeutende Frau, die einen unehelichen Bankert austrug, ein auf der Schlafbank der Magd gezeugtes Kind.

Tränen traten in ihre Augen. Gor sah es nicht. Er stand bis über die Hüfte im Schneeloch und grub Tatze frei, bis sie ihn endlich aus dem Loch ziehen konnten. Er leckte Mena das Gesicht ab vor Dankbarkeit und schleckte an Gors Händen. Außer einer gewissen Steifheit, die sie der Kälte zuschrieb, ging es ihm gut.

Dann suchten sie weiter nach Ewalt.

Gor arbeitete sich bis zum Heck des Schlittens vor, und was er zutage förderte, war enttäuschend. Von ihrer Ladung, von den

Nahrungsmitteln, den Decken, der Urne, war nichts mehr vorhanden. Nur das Holzgestell steckte in der Grube.

Als Gor das Heck freigelegt hatte, trafen sich ihre Blicke, und Mena sah, wie er sofort begriff.

»Die Hunde finden sie, da bin ich mir sicher«, sagte er.

Mena nickte zwar, doch sie wusste, dass er nur ihre Verzweiflung nicht weiter befeuern wollte. Wenn die Urne nicht mehr beim Schlitten war, konnte sie überall sein. Überall zu suchen war aber nicht möglich.

Endlich meldeten die Hunde Erfolg. Gor kletterte aus dem Loch und folgte Mena.

»Sehr spät ...«, flüsterte er, als wolle er sie darauf vorbereiten, einen Toten zu finden. »Wer nicht rasch Luft bekommt, muss ersticken.«

Mena nickte nur. Sie hatte ja am eigenen Leib erfahren, was es bedeutete, unter dem Schnee begraben zu sein. Kurz berührte sie den Fuchszahn unter ihrer Kleidung und schickte einen Dank gen Himmel.

Als sie die Hunde sahen, verlangsamten Gor und sie ihre Schritte.

Mena blieb der Mund offen stehen, als sie erkannte, was Fell und Tatze gefunden hatten.

21

BOZEN, FEBRUAR 1002

Du kannst ihn doch nicht einfach umbringen!«, sagte Girgl.

»Kann ich wohl. Schließlich hat er uns bei seinem Großvater verpfiffen – da muss man mit Folgen rechnen. Das weiß er auch.«

Mattheis spuckte in die Streu und weidete sich an den aufgerissenen Augen ihres Gefangenen. Andri versuchte, etwas zu sagen, aber weder Mattheis noch Girgl rührten sich von der Stelle, um dem Jungen den Knebel aus dem Mund zu nehmen.

»Es gibt natürlich noch eine andere Lösung«, warf Mattheis ein. »Wir könnten ihm die Zunge rausschneiden. Dann kann er uns auch nicht mehr verpfeifen. Schreiben wird er ja wohl nicht können.«

Andri wand sich und schrie, aber der Knebel saß zu fest, und die Stricke hielten ihn zurück. So lief nur sein Gesicht puterrot an. Schließlich verdrehte er die Augen und sackte zur Seite.

Jetzt erst erhob sich Mattheis, trat auf den Jungen zu und lockerte den Knebel. »Ersticken soll er uns nicht. Obwohl es egal wäre«, verkündete er.

»Glaubst du wirklich, wir bringen ihn so weit, dass er seine angebliche Lüge zugibt?«

Mattheis lächelte wissend. »Die Jugend ist dumm. Sie lässt sich leicht beeinflussen. Und für ihn wird es sicherlich eine ganz neue Erfahrung werden, wenn er für uns seinen Großvater belügt. Bis der zurückkommt, hat der Junge seine Lektion gelernt.«

Beide lachten lauthals, verstummten jedoch, als der Junge wieder zu sich kam.

Mattheis hatte mittlerweile das Messer gezückt und stand vor Andri, der ihn mit vor Entsetzen aufgerissenen Augen anstarrte.

»Wir können ihm nicht trauen«, sagte Mattheis. »Also muss die Zunge dran glauben. Zwar sterben die meisten an diesem Schnitt, aber unser Andri ist noch jung. Er wird's schon überleben.« Aus einem Futteral holte er einen Schleifstein und begann behutsam, sein Messer zu schärfen. Dabei drehte er den Kopf zu Girgl um, der hinter ihm stand. »Wir wollen ihm ja nicht mehr Schmerzen bereiten als nötig. Es wird ein sauberer, glatter Schnitt. Und es geht schnell«, sagte er, wieder zu dem Jungen gewandt. »Girgl, nimm ihm den Knebel aus dem Mund. Sollte er allerdings schreien, dann stich ihn ab. Ich hab keine Geduld mehr. Wir müssen uns beeilen. Der Tross bricht bald auf.«

Girgl erhob sich gemächlich, holte sein Messer aus dem Gürtel, prüfte dessen Schärfe und öffnete dann den Knoten und entfernte das Tuch. Der Junge spuckte den Stoffballen aus, den sie ihm in den Mund gesteckt hatten.

»Herr, bitte, das könnt Ihr nicht tun.«

»Oh, das kann er schon«, sagte Girgl. »Es ist zwar immer eine Sauerei. Aber er hat Erfahrung darin. Du kannst also zuversichtlich sein.«

Mattheis sah, dass Andris Panik wuchs. Der Junge atmete stoßweise und schwitzte, dass ihm die Tropfen von der Stirn fielen.

Mattheis zeigte ein Lächeln wie ein Hecht, als er die Messerschärfe an seinem Daumennagel überprüfte. Es schnitt den hornigen Nagel wie Butter. Dann langte er nach einem Stück Holz. »Du solltest mit einer Zahnreihe rechts oder links draufbeißen. Wenn nicht, schlag ich dir einfach die Vorderzähne ein.«

Der Junge stöhnte. »Ich werde nichts sagen. Ich werde Euch empfehlen. Nur lasst mir die Zunge.«

Girgl zuckte mit den Schultern. »Dann müssten wir dich aufhängen. Auch gut. Das ist weniger blutig.«

»Nein. Ich … ich … ich werde meinem Großvater sagen, dass ich gelogen habe, und danach verschwinden. Das verspreche ich.«

Mattheis und Girgl sahen sich an.

»Glaubst du ihm?«, fragte Mattheis.

»Kein Wort. Er hat uns schließlich schon mal verraten«, entgegnete Girgl. »Gib mir das Beißholz.«

»Beim Leben meiner Mutter«, stieß Andri hervor. »Ich schwöre es beim Leben meiner Mutter.«

»Ach, beim Leben seiner Mutter. Wie nett.« Mattheis lachte. Er schärfte noch einmal nach und steckte dann den Wetzstein wieder weg. »Ich bin so weit.«

»Ich schwöre es. Ich erzähle niemandem …«

»Und was erzählst du, wo du gewesen bist?«, fuhr ihn Girgl an. »Die halbe Stadt sucht nach dir!«

»Ich … ich … ich sage, beim Marei!«, stieß der Junge hervor.

»Beim Marei?« Die beiden Männer sahen sich überrascht an. »Wer ist das?«

»Die Tochter des Einödbauern Krasnitz oberhalb der Stadt. Wir sind … also wir beide …«

»Verstehe«, unterbrach ihn Mattheis. »Das wird der Großvater dir glauben?«

»Schon. Er hat mich schon mal … dabei erwischt … und es mir eigentlich … verboten … ja, nicht richtig, aber so … er wird es verstehen …« In den Augen des Jungen glomm so etwas wie Hoffnung.

Die beiden Männer sahen einander an. Mattheis zwinkerte, was Andri nicht erkennen konnte.

Girgl schlug sich auf die Seite des Jungen und hielt Mattheis' Arm mit dem Messer zurück. »Bind ihn los und schick ihn zu seinem Großvater.«

Mattheis ließ sich offenbar nur widerwillig von seinem Vorhaben abbringen. Der Junge konnte von seinem Gesicht Ärger und Enttäuschung ablesen und schwitzte noch mehr.

»Wenn er was anderes erzählt«, verkündete Mattheis, »werden seine Mutter und er darunter leiden. Und auch das Marei wird nicht ungeschoren davonkommen.«

Erleichtert atmete Andri auf.

»Wir sehen und hören, was du tust, mein Freund. Falls du nur einen falschen Mucks von dir gibst, wirst du's bereuen.«

Mattheis ließ das Beißholz fallen und steckte das Messer wieder in den Gürtel, dann befahl er Girgl mit einem Wink, den Jungen loszubinden. Sofort sprang Andri auf und wollte sich an Mattheis vorbeistehlen.

»Nicht so hastig, mein Freund. Bleib sitzen und reib dir die Armgelenke mit Schnee ab, damit die Striemen verschwinden.«

»Außerdem haben wir noch ein paar Dinge zu besprechen, bevor du gehst«, warf Girgl ein.

Andri nickte ergeben.

Mattheis und Girgl erklärten dem Jungen den Plan, nach dem er vorzugehen habe. Sie bläuten ihm ein, was zu sagen sei und wie er sich verhalten solle: Er solle seinem Großvater erklären, wie sehr er sich schäme, die beiden Fremden mit seinen Anschuldigen überschüttet zu haben, nur weil ihm die drei Kupfermünzen, die sie ihm angeboten hatten, nicht ausgereicht hätten, und er wolle sich bei ihnen und bei ihm, dem Großvater, entschuldigen. Auch wünsche er, die Fremden würden durch seine verruchte Tat keinen Schaden erleiden, das sei ihm wichtig.

Als Andri endlich Fersengeld gab und aus der Scheune schlüpfte, konnten sich die beiden Männer nicht mehr halten vor Lachen.

»Wir sollten uns einer Komödiantentruppe anschließen,

Girgl«, prustete Mattheis. »Komm, wir schauen uns an, was unser Goldjunge vollbringt.«

Sie schlugen sich gegenseitig auf die Schultern ob des gelungenen Streichs, wischten sich die Lachtränen aus den Augen und folgten Andri zum Marktplatz.

Sie kamen gerade noch rechtzeitig, um zu sehen, wie der Großvater mit zorniger Miene ausholte und seinem Enkel eine Maulschelle verpasste, deren Nachklang bis zu ihnen reichte.

»Die wird er sich hoffentlich zu Herzen nehmen!«, sagte Girgl und grinste.

22

AUF DEM WEG ZUM BRENNERPASS, FEBRUAR 1002

Die Hunde hatten Ewalt gefunden und umkreisten ihn. Doch er war nicht, wie Mena befürchtet hatte, unter den Schneemassen erstickt. Offensichtlich hatte auch er sich selbst befreien können. Er kniete vor dem Kadaver eines Wolfs, in dessen Brust sein Messer vergraben war.

»Noch zwei«, murmelte Gor.

Ewalt löste den Kiefer des Tieres von seinem Mantel, in den es sich verbissen hatte.

Mena schüttelte verwundert den Kopf. Der Angriff des Wolfs musste völlig lautlos erfolgt sein. Kein Heulen hatte ihn angekündigt, kein Knurren verraten. Überrascht stieß sie die Luft aus, als ihr Blick auf die Urne fiel, die neben Ewalt im Schnee stand, als hätte er sie dort abgestellt, um den Kampf mit dem Wolf aufzunehmen.

»Fell! Tatze! Hierher!«, befahl Gor. Die beiden Hunde gehorchten sofort, kamen herbei und legten sich neben ihm in den Schnee.

»Geht es dir gut, Ewalt?«, fragte Mena, ohne die Augen von der Urne zu lösen.

Wie kam das Gefäß hierher? Hatte es sich losgerissen, und Ewalt hatte es nur zufällig gefunden und eingesammelt? Oder gab es eine andere, weniger schöne Erklärung? Dass er die Verschnürung der Urne im Chaos der Lawine gelöst und sie an sich genommen hatte, war unmöglich. Zu tief steckte der Schlitten im Schnee.

»Gott sei Dank!«, stöhnte Ewalt. Er zog das blutige Messer aus dem Brustkorb des Tieres. »Die Wölfe haben offenbar einen Narren an mir gefressen.« Er lächelte gequält.

»Solange sie den Narren selbst nicht fressen, ist alles gut«, sagte Gor. Auch er hatte die Urne bemerkt und zog seine Schlüsse.

Ewalt wischte die Klinge am Fell des Wolfs ab und steckte sie zurück in den Gürtel. »Ich habe die Urne gefunden. Sie hatte sich losgerissen«, erklärte er. »Ich wollte sie eben zurückbringen, als ich angefallen wurde.«

Mena nahm ihm nur den ersten Teil der kurzen Geschichte ab, wusste aber keine andere Erklärung. Die Spuren im Schnee besagten etwas anderes. Sie zeigten, dass er log, denn sie führten von ihnen weg. Erst der Wolf hatte Ewalt Einhalt geboten, ansonsten hätte er sich wohl mit der Urne auf den Rückweg nach Bozen gemacht.

Offenbar hatte auch Gor beschlossen, ihm vorerst zu glauben. »Wir müssen den Schlitten ausgraben«, bestimmte er. »Mena, du nimmst die Urne.«

Er winkte Ewalt heran. Sein Blick ließ keinen Zweifel daran, dass seine Anweisungen zu befolgen waren.

Ewalt fügt sich scheinbar in sein Schicksal. Mena fing sein Lächeln auf, als sie sich wegen ihres Bauches schwerfällig bückte, die Urne aufhob und rechts in die Hüfte stemmte. Sie seufzte verstohlen. Zusehends wurde sie unbeweglicher und plumper, tat sich schwerer mit den alltäglichen Verrichtungen und geriet schnell außer Atem. Nicht einmal mit hohem Fieber und einem geschwollenen Hals hatte sie sich so unförmig und träge gefühlt wie jetzt. Die Urne schien mehr zu wiegen als je zuvor, als hätte sie jemand mit Schnee gefüllt. Aber das Siegel war unversehrt, nur sie selbst war schwächer geworden.

Während die beiden Männer den Schlitten bargen, saß Mena

zwischen Fell und Tatze, die sie mit ihrem Körper wärmten, und sah zu.

Das Gefährt hatte stark gelitten. Eine Kufe war gebrochen, der Bastsitz zerrissen, eine Strebe gesplittert.

»Die Lawine hat ganz schön zugeschlagen«, bemerkte Ewalt.

Mena nickte, während Gor nur ein amüsiertes Grunzen von sich gab.

»Keine Lawine«, sagte er. »Nur die Staubwolke am Rand. Eine Lawine hätte uns getötet.«

Mena musste schlucken. Die Gewalt der »Staubwolke« steckte ihr noch in den Knochen. Sie mochte sich gar nicht ausmalen, was geschehen wäre, wenn der Schneerutsch sie unmittelbar getroffen hätte.

Gor besserte den Schlitten aus. Ewalt wies er an, den Kadaver des Wolfs zu holen und die besten Stücke Fell und Tatze vorzulegen. Die Wolfshunde fraßen das Fleisch nur widerwillig, aber sie hatten Hunger. Mena, Gor und Ewalt mussten sich mit einem kleinen Stück Käse und etwas Gamsfleisch begnügen, das mit dem Schlitten dann doch noch zum Vorschein gekommen war.

Ewalts Brettschlitten blieb verschollen und damit auch seine wenigen Habseligkeiten und das Essen. Dabei hegte er den Verdacht, weder Gor noch die Hunde seien sonderlich daran interessiert, ihn zu suchen.

Schließlich konnte sich Mena wieder auf das Gefährt setzen, und sie zogen los. Die Hunde waren kräftig und willig. Gor sah sich misstrauisch um, und Ewalt lief an der Spitze, weil er sich offenbar keinem hinterrücks ausgeführten Angriff von Wölfen mehr aussetzen wollte.

Der Himmel hatte wieder aufgerissen. Die weiße Tallandschaft vor ihnen war links und rechts von steil aufragenden Felswänden gesäumt. Der Einschnitt lief auf einen Sattel zu, hinter dem kein weiteres Gebirge mehr zu sehen war. Erst weit entfernt ragten Bergspitzen ins blaue Firmament.

Sie kamen rasch vorwärts, obwohl vor und hinter ihnen immer wieder Schneebretter abgingen und ins Tal donnerten. Jetzt erst begriff Mena, was es hieß, im Winter die Pässe zu überqueren. Sie hatten nur Glück, wenn sie nicht in eines dieser Verderben bringenden Ereignisse gerieten und ihre kleine Existenz ausgelöscht wurde.

Am späten Nachmittag, als die Sonne sich bereits wieder hinter die Berggipfel duckte, erreichten sie unbeschadet die Passhöhe. Von hier aus ging es bergab.

Mena schwitzte, weil sie die letzten Anstiege zu Fuß hatte bewältigen müssen. Ihr Unterkleid klebte ihr wie eine zweite Haut am Körper. Sie atmete schwer, und selbst das Kind in ihrem Bauch war matt und schlief. Aber das Biberfell hielt sie warm, ebenso die Handschuhe und Stiefel, auch wenn sie das Gefühl hatte, als würden die Kleidungsstücke mit jedem Tag schwerer.

Gor deutete auf die Senke, die sich nach Norden zog, schließlich etwas nach Westen abbog und wie eine Wunde die Berge durchschnitt. Er hob die Hand und reckte drei Finger in die Höhe.

»Drei Tage?«, flüsterte Mena. Die eisige Luft und die Anstrengung hatten ihr die Stimme geraubt.

»Vielleicht nur zwei«, antwortete er. »Wenn wir sofort aufbrechen.«

»Etwas zu essen«, bat Mena. Ihr schwindelte, denn sie trank und aß zu wenig. Es nützte nichts, wenn sie zwar Augsburg erreichte, aber ihr Sohn tot war, weil er in ihr verhungert oder vor lauter Erschöpfung gestorben war. Sie musste sich schonen.

Aus den Tiefen seines Pelzes holte Gor ein Stück Fleisch hervor. Den Käse hatten sie inzwischen ganz vertilgt. Gor schnitt ein paar dünne Scheiben ab und gab sie ihr. Auch Ewalt bekam seinen Teil. Was übrig blieb, reichte kaum für einen Tag, geschweige denn für drei.

Mena konnte sich auf den Schlitten setzen und war dankbar dafür. Ihre Beine hätten sie keinen Schritt mehr weitergetragen. Sie lehnte sich an die Urne, die sie wieder hinter sich auf den Schlitten geschnallt hatte, und schloss die Augen. Was für ein wahnwitziges Unternehmen, sich ausgerechnet mitten im Winter auf den Weg über die Alpen zu machen!

23

AUF DEM WEG ZUM RESCHENPASS, FEBRUAR 1002

Mattheis fluchte. »Was für eine Schnapsidee!«

»Wir hätten in Bozen bleiben und uns besaufen sollen, bis seine Herrlichkeit, der Herzog, in der Stadt aufgetaucht wäre«, maulte Girgl.

Sie stapften hinter den Karren des Kaufmanns her und führten ihre Pferde, die sie einen Tag zuvor auf dem Tiermarkt erworben hatten, am Zügel.

Von Bozen aus waren sie leicht nordwestlich marschiert, nach Meran. Die Wege waren alle tief verschneit, doch mit den Wagen, die auf breiten Kufen liefen, gut befahrbar. Es ging langsam. Unablässiger Schneefall hatte sie alle in Venediger mit weiß bestäubten Zipfelmützen verwandelt. Von Ewalt war keine Spur zu sehen.

»Er hat sie gefunden, Girgl. Heute früh hat mir einer der Pelzverkäufer von einem Kerl erzählt, der unserem Ewalt verdammt ähnlich sah. Wie wir hat er eine Pelzschaube, Schuhe und Handschuhe gekauft.«

»Dann hat er das Weibsstück aufgetrieben?«

»Oder er hat es schon zuvor versteckt. Vielleicht wollte er die kleine Kebse gar nicht ausliefern. Vielleicht wollte er den Ruhm selbst einheimsen, dem Herzog das Herz des Kaisers zu überreichen. Zutrauen würde ich's ihm.«

»Aber ich kann keine Spur von ihm entdecken!«

»Er wird wohl die Strecke über Brixen und den Brenner genommen haben. Wir hätten ihm folgen sollen.«

»Bist du verrückt? Das wäre der reine Selbstmord gewesen. Es ist hier schon mörderisch.«

»Werden wir sehen, Girgl.«

Sie unterhielten sich leise und zischend, immer darauf bedacht, dass niemand sie belauschte. Schließlich wusste keiner der Kaufleute, dass im Inntal ein Heer auf sie wartete. Die Herren hätten auf der Stelle kehrtgemacht. Niemand konnte vorhersagen, wie sich ein Heer im Winterquartier aufführte. Niemand wusste, ob die Panzerreiter sich nahmen, was sie brauchten, und ob sie auch dafür bezahlten. Ein Heer ließ man an sich vorüberziehen und stellte sich ihm allenfalls in den Weg, wenn es mit Beute beladen zurückkehrte und die Herzen der Kämpfer offen waren wie ihre Geldbeutel.

Der Trossführer hatte sie nur widerwillig mitgenommen. Sein Enkel Andri blieb verschwunden. Offenbar hatte ihre Drohung gewirkt, und der Junge hatte mitgespielt.

Der Marsch durch den Schnee war eine kräftezehrende Angelegenheit. Immer wieder brach eines der Pferde ein, oder ein Lederriemen riss, und sie waren gezwungen, auf abschüssiger Straße zu rasten. Am dritten Tag, als der Tross Meran längst passiert hatte und ganz nach Westen abbog, starb das erste Pferd. Die Wagen waren überladen. Die Tiere dampften unter der Anstrengung, und schließlich strauchelte ein Brauner, als es einen Hang hinaufging. Das Pferd brach einfach zusammen. Der Schlitten neigte sich zu ihm, und ein knackendes Geräusch war zu hören, als der Gaul nach hinten gebogen wurde. Mattheis konnte noch erkennen, wie das Tier hilflos und unkontrolliert mit den Hinterbeinen zuckte, dann lag es ruhig da.

Die Unruhe setzte sich durch den ganzen Tross fort. Die Fuhrwerker schrien und fluchten, der Alte nahm sich des Wagens an, und schließlich schoben acht Männer den Schlitten bis auf eine kleine ebene Fläche. Den Kadaver hatten sie zuvor aus den Seilen und Riemen gelöst und liegen gelassen. Man sah deutlich, dass sich das Pferd nicht nur ein Bein, sondern offenbar im Sturz auch das Rückgrat gebrochen hatte. Der hoch beladene Schlitten war zu schwer für das Tier gewesen.

Die Männer stöhnten und fluchten weiter. Der Alte beobachtete die Bemühungen seiner Truppe von einem erhöhten Standort aus. Schließlich lief er den kleinen Hügel hinab und kam auf Mattheis zu.

»Ja?«, fragte dieser, als der Trossführer vor ihm stehen blieb.

»Uns ist ein Pferd verendet«, begann der Alte.

Mattheis fiel ein, dass er seinen Namen nicht kannte. Er versuchte zu raten: Heinrich. Der Name ging vom Großvater auf den Vater und schließlich auf den ältesten der Söhne über. Wenn der Enkel Andri hieß, wie der Name Heinrich in der Sprache dieser Gegend üblich war, dann war die Wahrscheinlichkeit groß, dass der Großvater ebenfalls diesen Namen trug.

»Ich hab's gesehen ... Heinrich«, entgegnete Mattheis und verzog das Gesicht.

Der Großvater lachte lautlos. Offenbar amüsierte er sich köstlich. Doch dann wurde er ernst. »Ihr habt ein Pferd.«

»Richtig«, erwiderte Mattheis, ohne sich zu rühren.

Die beiden Männer standen sich gegenüber und sahen einander an, ohne zu blinzeln.

»Ich werde mir Euer Pferd nehmen und es vor den Schlitten spannen«, erklärte der alte Trossführer.

Mattheis ließ eine ganze Zeit verstreichen, bis er antwortete. In der Zwischenzeit hatte er mit dem Daumen die Griffschlaufe seines Schwertes gelöst. »Das glaub ich nicht«, sagte er schließlich.

Die Begleitmannschaften ahnten offenbar, dass eine Auseinandersetzung anstand, und die Männer bildeten einen weitläufigen Kreis um sie. Während die Leute des Kaufmanns echte

Neugier zeigten, blieben die Mienen der Fuhrwerker, die unter dem Alten dienten, gelassen. Sie wussten, wie es ausgehen würde.

Der Trossführer machte einen Schritt nach vorn, und gleichzeitig zog Mattheis sein Schwert. Er musste dabei eine Ausholbewegung machen – und in dieser Bewegung drang ihm das Messer des Trossführers durch den Pelz bis auf seine Haut und noch etwas tiefer, als schneide er durch Butter. Sein Gegner stand jetzt so nahe, dass Mattheis mit dem Schwert nichts anfangen konnte, außer er hätte sich selbst verletzt.

»Lasst ... es ... fallen«, zischte der Alte und trieb sein Messer noch etwas tiefer.

Mattheis sog vor Schmerzen Luft in die Lunge und sah gleichzeitig zu Girgl hinüber, aber der rührte sich nicht. Zwei Spieße hatten sich in seinen Rücken gebohrt. Sie hätten zugestochen, verhinderten im Moment aber nur, dass er eingriff.

»Eins solltet Ihr Euch merken: Ich bin es, der diesen Tross befehligt. Wer sich mir widersetzt, muss damit rechnen, die Alpen nicht zu überqueren. Haben wir uns verstanden?«

Mattheis nickte gequält. Er spürte, wie ihm das Blut unter der Achsel herablief, die Hüfte und das Bein entlang und bis in seine Schuhe sickerte.

»Lasst ... das Schwert ... fallen!«, wiederholte der Trossführer nachdrücklich, und als Mattheis nicht augenblicklich gehorchte, drückte er ihm die Spitze seines Messers noch tiefer ins Fleisch.

»Ja doch«, schrie Mattheis und warf sein Schwert zu Boden.

Auf ein Kopfnicken des Alten hin hob einer seiner Fuhrleute es auf. Ein anderer nahm Girgl seine Waffe ab.

»Ich brauche dieses Pferd – und wer sich weigert, den binde ich an den nächsten Baum und lasse ihn von den Wölfen bis auf die Knochen abfieseln!«, erklärte der Trossführer. Als er sein Messer aus Mattheis' Körper zog, drehte er es etwas, sodass die Schneide in die Rippen schnitt und die Wunde weiter öffnete.

Als ihm der Alte den Rücken zudrehte, sank er in die Knie.

»Nehmt den Gaul und legt ihm die Seile an!«

»Das werdet Ihr mir büßen«, knurrte Mattheis, gerade so laut, dass der Trossführer ihn hören konnte.

Der lachte nur leise in sich hinein. »Ohne mich kommt ihr alle nicht mal um diese Biegung da vorn. Und wenn Ihr es unbedingt wissen wollt – ich heiße … Urban.«

Damit stapfte er zurück an die Spitze des Zuges. Als ein Pfiff ertönte, stemmte sich Mattheis' Pferd bereits in die Riemen, und die Kaufleute zogen weiter.

Unter Mattheis, der noch immer im Schnee kniete, hatte sich eine rote Pfütze gebildet.

Girgl sprang sofort zu ihm hin und half ihm auf. »Was tun wir?«

»Du gibst mir dein Pferd. Das ist vorerst alles. Aber es ist noch nicht das letzte Wort, das versprech ich dir.« Mattheis stöhnte auf. Er musste die Wunde verbinden lassen, sonst würde sie zu eitern beginnen. Unter der Kleidung erreichte sie zu wenig Luft, um zu heilen.

Er legte Schaube und Rock ab, bis er mit nacktem Oberkörper dastand. Er befahl Girgl, aus den Satteltaschen seines Pferdes, die Urban auf den Boden geworfen hatte, sein zweites Hemd hervorzuholen und einen Streifen davon abzureißen und ihn damit zu verbinden. Blutstillendes Moos oder Blätter waren zu tief unter dem Schnee verborgen.

Die Mitreisenden kümmerten sich nicht um die beiden. Noch bevor Mattheis, zitternd und mit blauen Lippen, seine Kleidung wieder angelegt hatte, war der Tross mit den Pferden um eine Biegung verschwunden.

Mattheis fluchte, als er sich zu Fuß auf den Weg machte und dem Tross folgte, Girgls Pferd am Zügel.

24

VOR INNSBRUCK, FEBRUAR 1002

Vor ihnen lag ein blaues Band, das sich durch ein quer zu dem von ihnen verlaufenden Tal schlängelte. Mena erkannte die Brücke über den Fluss und davor die kleine Stadt, die unter einer weißen bauschigen Decke zwischen den Talhängen darauf wartete, geweckt zu werden, ein Tropfen Holz gewordenes Wasser, das sich an den Inn schmiegte. Flößer hatten vor der Brücke angelandet und bauten die Baumstämme zusammen. Die Einmündung der Sill in den Inn lag weiter östlich, hinter dem Flecken.

Zwischen der Stadt, dem Inn und der Sill war ein Zeltlager errichtet worden, das Rauchsäulen in den Winterhimmel schickte und einen Teil des Talgrunds mit grauem Nebel bedeckte.

Mena überlegte, was das bedeuten konnte, und dachte sofort an die beiden Männer, die sich Girgl und Mattheis genannt hatten. Ewalt neben ihr musste schlucken, denn auch er hatte offenbar nicht erwartet, dass es ihnen gelingen würde, den Weg zu bewältigen.

Gor nickte nur, als sei es das Selbstverständlichste für ihn gewesen, diese Aufgabe zu meistern. Er kniete sich neben seine Hunde und befreite sie von den Riemen, mit denen sie den Schlitten gezogen hatten.

»Was tust du da?«, fragte Mena, die als Erste den Blick von Innsbruck lösen konnte und Gor beobachtete.

»Meine Arbeit ist erledigt. Ich geh zurück.«

»Aber ...«, wollte Mena einwenden.

Ewalt legte ihr eine Hand auf die Schulter. »Er hat recht. Er ist ein Mann der Berge, kein Städter. Ich glaube nicht, dass er sich dort unten wohlfühlen würde.« Er wandte sich an Gor, nickte ihm zu. »Danke für alles. Ab hier kennen wir uns wieder besser aus.«

Mena sah Gor eindringlich an, doch der verweigerte ihr den Blickkontakt.

»Ich lass euch den Schlitten«, sagte er an Ewalt gewandt, als er die Hunde abgeschirrt hatte. »Stellt ihn bei dem Pferdehändler am Südtor unter. Ich hol ihn mir, wenn ...«

»Wenn ... was?«, fiel ihm Mena ins Wort.

»Wenn die Truppen des Herzogs da unten wieder weg sind. Ich mag sie nicht.«

»Die Truppen des Herzogs?«, hakte Ewalt nach.

Gor deutete auf das große Zelt, das inmitten mehrerer kleinerer Zelte stand und einen rot-goldenen Wimpel trug, der jetzt allerdings schlapp an der Stange hing. »Ich mag sie nicht, und sie mögen mich nicht«, erklärte er. »Ich wünsche euch eine gute Weiterreise und dir ...«, er drehte sich zu Mena um und sah sie zum ersten Mal direkt an, ... dir wünsche ich die Erfüllung all deiner Träume.«

Er drehte sich um und ging einige Schritte. Die Hunde waren unschlüssig, ob sie bleiben oder mit ihm gehen sollten. Sie zögerten, sahen zu Gor und zu Mena und waren sichtlich hin- und hergerissen.

Mena ließ sich nicht so leicht abspeisen. »Gor«, rief sie und rannte ihm nach.

Der Riese blieb stehen, ohne sich nach ihr umzudrehen.

Sie stellte sich vor ihn hin, nahm ihn in den Arm, presste sich an ihn, so weit sie den Mann mit den Armen umfangen konnte.

»Danke! Danke dafür, dass du mich bis hierhergebracht hast. Aber warum gehst du jetzt?«

Gor ließ alles über sich ergehen, ohne sich zu rühren. »Ich habe dem Ruf meiner Frau gehorcht und den Göttern einen Gefallen getan. Meine Aufgabe … sie ist erledigt«, sagte er ruhig.

»Da wäre ich mir nicht so sicher«, flüsterte Mena mit einem kurzen Blick auf Ewalt. Sie legte ihren Kopf an seine Brust und spürte, wie das Kind in ihrem Bauch ebenfalls seine Gefühle kundtat. Es war, als wollte es ihren Bauch ausbeulen, um Gor näher zu sein. »Ich wünschte, du würdest noch bleiben.«

»Ich habe noch nicht mal genug Münzen für den Torzoll. Ich habe überhaupt kein Geld. Mein Leben sind die Berge und der Wald. Beide kennen keine Grenzen. Bitte zwing mich nicht. Ich kann nicht in einer Stadt leben.«

Mena spürte, wie ein Schluchzen in ihr hochstieg. Doch sie wollte Gor nicht das heulende Frauenzimmer vorführen. Sie ließ ihn kurz los und nestelte das Lederband unter der Kleidung hervor. Der Fuchszahn lag weiß in ihrer Hand.

Gor sah sie mit seinen dunklen Augen an.

»Danke«, sagte sie und hängte ihm den Zahn um das Armgelenk. Sie presste sich noch einmal rasch mit aller Kraft an ihn, zu der sie fähig war, und stürzte dann zurück zu dem Schlitten, wo Ewalt auf sie wartete.

»Auf, Ewalt!«, befahl sie. »Wir sind jetzt die Hunde.«

Sie legte sich die Seile um die Schultern und zog an. Ewalt hatte gerade noch Zeit, sich ihr anzuschließen, dann ging es bereits den Hang hinunter auf das Stadttor von Innsbruck zu.

Doch es dauerte noch einen halben Tag, bis sie schließlich davorstanden. Die Zeltstadt, die sie zuvor durchquert hatten, lag da wie ausgestorben. Kaum jemand ließ sich blicken, als hätten sich die Panzerreiter, denen die Zelte gehörten, entweder in die Stadt oder ins Hinterland zurückgezogen.

Die Wache am Tor beäugte die beiden Ankömmlinge misstrauisch, als sie die Brücke betraten. Ewalt besänftigte sie mit ein paar Münzen, und so gelangten sie unbehelligt in die Stadt.

Nicht weit vom Tor fanden sie einen Pferdestall, zu dem sie der Geruch geführt hatte. Hier stellten sie den Schlitten unter.

»Wem gehört er, und wer wird ihn holen?«, wollte der Betreiber wissen.

»Gor«, sagte Mena nur.

Der Mann schien den Bergmenschen zu kennen, denn er nickte, packte den Schlitten und stellte ihn aufrecht an eine der hinteren Wände.

»Was machen wir jetzt?«, fragte Ewalt, nachdem er Mena dabei geholfen hatte, den Beutel mit der Urne zu schultern. Trotz ihres bereits deutlich sichtbaren Bauches gab Mena das Gefäß nicht aus der Hand.

»Ich habe Hunger«, sagte Mena. Ihr Magen knurrte, und das Kind trat so kräftig gegen ihre Bauchwand, dass diese sich ausbeulte.

»Wir finden bestimmt eine Unterkunft und etwas zu essen«, ließ sich Ewalt vernehmen.

Doch Mena hatte nicht das Gefühl, dass er sich tatsächlich um eine Schlafstatt kümmerte. Ziellos liefen sie durch die kleine Stadt. Mena wurde das Gefühl nicht los, dass Ewalt nach etwas suchte. Nur wenige Menschen bevölkerten die Straße. Die anhaltende Kälte hatte sie verjagt. Vermutlich beobachteten sie die Fremden von ihren warmen Stuben aus.

Kälte und Hunger zehrten an Menas Geduld. Sie war bereit, Ewalt eine gewisse Zeit nachzugeben und sich widerspruchslos mitziehen zu lassen. Doch irgendwann wurde es ihr zu bunt. Vor einem heruntergekommenen Gasthof blieb sie einfach stehen. *Zum Kaiserwirt* las sie auf einem verblassten Schild über der Tür. Sie war gespannt, wie lange es dauern würde, bis Ewalt feststellte, dass sie nicht mehr neben ihm herlief.

Er bemerkte es nicht. Schließlich wandte sich Mena zum Eingang und trat in die Schankstube. Das Dämmerlicht und der Alkoholdunst ließen sie auf der Schwelle innehalten.

»Tür zu!«, zischte es neben ihr.

Mena machte einen weiteren Schritt in den Raum hinein und ließ die Tür hinter sich zufallen. Langsam schälten sich Gegenstände und Menschen aus dem Dunkel. Im Rückraum standen zwei Holzfässer auf Böcken in der Ecke, aus denen offenbar ausgeschenkt wurde. In der anderen Ecke glühte eine Esse, und darüber baumelte ein großer Kessel, aus dem heraus es nach einem angebrannten Eintopf roch. Links und rechts vom Eingang standen einige grob gezimmerte Tische und Bänke, an denen die Nacht wohl einige Besucher vergessen hatte. Mit trüben Blicken musterten sie Mena.

Ein Mann kam auf sie zu, der sich mit einem schmutzigen Tuch seine ebenso schmutzigen Hände abwischte. »Ja?«

»Etwas zu essen und ein Bett für die Nacht.« Als sie sah, wie sich das Gesicht des Wirts zu einem schiefen Grinsen verzog, setzte sie scharf hinzu: »Allein!«

»Habt Ihr Geld?«, fragte der Wirt.

Aus einer kleinen Tasche ihres Unterkleids kramte Mena eine Münze hervor und warf sie dem Wirt zu. Der fing sie geschickt auf.

»Zu wenig!«, erklärte er, ohne einen Blick auf das Geld zu werfen.

Zwei der Männer im Schankraum lachten leise vor sich hin. Offenbar kannten sie das Vorgehen des Wirts.

»Das glaube ich nicht«, antwortete Mena ruhig. »Es reicht für zwei Wochen. Und jetzt bringt mir etwas zu essen.«

Langsam ging sie zu dem einzigen freien Tisch hinüber und setzte sich so, dass sie, wenn nötig, rasch die Flucht nach draußen antreten konnte.

Der Wirt runzelte die Stirn. Schließlich besah er sich die Münzen und stieß ein leises »Oh!« aus. »Silber.« Widerwillig trottete er zum Kessel und schöpfte eine dampfende Masse in einen Teller, den er Mena vorsetzte.

»Wein«, sagte Mena, ohne aufzusehen. Sie zog ihren Löffel aus ihrem Beutel und verschlang den Eintopf gierig. Obwohl er abstoßend roch, schmeckte er himmlisch. Selbst das Kind in ihrem Bauch frohlockte. Es trat und drehte sich so heftig, dass Mena ein leises Grunzen entfuhr.

Als der Wirt den Krug brachte, baute er sich vor Mena auf. »Woher kommt Ihr, und wohin wollt Ihr?«

Mena nickte, als sei klar, dass die Neugier des Wirts befriedigt werden musste. Sie deutete zur Tür und dann zur Treppe, die nach oben führte. »Von da – und dorthin!« Dann widmete sie sich wieder ihrer Mahlzeit und verhielt sich so, als sei der Wirt unsichtbar. Doch der Mann ließ sich nicht abschütteln.

»Ich will kein Gesindel in meinem Haus!«, setzte er an und musterte ihre Biberfellkleidung.

Mena entging sein Blick nicht. »Ich bin kein Gesindel, wie ihr sicherlich bemerkt habt«, entgegnete sie. »Ihr habt Euer Geld bekommen und es angenommen. Zu mehr sehe ich mich nicht verpflichtet.«

Der Wirt wollte etwas entgegnen, aber Mena schnitt ihm mit einer Handbewegung das Wort ab.

»Wollt Ihr eine gute Geschichte hören?«, fragte sie, ohne sich darum zu kümmern, ob es den Wirt interessierte oder nicht. »Ihr könnt ein kleines Geschäft machen oder dem Heerführer des Kaisers, Ekkehard von Meißen, Rede und Antwort stehen, sobald der Pass offen ist. Der wird nicht erfreut sein, wenn er hört, dass die Leibdienerin Kaiser Ottos hier schlecht behandelt wurde.«

Bänke wurden zurückgeschoben, und zwei Männer standen

auf. Mena spürte den kalten Luftzug, als sie zur Tür gingen und die Stube verließen. Offenbar wollten sie nicht daran schuld sein, was sich hier anbahnte.

Der Wirt beugte sich langsam über Menas Tisch. Er stank aus dem Mund. Seine Barthaare standen ab und bildeten kleine Nester, die von Fett und Öl verschmiert waren.

»Von wem soll der Meißener denn erfahren, was hier vor sich geht?«

»Von mir!«

Mena drehte sich nicht um. Ewalt hatte sie gefunden.

Der Wirt fuhr hoch und starrte den Neuankömmling an.

Der Wirt fuhr zurück. »Wer seid Ihr?«, fragte er. Sie sah, wie sein Blick zum Schwert des neuen Mannes flog.

»Hat er dich etwa belästigt?«, knurrte Ewalt.

»Nur in der üblichen Weise. Alle glauben offenbar, eine Schwangere sei Freiwild.«

Ewalt zog seine Waffe und stieß sie in den mit Flusssand bestreuten Boden des Schankraums.

»Dann sollten wir mit ihm tun, was wir beim Letzten auch getan haben«, antwortete Ewalt geheimnisvoll.

»Was … was … ich habe doch nicht gewusst …«, stammelte der Wirt.

»Habe ich es Euch nicht gesagt?«, unterbrach Mena ihn. »Gerade eben? Und hat es Euch nicht interessiert? Ebenfalls gerade eben?« Sie genoss die Unsicherheit und Furcht des Mannes, der eben noch so forsch aufgetreten war. Sie wandte sich zu Ewalt um. »Es würde genügen, ihm die Ohren abzuschneiden, Ewalt. Er hört schlecht«, sagte sie beiläufig und widmete sich wieder ihrem Essen.

»Aber … das könnt … das … dürft Ihr nicht …«

»Ich werde genauso mit Euch umgehen wie mit dem letzten Wirt, dem es an Ehrerbietung mangelte«, sagte Ewalt und setzte sich Mena gegenüber. Mit finsterer Miene sah er sie an. Das Schwert legte er vor sich quer auf den Tisch. Sie sah ihm an, dass er wütend war, dass er ihr Verhalten missbilligte und sie am liebsten zur Rede gestellt hätte. Aber schließlich hatte er sich ihr angeschlossen und nicht umgekehrt.

»Einen Teller von Eurem Eintopf, aber plötzlich! Und einen Krug Wein«, befahl Ewalt schroff, ohne Mena aus den Augen zu lassen.

»Jawohl, Herr. Gern, Herr. Sofort, Herr!«, buckelte der Wirt, bis Ewalt aufstöhnte.

»Es genügt, wenn Ihr mir Teller und Krug bringt und ansonsten den Mund haltet«, knurrte er.

Als der Wirt den Eintopf in eine Schüssel löffelte, beugte sich Mena vor. »Was hast du denn mit dem Letzten angestellt?«, fragte sie flüsternd.

Ewalt zuckte mit den Schultern und setzte ein unschuldiges Grinsen auf. »Nichts!«

Mena sah ihn an, dann konnte sie sich nicht mehr halten. Sie prustete so plötzlich los, dass dem Wirt vor Schreck die Schüssel aus der Hand glitt.

Doch Ewalts Augen blieben kalt. Er fiel nicht ein in ihr Gelächter, sondern zog nur verächtlich die Mundwinkel nach unten. Mena blieb das Lachen im Halse stecken. Was hatte er vor?

25

AUF DEM WEG ZUM RESCHENPASS, FEBRUAR 1002

Mit jedem Schritt, den er tat, verwünscht Mattheis den Tross-führer. »Urban!«, zischte er fortwährend vor sich hin, als wäre es ein Fluch, den er ihm entgegenwarf.

Der Weg führte stetig bergan und war für diese Jahreszeit gut zu begehen, wenn man von den Mühsalen absah, die der Neu-schnee verursachte. Den Zugpferden hatten sie Schneeschuhe angeschnallt, die verhinderten, dass sie zu tief einsanken. Aller-dings nur den Zugtieren.

Girgl und Mattheis fielen daher immer weiter zurück, weil ihr Pferd sich nur mit größter Anstrengung durch den Schnee kämpfen konnte. Sie wollten es aber auch nicht zurücklassen.

Die Rastplätze zur Mittagszeit erreichten sie immer erst dann, wenn die Gruppe wieder aufbrach. Niemand kümmerte sich um sie. Seit ihrer Auseinandersetzung mit dem Trossführer hatten sie ihn nicht wiedergetroffen. Er eilte voraus, besah sich die Strecke, wählte Umwege oder sicherte Übergänge.

Für die beiden Herzogsmannen galt, dass sie zumindest den Weg kaum verfehlen konnten. Die Spur der Pferde, Karren und Menschen im Schnee zeichnete sich eindeutig und klar ab. Nach zwei Tagen hatten sie beschlossen, ihrem eigenen Rhythmus zu folgen und nicht mehr auf die Truppe zu schauen. Sie brachen später auf und liefen dafür länger in den Abend hinein – schließ-lich mussten sie sich nicht um ein Lager sorgen. Urban und der Kaufmann würden schon eine geeignete Stelle finden.

Auch dieser Tag neigte sich langsam dem Ende zu, und selbst

Mattheis' Flüche und Girgls Verwünschungen konnten ihn nicht verlängern. Als sie über eine Kuppe stiegen, erkannten sie unter sich in einer Senke den Tross der Kaufleute.

»Da sind sie ja«, knurrte Mattheis, blieb aber abrupt stehen.

»Was ist?«, fragte Girgl, der beinahe auf ihn aufgelaufen wäre.

»Duck dich!«, herrschte Mattheis seinen Kumpanen an und drückte ihn rasch in den Schnee.

Von oben besahen sie sich, was dort unten geschah.

Vielleicht hundert Fuß vor ihnen hatten die Kaufleute, Urban und die Fuhrwerker einen Kreis um ihre Wagen gebildet. Einer der Männer lag im Schnee mit merkwürdig verrenkten Gliedmaßen. Ein Wagen war leicht zur Seite gekippt.

Sechs Gestalten in schweren Mänteln umringten die Gruppe. Sie hielten Steinschleudern in der Hand, die sie über ihren Köpfen schwangen.

»Ein Überfall!«, flüsterte Mattheis. »Bergbewohner. Keine Schwerter.«

»Sollen wir abwarten?«, fragte Girgl. »Sie haben uns nicht entdeckt.«

Mattheis antwortete nicht, sondern beobachtete das Geschehen. Immer wieder entließ einer der Männer einen Stein aus seiner Schleuder. Urban stand zwischen seinen Getreuen und wurde von zwei Bergbewohnern in Schach gehalten. Seine Männer duckten sich, doch die Schleuderer schienen diese Bewegungen vorauszuahnen. Immer mehr von den Fuhrwerkern gingen in die Knie, bluteten aus Kopfwunden oder ließen ihre Waffen fallen, weil ihnen ein Stein die Finger zertrümmert hatte.

»Nein«, stieß er endlich hervor. »Wir greifen ein. Das ist die Gelegenheit, auf die ich gewartet habe.«

Girgl schüttelte den Kopf. »Zu gefährlich. Das sind sechs Mann.«

»Und wir sind zwei Panzerreiter in den Diensten Herzog Heinrichs«, konterte Mattheis. »Leise! Los jetzt.«

Er stand auf und spurtete, so rasch der Schnee es zuließ, den Hang hinab. Das Schwert hielt er vor sich, damit er mögliche Steine abwehren konnte. Die Felsen, die auf dem Weg nach unten im Blickfeld standen, benutzte er als Deckung. Die Wegelagerer waren jedoch so sehr auf die Wagenkolonne konzentriert, dass sie Mattheis erst bemerkten, als er im Vorbeirennen mit seinem Schwert dem ersten die Kehle aufschlitzte und war schon beim nächsten, bevor der die Richtung seiner Steinschleuder ändern konnte. Er rammte ihm seine Waffe in den Leib, zog sie im Wegdrehen wieder heraus und rannte weiter. Den Räuber in Urbans Nähe machte er nur kampfunfähig, indem er ihm die Sehnen am Fuß durchtrennte. Der Mann hatte rechts seine Schleuder in der Hand und links ein Messer. Er sackte vornüber in den Schnee.

Girgl folgte Mattheis. Und während sich dieser nach links wandte, beschäftigte sich Girgl mit den Männern rechts des Trosses. Auch er fuhr wie ein Blitz unter sie.

Das Überraschungsmoment war rasch aufgebraucht. Die Schleudern schossen sich auf die neuen Ziele ein. Doch die Fuhrleute erkannten die Gelegenheit und griffen nun ihrerseits an. Sie benutzten ihre Peitschen und Stangen als Waffen.

An Mattheis' Kopf zischte ein Stein vorbei, als er sich duckte. Er drehte sich, holte mit dem Schwert aus und traf den Mann, auf den er es eigentlich abgesehen hatte, am Schädel. Er hatte die Klinge flach gehalten, damit es so aussah, als hätte ihn ein Stein an der Schläfe getroffen. Urban sah ihn zwar mit erstaunt geweiteten Augen an, und Mattheis schenkte ihm ein Lächeln. Aber das konnte der Alte vermutlich nicht mehr erkennen, denn er sackte mit einem kurzen Aufstöhnen in sich zusammen.

Mattheis hielt sich nicht mit Urban auf. Er lief weiter und

warf einem der Räuber, die jetzt ihr Heil in der Flucht suchten, sein Schwert hinterher. Es traf den Mann zwischen den Rippen im Rücken und ließ ihn stolpern. Bevor er sich wieder aufrappeln konnte, war Mattheis über ihm, hatte die Klinge gegriffen und spaltete ihm den Schädel.

Zwei Mann entkamen.

Schwer atmend stützte sich Mattheis auf sein Schwert und sah ihnen nach. Dann wandte er sich zu den Fuhrwerkern um.

Der Räuber mit dem Messer kroch von Urban weg, versuchte, sich in Sicherheit zu bringen, doch Girgl stieß ihm das Schwert in den Hals.

Girgl nickte Mattheis zu und lenkte dessen Blick auf ein Messer, das der eben Getötete noch in der Hand hielt. Es war blutig. Mattheis folgte der roten Spur, die es im Schnee hinterlassen hatte, und stellte fest, dass sie bei Urban endete. Mit einem zufriedenen Lächeln hob er den Kopf. Seine Augen glänzten.

»Da seid Ihr gerade rechtzeitig gekommen«, sagte Rehlinger und trat mit ausgestreckter Hand auf ihn zu. »Habt Dank.«

Mattheis besah sich die Hand, lächelte bitter und drehte sich weg.

»Wie viele Tote?«, fragte Rehlinger, an Girgl gewandt.

»Sechs, nein, sieben. Vier Räuber.«

Rehlinger kniete sich neben Urban und befühlte dessen Puls. Dann schüttelte er den Kopf. »Armer Alter«, murmelte er.

Mattheis stand mit ungerührter Miene daneben. »Der geht auf Eure Tafel!«, verkündete er den Fuhrleuten und dem Kaufmann, die sich langsam sammelten, und deutete auf den Trossführer. »Ihr musstet ja mit ihm immer vorausrennen. Wären wir beiden Panzerreiter beim Tross gehalten worden, wäre es vermutlich niemals zu einem Überfall gekommen. Kerle wie die hier fürchten sich vor Schwertträgern.«

Damit übertrieb er zwar, aber die Männer waren zu eingeschüchtert und bedrückt, als dass sie sein Manöver durchschauten. Nur Rehlinger verengte die Augen zu Schlitzen, widersprach aber nicht.

»Wir müssen ihn begraben«, sagte er. Sein Blick traf Mattheis wie eine Mahnung, doch dieser überging den Vorwurf darin. Tränen schimmerten in den Augenwinkeln des Kaufmanns. Er wandte sich ab und heftete den Blick auf den leblosen Körper. »Er war ein außergewöhnlicher Mensch«, sagte er und bekreuzigte sich.

Mattheis nickte kurz. »Aber wo wollt ihr ihn begraben? Die Erde hier ist hart wie Fels. Ihr kommt keinen Fingerbreit tief.«

Die Fuhrwerker umstanden den Leichnam des Alten und sahen ratlos von ihm zu Mattheis und dem Kaufmann und wieder auf den toten Trossführer.

»Wir nehmen ihn mit«, entschied Mattheis. »Schlagt ihn in ein Tuch ein und legt ihn auf einen der Wagen.«

Damit hatte er die Männer für sich gewonnen. Einfache Kerle brauchten einfache Lösungen.

Die Männer nickten. Mattheis stand daneben, als die Fuhrwerker den Leichnam in ein Tuch wickelten. »Wer hat den Weg schon mal gemacht?«, fragte er, als Urban aufgeladen war.

Ein Kerl mit einem dichten schwarzen Bart und Augen, die über den feisten Wagen kaum zu erkennen waren, trat vor.

»Wie heißt du?«, fragte Mattheis.

»Hunulf«, murmelte der Mann und drehte seine Fellmütze in der Hand.

»Nun denn, Hunulf, du übernimmst die Führung.«

26

AUF DEM WEG ZUM RESCHENPASS, FEBRUAR 1002

Gor hatte sich den mühseligen und gefährlichen Weg über den Brennerpass ersparen wollen. Der Reschen war sicherlich schon besser zu begehen. Folglich hatte er Fell und Tatze nach Westen geführt.

Er war kaum einen halben Tag unterwegs gewesen, als er auf den Rehlinger-Tross getroffen war. Die Schlitten, die Pferde und zwei der Fuhrwerker waren ihm bekannt. Er ließ sie an sich vorüberziehen, während er mit den Hunden am Wegrand stehen blieb, und versuchte zu begreifen, was genau er dort sah.

»Wo ist Urban?«, rief er einem der Männer in der kehligen Sprache der Täler zu.

»Tot!«, blaffte dieser zurück. »Hunulf hat übernommen.«

Mehr war nicht aus ihm herauszubringen. Allerdings verstand Gor den Augenwink gut, den der alte Fuhrwerker ihm zuwarf.

»Quasselt nicht mit Gesindel am Wegrand, sondern schafft die Karren in die Stadt«, herrschte einer der Reiter ihn an.

Gor erkannte ihn sofort und wusste, dass er einen Fehler gemacht hatte. Es war einer der beiden Männer, die Mena verfolgt hatten. Wenn sie in Innsbruck auf sie traf, würde ihr Traum in tausend Scherben zerspringen.

Gor sah Mattheis direkt in die Augen, während ihm all das durch den Kopf ging, und in dessen Blick blitzte ein Erkennen auf. Er ritt an Gor vorbei und drehte langsam den Kopf nach ihm um. Schließlich zügelte er sein Pferd und ritt zu ihm zurück.

»Kennen wir uns nicht?«, fragte er.

Gor sah ihn unverwandt an und schwieg. Sollte der Kerl doch glauben, was er wollte.

»Verstehst du mich überhaupt?«, fuhr der Reiter ihn an und spuckte neben das Pferd vor Gors Schuhe.

Dieser Mattheis – nun erinnerte Gor sich wieder an den Namen – war offenbar in der Stimmung, ihn zu quälen.

»Na, wo hast du das Bärenfell gestohlen?«, fragte der Panzerreiter und richtete sich auf seinem Pferd auf. Es war offensichtlich, dass er sich bei seinen Leuten Respekt verschaffen wollte, indem er Gor züchtigte. Schlag einen Fremden, damit dein Nachbar weiß, wozu du imstande bist.

Gor sah, wie Mattheis' Hand langsam zu der Peitsche glitt, die zusammengerollt neben dem Schwert hing.

»Was man gestohlen hat, mein Freund, das sollte man wieder herausgeben! Es gehört einem schließlich nicht«, rief Mattheis, riss mit einer raschen Bewegung die Peitsche los und ließ sie mit einem triumphierenden Blick auf Gor niederfahren.

Gor wusste, dass der Kerl das Bärenfell gern besessen hätte. Aber dazu musste er ihn erst einmal überwinden.

In dem Augenblick, als die Lederschlange niederfuhr, streckte Gor den Arm aus. Sie ringelte sich um seinen vom Fell geschützten Unterarm. Mit einem kurzen Ruck hatte er dem verblüfften Panzerreiter die Peitsche aus der Hand gerissen, sie abgewickelt und in einem hohen Bogen weit hinter sich in den Schnee geworfen. Mattheis würde sie kaum wiederfinden.

Der Schwung schleuderte den Reiter aus dem Sattel. Er stürzte direkt vor Gor zu Boden.

Bevor der Mann auf dumme Gedanken kam, trat Gor ihm auf das Schwert, beugte sich über ihn und zog ihm das Messer aus dem Gürtel. Alles geschah so schnell, dass Mattheis völlig überrumpelt war. Da Gor auf der Schwertscheide stand, konnte er weder aufstehen noch seine Waffe zücken.

»Das Fell, Herr …«, sagte Gor ruhig, »das Fell habe ich dem armen Tier selbst über die Ohren gezogen, nachdem ich den Bären mit dem Messer erstochen habe. Deshalb würde ich es gern behalten, was Ihr gewiss versteht. Gehabt Euch wohl.«

Er ruckte kurz an den Leinen, und Fell und Tatze schossen vorwärts. Bevor sich Mattheis aus dem Schnee hochrappeln konnte, war Gor mit seinen Hunden und auf seinen Schneeschuhen bereits zu weit weg, als dass man ihn noch hätte einholen können.

~

Mattheis fluchte. Er hatte den Kerl unterschätzt. Das durfte ihm nicht noch einmal passieren. Er klopfte sich den Schnee vom Gewand und schielte zum Tross hinüber. Die Gruppe war inzwischen weitergezogen. Nur der Rehlinger hatte sein Pferd verhalten und das Schauspiel beobachtet. Seine Miene verriet nicht, wie er über das dachte, was er gesehen hatte. Er drehte den Gaul und ritt hinter dem Kaufmannszug her. Dieser hatte nicht angehalten und sich nicht um den Mann des Herzogs gekümmert. Doch Mattheis wusste, dass die Fuhrleute alles gesehen hatten. Und er wusste, dass ihn dieses unwürdige Schauspiel den letzten Respekt der Männer gekostet hatte. Er verfluchte sich, dass er sich zu dieser Auseinandersetzung hatte hinreißen lassen. Er suchte nach seiner Peitsche, fand auch die Stelle, an der sie die Schneedecke durchbrochen hatte, aber so sehr er auch grub, die Lederschlange blieb verschwunden. Der Schnee hatte sie verschluckt. Zeternd lief er zu seinem Pferd zurück, saß auf und folgte dem Handelszug.

~

Gor hatte sich nicht weit wegbegeben und sah noch, wie Mattheis die Faust hinter ihm her schüttelte und wieder zum Tross aufschloss.

Der Vorfall hatte in ihm eine Entscheidung reifen lassen. Träume waren das eine, ihre Verwirklichung das andere. Die Welt ist voller Menschen, die ihr Lebensziel darin sehen, Träume zu verhindern, statt sie sich selbst und anderen zu erfüllen, dachte er. Warum das so war, würde wohl ein ewiges Geheimnis bleiben. Aber er hatte mit Mena einen Menschen vor sich, dessen Lebenstraum in Erfüllung gehen konnte. Er würde sich nicht abwenden, sondern, so gut er konnte, dazu beitragen, die Widrigkeiten aus dem Weg zu räumen.

Gor streichelte die Köpfe seiner beiden Hunde. Er hatte sich lange genug aus dieser Welt zurückgezogen. Und jetzt brauchte jemand seine Hilfe.

Langsam drehte er sich um und folgte dem Warenzug mit den Augen. Er musste in Innsbruck ohnehin noch seinen Schlitten holen, sagte er sich. Da konnte er sich ebenso gut um Mena kümmern.

Er ruckte an den Leinen, und Tatze und Fell machten augenblicklich kehrt. Mit seinen Schneeschuhen und den beiden Hunden war er schneller als der Tross. Er würde ihn außer Sichtweite überlaufen und noch vor ihnen in der Stadt sein.

27

INNSBRUCK, FEBRUAR 1002

Vier Betten bot die obere Stube. Sie suchte sich das Bett am Fenster. Ewalt sollte an der Tür schlafen, möglichst weit weg von ihr.

Mena würde ihre Schlafstätte mit einer anderen Frau teilen, die ebenfalls auf der Durchreise war. Walburga hatte der Wirt sie genannt. Eine Nonne. Sie wartete auf besseres Wetter und wollte dann über den Reschenpass die Via Claudia Augusta hinunter nach Brixen und Meran, so hatte es ihr jedenfalls der Wirt berichtet, der nach Ewalts Rüffel in einem fort plapperte wie eine geborstene Wasserleitung, als er sie zu der Schlafkammer führte. Ewalt hatte zugestimmt und sich über den Namen lustig gemacht.

Neben einem der Betten stand dort eine größere Truhe mit starken Metallbändern. Diese war das einzige Anzeichen dafür, dass außer Mena, Ewalt und der anderen Frau noch ein weiterer Gast hier übernachten würde.

Nachdem der Wirt den Schlafraum verlassen hatte, trat Ewalt auf Mena zu. Seine Miene verriet, dass Zorn in ihm kochte.

»Was hast du dir dabei gedacht?«, herrschte er sie an.

Doch Mena ließ sich nicht einschüchtern. Nicht von ihm. Nicht in diesem Augenblick. »Ich bin dir keine Rechenschaft schuldig!«

»Wir sind nicht mehr in den Bergen«, erwiderte Ewalt leichthin und lächelte sie mit gefletschten Zähnen an. »Wenn du nicht spurst, dann …«

Mena hob die Augenbrauen. Sie konnte nicht glauben, wie er sich aufführte. »… dann was? Willst du mich hier einsperren? Willst du mich festhalten? Erinnere dich daran, dass ich es war, der dich mitgenommen hat, nicht umgekehrt. Ohne mich wärst du jämmerlich erfroren. Gor …«

»Gor, Gor, Gor!«, unterbrach er sie mit einer abfälligen Handbewegung. »Dein Bär ist dorthin zurückgegangen, wo er hingehört. In die Wildnis. Aber wir sind hier. Und in der Stadt gelten andere Gesetze.«

»Wovon redest du?«,

»Als meine Frau hast du …«

»Deine Frau? Hast du dem Wirt etwa erzählt, du wärst mein Mann? Bist du von allen guten Geistern verlassen?« Mena war fassungslos. »Was soll die Lüge? Neben mir schläft allenfalls diese Walburga. Du schläfst neben der Tür.«

Ewalt verschränkte die Arme vor der Brust. »Niemand hätte dich ohne diese ›Lüge‹, wie du es nennst, aufgenommen. Der Wirt hier hätte dich an die Hurenhütten am Fluss verwiesen …«

»Was?« Mena biss sich auf die Lippen. Sie musste das klären. Sofort. Solche Gerüchte konnten ihr schaden, konnten ihr das Ziel verstellen – und mit einem Kerl wie Ewalt wollte sie nicht verheiratet sein, egal, was er sich einbildete. Sie versuchte, sich an ihm vorbeizudrängeln. Doch er verstellte ihr den Weg und hielt sie fest.

»Du wirst hierbleiben und brav deine Urne bewachen. Solltest du auch nur einen Schritt aus dem Haus machen, lass ich dich in den Turm werfen.«

»Ach ja? Und aus welchem Grund?«

Ewalt lachte höhnisch. »Du hast kaiserliches Eigentum gestohlen. Oder glaubst du, jemand vertraut darauf, dass Ottos Paladine dir sein Herz freiwillig überlassen haben? Einer Frau? Und noch nicht einmal einer Adligen, sondern seiner Bettkatze?«

Mena holte aus, und mit einer raschen Bewegung kratzte sie ihm mit den Fingernägeln über die Wange. Beinahe hätte sie auch sein Auge erwischt, aber er war rechtzeitig zurückgezuckt. Einige blutige Striemen blieben dennoch.

Er griff nach seiner Wange und verzog vor Schmerz das Gesicht. »Bist du verrückt?«, fauchte er und besah sich die blutige Hand.

»Nicht mehr als du!«, gab sie zurück.

Sie standen sich lauernd gegenüber. Mena konnte es nicht fassen, wie sehr sich dieser Mann verändert hatte. Was war nur in ihn gefahren?

Dann ging alles sehr schnell. Ewalt schlug zu – und als Mena wieder aus ihrer Benommenheit erwachte, lag sie an Händen und Füßen gefesselt auf dem Bett. Ein Stoffband, das er ihr um den Mund gebunden hatte, verhinderte, dass sie rufen oder schreien konnte. Nur ein dumpfes Gemurmel drang aus ihrem Mund. Das Band war so festgezogen, dass sie es nicht mit der Zunge herausschieben konnte.

Sie drehte sich hin und her, um zu sehen, wo Ewalt war, doch er hatte den Schlafraum verlassen. Verzweifelt versuchte sie, ihre Fesseln loszuwerden, aber Ewalt verstand sich offenbar auf diese Dinge. Es gelang ihr nicht, den Strick zu lösen.

»Was fällt dem Kerl eigentlich ein, mich hier gefangen zu halten?«, schimpfte sie im Stillen.

Nur zu bald wurde ihr Zorn von einer heißen Welle der Angst hinweggespült. Die Urne. Hatte er womöglich die Urne mitgenommen?

Sie musste sich verrenken, um einen Blick neben die Bettstatt werfen zu können. Und sofort überkam sie Erleichterung. Das Gefäß stand auf dem Boden. Ewalt hatte sich damit wohl nicht auf die Straße gewagt.

Langsam ließ ihre Anspannung nach. Menas Arme und

Beine schmerzten, weil sie in dieser Zwangshaltung verharren musste. Sie wollte sich auf den Rücken drehen, musste aber feststellen, dass Ewalt sie an einen der Bettpfosten gebunden hatte, damit sie nicht aufstehen und weglaufen konnte.

Das Kind rührte sich. Es tobte, offensichtlich von ihrer Erregung angestachelt. Es trat gegen die Bauchdecke und ihre Blase. Sie musste dringend auf den Topf.

Da sie sich jedoch nicht rühren konnte, versuchte sie, an etwas anderes zu denken. An ihr Ziel, das ihr so nahe vor Augen gestanden hatte. Ihr kamen die Tränen, als sie daran dachte, wie rasch Ewalt den Traum hatte zerplatzen lassen. Fünfzig Meilen hätte sie noch vor sich gehabt, fünfzig Meilen trennten sie vom Glück, fünfzig Meilen waren es, die das Herrscherhaus der Ottonen vor der Auslöschung hätten retten können.

Sie konnte und wollte nicht glauben, dass es vorbei war.

Langsam beruhigte sie sich wieder ein wenig. Während sie gefesselt und geknebelt dalag, grübelte sie darüber nach, was Ewalt dazu bewegte, sie hier festzuhalten. Was war geschehen, dass er sich so verändert hatte? War er von Anfang an nur hinter der Urne her gewesen? Die letzten Wochen zogen in einem Reigen an Bildern an ihr vorüber. Mit einem Mal erschien ihr alles wie eine Verkettung von unwahrscheinlichen Zufällen. Oder waren es gar keine Zufälle gewesen? Dass Ewalt sie in der Schneewüste allein gelassen hatte, dass er Gor und ihr gefolgt war, dass er nach der Lawine die Urne an sich gebracht hatte, bevor sie ihn entdeckten, dass er sie nun hier gefangen hielt? Im Nachhinein erschien es ihr, als würde sich das eine folgerichtig auf das andere beziehen – wenn sie davon ausging, dass Ewalt an die Urne gelangen wollte.

Plötzlich tauchten vor ihrem inneren Auge zwei Gestalten auf, die sich wie Dämonen über sie beugten: Mattheis und Girgl, die beiden Männer Herzog Heinrichs.

Innsbruck lag in dessen Herrschaftsbereich. Hatte Ewalt von ihnen den Hinweis erhalten, dass hier in Innsbruck der Bayer auf Nachrichten über den Kaiser wartete? War er ihr deshalb gefolgt und hatte sie über die Berge begleitet? Vor den Toren der Stadt standen die Zelte des bayerischen Herzogs. Ewalt musste nur zu ihm gehen …

Mena schüttelte verzweifelt den Kopf. Wieder versuchte sie, sich zu befreien, doch außer einem wund gescheuerten Handgelenk und schmerzender Fesselung brachte es ihr nichts ein. Sie hätte heulen und schreien können. Wie einfältig und leichtgläubig war sie nur gewesen! Am liebsten wäre sie umgehend mit Gor in die Berge zurückgekehrt.

Gor. Er war bislang der einzige Mann gewesen, der ihr so begegnet war, wie sie es sich wünschte, ohne sie in irgendeiner Weise bloßzustellen oder zu übervorteilen. Er hatte ihr geholfen, weil er ihr helfen wollte. Mehr nicht. Und das war wertvoller als alles, was Männer bisher für sie getan hatten.

Wieder kamen ihr die Tränen. Warum hatte sie Gor nicht aufgehalten? Warum hatte sie nicht darauf bestanden, mit ihm zu gehen? Warum … warum … warum?

Ein heftiger Streit auf der Treppe riss sie aus ihrer Verzweiflung. Sie vernahm eine hohe weibliche Stimme und den brummigen Bass des Wirts. Sie verstand nur Wortfetzen: »… nicht verbieten lassen …«, »… bereits bezahlt …«, »… Truhe …«

Schritte waren auf der Treppe zu vernehmen, ein Klatschen wie von einer Maulschelle, ein Fluchen, Zanken. Schließlich wurde die Tür zum Schlafraum aufgestoßen, und eine junge Frau stand im Raum.

»Was soll das?«, herrschte sie den Wirt an, der den Lappen zwischen den Händen zerdrückte, mit dem er die Tische abwischte, bevor das frische Bier abgestellt wurde. »Haltet Ihr Euch jetzt schon eigene Sklavinnen? Das ist ja unchristlich!«

Offensichtlich war er vom Anblick, der sich ihm bot, ebenso überrascht wie die Frau, in deren Bett Mena gelegt worden war.

»Verzeiht, Herrin. Euer Mann, Ewalt von Scheideck, der Panzerreiter, hat mir befohlen …«

»Hinaus!«, fuhr ihn die Frau an und zeigte zur Tür. »Und kommt erst wieder, wenn Ihr Euch entschuldigen wollt. Das ist ja die Höhe!« Sie stieß ihn mit ihrem ausgestreckten Zeigefinger in die Brust und schob ihn aus dem Raum. Dann schloss sie hinter ihm die Tür, lehnte sich dagegen und atmete tief durch. Langsam drehte sie sich zu Mena um. Jetzt erst konnte Mena erkennen, dass sie es mit einer Nonne zu tun hatte.

»Wer seid Ihr?«, fragte die Ordensfrau.

Mena versuchte zu antworten, doch wegen des Tuchs zwischen ihren Zähnen brachte sie nur unverständliche Laute hervor.

»Verzeiht meine Unaufmerksamkeit«, sagte die Frau, setzte sich neben Mena auf das Bett und machte sich daran, die Mundfessel zu lösen. »Ich bin Walburga von Augsburg«, erklärte sie, während sie am Knoten zog und zerrte. Endlich löste sich das Tuch.

Mena atmete tief durch. Die tiefblauen Augen der Nonne musterten sie neugierig. Eine blonde Strähne hatte sich aus der Haube gestohlen und lag wie angeklebt auf der Wange.

»Bitte helft mir! Ewalt, er ist kein Panzerreiter und …«

»Immer mit der Ruhe«, unterbrach sie Walburga. Sie kniete auf dem Bett und nestelte an den Knoten von Menas Handfesseln. »Erzählt mir alles von Anfang an. Der Wirt hat mir gesagt, dieser Ewalt von Scheideck käme erst gegen Abend wieder. Wir haben demnach Zeit.«

Mena schüttelte so heftig den Kopf, dass ihr schwindlig wurde. »Ich habe keine Zeit. Ich muss hier weg, muss weiter nach Augsburg, so schnell ich kann. Zu Bischof Siegfried.«

Walburga lächelte bedauernd, weil es ihr nicht gelang, die Stricke zu lösen. »Sie sind zu fest …«

»Habt Ihr kein Messer?«

Die Nonne schüttelte empört den Kopf. »Ich bin eine Braut Gottes, keine Amazone.«

»Bitte, versucht es noch einmal«, bat Mena. Gleichzeitig wurde ihr bewusst, wie hilflos sie war, denn die Ordensfrau beließ es bei ihrem letzten Versuch. Sie hatte die Urne entdeckt, die am Boden stand.

»Was führt Ihr für seltsames Gepäck mit Euch?«, fragte sie neugierig. »Ist das nicht ein … Kaisersiegel?«

Ein eisiger Schrecken durchfuhr Mena. Wenn die Nonne erkannte, dass sie eine Kaiserreliquie vor sich hatte, würde sie nicht anders handeln als Ewalt. Dafür war sie zu wertvoll.

»Berührt das Gefäß nicht«, stieß Mena rau hervor. »Bindet mich los, aber berührt es nicht.«

»Aber warum?«

»Es ist verflucht«, versuchte Mena es mit einer Notlüge.

»Oh, ich bin eine Braut des Herrn. Das trifft mich nicht«, sagte Walburga leise. In ihren Augen glitzerte Begehrlichkeit. »Es muss wertvoll sein, wenn Ihr es so verteidigt.« Sie stand auf, ging um das Bett herum und bückte sich zu der Urne hinunter, während Mena verzweifelt versuchte, sich von den Fesseln zu befreien.

Walburga sah nur auf, weil es auf der Treppe erneut rumorte. Jemand kam die hölzernen Stufen hoch. Diesmal waren keine Proteste des Wirts zu hören.

»Ewalt!«, keuchte Mena. Die Angst drückte ihr die Kehle zu.

Alles umsonst. Der Rettungsanker, den ihr Gott der Herr zugeworfen hatte, hatte sie verfehlt.

Die Nonne wurde blass und drehte sich zur Tür. »Der verrückte Panzerreiter? O Gott!«

»Er ist kein Panzerreiter – und ich hoffe, Ihr bedauert es jetzt, dass ihr mich nicht losgebunden habt.«

Die Nonne stürzte zu ihr hin und riss verzweifelt an Menas Knotenstricken, doch es gelang ihr nicht mehr, sie zu lösen.

Die Tür wurde aufgestoßen, und eine dunkle Gestalt zeichnete sich unter dem Türsturz ab. Mena ließ sich zurücksinken, während Walburga von Augsburg mit einen spitzen Schrei zusammensank.

28

INNSBRUCK, FEBRUAR 1002

Gor verschwendete keine Zeit. Er sprang auf das Bett zu. Mit zwei Schnitten hatte er Menas Fesseln durchtrennt.

Die Nonne neben Mena schrie noch immer, als würde sie gefoltert oder abgestochen. Beinahe beiläufig versetzte ihr Gor eine Maulschelle – und das Gekreische verstummte augenblicklich.

»Die Urne?«, fragte er.

Mena deutete mit einer Kopfbewegung neben das Bett.

Gor nickte zufrieden. »Nimm sie und komm. Die beiden Männer, die dich verfolgen, sind in der Stadt. Sie suchen nach dir.«

Mena schien zu zögern, dann nickte sie. »Ewalt versucht, sie zu finden. Ich weiß nicht …«

»Wir haben keine Zeit für Erklärungen«, unterbrach sie Gor. »Wir müssen weg sein, bevor er sie auftreibt. Ewalt …« Er zögerte kurz, doch dann entschied er sich, ihr die Wahrheit zu sagen. »Er hat sich schon in Bozen mit ihnen verbündet. Sie sollten dir die Urne wegnehmen. Er hätte dich dann gerettet …«

Mena starrte ihn mit offenem Mund an. »Woher …?« Sie schluckte. »Wenn es stimmt, was du sagst, dann ist Ewalt ein abscheulicheres Monstrum, als ich es je geahnt habe. Warum hast du mir das nicht früher gesagt?«

Gor lächelte verlegen. »Du hast so darauf gedrängt, ihn mit über den Pass zu nehmen. Und ich wusste noch nicht recht, welche Rolle er spielte und was er wollte.« Er hob beide Hände, als wolle er sich entschuldigen.

»Was ist dieses … dieses Tier?«, ließ sich Walburgas zitternde Stimme vernehmen.

»Sei still, du Schlange«, fuhr Mena die Nonne an. Für einen Moment vergaß sie alle Höflichkeit und ließ ihrer Wut freien Lauf, obwohl sie genau wusste, dass sie damit über ihr Ziel hinausschoss.

»Du trägst deine Nächstenliebe nur als Wort vor dir her und versteckst dich hinter deiner Jungfräulichkeit und Gottesbrautschaft, statt tatkräftig zu helfen. Dieser Mann aber ist vielleicht noch nicht mal Christ, handelt aber christlicher, als du je denken könntest!«

»Er hat mich geschlagen«, jammerte Walburga.

»Ihr hattet es verdient!«, entgegnete Mena.

»Ich habe Euch nichts getan und ihm auch nicht, und doch hat er mit roher Gewalt …«

Gor hob ungeduldig die Arme. »Schluss jetzt. Wir müssen hier fort, bevor Ewalt mit Mattheis hier auftaucht.«

»Ewalt ist zu den Zelten vor der Stadt gegangen«, sagte Mena. »Er sucht den bayerischen Herzog … oder zumindest Hilfe von dort.«

Gor stutzte. »Aber die Zelte sind leer. Der Herzog hat sich zurückgezogen. Es heißt, er liege beim Kloster Polling im Winterquartier und warte darauf, dass die Pässe passierbar werden. Das hat mir der Stallknecht erzählt, als ich den Schlitten geholt habe.« Er umrundete das Bett und nahm die Urne an sich.

»Was tust du da?«, fragte Mena.

»Dir zu deinem Ziel verhelfen«, sagte Gor, ohne sie anzusehen. »Wir müssen handeln, bevor es zu spät ist.«

Tränen stiegen Mena in die Augen, und für einen Moment vermochte sie nicht, etwas zu entgegnen.

Gor deutete mit einer kurzen Kopfbewegung auf die Ordensfrau. »Was machen wir mit ihr? Soll ich sie erschlagen?«

Walburga kreischte auf.

»Nein. Lass sie leben. Sie soll uns begleiten«, entgegnete Mena.

»Niemals! Sie ist eine Last. Ich werfe sie zum Fenster hinaus.«

Wieder gab Walburga einen Schrei von sich, aber er blieb ihr in der Kehle stecken, als Gor sich drohend zu ihr umwandte.

»Es geht nicht um dich, Gor«, sagte Mena. »Es geht auch nicht um die Urne. Es geht um mich und das Kind. Ich brauche eine Frau. Das Kind will irgendwann auf die Welt kommen – und ich weiß nicht, was geschehen wird.«

»Aber … sie ist … eine Nonne«, wandte Gor ein. »Sie weiß es auch nicht. Sie hat keine Erfahrung.«

Walburga straffte sich. »Ich habe bereits bei Geburten geholfen!«, erklärte sie mit fester Stimme. »Ich kann Euch helfen, Frau. Und bevor ich hier herumsitze und auf die Öffnung der Pässe warte, begleite ich lieber Euch …«

»Nein!«, fuhr ihr Gor über den Mund. Er blickte Mena ernst an. »Die beiden … sind in der Stadt. Wir müssen weg. Schnell weg.«

Doch Mena hatte sich längst entschieden. Sie nickte der Nonne zu. »Dann gilt es. Ihr begleitet mich bis Augsburg.

Gor verdrehte die Augen.

»So«, bestimmte Mena energisch. »Jetzt dreht euch weg und lasst mich den Nachttopf benutzen.«

TEIL III

Herz in Gefahr

I

FISCHERSIEDLUNG BEI AUGSBURG, MÄRZ 1002

Die Füchsin glitt durch die schmale Lücke der hölzernen Palisade, verharrte kurz, spähte dann nach links und rechts und huschte schließlich mit schnellen Trippelschritten zwischen den Hütten hindurch. Sie hatte ihr Maul so weit geöffnet, dass man ihre spitzen Fangzähne erkennen konnte. Um die stöhnende Frau, die vor der ersten Hütte in der Sonne saß und sie beobachtete, kümmerte sie sich nicht.

Mena wusste, es würde keine hundert Atemzüge dauern, dann würde sie erneut auftauchen, mit einer fetten Ratte im Maul, und sich wieder auf demselben Weg nach draußen davonmachen. Sie hatte Junge zu versorgen, und Mena bedauerte, wohl niemals die rötlichen Fellknäuel sehen zu können, wenn sie erstmals ihrer Mutter auf Beutefang folgten. Unwillkürlich langte sie an die Stelle zwischen ihren Brüsten, wo sich der Fuchszahn befand, den sie Gor zwar zurückgegeben und den er ihr dann erneut geschenkt hatte.

Hals über Kopf waren sie über den Inn geflohen und hatten das Tal über den Berg bei Zirl verlassen.

Gor, Walburga und sie hatten zuerst die alte Römerstraße genommen. Immer dichtauf gefolgt von Ewalt, Mattheis und Girgl. An manchen Tagen waren die Männer ihnen so nahe gekommen, dass sie sie riechen konnten. Doch Gors Hunde hatten sie immer rechtzeitig gewarnt, und ihre Verfolger hatten offenbar nie daran geglaubt, dass sie schneller waren als die Pferde. Mena hatte diese Jagd die letzten Reste ihrer Kraft gekostet.

Doch dann war Gor mit ihnen überraschend nach Westen abgebogen, war am Fuß des Ammergebirges entlanggelaufen und hatte sie zu einem kleinen Dorf, das am Lech lag, geführt.

»Das erwarten sie nicht«, hatte er mehrmals gesagt und gelacht. »Das erwarten sie nicht.«

Jetzt saß Mena dort unter der Traufe einer niedrigen Hütte und beobachtete Füchse.

Vor ihr weitete sich der Bergfluss zu einem kleinen Becken, in das Tag für Tag Holzstämme geschwemmt wurden, die im Herbst und Winter an den Hängen der Berge geschlagen und zum Lech hinabgeschleift worden waren. Die Dorfbewohner verbrachten die hellen Zeiten des Tages auf den Stämmen im Wasser und stellten daraus schmale, lange Flöße her. Wie Eichhörnchen sprangen sie von Stamm zu Stamm, drehten hier einen Baum längs zur Strömung und verbanden dort mehrere Stämme zu größeren Flächen.

»Sie warten nur, bis der Fluss das Wasser bringt.«

Gor war neben ihr aufgetaucht und blickte wie sie zu den Gestalten hinaus, die sich leichtfüßig und geschickt über die Stämme bewegten. Es sah spielerisch aus, doch Mena wusste, dass die Männer mit jedem Schritt, mit jedem Satz ihr Leben riskierten. Ein falscher Tritt, und sie konnten ausrutschen und zwischen den Baumstämmen, die niemals ruhig lagen, eingeklemmt und zerquetscht oder einfach nur unter Wasser gedrückt werden.

»Wann wird das sein? Es kommt bald«, sagte sie und legte die Hand auf ihren prallen Bauch.

Das Kind würde sich nicht mehr lange Zeit lassen. Ihr Bauch fühlte sich an, als wolle er zerspringen. Ihr Sohn, der sich auf ihrer Reise immer wieder strampelnd zu Wort gemeldet hatte, war verstummt. Er hatte keinen Platz mehr in ihr. Mena spürte, es wurde Zeit, dass er das enge Gefängnis verließ. Sie fühlte, dass das winzige Geschöpf sich endlich dehnen und strecken wollte.

»Morgen, übermorgen oder erst in einer Woche«, erklärte Gor. »Es braucht nur ein paar sonnige Tage in den Bergen«, erklärte er. »Dann wird der Lech hier zu einem wilden Mann, und wir können auf ihm nach Norden reiten. Schneller, als es die Männer des Herzogs vermögen.«

Mena seufzte. »Wenn wir noch länger warten, sind sie vor uns in Augsburg. Dann haben wir unseren Vorteil verspielt. Endgültig.«

Gor erwiderte nichts darauf. Sie wusste aber, dass er ebenso dachte.

»Mich bringen keine zehn Pferde auf dieses Höllengefährt.« Walburga hatte den Abtritt hinter dem Haus benutzt und verzog noch immer angeekelt das Gesicht. Ihr Äußeres hatte sich in den letzten Tagen stark verändert. Aus der gebleichten und gestärkten Wäsche, die sie noch in der Herberge in Innsbruck getragen hatte, waren Lumpen geworden, die vor Schmutz starrten. Ihr Gesicht ähnelte mit seinen Schrammen und Striemen aus Dreck eher dem einer Magd als dem einer adligen Ordensfrau. Nur ihr Mundwerk war dasselbe geblieben, wenngleich sich ihre Wortwahl der Sprache der Fuhrwerker angenähert hatte. »Wenn der Herr gewollt hätte, dass der Mensch schwimmt, dann hätte er ihm Häute zwischen den Fingern und Zehen wachsen lassen.«

»Wir schwimmen nicht«, sagte Gor gelassen. »Wir sitzen obenauf.«

»Aber wir gleiten übers Wasser. Selbst unser Herrgott hat es versucht – und was ist aus ihm geworden? Nicht mit mir!«

»Dann bleibt Ihr eben hier«, brummte Gor, ohne sie anzusehen. »Die Männer wären ganz froh, wenn sie Gesellschaft fänden.«

Die Rufe der Flößer, das Schlagen der Krallenäxte und das Klatschen der Stämme, die Geräusche, die vom Wasser zu ihnen heraufdrangen, erfüllten die Luft.

»Das werdet Ihr nicht wa…«, fauchte die Ordensfrau und zog ihren Schleier enger um den Kopf.

»Doch, das werden wir«, erwiderte Gor gelassen.

Seit Walburga sie begleitete, gab es diese Auseinandersetzungen. Die junge Nonne widersprach allem und jedem – um sich schließlich doch den Gegebenheiten zu fügen, nicht ohne ausgiebig zu zetern. Mena hörte schon gar nicht mehr hin, und auch Gor war offenbar mittlerweile dagegen abgestumpft.

Mena saß vor der Kate auf einer hölzernen Bank und sah dem Treiben unten am Fluss zu. Die Männer arbeiteten bedächtig und ruhig, mit sicheren Schritten und klarem Verständnis für die Erfordernisse.

Doch irgendetwas war heute anders. Die Rufe, die über die Baumstämme hin und her geworfen wurden, waren lauter. Die Arbeit schien den Flößern schneller von der Hand zu gehen. Mena zählte insgesamt zehn Flöße, die hintereinandergebunden waren und als Verbund losgeschickt werden sollten. Die Zurufe klangen aufgeregter, die Arbeit wurde mit mehr Schwung angegangen. Schließlich bemerkte Mena, wie sich aus der Gruppe am Fluss ein junger Mann löste und zu ihnen heraufstieg.

Als er vor Gor stand, nahm er den breitkrempigen Hut ab. Er knetete und knüllte ihn unbeholfen zusammen, bevor er das Wort ergriff.

»Herr. Wir legen heute noch ab. Ihr solltet Euch auf das Floß begeben.«

»Unmöglich«, fuhr Walburga dazwischen. »Da fehlt ja das Wasser. Ich werde nichts und niemanden schieben! Und tragen schon gar nicht.«

Der junge Kerl sah verlegen von einem zum anderen und versuchte wohl, aus dem Geplapper der Nonne einen Sinn herauszufiltern. Schließlich gab er es auf und lächelte verunsichert.

»Ihr solltet Euch beeilen. Die erste Flut ist schon da.«

Jetzt sah auch Mena zum Lech hinunter, der sich in ihren Augen nicht im Geringsten verändert hatte. Das Wasser sprudelte wie eh und je, ohne dass es in der Lage gewesen wäre, auch nur eines der Flöße zu tragen, erst recht nicht deren zehn.

Gor dagegen nickte und machte sich sofort daran, ihre Habseligkeiten auf ein Floß in der Mitte des Verbundes zu tragen.

Zuletzt kamen die Hunde. Walburga weigerte sich, die Baumstämme auch nur zu berühren, geschweige denn, sie zu betreten. Doch während Mena und Gor begannen, sich auf dem Mittelfloß häuslich einzurichten, veränderte sich der Fluss. Zuerst wurde das Wasser milchig, dann fing es an, schneller zu fließen und stärker zu strömen. Als Walburga sah, dass Gor es ernst meinte mit seiner Drohung, sie zurückzulassen, und das Floss anfing, sich zu bewegen, als würde es leben, sprang sie schließlich mit angstvoll geweiteten Augen zu Mena und den Hunden auf die Stämme.

Keinen Augenblick zu früh. Die ersten Baumstämme zitterten, als schöbe sie ein gewaltiger Arm an, dann schrammte das Holz hörbar über den Kies – und schließlich trug das Wasser. Die Reise begann.

An der Spitze, in der Mitte und am Ende des Floßes standen Männer mit langen Stangen, mit denen sie den Weg des schwimmenden Waldes bestimmten. Als sie das Dorf verließen, schaute Mena sich um. Am Ufer stand die Füchsin, eine Ratte im Maul, und schien ihr nachzublicken. Bevor die erste Biegung das Floß außer Sicht brachte, drehte sich das Tier weg und sprang zwischen den Hütten hindurch den Uferabhang hoch. Ihr Nachwuchs war hungrig.

Mena berührte ihren Bauch, der spannte und sie im Sitzen

beim Atmen behinderte. Wie lange mochte sich das Kind noch in ihr wohlfühlen? Eine Woche, zwei, wenige Tage?

Walburga setzte sich neben sie. Zwischen ihnen kam es nie zu den Spannungen wie zwischen ihr und Gor. Die Nonne kümmerte sich liebevoll um sie. Sie legte eine Hand auf Menas Bauch.

»Tritt es Euch noch?«, fragte sie besorgt.

»Nein. Nicht mehr. Es hat keinen Platz mehr, glaube ich. Ich habe das Gefühl, voll zu sein. Als würde mich das Wesen hier vollständig ausfüllen.«

Walburga lachte. »So wird es sein, solange Ihr lebt. Sie mögen wachsen und älter werden, vielleicht sogar erwachsen, aber sie bleiben immer ein Teil von Euch. Manchmal werdet Ihr das Gefühl bekommen, sie fressen Euch die Haare vom Kopf oder saugen Euch aus, aber Ihr werdet immer geben, immer gerne geben.«

Während ihres Gesprächs hatte Walburga den Blick auf das Ufer geheftet und starrte blind in den grünen Bewuchs, dessen Äste noch von Schneetürmen bedeckt wurden, aus denen es unablässig tropfte.

Neugierig betrachtete Mena die Nonne. »Was sucht Ihr auf der Straße?«, fragte sie geradeheraus. »Müssen sich Ordensfrauen nicht in ihrem Kloster aufhalten?«

Sie sah, wie Walburgas Miene versteinerte. Ihr Gesicht wurde hart, die Lippen schmal. Sie hielt den Kopf gesenkt.

»Die Liebe ist kein Kraut, das man ausreißen kann, wenn es im Garten des Glaubens den frischen Anbau überwuchert. Ihre Wurzeln reichen tief und widerstehen so manchem Versuch, den oberflächlichen Bewuchs zu entfernen. Sie lassen das Grün immer wieder austreiben, ob man es will oder nicht. Und irgendwann haben die Wurzeln den Boden für die fremde Aussaat ausgelaugt, und man erkennt, dass nichts übrig bleibt, außer dem Wunsch, dem Menschen näher zu sein, den das Herz begehrt.«

Mena sah die Nonne plötzlich mit anderen Augen. Sie war kein Wesen aus den vergeistigten Gefilden des Glaubens mehr, sie war eine Frau. Sie liebte, sie litt, sie hoffte, bangte und sorgte sich um eine Zukunft.

»Ihr hattet einen Schatz?«, fragte Mena verwundert.

»Ich hatte einen Mann. Und das war gut so«, entgegnete Walburga.

Mena musterte sie. Die feinen Falten um ihren Mund hatte sie noch nie so genau wahrgenommen. Sie zeigten den Kummer, den sie erlitten hatte.

Plötzlich begegneten sich ihre Augen, und Mena erkannte, was sie bis jetzt nur vermutet hatte.

»Ihr hattet ein Kind!«, platzte es aus ihr heraus.

Walburga lächelte sanft. Dann nickte sie. »Eine Tochter. Sie haben sie mir weggenommen und einer Amme übergeben«, murmelte sie. »Sie soll sich angeblich zwischen Landsberg und Füssen in einem der kleineren Frauenklöster aufhalten. Aufgezogen von Nonnen und für den geistlichen Dienst bestimmt.«

Mena nickte. Wie viele solcher Kinder mochte es geben?

»Und Ihr sucht nach ihr«, flüsterte Mena. Doch dann runzelte sie die Stirn. »Warum begleitet Ihr uns dann?«

»Weil ich glaube, dass meine Zeugin, die mich nach Süden geschickt hat, gelogen hat. Jedes Frauenkloster zwischen hier und Augsburg habe ich besucht. Vergeblich. Vermutlich soll ich das Kind nicht finden. Ich bin schließlich Nonne, nicht Mutter. Dem Herrn geweiht, nicht dem Leben.« Abrupt stand Walburga auf und drehte Mena den Rücken zu. Sie wollte offenbar nichts weiter von sich preisgeben.

Das Floß trieb die Windungen des Flusses entlang. Die Flößer riefen sich gegenseitig Befehle zu, die Mena nicht verstand.

Sie rannten mit ihren Stangen die Seiten entlang, stemmten sich gegen die Ufer und Kiesbänke, bis die Muskeln zum Zerreißen gespannt waren und an den Händen die Sehnen weiß hervortraten. Obwohl es eisig war und der Schnee die Landschaft noch überstäubte, schwitzten die Männer. Das Wasser lief ihnen unter ihren schwarzen Hüten hervor und ließ die dunklen Westen nass erscheinen. Ihre hochschaftigen Lederstiefel waren ebenfalls durchfeuchtet.

Das Floß nahm mit jeder Biegung Fahrt auf und schoss bald durch das Flussbett wie ein Pfeil. Die Männer hatten alle Hände voll zu tun, ihr wendiges Gefährt auf Kurs zu halten.

Gor hatte recht behalten. Die Fahrt auf den Baumstämmen war schneller und bequemer als die mühsame Reise über Land. Vor allem deshalb, weil das Land mit jeder Meile, die sie zurücklegten, weniger verschneit war. Sie hätten ihren Schlitten, auf dem Gor gerade lag und schlief, zurücklassen und zu Fuß weitergehen müssen. Das wäre nicht möglich gewesen.

Auf dem durch die langsam einsetzende Schneeschmelze aufgewühlten und peitschenden Wasser jagten sie in Windeseile nach Norden, der Stadt Augsburg entgegen.

Ein Schrei ließ Mena hochfahren. Eine der Stangen, mit denen sich die Flößer gegen die Ufer stemmten, war gebrochen, der Mann in die spitzen Splitter gestürzt. Er hatte sich regelrecht selbst aufgespießt.

Gor schreckte ebenso hoch wie die Hunde, die beide den Kopf hoben und sicherten. Walburga war bereits zur Stelle. Mithilfe eines jüngeren Flößers wurde der Mann in die Mitte des Floßes getragen, wo ein Holzaufbau die Männer vor der Nässe des Flusses schützte. Sie legten den schlaffen Körper auf eine Art Bett, und Walburga beugte sich über ihn. Mena hörte den Mann stöhnen, als sie ihm Splitter aus Schulter und Halsansatz zog. Sie wusch die Wunden aus und verband den Verletzten, während der junge Flößer neben ihr stand und ihr zur Hand ging. Schließlich nickte sie ihm aufmunternd zu.

»Er wird es überstehen, wenn er keinen Wundbrand bekommt«, hörte Mena die Nonne sagen. »Er ist kräftig. Aber er sollte seine Stangen zukünftig aus Eibenholz fertigen, nicht aus Buche. Die ist zu schwach. Eibe ist biegsamer und stärker.«

Der Junge nickte, bedankte und bekreuzigte sich, dann kniete er vor Walburga nieder und wollte ihren Segen. Doch die Nonne hob ihn lächelnd auf und zeichnete nur mit dem Daumen ein Kreuz auf seine Stirn. Sie durfte ihn nicht segnen, das war ein Privileg der Priester und damit der Männer.

Die weitere Fahrt verlief ohne größere Zwischenfälle. Einmal noch rutschte einer der Flößer auf den glatten Stämmen aus und fiel in den Fluss, aber er wurde von seinen Kameraden am Ende aus dem Wasser gezogen, bevor er ertrank.

Spätestens da ging Mena auf, dass keiner der gestandenen Männer, die hier mit Holz und Wasser umgingen, als wären sie darauf und darin geboren worden, schwimmen konnte. Wer ins Wasser fiel, konnte jämmerlich ersaufen, auch wenn das Ufer nur wenige Fuß entfernt lag.

Statt nach einer oder anderthalb Wochen Fußmarsch landete das Floß am dritten Tag vor den Mauern Augsburgs an.

2

FISCHERSIEDLUNG BEI AUGSBURG, MÄRZ 1002

Die Stadt kündigte sich schließlich mit einem Bündel von Rauchfahnen an, das sich in den Himmel erhob und sich über ihr zu einer Art Wimpel aus weißlichem Dampf vereinigte, der weit ins Land hinein sichtbar war. Irgendwann tauchten dann die hölzernen Mauern Augsburgs vor ihnen auf. Dahinter ragte der Dachstuhl des gewaltigen Doms empor wie eine der kräftigen Schultern des heiligen Christophorus, die den Glauben trug.

»Ich würde euch raten, außerhalb der Mauern zu bleiben«, sagte Walburga mit heiserer Stimme, noch ehe die Flößer ihr Gefährt auf die Lände steuerten. »Sobald ihr euch innerhalb der Mauern aufhaltet, seid ihr der Rechtsgewalt des Bischofs ausgeliefert.«

Ohne abzuwarten, ob ihre Gefährten zustimmten, setzte sie sich an die Spitze der kleinen Gruppe, nachdem die Flößer ihnen erlaubt hatten, über die Stämme zu klettern. Staksig und mit steifen Gliedmaßen stiegen sie unter der Führung der Nonne zu einer Ansiedlung empor, die sich um eine uralte Wallfahrtsstätte gebildet hatte. Walburga erklärte ihnen, dass hier der heiligen Afra gehuldigt werde.

Kleine Fischerhütten und Bauernkaten versammelten sich unterhalb der baufälligen Holzkirche, der anzusehen war, dass sie schon bessere Zeiten gesehen hatte.

»Dort oben«, Walburga zeigte ein Stück weit den Hang hoch. »Dort befindet sich ein weiteres Gotteshaus: das Ulrich-Oratorium. In ihm wird der heilige Ulrich verehrt, der angeblich die Augsburger vor den Ungarn gerettet hat, obwohl jeder weiß, dass dies keineswegs sein Verdienst, sondern dass es Kaiser Otto I. und der Stadtbaumeister waren, die die brüchige Mauer um Augsburg verstärkten, während sich der Bischof noch rechtzeitig vor der Ankunft des ungarischen Heeres nach Süden in die von ihm bestens ausgestattete und gesicherte Fluchtburg Castellum Mantahinga abgesetzt hatte.« Die Nonne lachte und legte den Finger vor den Mund. »Das darf nicht laut gesagt werden. Die Chronisten wollen aus Ulrich einen Helden machen, und die Nachwelt wird es ihnen glauben.« Ihre Mundwinkel zuckten spöttisch.

Walburga führte sie weiter und hielt vor einer Fischerkate an. Sie klopfte an die Tür des halb in die Erde gebauten Hauses. Als jemand zögernd öffnete und sich ein Kopf in der Türöffnung zeigte, hörte Mena einen unterdrückten Schrei. Eine ältere Frau stürzte aus der Kate und drückte die Gottesfrau an sich.

Walburga ließ es ohne größere Widerstände über sich ergehen, erwiderte die Liebesbezeugungen aber nur halbherzig. Schließlich wurde geflüstert und getuschelt, dann wurden Gor und Mena ins Innere der Kate gebeten. Die Hunde mussten draußen bleiben, was sie klaglos hinnahmen. Sie rekelten sich vor der Tür, legten die Schnauzen auf ihre Pfoten und schlossen die Augen.

Mena brauchte eine Weile, um sich an das Licht und den Geruch zu gewöhnen. Sie hatte das Gefühl, eine Höhle betreten zu haben. Ein kleiner Weg führte vorbei an zwei Verschlägen links und rechts, in denen vier Schafe und zwei Schweine gehalten wurden, nach hinten, wo das Haus in einen größeren Raum mündete. In der Mitte glomm ein Feuer, über dem ein Kessel schwebte. Dahinter an den Wänden entdeckte Mena erhöhte Kästen, aus denen drei neugierige Köpfe lugten. Es waren

Betten. Neben dem Kessel saß ein Alter halb in der Hocke und stocherte im Feuer. Die Luft nahm ihr fast den Atem. Es war eine Mischung aus Tiergestank, menschlichen Ausdünstungen, Holzbrand und Schimmel, der sich in den feuchten Riedbündeln der Bedachung festgesetzt hatte. Mena war sich sicher: In dieser Kate wollte sie sich nicht lange aufhalten und keinesfalls ihren Sohn zur Welt bringen müssen.

»Was tun wir hier?«, flüsterte sie Gor zu.

Er zuckte ratlos mit den Schultern. Daran, wie er das Gesicht verzog, erkannte Mena, dass er sich in dieser Menschenhöhle ebenso unwohl fühlte wie sie. Selbst in seiner Hütte hatte es nicht so gestunken.

Unterdessen redete Walburga auf den Alten am Feuer ein, der sich bislang nicht gerührt und sie auch nicht begrüßt hatte. Er schien sie noch nicht einmal wahrgenommen zu haben.

Mena verstand kaum etwas, hörte nur, dass sie häufig und schnell ein »Sch« verwendete, das auch aus dem Mund des Alten kam. Es war, als zischten sich die beiden an. Schließlich drehte sich die Ordensfrau zu ihnen um.

»Er sagt, wir können in die Hütte unter der Afra-Kirche einziehen. Die beiden Fischer, die darin gehaust haben, sind bei der letzten Herbstflut ums Leben gekommen. Seither steht das Häuschen leer.« Sie sah in Menas entsetztes Gesicht und lächelte ihr aufmunternd zu. »Es ist das beste Versteck, das Ihr finden könnt. In der Stadt würden sie Euch augenblicklich aufstöbern. Und eines solltet Ihr wissen: Der Bischof ist ein Verbündeter des Kaisers und damit des bayerischen Herzogs. Schließlich ist er ein enger Verwandter der Ottonen. Siegfried wird Euch die Urne aus den Fingern reißen, wenn Heinrich es will.«

Die Erkenntnis traf Mena wie ein Schock. Ihre Beine fühlten sich plötzlich an, als könnten sie ihr Gewicht nicht mehr tragen. Der Verbündete des Mannes, der Männer über die Alpen geschickt hatte, um sich über den Fortschritt oder das Missgeschick seines Kaisers zu informieren! Wenn er hörte, dass Otto tot war, würde er nicht einen Wimpernschlag lang zögern, um dessen Herz und die Reichsinsignien in die Hände zu bekommen.

Wie gelangte man in die Nähe eines Bischofs, von dem man nicht wusste, ob er noch auf der Seite Ottos stand? Wie redete man mit so einem Mann? Vor allem als Frau? Als schwangere Frau? Was ihr noch vor wenigen Wochen als das geringste Problem erschienen war, hatte sich zu einem beinahe unüberwindlichen Hindernis aufgetürmt.

Sie konnte unmöglich zu Bischof Siegfried gehen und ihm erklären, sie hätte nicht nur das Herz des Kaisers im Gepäck, sondern würde auch dessen Nachfolger gebären. Er würde sie umgehend in den Turm werfen lassen, ihr sicherlich die Urne wegnehmen, ihr womöglich … Sie wollte nicht daran denken.

Noch während sie über diese Dinge nachgrübelte, erhob sich Walburga und führte Gor und sie durch die Stallpferche nach draußen. Die alte Hütte lag nicht weit entfernt oberhalb der Fischerkate.

»Wer war das?«, fragte Mena, nachdem sie sich beeilt hatte, mit Walburga Schritt zu halten. Gor und die Hunde folgten ihnen.

Die Augen der Ordensfrau waren dunkel, als sie antwortete. »Das ist die Strafe für seine Sünden! Er ist blind und taub. Jetzt. Vor zwanzig Jahren war er das nicht. Als er wieder heiratete, nachdem meine Mutter bei der Geburt gestorben war, hat er Maria, seine neue Frau, gezwungen, mich an den Orden zu geben, weil sie selbst keine Kinder bekommen konnte. Als Sühne für den Tod meiner Mutter und als Opfer für ihre Unfruchtbarkeit. Maria hat das nie verwunden. Ich war damals sechs Jahre alt und habe ihn verflucht. Ich habe Maria geliebt wie meine eigene Mutter. Sie war die reine Herzensgüte, und er war ein Tyrann.«

Sie waren an der Hütte angelangt. Mit der Schulter drückte Walburga die Tür auf und trat hinein. Mena folgte ihr langsam und widerstrebend. Finsternis umfing sie.

Walburga kniete sich hin, nahm Feuerstein und Eisen aus einem Säckchen und legte Zunder und Wolle auf den Boden. Nach wenigen geübten Schlägen züngelte eine Flamme empor und beleuchtete das Innere. Es war verwahrlost. Das Dach hatte Löcher, und die wenigen Möbel waren ausgeräumt worden. Diese standen jetzt vermutlich in den Katen der Nachbarn.

»Als Unterschlupf muss es genügen«, sagte Walburga seufzend.

Gor nickte nur. Diesmal brachte er die Hunde mit ins Innere und teilte ihnen die Pferche links und rechts vom Eingang zu, die er jedoch offen ließ. Er selbst legte sich auf eine der Bänke, die den Hauptraum umliefen, und schlief beinahe sofort ein.

Walburga setzte sich neben Mena. »Ich werde Euch helfen«, sagte sie freundlich und legte ihr die Hand auf die Schulter. »Erzählt mir alles und gebt mir etwas mit, was den Bischof überzeugen kann.«

Mena musste schlucken. Das war mehr, als sie erhofft hatte. Sie langte in ihre Schürze und holte den Zahn Kaiser Karls hervor. Er lag in dem Beutel, den sie Otto abgenommen hatte. In das von ihrem Schweiß nachgedunkelte Leder war mit einem feinen Silberdraht der Schriftzug *CAROLUS REX* eingestickt.

»Was ist das?«, fragte Walburga überrascht und, wie es Mena schien, auch etwas enttäuscht.

»Ein Zahn Kaiser Karls. Otto hat ihn aus dem Grab genommen, als er es hatte öffnen lassen. Es ist das Zeichen, dass ich in seinem Namen spreche.«

Sie reichte den Zahn Walburga, die ihn wiederstrebend an

sich nahm. »Zeigt ihn dem Bischof und sagt ihm, dass ich ihm eine wichtige Botschaft von Otto zu übermitteln habe.«

Walburga seufzte. Dann lächelte sie und steckte den Beutel ein. »Wartet hier auf mich!«, flüsterte sie.

Mena nickte. Doch als ihr Blick Walburga streifte, überkam sie ein merkwürdiges Gefühl. Sie hielt sich den Bauch.

»Was ist?«, fragte die Nonne besorgt.

»Ihr solltet Euch beeilen«, sagte Mena lächelnd. »Dem Kind wird es langsam zu eng.«

3

Sie waren wie vom Erdboden verschluckt. Keine Spur der Hunde, keine der Frauen, nicht einmal die einer Nonne. Niemand schien die Gruppe gesehen zu haben, keiner war ihnen begegnet, niemand kannte sie. Es war zum Haare raufen.

Ewalt war wie vom Donner gerührt gewesen, als er die losen Fesseln im Schlafraum in der Herberge gesehen hatte. Sofort hatte er gewusst, dass er wieder einmal verloren hatte.

Er verfluchte die zartbesaitete Truppe dieses Möchtegernkaisers, die sich nach Norden zurückgezogen und nur ein leeres Zeltlager zurückgelassen hatte. Welche Ironie. Die Herberge, die sich *Zum Kaiserwirt* nannte, hatte das Herz eines Kaisers beherbergt und wieder hergegeben. Er hätte ihn nicht halb zu Tode prügeln sollen, aber er hatte sich nicht in Gewalt gehabt. Mena und die Urne waren weg – und zwar wegen dieses Bergmenschen. Ewalt hatte Gor sofort anhand der Beschreibung erkannt, die der Gastwirt ihm lieferte, nachdem er ihm zwei Zähne ausgeschlagen hatte.

Gor, der Bärenmensch, war ihm zuvorgekommen. Welche Rolle diese Nonne dabei spielte, die sich mit in dem Zimmer und in Menas Bett eingemietet hatte, wusste er noch nicht. Aber er würde es herausbekommen.

Die Erkenntnis, dass Mena geflohen war, hatte seiner Niederlage die Krone aufgesetzt. Die Zelte vor der Stadt waren allesamt leer gewesen. Keinen Herzog, keine Panzerreiter, noch nicht einmal Ratten hatte er vorgefunden. Einzig eine Handvoll

Knappen bewachte die Zelte ihrer Herren – und langweilten sich zu Tode. Von ihnen hatte Ewalt erfahren, dass sich der Herzog nach Weilheim und in die Burg bei Polling zurückgezogen hatte, wo es mehr Nahrung und wärmere Unterkünfte gab. Erst mit der Schneeschmelze würden sie wieder zurückkehren, wenn die Pässe offen wären und sie diese bequem überqueren könnten. Wobei die Betonung auf bequem lag. Herzog Heinrich wollte und konnte sich nicht anstrengen.

Ewalt stand vor der Herberge, wischte das Blut von seinem Schwert und polierte das Blatt, als die ersten Wagen die Straße entlangrollten. Er blickte auf und wäre am liebsten in den Schankraum zurückgekrochen, doch dafür war es zu spät. An der Spitze des Trosses ritt Mattheis – und der hatte ihn sofort erkannt. Mit einer kaum sichtbaren Handbewegung übergab er Girgl die Führung und hielt direkt auf Ewalt zu.

Hinter ihm rollten die restlichen Karren des Kaufmanns in die Stadt, begleitet vom beifälligen Gemurmel der Menschen, die den Zug flankierten und die Fuhrwerker in erste Gespräche verwickelten. Erste Ware verhieß erste Geschäfte.

»Wir hatten dich schon aufgegeben«, begrüßte ihn der Schwertmann des bayerischen Herzogs.

»Hast du die Trossführung übernommen?«, konterte Ewalt. »Kannst du das überhaupt?«

»Besondere Zeiten erfordern besondere Maßnahmen. Wie ich sehe, hast du die Berge an anderer Stelle überquert.«

Dieser Mattheis hatte etwas Verschlagenes. Er beugte sich weit aus dem Sattel und stützte seinen Ellbogen auf den Sattelbuckel, als wolle er die Antwort aus ihm herausziehen.

»Wie du, Mattheis«, antwortete Ewalt.

Keiner von ihnen wollte sich eine Blöße geben, wollte Informationen weitergeben, die man benutzen konnte. Sie belauerten sich.

»Du bist doch nicht etwa allein über den Brenner gezogen?«, spöttelte Mattheis, als wäre dies eine Begegnung von alten Weggefährten und mehr ein Spiel als tödlicher Ernst. Seine Miene blieb eisig und starr wie sein Bart, in dem Schneekristalle funkelten.

In diesem Moment stürzte der Herbergswirt aus der Tür. Er sah aus, als hätte ihn eine Kutsche überfahren, überall hatte er Schrammen und Wunden. Sein linkes Auge war zugeschwollen, und er blutete aus dem Mund. Als sein Blick auf Ewalt fiel, zuckte er zurück und wandte sich hilfesuchend an Mattheis.

»Helft mir, Herr!«, stotterte er und sank gegen den Türsturz.

Mattheis stutzte. Dann glitt sein Blick von der Schwertklinge, die Ewalt gerade polierte, zum Auge des Mannes und wieder zurück.

»Lass mich raten«, sagte er und setzte ein Lächeln auf, das bösartiger nicht sein konnte. »Ihr hattet eine Diskussion der besonderen Art.«

Ewalt wog ab, was zu tun war, und kam zu dem Schluss, dass er etwas zurückstecken musste. Er brauchte einen Verbündeten, um die Flüchtigen zu finden. Er hob die Arme. »Du hast mich durchschaut«, sagte er mit gesenktem Kopf. Innerlich schwor er, sich für diese Demütigung zu rächen. »Ich bin der Spur der Urne gefolgt, die ihr noch nicht mal entdeckt habt.« Diese Spitze hatte sein müssen.

Mattheis verzog keine Miene. Er saß ab und trat zu Ewalt. »Halt den Rand, Mann. Hier haben sogar die Schneeflocken Ohren. Du hast die Urne gefunden …?«

»… und wieder verloren. Leider.«

Mattheis' Mund verzog sich zu einem breiten Grinsen, das einem Wolf gut zu Gesicht gestanden hätte. »Und jetzt brauchst du jemanden, der dich wieder auf die Spur bringt?« Es war mehr eine Feststellung als eine Frage.

»Ich brauche nur mehr als zwei Augen«, erwiderte Ewalt.

»Du brauchst vor allem Glück, mein Freund«, flüsterte Mattheis nahe an seinem Ohr.

»Aber ich brauche keine Ratten, die mir das Schwarze unter den Fingernägeln nicht gönnen«, knurrte Ewalt leise.

Mattheis zuckte zurück. So viel Ablehnung hatte er nicht erwartet.

»Habt ihr, du und dein sauberer Freund, nicht Aufgaben?«, fuhr Ewalt fort. »Der Tross, der Kaufmann. Ich habe eine Leiche auf einem der Wagen gesehen. Wo ihr seid und eine Leiche auftaucht, kann ich mir nicht vorstellen, dass ihr nichts damit zu schaffen habt.«

Der Panzerreiter lachte laut auf. »Ich hätte gern deine Fantasie. Aber wenn du unsere Hilfe brauchst, komm zum Stapelplatz.« Seine Augen funkelten vor unterdrückter Wut.

»So helft mir doch, Herr«, hörte Ewalt den Wirt hinter sich wimmern. Die Auseinandersetzung mit Mattheis hatte sich in gefährlicher Ruhe abgespielt. Darüber hatte er den Mann ganz vergessen. Dieser hatte sich offenbar Mut geholt, weil er gesehen hatte, wie Mattheis Ewalt angegangen war. Ewalt drehte dem Panzerreiter den Rücken zu, und im selben Augenblick traf ihn ein Schlag gegen die Schläfe. Woher hat der Mistkerl den Knüppel, fragte sich Ewalt, während er taumelte und stolperte, in den Schnee fiel, mit den Händen das kalte Eis berührte und langsam – zu langsam – wieder zu Bewusstsein kam. Der zweite Hieb traf ihn völlig unvorbereitet an der Schulter. Er knickte ein und landete mit dem Gesicht voran im Schnee.

Jetzt ist's vorbei, schoss es ihm durch den Kopf. Wer in dieser Zeit unter diesen Umständen überleben wollte, musste aufmerksam sein. Er durfte keinen Wimpernschlag lang aufhören, seine Umgebung zu beobachten. Das hatte er versäumt und zahlte nun den Preis dafür. Zwischen seinen mühsamen Atemzügen, die er in den Schnee keuchte, erwartete er den letzten Schlag.

Plötzlich sank neben ihm ein Körper zu Boden. Mit trübem Blick nahm er wahr, dass er die Haare, den Bart erkannte. Augen blickten ihn an, die so leblos wirkten, dass er erschrak.

»Hört zu«, flüsterte Mattheis' Stimme nahe seinem Ohr. »Ich glaube, du hast soeben den Herbergswirt erschlagen. Wenn die Leute hier das erfahren, knüpfen sie dich an dem nächstbesten Baum auf.« Mattheis lachte leise. »An deiner Stelle würde ich mich so schnell wie möglich davonmachen.«

Ewalts Gedanken waren träge wie zähflüssiger Brei. Er nahm das Gehörte auf, aber es drang nur langsam in sein Bewusstsein. Er spürte, wie ihm jemand einen kalten Griff in die Hand drückte und seine Finger darumschloss. Dann wurde es still, und er vernahm nur noch das Pochen seines Herzens und sein stoßweises Atmen.

Was war geschehen? Er brauchte Zeit, um die einzelnen Splitter zusammenzusetzen. Er wusste nur, dass er aufstehen und sich entfernen sollte. Doch den Grund dafür kannte er nicht.

Nach mehreren fruchtlosen Bemühungen ließ er sich einfach in den Schneematsch sinken und schloss die Augen. Er hatte gespielt und verloren.

4

Das Ziehen in ihrem Unterleib verstärkte sich. Mena musste rascher atmen, um den Schmerz einigermaßen erträglich zu halten.

Das Kind rührte sich, der Bischof nicht.

Sie hatte Walburga vorausgeschickt, aber diese hatte seit Tagen nichts von sich hören lassen. Als Zeichen der Wahrhaftigkeit ihres Anliegens hatte sie der Ordensfrau den Zahn Kaiser Karls mitgegeben. Erst hatte Walburga noch gelacht, weil sie geglaubt hatte, Mena sei einer Schwindelei aufgesessen. Schließlich habe sie während ihrer Zeit als Nonne aus Tierknochen jede Menge Reliquien hergestellt und an Gläubige verkauft. Doch in die goldene Fassung des Zahns waren die Worte *CAROLUS REX* eingraviert. Das hatte sie schließlich überzeugt. Sie hatte davon gehört, dass Otto das Grab hatte öffnen lassen, es jedoch für eine Übertreibung gehalten.

Walburga war so merkwürdig, bevor sie gegangen ist, dachte Mena. Besser wäre es, wenn sie selbst mit einem der Vertrauten des Bischofs reden würde. Sie würde ihre Sache schon vertreten können. Im Augenblick wünschte sie sich jedoch, die Ordensfrau würde nicht um irgendeinen Mönch oder Domkustos herumscharwenzeln, sondern ihr beistehen.

Sie ging vor die Tür, um frische Luft zu schöpfen. In diesem dunklen und feuchten Loch würde sie noch ersticken. Mena setzte sich vor der Tür auf einen Holzstamm und hielt sich den Bauch. Sie atmete flach, immer in der Hoffnung, das Ziehen würde sich nicht wiederholen.

Sie saß da und schaute auf den Auwald, der nur von der Floßlände und einem Pfad unterbrochen wurde. Sie dachte an die lange Reise, an die Fährnisse, die sie überwunden hatte. Was für eine unerträgliche Zeit des Wartens und der Unsicherheit! Kurz vor dem Ziel schien es nun, als würde sie stolpern. Dabei war sie sich so sicher gewesen, alles richtig gemacht zu haben. In ihren Träumen trat sie vor den Bischof und erklärte ihm mit kurzen, klaren Sätzen, was sie hier suchte und welche Besonderheit der Bauch enthielt, den sie vor sich hertrug.

Woher die Füchsin kam, konnte Mena nicht genau sagen. Jedenfalls stand sie nah vor ihr, als Mena aufsah und sich ihre Augen wieder für die Gegenwart klärten. Sie schaute das Tier an, und die Fähe blickte zurück, ohne Argwohn, ohne Furcht, nur mit dem Wissen, dass sie dasselbe Schicksal teilten, nämlich Mutter zu sein, das heißt, zu werden und für eine Zukunft Sorge tragen zu müssen, die unsicher und ungewiss war.

Die Fähe ging an ihr vorbei und blieb kurz vor der offenen Tür zur Kate stehen. Schließlich schüttelte sie unwillig den Kopf, warf Mena noch einen Seitenblick zu und verschwand mit kleinen Schritten seitlich hinter dem Haus. Als Letztes winkte ihr der leuchtend rote Schwanz einen letzten Gruß zu. Die Füchsin war auf der Jagd, hatte Nachwuchs zu versorgen und musste Beute heranschaffen.

Wieder begann in Menas Unterleib das Ziehen, das den gesamten Bauchraum umfasste, ihr für einen Augenblick den Atem nahm und ihre Gedanken auslöschte. Es war, als würde das Kind sie bereits jetzt gänzlich in Besitz nehmen, ihr Denken überlagern, sodass nur noch eines übrig blieb: das Warten auf die bevorstehende Geburt.

Dann ebbte die Welle ab, und sie konnte wieder normal atmen und denken.

Mühsam erhob sich Mena und ging zurück in die Hütte. Sicher zum hundertsten Male prüfte sie nach, ob alles am rechten Platz war, was sie benötigen würde: die am Deckenbalken befestigte Körperschlinge, die Gor ihr gedreht hatte, damit sie sich dort einhängen und im Hocken gebären konnte, den Talg, um die Hände der Hebamme geschmeidig zu machen, die frischen Laken, die Schüssel für das heiße Wasser, Bindfaden und Messer für die Nabelschnur, der Tontopf für die Nachgeburt. Sie rückte die Gegenstände zurecht, betrachtete sie und verlor sich gleichzeitig in den Überlegungen, die im Zusammenhang mit Walburgas Auftrag standen.

Es war ein Fehler gewesen, die Ordensfrau vorzuschicken. Mena hatte das Gefühl, dass sich Walburga zwar um die eigenen Belange kümmerte, nicht aber um die ihren. Außerdem lag Gefahr in der Luft. Mena konnte nicht sagen, woran sie dieses Unbehagen festmachen sollte. Sie wusste aber, was sie zu tun hatte, solange sie es noch konnte: Die Urne musste verschwinden. Sie war bislang zu leutselig gewesen, zu vertrauensvoll und unvorsichtig.

Das Gefäß stand im Rückraum neben ihrer Schlafkiste. Es blinkte im Dämmerlicht, das durch die offene Tür hereinfiel. Doch wo sollte sie die Urne verstecken? Sie kannte sich hier nicht aus. Unwillkürlich griff sie nach dem Fuchszahn, der wieder zwischen ihren Brüsten hing, und plötzlich kam ihr ein Gedanke.

Die Füchsin, die um ihr Haus herum jagte, musste einen Bau besitzen. Solche Bauten hatten Zugänge.

Mena ging wieder nach draußen. War ihr Vorhaben zu verwegen, zu abseitig? Aber waren sie nicht alle Geschöpfe des einen Gottes? Und hatte dieser Gott diese Schöpfung nicht eingerichtet, um sich ihrer zu bedienen? Musste es in dieser Welt nicht auch eine Gerechtigkeit geben, die über der Gewalt der hohen Herren stand? Sie schloss die Augen und spürte dem

Druck nach, der sich über ihren Bauch bis hoch in ihre Brüste zog. Viel Zeit blieb ihr nicht mehr, so viel war gewiss.

Wie lange die Füchsin schon vor ihr gestanden hatte, wusste sie nicht zu sagen. Das Tier hatte eine Ratte im Fang und einen Fuß hochgestellt. Sein ganzer Körper war eine einzige Spannung, und selbst als Mena hochschreckte, zuckte es nicht einmal mit den Augen.

»Willst du mich führen?«, flüsterte Mena, die selbst nicht glauben wollte, was sie da tat.

Sie redete mit einem Tier. Mit einem Fuchs.

Verlegen sah sie sich um, ob Gor sie beobachtete. Doch er war auf der Jagd. Auch wenn es verboten war, ließ er sich davon nicht abhalten. Fische und Hasen oder ein kleines Reh bereicherten seit Tagen ihre Mahlzeiten wie auch die von Walburgas Eltern.

Als Mena aufstand, regte sich die Füchsin, setzte den erhobenen Fuß auf die Erde und lief auf den Wald zu. Dabei glaubte Mena zu bemerken, dass sie sich immer wieder nach ihr umdrehte, um zu sehen, ob sie ihr auch folgte.

Der Bau lag tatsächlich unweit der Kate, gegraben in den sandigen und kiesigen Abhang, der hinab zum Fluss führte. Die Fähe lief schnell und geschmeidig vor ihr her und folgte einem unsichtbaren Pfad. Mena dagegen hatte das Gefühl, sie tappe plump wie eine trächtige Kuh hinter ihr her.

Als die Füchsin in ihrem Bau verschwand, war Mena völlig außer Atem und kaum mehr in der Lage, einen klaren Gedanken zu fassen. Sie stützte sich auf dem Sandhügel ab, den das Tier beim Graben aufgeworfen hatte. In ihrem Blickfeld lagen vier weitere Zugänge zum Fuchsbau. Nur langsam formte sich in ihrem Kopf der Plan, das Gefäß in einen der Gänge zu stopfen. Das wäre auch in ihrem Zustand nicht allzu schwierig. Niemand außer ihr selbst würde wissen, wo sich die Urne befand. So war sie zumindest vor unliebsamer und zufälliger Entdeckung geschützt.

Eine weitere Welle Schmerz riss Mena zurück in die Gegenwart und zwang sie, sich zu krümmen, bis sie sich kniend auf dem Boden wiederfand. Wo waren Gor und Walburga? Wenn es jetzt losginge, würde sie allein und ohne Unterstützung im Wald ein Kind zur Welt bringen, und sie konnte nicht sagen, ob es ihr auch gelingen würde.

Mena biss die Zähne zusammen, nahm all ihre Kraft zusammen und rappelte sich auf. Sie presste die Lippen aufeinander und schleppte sich Schritt für Schritt zurück zu ihrer Kate. Nie war ihr ein Weg länger erschienen, nie hatte sie stärker das Gefühl gehabt, allein zu sein.

Als sie die Tür aufdrückte, blinkte ihr die Herz-Urne im einfallenden Licht in ihrer Schlafkiste entgegen. Wenn sie jetzt niederkam, würde das Gefäß gut sichtbar für jedermann hier herumstehen.

Sie musste handeln, bevor Walburga und Gor zurückkamen und vor allem, bevor die Natur nicht mehr aufzuhalten war.

5

AUGSBURG, MÄRZ 1002

Ewalt warf dem rechten der zwei Torwachen eine Münze zu. Der Mann betrachtete sie kurz, nickte und winkte ihn durch. Als Mattheis und Girgl anritten, die hinter Ewalt die hölzerne Brücke überquerten, kreuzten sich die Spieße der Wachen wieder und versperrten ihnen den Weg.

Ungerührt setzte Ewalt seinen Weg fort. Er hatte für sich bezahlt, nicht für die Panzerreiter. Eine leichte Schadenfreude konnte er nicht unterdrücken, als er die Männer des Bayernherzogs fluchen hörte. Doch sie würden für sich selbst aufkommen können, dessen war er sicher. Der Weg zum Bischofspalais war kurz. Der mächtige, steinerne Dom wies ihm den Weg. Die beiden Türme schauten auf die Via Claudia Augusta, die alte Römerstraße, hinab, die unmittelbar an ihnen vorüberführte. Allerdings musste er für die letzte Strecke das Pferd am Zügel führen, weil ihm eine weitere Wache vor der Pfalz angedeutet hatte, dass er absteigen solle. Er musste die Bischofskirche umrunden. Dahinter lagen das Palais und ein Kloster. Der Sitz des Bischofs war an dem hölzernen Portal zu erkennen. Ewalt schlug mit der Faust dagegen, um seine Ankunft anzukündigen.

Eine ganze Zeit lang geschah nichts. Er stand da und fühlte sich etwas verloren. Was sollte er tun, wenn niemand kam und er hier draußen in der Kälte ausharren musste? Dann endlich öffnete sich das Tor, und ein Mönch baute sich vor ihm auf, der mit seinen verschränkten Armen und der Kutte wie ein Baumstamm wirkte und den Durchlass versperrte.

»Ich bin Bruder Konrad. Was wollt Ihr, Herr?«, fragte er in einem Ton, der deutlich machte, dass Ewalt unerwünscht sei.

»Ich muss den Bischof sprechen. Augenblicklich.«

Oft genug hatte er den Herren von Adel dabei zugesehen und ihnen abgeschaut, wie sie sich verhielten, wo sie forsch auftraten und den Kopf in den Nacken warfen, während das einfache Volk demütig das Haupt senkte.

Der Mönch lächelte unverbindlich. Dabei legte sich sein Kinn in Falten, unter dem die Haut schlackerte wie ein alter Lappen. Er rührte sich keinen Schritt von der Stelle und versperrte Ewalt weiterhin den Weg ins Palais. »Ich bedaure zutiefst, aber mein Herr ...«

»... ist unser Herr – und wir alle unterstehen Gott und so weiter. Ich komme vom Herrn Eures Herrn, und zwar direkt«, fuhr Ewalt den Kuttenträger an.

Der Mönch hob eine Augenbraue und musterte ihn von oben bis unten. Dann stellte er sich auf die Zehenspitzen, um auf seinen Rücken zu schauen.

Ewalt folgte verwundert seinem Blick.

»Ihr seid ein Engel?«, fragte der Mönch unschuldig. »Der Herr unseres Herrn ist nämlich Gott.«

Ewalt runzelte die Stirn und wiegte den Oberkörper, als müsse er erst abschätzen, was der Mönch da sagte. »Ich möchte Euch ja den Tag nicht vergällen, Bruder Konrad, aber der Herr Eures Herrn ist der Kaiser. Und erst der ist Gottes rechte Hand. Euer Herr ist allenfalls dessen Steighilfe, wenn der Kaiser aufs Pferd möchte.« Ewalt straffte die Schultern und reckte das Kinn vor. Er war mindestens einen Kopf größer als der Mönch. Doch dieser zeigte sich davon völlig unbeeindruckt.

»Jeder kann behaupten, er käme vom Kaiser.«

»Da habt Ihr recht, Bruder. Aber seid gewiss, wenn der Bischof erfährt ...«

Plötzlich unterbrach ihn Pferdegetrappel, das Klirren eines Schwertes und ein Stöhnen. Der Mönch, der an ihm vorbeischaute, wurde blass.

»Was bittest du da, Ewalt? Schlag dem Kuttenfurzer den Kopf ab und zerr den Bischof aus dem Bett seiner Gespielin. Dann wird er glauben, dass wir vom Kaiser kommen. Nur wenn der staubige Bruder hier sofort seinen Habit hebt und forthaxelt, machen wir eine Ausnahme.« Mattheis war schlecht gelaunt.

Der Mönch drehte sich auf dem Absatz um und wollte das Tor hinter sich schließen, aber Girgl war schneller. Er hielt sein Schwert in den Spalt und drückte mit der Schulter das Tor wieder auf. Bruder Konrad jammerte leise.

»Der Herr wird Euch strafen«, heulte er, bis Mattheis ihm mit der flachen Seite seines Schwertes auf den Hintern schlug, dass es klatschte.

»Der Herr straft dich sofort, wie du eben gefühlt hast«, sagte er. »Und er wird dir heimleuchten, wenn du nicht augenblicklich dem Bischof unsere Ankunft mitteilst. Sag ihm, hier stünden Vertreter des bayerischen Herzogs und Kaiser Ottos. Und vergiss nicht zu erwähnen, dass du dich ungebührlich benommen hast, Mönchlein. Sonst erleichtern wir dir das Gelübde.«

Mit der Spitze seines Schwertes hob er Bruder Konrads Kutte hoch und fuhr ihm zwischen die Beine. Wieder winselte der Mönch wie ein junger Hund und sprang in die Höhe, um der Klinge zu entkommen. Er drehte sich auf der Stelle um und machte sich mit trippelnden Schritten, die so gar nicht seiner Massigkeit entsprachen, auf den Weg.

Mattheis grummelte vor sich hin. Er wartete nicht, sondern lief einfach hinter dem Mönch her. Girgl folgte ihm.

Ewalt war sich unsicher. Die Männer betraten den Konvent, was für Laien streng untersagt war. Noch im Laufen drehte sich Mattheis um.

»Jetzt mach dir nicht in die Hosen, Ewalt. Der Bischof wird springen, sei unbesorgt.«

Wenn Ewalt sich den Grundriss vorstellte, dann führte sie der Mönch, dem sie folgten, zur Westseite des Doms. Sie gingen den Kreuzgang entlang, bogen um eine Ecke hin zur Kirche. Offenbar schloss die Zimmerflucht des Bischofs an den Kreuzgang an. Am Erschrecken des Mönches erkannte er, dass dieser nicht erwartet hatte, dass sie ihm gefolgt waren.

Bruder Konrad wollte eben gegen eine dunkle, rundbogige Tür klopfen, als Mattheis ihn beiseiteschob.

»Mach dir keine Mühe, Kuttenfurzer. Ich besorge das für dich.«

Mit der Faust schlug er gegen die Tür, sodass es im ganzen Konvent dröhnte.

Der Mönch wurde mit jedem Schlag kleiner. Hätte er die Möglichkeit gehabt, als Maus in einer Ecke zu verschwinden und unsichtbar zu werden, hätte er sie vermutlich genutzt.

Mattheis wollte eben erneut beginnen, das Türblatt zu bearbeiten, als dieses aufgerissen wurde.

Ein Mann in den mittleren Jahren stand im Nachtgewand vor ihnen. Die Haare standen in alle Richtungen von seinem Kopf ab. Ganz offensichtlich war er gerade aus dem Bett gestiegen. Mit hochrotem Kopf holte er tief Luft, weil er losbrüllen wollte, doch Mattheis kam ihm zuvor.

»Siegfried, alter Freund. Schön, dich wiederzusehen. Schick deine Gespielin nach Hause, wir haben zu reden.« Er breitete die Arme aus und schenkte dem verdutzten Bischof der Stadt Augsburg sein breitestes Lächeln. Schließlich nahm er ihn in den Arm, drückte ihn an seine Brust und schob ihn dann beiseite. »Erkennst du mich nicht? Ich bin's, Mattheis, der Jüngste der Grünholder aus Gabelungen.«

Schon war er an dem Bischof vorbei und in dessen Gemächer getreten. Mit ausgreifenden Schritten umrundete er einen lederbezogenen Sessel, hob ein Gewand auf und trug es in das Schlafgemach, das sich dahinter befand. Er warf jemandem, den Ewalt nicht sehen konnte, das Kleidungsstück zu und befahl der kreischenden Unbekannten, sich davonzumachen.

»Und zwar rasch, meine Blüte, sonst werden deine Reize welken, bevor du ihrer noch recht gewahr geworden bist.« Er trieb eine halb nackte Frau mit dem Schwert vor sich her. Ewalt sah, dass das Kleid eine Nonnenkutte war. Sie hatte ihr Gewand vor den Körper gedrückt und klagte drohend in einer Tonlage, die ihm in den Ohren wehtat. Mit ihren tiefblauen, beinahe dunklen Augen funkelte sie den Panzerreiter an.

Mattheis störte sich nicht daran. »Und sag dem Mönchlein, das dich vor der Tür erwartet, dass er dich morgen ruhig wieder hierherbringen soll«, schrie er ihr hinterher.

Der Bischof hatte das ganze Geschehen mit offenem Mund verfolgt. Jetzt raffte er sein Unterhemd und stürmte auf Mattheis zu.

»Seid Ihr verrückt geworden?«, keifte er mit sich überschlagender Stimme.

»Nein, mein lieber Siegfried«, entgegnete Mattheis. »Wir sind Botschafter.«

Der Bischof pumpte. Er wusste nicht, was er sagen sollte, er war wütend, hörte nicht zu und war fassungslos wegen der Störung.

Mattheis war das gleich. Er schob den Mönch von der Schwelle und schloss die Tür vor dessen Nase. Dann drehte er sich zu Bischof Siegfried um. Noch immer stand dem Würdenträger der Mund offen. Mattheis lächelte ihn an, packte ihn an den Schultern, drückte ihn in den Ledersessel und setzte sich davor auf den Schemel.

»Hör zu, mein Freund«, begann Mattheis.

Bischof Siegfried wandte ihm den Kopf zu. Dann platzte es aus ihm heraus. »Wache!«, brüllte er.

»Nützt nichts!«, entgegnete Mattheis gelassen. »Der Hauptmann des Burggrafen ist mein Freund. Er weiß, dass ich bei dir bin, Siegfried.«

»Ich bin Bischof Siegfried!«, schrie der Bischof.

»Du bist ein Hurenbock. Darauf könnten wir uns einigen. Wenn du den hiesigen Nonnen ein wenig Vergnügen gönnst, ist das deine Sache. Aber dass du Bischof geworden bist, hast du deinen guten Beziehungen zu Herzog Heinrich von Bayern zu verdanken. Und in dessen Namen sind wir hier.«

Der Bischof schnappte nach Luft, doch die Erwähnung seines weltlichen Herrn und Förderers ließ ihn aufhorchen.

»Zudem hat uns Kaiser Otto geschickt«, warf Ewalt ein.

Plötzlich war der Bischof hellwach und musterte die Eindringlinge mit schräggelegtem Kopf. »Der Kaiser?«, flötete er. In seinen Augen entdeckte Ewalt eine Neugier, die zuvor nicht da gewesen war.

»Nun, zumindest dessen Auftrag treibt uns im Winter über die Alpen. Der Kaiser selbst ist tot«, fügte Ewalt hinzu.

Mattheis verdrehte die Augen, weil er dies selbst hatte aussprechen wollen.

Der Bischof nickte zufrieden. »Dann stimmt es also«, sagte er. Offenbar war ihm das nicht neu.

Mattheis begriff sofort und beugte sich vor.

»Woher weißt du das?«, hakte er nach. »Wir sind die Ersten, die über die Alpen gekommen sind. Du kannst also noch keine Kenntnis davon haben.«

»Eine Nonne …«, hob der Bischof an, doch er unterbrach sich, als sich die Köpfe der drei Männer abrupt hoben.

»Was ist mit der Nonne?«, hakte Ewalt nach. Er sah zuerst zur Tür, durch die die Klosterfrau gerade eben verschwunden war, dann zischte er den Bischof an und behielt dabei Mattheis im Auge.

»Welche Nonne? Wovon sprecht ihr?« Der Bischof stellte sich augenblicklich dumm.

Mattheis warf ihm einen scharfen Blick zu, dann grinste er. »Du warst schon immer ein schlechter Lügner. Deshalb habe ich auch nie verstanden, warum du dich hast überreden lassen, Geistlicher zu werden, Siegfried.«

Der Bischof stutzte, dann wurde er aschfahl.

»Heraus mit der Sprache, mein Freund«, knurrte Mattheis. »Welche Nonne hattest du da im Bett?«

Ewalt beugte sich vor. »Doch nicht etwa diese Walburga?«

Die Miene des Bischofs gefror.

»War sie das eben wirklich …?«, keuchte Mattheis und schlug sich fluchend aufs Knie.

6

FISCHERSIEDLUNG BEI AUGSBURG, MÄRZ 1002

Endlich gelang es Mena, wieder Atem zu holen. Der ziehende Schmerz ebbte ab. Sie versuchte aufzustehen. Ihr blieb nur noch wenig Zeit.

Sie hatte sich schon gefragt, ob es nicht besser gewesen wäre, selbst den Bischof aufzusuchen, statt Walburga als Unterhändlerin vorzuschicken. Doch sie wusste, dass Geistliche nicht sonderlich erfreut waren, Schwangere vor sich zu haben, besonders wenn diese bereits Wehen hatten. Sie stellte sich vor, wie sie vor dem hohen Geistlichen stand, ihr Anliegen vorbringen wollte und dann stöhnend in die Knie sank, weil der Wehenschmerz sie dazu zwang oder die Fruchtblase geplatzt war. Allein deshalb musste die Urne verschwinden.

Sie fasste sich, humpelte zu dem Gefäß hin, packte es in das Tuch, verknotete es und lief mit dem Beutel mühsam zur Tür. Ihre Beine zitterten. Die Frage war, ob das Kind so lange warten und sie selbst es körperlich schaffen würde, bis zum Fuchsbau und zurück zu gelangen.

Sie schob den Stab durch den Beutel, schulterte ihn und machte sich auf den Weg. Sie atmete schwer, musste sich nach jedem zehnten Schritt an einem Ast festhalten oder an einem Baumstamm abstützen. Sie hatte das Gefühl, die Urne um ihren Bauch geschnallt vor sich her und nicht auf der Schulter zu tragen.

Sie hatte den Wald noch nicht erreicht, als sie erneut eine Welle von Schmerz überrollte und sie auf die Knie sank. Das

Gefühl einer übervollen Blase zwang sie, sich hinzuhocken. Sie atmete hechelnd und versuchte, die Qual irgendwie wegzudenken. Es gelang ihr nicht.

Die Natur sah für bestimmte Dinge nicht vor, dass man sie aufhalten oder hinauszögern konnte. Das galt für ein Unwetter ebenso wie für eine Geburt. Sie musste sich also beeilen.

Wieder flachte der Druck ab, und Mena gelang es, aus dem Schleier von Schmerz und Atemlosigkeit aufzutauchen. Auf allen vieren kroch sie voran, stand dann langsam auf und hastete regelrecht vorwärts, wohl wissend, dass ihre Unruhe und ihre Fahrigkeit die Geburt nur beschleunigen würden.

Die Füchsin schien sie zu erwarten. Hocherhobenen Hauptes stand sie auf dem Sandhügel vor ihrem Bau und beobachtete ungerührt, wie Mena herangestolpert kam.

Mena nahm die Herz-Urne, kroch bis zu dem Nebenausgang, den sie ausgemacht hatte, und stopfte das Gefäß hinein. Dann deckte sie alles mit Reisig zu, das herumlag. Zufrieden ruhte sie kurz aus. Sie hatte es geschafft. Eine Last fiel von ihr ab. Mit einem letzten Blick prägte sie sich die Umgebung und den Ort genau ein.

Als sie sich auf den Rückweg machte, riss ihr erneut eine Wehe den Atem vom Mund. Diesmal konnte sie nicht anders, als zu schreien. Schmerz und Not, die sie im Griff hielten, brachen sich Bahn. Im Augenblick der Pein glaubte sie, ihr Körper müsse platzen, würde aufreißen und das Leben sich auf den Weg vor ihr ergießen. Doch ihr Sohn, der sie so lange geplagt hatte, gewährte ihr noch keine Erleichterung, er entließ sie nur für kurze Zeit wieder aus seinem Wehengriff.

Mena wusste nicht, ob sie die Strecke bis zu der Kate noch schaffen würde. Sie fühlte den Schmerz abebben und gleichzeitig wieder ansteigen, wie das ständige Auf- und Ablaufen der Meeresdünung, die sie in der Nähe von Rom erlebt hatte.

Sie verließ den Wald auf allen vieren, stolperte den Hang hinab und auf die Kate zu, deren Eingang sie schon sehen konnte. Es waren nur noch dreißig Fuß, vielleicht auch nur zwanzig. Jede Bewegung war eine Qual, jeder Augenblick jagte ihr eine Welle von Angst und Schmerz durch den Körper. Irgendwann schwanden ihr die Sinne, und es war ihr gleich, wo dieses Kind zur Welt kommen würde.

»Mena, was macht Ihr hier im Schmutz der Straße?«

Die Stimme drang nur undeutlich in ihr Bewusstsein.

»Walburga?«, keuchte sie. »Gott sei Dank, dass Ihr da seid. Es geht los.«

»Darf es nicht«, sagte Walburga scharf. »Wir müssen von hier verschwinden. Bruder Konrad hat mich gewarnt. Die beiden Panzerreiter und Ewalt sind hier.«

»Ewalt? Woher weiß er ...«

»Interessiert mich nicht«, herrschte die Nonne sie an. »Wo ist die Urne?«

»Die Urne? Ich ... weiß es nicht ... Gor vielleicht ... oder Ewalt ...«

Die nächste Wehe brachte sie beinahe um den Verstand. Sie kreischte, versuchte zu atmen, schrie, presste unwillkürlich mitten auf dem Weg zur Kate. Dann wurde die Welt wieder klarer. Langsam begriff Mena, was die Nonne gesagt hatte. Wenn sie nach der Urne fragte, dann war sie vorher in der Kate gewesen, bevor sie sich um sie gekümmert hatte.

Die Herz-Urne war in Sicherheit.

»Ich habe nach Euch gesucht«, keuchte Mena. »Nach ...«

Die Nonne packte sie unter den Achseln und zerrte sie in die Hütte. Unter Mühen versuchten die beiden Frauen, die Schlinge zu platzieren. Walburga ging noch einmal nach draußen, um Wasser zu holen.

Dass es erhitzt wurde, dass sie blutete, dass sie ihren Sohn aus sich herauspresste, dass Walburga die Nabelschnur abband, dass sie diese durchtrennte, bekam Mena nur halb mit. Erst als die Nonne an der Nabelschnur die Nachgeburt herauszog und in den vorbereiteten Topf legte, bemerkte Mena, wie sich etwas in ihren Armen bewegte.

Sie sah wenige dunkle Haare und einen noch blutigen Kopf. »Ein echter Ottone«, murmelte sie, und ein Glücksgefühl durchflutete sie, von dem sie nicht geglaubt hatte, dass es sie erfassen konnte. Das Kind war da. Der Nachfolger Ottos war geboren. Ein neuer Kaiser, der seinen Thron einfordern würde. Der letzte männliche Spross einer alten Familie war ihrem Schoß entschlüpft. »Hat es das Muttermal, Ottos Muttermal hinterm Ohr?«, fragte sie erschöpft.

»Ja, so groß wie ein Tintenfleck auf einer Urkunde.«

Mena schloss die Augen und murmelte nur: »Der neue Herrscher dieses Reiches.«

Sie hörte, wie Walburga sich räusperte. »Ich muss Euch waschen«, sagte sie sanft, aber mit einem Glitzern in den Augen.

»Sind das Tränen?«, fragte Mena.

Sie bemerkte, dass ihr ganzer Unterleib bloß lag und sich anfühlte wie eine große offene Wunde. Die Nonne wusch sie mit warmem Wasser, trocknete sie ab und deutete dann an, dass sie das Neugeborene an die Brust legen sollte.

»Wie soll ich dich nennen?«, fragte Mena und blickte zärtlich auf das Bündel, das sich an sie schmiegte und mit dem Mund nach ihrer Brust suchte. »Otto? Heinrich?«

»Damit würde ich noch warten«, sagte Walburga, und ihr Lächeln wirkte so künstlich, dass Mena erschrak.

»Warum?«

Walburga schüttelte nur schweigend den Kopf.

7

FISCHERSIEDLUNG BEI AUGSBURG, MÄRZ 1002

Mena erwachte, weil die Erde bebte. Pferde wieherten, Männer riefen, eine Frau schrie aus Leibeskräften. Die Welt vor der Kate war in Aufruhr.

Das kleine Mädchen in ihrer Armbeuge säuselte vor sich hin. Und auch wenn sich Mena einen Sohn gewünscht hätte, war es doch Leben aus ihrem Leben, ein Wunder, so unbegreiflich, dass sie es kaum fassen konnte. Was spielte da der kleine Makel noch für eine Rolle?

Plötzlich wurde die Tür nach innen gedrückt. Eisige Luft strömte herein und nahm Mena den Atem. Das Kind wimmerte leise. Walburga fiel den Abgang in den Raum hinein und schlug hart auf. Sie schluchzte.

»Wo ist sie?«, brüllte ein Mann, der ihr gefolgt war, und sah sich um.

»Schafft sie zu mir heraus«, forderte eine barsche Stimme von draußen.

Der Schwertmann, der die Nonne in den Raum gestoßen hatte, trat diese roh beiseite.

»Ist sie das?«, fuhr er sie an.

Walburga nickte stumm.

Der Mann wandte sich zu Mena. »Raus mit dir, Weib!«, sagte er mit ausdrucksloser Miene.

Sie drückte das Neugeborene an sich. »Ich bin im Wochenbett!«, versuchte sie, sich der Aufforderung zu widersetzen. »Wer mich sprechen will, soll …«

»Und wenn du eine Audienz beim Herzog hättest!«, herrschte sie der Bewaffnete an. »Mein Herr will dich sprechen, und zwar augenblicklich. Du hast ihn gehört.« Er trat auf ihr Bett zu und packte sie grob am Oberarm. Das Kind fing an zu schreien.

»Stopf ihm das Maul, sonst tu ich es«, fuhr er sie an. »Und jetzt raus mit dir.«

Mena wehrte sich, aber der Panzerreiter trug eiserne Handschuhe und verfügte über eine Kraft, gegen die sie machtlos war. Ihr Hemd bedeckte gerade so ihre Blöße. Zwischen den Beinen war es blutbefleckt. Sie versuchte, sich zu bedecken, doch den Kerl interessierte ihre Scham nicht.

Mena spürte, wie durch die ruckartige Bewegung das Blut wieder zu laufen begann, als er sie auf die Füße stellte. Sie drückte das Kind mit der freien Hand an ihre Brust, damit es sich beruhigte.

»Gebt ihm, was er will«, stöhnte Walburga, die noch immer am Boden lag und sich krümmte. »Gebt es ihm. Er bringt Euch sonst um.«

Mena war verunsichert. Wovon redete sie?

Der Mann stieß sie vor sich her. Sie stolperte über die Stufen nach draußen und musste ihr Kleines an sich drücken, damit es ihr nicht aus dem Arm glitt. Das Licht blendete sie. Die Sonne stand im Zenit und versuchte, die Welt zu wärmen, doch vor der halb in die Erde gebauten Kate war es bitterkalt. Und die Stimme, die sie empfing, war noch kälter. Sie kam direkt aus der Eishölle.

»Bist du die Gespielin Kaiser Ottos?«, wurde sie gefragt.

Mena bekam einen Stoß in den Rücken, sodass sie in die Knie ging, als sie nicht antwortete.

Sie brauchte einen Moment, um zu verstehen, was hier geschah. Sie wurde befragt. Aber von wem? Das Licht blendete sie derart, dass sie nur eine Silhouette gegen den Himmel erkennen konnte.

»Das war ich nie. Ich war sein Gefäß.«

Kurze Zeit war es still. Mena spürte die Unruhe der Pferde. Der Säugling wimmerte.

»Die Nonne hat so was gesagt. Ist er das? Der angebliche Thronfolger? Gib ihn her.«

Blitzschnell riss der Panzerreiter ihr das Kind von der Brust und stieß sie beiseite.

»Nein!«, schrie Mena, außer sich vor Wut und Verzweiflung.

»Her mit dem Thronanwärter«, befahl der Reiter und zeigte auf einen Mönch, der neben seinem Pferd stand. Diesem reichte der Schwertmann das Bündel und ging zurück zu Mena.

Inzwischen hatten sich ihre Augen etwas an die Helligkeit gewöhnt. Sie musterte den Reiter. Er saß auf einem schneeweißen Zelter, trug eine gold- und silberbestickte Kasel und eine Mitra. Erleichterung überkam sie.

Endlich hatte sie den Mann vor sich, auf den sie so lange gewartet hatte! Nun konnte sie Bischof Siegfried ihr Anliegen selbst vortragen, konnte ihre Geschichte erzählen.

»Herr«, begann sie und verschluckte sich fast dabei. »Lasst Euch erklären. Als Beweis, dass ich die Wahrheit sage, habe ich Euch den Zahn Kaiser Karls gesandt, den Otto mir für Euch mitgegeben hat. Er sagte, Ihr wüsstet, was es damit auf sich hat, und dass Ihr es als Beweis …«

»Ich habe keinen Zahn erhalten!«, fuhr der Bischof sie an. Dann wandte er sich dem Mönch zu. »Löst die Windel!«

Mit spitzen Fingern schlug dieser das Linnen auseinander, bis das Neugeborene nackt war. Es schrie aus Leibeskräften. Die plötzliche Kälte ließ den kleinen Wurm zittern.

Der Bischof brach in lautes Gelächter aus. Der Panzerreiter, der Mena mit einer Hand niederhielt und so weiter in die Knie zwang, stimmte herzhaft ein. Der Griff seiner Pranke lockerte sich. Auch der Mönch kicherte mit hoher Fistelstimme.

»Das ist ja … das ist …« Der Bischof der Stadt Augsburg räusperte sich, um den Lachanfall in den Griff zu bekommen. »Packt die Lügnerin und werft sie ins Gefängnis.«

»Herr«, schrie Mena verzweifelt. »Es ist kein Thronfolger. Der Herr hat es nicht gewollt. Aber es ist eine Ottonin.«

Der Bischof verzog den Mund zu einem spöttischen Grinsen. »Es ist ein Mädchen!«, spuckte er ihr entgegen. »Mädchen erben nichts. Das Geschlecht der Liudolfinger ist damit in direkter Linie ausgestorben. Daran ändert dein Kind nichts, auch wenn wahr sein sollte, was du hier zusammenlügst.«

Menas Unterlippe zitterte. »Ich lüge nicht, Herr!«

Plötzlich ritt ein Mann an die Seite des Bischofs, den Mena bislang nicht wahrgenommen hatte. Zu ihrem Entsetzen erkannte sie Mattheis.

»Werft sie in den Kerker im Königshof, mein Freund, und schlagt das Balg an einem Baumstamm tot wie eine junge Katze«, sagte er und starrte Mena an. Seine Augen waren weiße Murmeln in einem Gesicht, das fast ganz von einem struppigen Bart bedeckt war. Sie konnte seine Miene nicht deuten, wusste aber, dass er nicht spaßte.

Sie sah hinüber zu dem Mönch, der das Neugeborene ungeschickt wieder eingewickelt hatte und das wimmernde Bündel mit angewidertem Blick auf den ausgestreckten Armen vor sich hielt.

»Ich habe Euch noch etwas zu sagen, Herr«, rief sie mit dem Mut der Verzweiflung, während ihr die Tränen über die Wangen strömten.

Mattheis' Augen verengten sich zu Schlitzen. »Sie wird Euch wieder anlügen. Sie ist ein ganzer Sack voller Lügen. Schließlich muss sie einen Mord verbergen.«

Der Bischof fuhr herum. »Das ist eine Todsünde! Das Leben zu achten …«

»Und so weiter …«, unterbrach ihn Mattheis. »Sie hat in Bozen einen Mann erstochen.«

Mena horchte auf. Woher wusste Mattheis davon? Ewalt musste es ihm erzählt haben. Ewalt …

Der Bischof drückte sich in seinem Sattel hoch. »Das Kind wird ausgesetzt«, beschied er. »Die Frau werft in den Kerker. Keiner rührt sie an. Ich will noch mit ihr sprechen. Lasst niemanden zu ihr. Hast du verstanden, Ulf?« Der Bischof sah den Schwertmann an, der Mena noch immer an der Schulter festhielt.

Dieser nickte, aber Mena beobachtete, dass Mattheis und er Blicke wechselten.

Bischof Siegfried winkte dem Mönch zu, sich mit dem Säugling zu entfernen.

»Meine Tochter«, schrie Mena und versuchte, dem Mönch nachzulaufen, aber Ulf hielt sie mit eisernem Griff fest. »Ich habe die Urne mit dem Herz Kaiser Ottos«, rief sie mit sich überschlagender Stimme dem Bischof zu, der sich bereits abgewandt hatte. »So glaubt mir doch … bitte!«

Siegfried drehte sich nicht einmal um. »So wie du den Thronfolger unter deinem Herzen getragen hast? Das Balg muss aus meinen Augen!«

»Ich lüge nicht! Ich lüge nicht!«

Als sie ihr Kleines wimmern hörte, geriet sie völlig außer sich. »Gor!«, brüllte sie. Wo war der Bär, wenn man ihn brauchte? »Gor, hilf mir, bitte!«

Aber der Mann aus den Bergen war seit Tagen wie vom Erdboden verschluckt. Offenbar waren sie und ihr Schicksal ihm gleichgültig.

»Walburga! Sie wollen mein Kind töten. Hilf mir!«

Doch auch die Nonne rührte sich nicht. Seit sie in die Hütte gestoßen worden war, hatte Mena sie nicht mehr gesehen.

Sie fühlte sich so vollkommen alleingelassen, dass sie nur noch kreischen konnte, als das Mädchen, das sie geboren hatte, davongetragen wurde.

Wie einen Sack Holz hob Ulf sie hoch und warf sie sich über die Schulter. Der Schmerz in ihrem Bauch brachte sie beinahe um. Noch schlimmer war jedoch, dass sie ihre Tochter schreien hörte. Sie schlug um sich, prügelte auf den Rücken des Mannes ein, doch es half nichts. Er bestieg mit ihr ein Pferd und ritt hinter seinem Dienstherrn her.

»Was macht ihr mit ihr? Mathilda! Ich ...«

Mena bäumte sich auf, wollte sich von der Schulter rollen, aber der Kerl, der sie festhielt, schlug mit dem Kopf nach hinten, erwischte ihre Stirn, und sie verlor das Bewusstsein.

8

FISCHERSIEDLUNG BEI AUGSBURG, MÄRZ 1002

Gor verhielt seinen Schritt, noch bevor er aus dem Schatten des Waldes trat. Er horchte. Pferdegewieher, Stimmen und das Geschrei von Mena machten ihn vorsichtig. Im ersten Augenblick wollte er aus dem Wald stürmen, nachsehen, was sich dort abspielte, Mena helfen. Aber dann siegte seine Wachsamkeit. Er legte die drei Hasen ab, die er mit der Schlinge gewildert hatte. Vorsichtig schlich er zum Waldrand, nutzte ein Gebüsch, das noch halb mit Schnee bedeckt war, um sich zu schützen, und spähte hinunter zur Kate.

Ein Schwertträger hatte sich Mena aufgeladen, die willenlos über seiner Schulter hing, offenbar bewusstlos. Ein anderer Mann mit einer hellen, eher unpraktischen Mütze wendete eben einen weißen Zelter und gab einem Mönch ein Zeichen. Der wiederum hatte etwas in der Hand, was Gor nicht recht erkennen konnte.

Sein Instinkt sagte ihm, er müsse Mena folgen, sie aus den Klauen dieses Mannes befreien, doch dann hörte er das Wimmern des Kindes. Der Mönch trug einen Säugling im Arm.

Gor versteinerte. Es gab in dieser Gegend nur ein Neugeborenes, von dem er wusste: Menas Kind. Er versuchte, sich zusammenzureimen, was geschehen sein konnte.

Mena hatte dem Mönch den Säugling offenbar nicht freiwillig überlassen, sonst hinge sie nicht bewusstlos über der Schulter des Schwertträgers. Folglich hatten sie es ihr gewaltsam weggenommen. Womöglich hatte sie sich gewehrt ...

Ohne das Kind brauche ich Mena niemals wieder unter die Augen zu treten, schoss es ihm durch den Kopf. »Ich werde dich finden!«, flüsterte er ihr nach und wandte seine Aufmerksamkeit dem Mönch zu.

Der Gottesdiener war den Hang zum Fluss hinuntergelaufen. Trotz der Kälte glänzten Schweißperlen auf seiner Tonsur. Gor glaubte nicht, was er sah. Wollte er das Kleine ertränken? Er folgte dem Kuttenträger, der mit von sich gestreckten Armen wie besinnungslos vor sich hin stolperte, bis zu einer Kiesbank im Fluss. Direkt davor schoss in einer tieferen Rinne der Lech schäumend vorüber. An dieser Stelle bildete er ein Gewirr aus kleineren und größeren Rinnen, die durch ein Gewirr aus schmalen und breiten Inseln und Flussarmen voneinander getrennt waren.

Der Mönch legte das Mädchen, das mittlerweile aus voller Lunge schrie, auf den Boden. Dann öffnete er die Windel, suchte nach Steinen und füllte sie in den Stofffetzen. Die kalten Kiesel ließen das kleine Wesen erzittern. Zuerst verstummte es vor Schreck, dann begann es, noch lauter zu krakeelen. Die ganze Zeit über sah der Mönch immer wieder zur Seite, wenn er schwerere Steine auf den nackten Bauch der Kleinen legte, als schäme er sich beim Anblick des nackten weiblichen Unterleibs. Schließlich band er die Stoffenden wieder zusammen, hob das Kind auf und trat an den Rand des brausenden Lecharms. Mit einem Seufzen holte er Schwung – und wurde von Gors Hand aufgehalten.

Beinahe wäre das Bündel Mensch ins Wasser gefallen. Nur Gors rascher Griff rettete das Mädchen vor dem sicheren Ertrinken. Mit dem Ellbogen stieß er den Mönch zu Boden, der wimmernd neben ihm liegen blieb.

»Das Geschlecht eines Mädchens weckt Euer Schamgefühl, der Mord an dem Kind nicht? Was seid Ihr nur für ein Mensch?

Wem dient Ihr? Eurem Gott oder einem Götzen mit weißer Haube?«

»Ich weiß, es ist eine Sünde, eine schreckliche Sünde«, heulte der Mönch und bedeckte den Kopf mit seinen Händen.

»Es sind immer nur die Sünden der anderen, die Ihr beklagt und für die Ihr Reue einfordert, niemals die eigenen. Ist es nicht so? Die eigene Sünde ist lässlich und getan im Wissen um ein höheres Ziel. Und wenn Euch das Gewissen drückt, dann wird gebeichtet, und schon seid Ihr Eure Schuld los.« Gor öffnete die Windel, entfernte die Steine, säuberte das Mädchen mit bloßen Händen und stopfte sich das Kind unter den Pelz. Die Lippen der Kleinen waren bereits blau angelaufen. Mathilda atmete schwer, hatte aber zu schreien aufgehört.

»Ihr seid ein Heuchler!«, spuckte ihm Gor vor die Füße und wollte davonstapfen.

»Ihr … ihr sprecht wie ein … ein Mönch!«, sagte der kniende Kuttenträger leise.

Gor hielt kurz inne und betrachtete ihn genauer.

»Und wenn? Bin ich dann ein besserer Mensch? Zum besseren Menschen werde ich durch meine Taten, nicht durch meinen Glauben oder in dessen Dienst. Einem Glauben zu dienen gilt nichts. Man muss den Menschen dienen.«

Der Mönch vor ihm erhob sich langsam. Seine Knie waren blutig, die Hände hatte er sich bei dem Sturz aufgeschürft.

»Ich bin Bruder Konrad«, sagte er demütig. »Ihr habt recht. Man darf nicht einem Götzen dienen, sondern nur dem Leib gewordenen Menschen.«

Gor sah sein Gegenüber spöttisch an. »Meinetwegen auch dem«, sagte er. »Solange es nicht dazu führt, die Welt und die darin Lebenden zu vernachlässigen. Wo finde ich eine Amme in der Nähe? Die Kleine braucht Milch, sonst wird sie sterben.«

»Herr, ich werde …«, setzte Bruder Konrad an.

»Ihr werdet gar nichts«, unterbrach ihn Gor. »Eure Aufgabe ist erfüllt. Geht und erzählt Eurem Gebieter, Ihr hättet das Kind ins Wasser geworfen. Aber bevor Ihr wieder Lügen im Namen Eures Glaubens verbreitet, sagt einmal die Wahrheit: Wo finde ich eine Amme?«

Der Mönch schlich sich an Gor vorbei. »Im Wagenhals unter dem Afrawäldchen. Die Küferin dort hat einen Säugling und reichlich Milch. Sie wird den Wurm stillen können.«

Gor hob die Augenbrauen. Was Mönche, die normalerweise in Klausur lebten, nicht so alles erfuhren. Offenbar entzündete sich ihre ausgehungerte Fantasie an allem, was weiblich war.

Mit einer herrischen Geste verjagte er das Mönchlein, das mit gesenktem Blick und sich demütig bedankend davontrabte.

Gor kannte den Namen der Siedlung Wagenhals nicht, aber er vertraute seiner Ahnung. Während seiner Streifzüge hatte er das kleine Dörfchen vor dem Südtor der Stadt vermutlich bereits ausgemacht. Es lag nicht allzu weit entfernt südlich der Kate am Hauptweg der alten Via Claudia Augusta.

Das Kind hatte sich mittlerweile beruhigt und war wohl eingeschlafen. Gor fiel in einen leichten Trab, drückte den Säugling mit einer Hand an seine Brust und suchte nach der Ansiedlung.

9

AUGSBURG, KERKER IM KÖNIGSHOF, MÄRZ 1002

Als Mena wieder zu Bewusstsein kam, lag sie auf Stroh. Um sie herum war es dunkel und feucht. Es roch nach Sterben und Tod, nach Erbrochenem, Urin und Fäkalien. Ihre Linke lag in einer weichen Masse, die sie nicht bestimmen konnte. Ihre Kleidung hatte sich mit Flüssigkeit vollgesogen und klebte ihr auf der Haut.

Der Bischof hatte offenbar ernst gemacht und sie in den Kerker werfen lassen.

Ihr erster Gedanke galt Mathilda. Wo war ihre kleine Tochter? Was hatte man ihr angetan? Ein Weinkrampf schüttelte Mena, als ihr klar wurde, dass sie das Kind verloren hatte, dass dieser Unmensch von Bischof es einfach hatte aussetzen lassen.

Ihre Brüste schmerzten unerträglich, weil die Milch einschoss, und ihr Unterleib pulsierte unangenehm. Sie versuchte aufzustehen, musste jedoch feststellen, dass sie sich kaum bewegen konnte. Warum nur hatte sie das Gefühl, verprügelt worden zu sein? Verbissen kämpfte sie sich auf die Beine.

Sie versuchte, ihre Augen an die Dunkelheit zu gewöhnen, denn kein Lichtstrahl fiel in ihr Verlies. Langsam bewegte sie sich mit ausgestreckten Händen vorwärts und traf auf eine Mauer. Als sie daran entlangging, wäre sie an einer Stelle beinahe über einen Holzkübel gestolpert. Ein ekelhafter Geruch stieg ihr in die Nase und nahm ihr kurz den Atem. Sie tastete sich weiter an grobem, feuchtem Mauerwerk entlang, bis sie wieder bei dem Kübel angelangt war. Ihr Gefängnis war kreisrund

und besaß keinen Ausgang. Aber wie war das möglich? Wie war sie durch diese dicken Mauern ins Innere gelangt?

Die Antwort folgte auf dem Fuße.

Über ihr öffnete sich eine Luke. Licht fiel schräg in ihr Verlies und gab den Blick auf einen verschmutzten Haufen Stroh frei.

»Ist sie wach, Ulf? Wenn ja, frag sie«, hörte sie jemanden sagen.

Mena sah blinzelnd nach oben. Ein Schatten erschien im weißen Ausschnitt ihres dunklen Himmels. Sogleich schrie sie hinauf: »Ich spreche nur mit dem Bischof.«

»Dann wirst du hier verrotten. Bischof Siegfried liegt wieder zwischen den Beinen einer blonden Schönheit. Er hat dich und dein Anliegen längst vergessen. Aber wenn du bereit bist, mit uns zu reden, lass es mich wissen.«

Mena hatte die Stimme erkannt. Das war Mattheis. Also hatte sie recht gesehen – er und der Schwertmann des Bischofs hatten sich vor der Fischerkate Blicke zugeworfen.

Die Luke über ihr wurde zugeworfen, und die Männer schienen zu gehen. Jedenfalls hörte sie, wie sich Schritte auf den Bohlen aus dem Raum entfernten.

Wenigstens wusste sie jetzt, woher ihre Schmerzen kamen. Sie hatten sie durch das Loch in der Bohlendecke in den Kerker hinabgeworfen. Ein Wunder, dass sie sich dabei nicht das Rückgrat oder den Hals gebrochen hatte.

Sie ließ sich auf den eiskalten Boden sinken, schlang die Arme um ihren Oberkörper und legte den Kopf auf die Knie. Sie fror nicht nur äußerlich. Auch in ihrem Inneren hatte sich Kälte ausgebreitet. Wie anders hatte sie sich ihre Ankunft in Augsburg ausgemalt! In ihren Träumen war sie als Prinzessin aus diesem Abenteuer aufgewacht. Sie hatte das Geschlecht der Ottonen erhalten, hatte ihren Sohn zum Kaiser heranwachsen, hatte Würmer wie Mattheis oder Girgl vor sich knien sehen und keinen Hunger mehr gekannt. Letzteres verwunderte sie zwar, aber sie war zu dem Schluss gekommen, dass sie sich ein Leben wie das Kaiser Ottos gar nicht vorstellen konnte. Deshalb fand in ihrem Kopf nur eine satte Zukunft Platz.

Doch litt sie weniger darunter, dass mit der Geburt des Mädchens ihre Träume zerplatzt waren. Viel unerträglicher war der Schmerz, dass man ihr das Kind weggenommen hatte. Auch wenn sie einen kühlen Kopf bewahren musste – für Mathilda würde sie alles opfern, auch ihre eigene Zukunft.

Sie fasste sich ein Herz, überwand ihren Widerwillen gegen Mattheis und brüllte aus Leibeskräften: »Hört mich jemand? Ich will reden!« Immer wieder schrie sie diese Worte in die Dunkelheit, und jeden Augenblick, der verrann, ohne dass jemand erschien, rief sie verzweifelter. »Hört mich jemand? Ich will reden!«

Endlich wurde die Luke über ihr geöffnet.

»Was wollt Ihr wissen?«, schrie sie dem Licht entgegen, als biete es ihr Erlösung.

»Was hast du mir anzubieten, was ich nicht schon weiß?«, entgegnete der Mann über ihr gelassen. Es war nicht dieser Ulf, nicht Mattheis, und es war auch nicht der Bischof, aber sie erkannte die Stimme dennoch.

Verblüfft sah sie nach oben, kniff die Augen zusammen, bis sich in dem hellen Flecken Licht über ihr eine Gestalt abzeichnete.

»Du?«, fragte sie verblüfft. »Hilf mir. Bitte!«

Sie spürte regelrecht, wie er lächelte.

»Dazu musst du mir ein kleines Geheimnis verraten.«

AUGSBURG, BISCHOFSPALAIS, MÄRZ 1002

Mattheis stand vor Bischof Siegfried, der auf einem hohen Stuhl saß und düster vor sich hin starrte. Hinter Mattheis hatten sich Girgl und Ewalt aufgestellt. Ihnen gegenüber, halb vom bischöflichen Stuhl verdeckt, hatte sich Ulf mit gezogener Waffe aufgebaut.

»Was trägt sie noch für ein Geheimnis mit sich herum?«, fauchte der Bischof.

Zwar hatten Gor und Ewalt ebenfalls die Hand an die Schwerter gelegt, aber Mattheis glaubte nicht daran, dass sie auch nur die geringste Gelegenheit hätten, ihre Waffen einzusetzen. Ulf war äußerst geschickt mit dem Schwert – und tödlich schnell.

Mattheis bereute es bereits, zu Beginn ihrer Begegnung vor ein paar Tagen so forsch aufgetreten zu sein. Der Siegfried, den er jetzt erlebte, hatte nichts mit dem Mann zu tun, den er gekannt hatte. Als Bischof hatte er seine adligen Gewohnheiten und Rechte nicht aufgegeben. Wozu auch? Er war in der Erbfolge zwar nur die Nummer drei, aber er war der Sohn einer angesehenen Familie und als solcher nur an wenige Regeln gebunden. Auch hatte er als Kaplan am Kaiserhof gedient und verfügte damit über beste Beziehungen. Nicht einmal vor seinem Bruder Wigolf fürchtete sich Siegfried mehr, obwohl ihn dieser in jungen Jahren wie einen Hund behandelt hatte.

»Ich sehe Euch nach, dass Ihr mit der Delinquentin gesprochen habt, Grünholder, aber Vergehen bleibt Vergehen. Ihr solltet Euch also eine Antwort einfallen lassen, die mich zufriedenstellt.« Der Bischof kaute auf seiner Unterlippe. Als Mattheis stumm blieb, setzte er nach. Jedes Wort kam wie ein Hieb aus seinem Mund. »Sie hat etwas von einem Zahn Kaiser Karls gefaselt. Was wisst Ihr darüber?«

Mattheis zuckte mit den Schultern. »Das ist doch nur wieder eine Lüge. Wie alles, was dieses Weib von sich gibt. Wer sollte einen Zahn des größten Kaisers besitzen, den diese Welt je gesehen hat?«

Siegfrieds Augen verengten sich zu Schlitzen. Seine Stimme klang gefährlich leise. »Ich will Eure Äußerungen nicht auf die Goldwaage legen. Aber als kleiner Panzerreiter des Herzogs habt Ihr natürlich keine Ahnung. Otto hat das Grab Kaiser Karls tatsächlich öffnen lassen und ihm einen Zahn entnommen. Sie lügt also nicht. Wo ist dieser Zahn?«

Mattheis sah seine Felle davonschwimmen. Allmählich nahm das Gespräch eine Wendung, die er weder erwartet hatte noch ihm zusagte. »Ihr werdet ihr doch nicht glauben wollen, Herr«, stieß er empört hervor. »Einer Dienstmagd!«

Siegfried beugte sich vor und musterte ihn von Kopf bis Fuß.

»Ihr versteht nichts. Es geht nicht darum, ob sie eine Magd war oder nicht. Otto hat mich kurz vor seinem Tod hierher zurückgeschickt. Bevor die Pässe unpassierbar geworden waren, bevor er in seinem Bettenlager verrottet ist. Ich sollte seinen Leichnam nach Aachen begleiten, sobald er die Alpen überquert hat, dem Toten den Weg ebnen. Ich habe ihn damals ausgelacht und ihm versichert, ich würde für seine Genesung beten. Wir hatten vereinbart, in Augsburg eines meiner besten Weinfässer zu öffnen, wenn er gesund wieder den Fuß ins Reich setzte. Aber er wusste, dass seine Tage gezählt waren. Er hat mir ein Versprechen abgenommen, mit mir etwas vereinbart, das ich nicht brechen kann: Wer den Zahn des großen Karl vorzeigt, kommt als sein Bote. Also: Wenn die Frau den Beweis erbringen kann, dass sie im Besitz des Zahns ist ...«

»... heißt das gar nichts. Sie kann ihn ebenso gut dem Mann abgenommen haben, den sie in Bozen getötet hat.«

Bischof Siegfried grinste, und Mattheis biss die Lippen zusammen, weil er indirekt bestätigte, was der Bischof vermutet hatte. »Ich werde sie das fragen, mein Freund.«

»Ihr glaubt einer Frau mehr als uns?« Mattheis' Empörung war durchaus nicht gespielt.

»Ich glaube demjenigen, der mir den Zahn vorweist. Nicht mehr und nicht weniger.«

»Dann lasst uns zu ihr gehen!«, schlug Mattheis vor.

Siegfried sah ihn an und begann schließlich zu lachen. »Hatte ich nicht gesagt, ich werde sie fragen? Nun, das werde ich tun. Und ich werde den Henker des Vogts mitnehmen.«

Mattheis' Lippen wurden trocken. Er wusste, was das bedeutete. Siegfried würde Mena die Folterwerkzeuge zeigen lassen und sie schließlich anwenden. Vermutlich würde der Anblick der Zangen und Kneifen ihre Zunge lösen – und sie würde ihm alles erzählen, was er wissen wollte. Alles. Er und Girgl wären dann überflüssig.

»Ihr habt gewonnen«, seufzte er.

Ewalt hinter ihm räusperte sich. Mattheis hoffte, dass er ihm nicht dazwischenfuhr.

Zufrieden über die Entwicklung lehnte sich der Bischof zurück. Er legte die Fingerspitzen aneinander und setzte die Daumen an seiner Unterlippe auf. Ein leichtes Lächeln breitete sich von dort über seine Lippen und die Augen aus.

Mattheis holte Luft.

»Halt's Maul!«, fuhr ihn Ewalt von hinten an, bevor er etwas sagen konnte.

Mattheis drehte sich um und maß den ehemaligen Leibdiener Ottos mit einem abschätzigen Blick. »Wir ... wir führen die Knochen ... des Kaisers mit uns«, brachte er stockend hervor, ohne Ewalt aus den Augen zu lassen.

Der Bischof sog scharf die Luft ein. Als Mattheis sich zu ihm umwandte, begegnete er einem amüsierten und spöttischen Blick, der sich bis hinunter in die Mundwinkel zog.

»Erzählt mir etwas, was ich noch nicht weiß«, sagte Siegfried. »Rasch. Meine Geduld ist, sagen wir, beinahe aufgebraucht.«

Mattheis räusperte sich. Er hoffte, dass Girgl und Ewalt seinen Plan durchschauten. Er wollte das Geheimnis der Urne nicht preisgeben. Was aber nicht sein durfte, was er jetzt nicht gebrauchen konnte, waren Zwistigkeiten zwischen ihnen. Ihm genügte die offenkundig schlechte Laune des Bischofs. Er konnte auf die Befindlichkeiten Ewalts und Girgls keine Rücksicht nehmen. »Soll er sie foltern«, zischte er nach hinten. »Dann wird er es ohnehin erfahren.«

Er hasste es, wenn er sich vor aller Augen mit seinen Leuten auseinandersetzen musste. Girgl war eigentlich der perfekte Begleiter für ihn. Er gehorchte, ohne dabei viel zu reden. Ewalt dagegen war kindisch und unreif und hatte dabei mindestens ebenso wenig Verstand wie Girgl.

»Also gut«, sagte Mattheis. »Wir wollten Herzog Heinrich benachrichtigen, dass der Zug mit den sterblichen Überresten des Kaisers beim ersten Tauwetter die Alpen überqueren wird. Wir selbst ... wir führen nichts mit uns.«

»Aus meinen Augen«, murmelte Siegfried und winkte die Männer vor ihm aus dem Raum.

Gewohnheitsmäßig streckte er ihnen die Hand mit dem Ring entgegen, aber nur Girgl und Ewalt küssten ihn. Mattheis drehte sich einfach um und verließ den Saal.

II

AUGSBURG, KÖNIGSHOF, MÄRZ 1002

Ihr habt mir den Zahn gestohlen!«, fauchte Mena die Frau an, die sich über die Öffnung beugte. »Ich dachte, Ihr wolltet mir helfen?«

»Seid nicht so hart mit Eurem Urteil«, entgegnete Walburga freundlich. »Ich habe den Zahn in Verwahrung genommen und Euch damit das Leben gerettet.«

»Wo ist mein Kind?«, rief Mena verzweifelt. Allein der Gedanke daran, dass sie das Mädchen nicht stillen konnte, ließ die Schmerzen in ihren Brüsten noch größer werden. Nur die Tatsache, dass sie kaum etwas zu essen und nur wenig Wasser bekam, verhinderte, dass ihr die einschießende Milch den Busen zerriss.

»Es ist in Sicherheit«, versuchte die Nonne, sie zu beruhigen.

Mena glaubte ihr kein Wort. Der Klang dieser Stimme war falsch. »Ich will sie sehen! Ich will Mathilda sehen.«

»Damit der Bischof sie gegen eine Wand schlagen lässt, wenn Ihr ihm nicht sagt, wo die Herz-Urne ist?«

Mena stockte kurz der Atem – die Vorstellung daran, wie jemand ihr Mädchen an den Beinen packte und gegen eine Mauer warf, zog sie innerlich zusammen.

»Warum solltet Ihr mir das Leben gerettet haben?«, keuchte sie, froh, einen anderen Gedanken fassen zu können. »Ihr habt es zerstört! Oder sitze ich nicht hier in diesem Loch, weil ich den Zahn nicht mehr habe?«

Kaum hörbar lachte die Nonne über ihr. »Du sitzt hier, weil der Bischof etwas Bestimmtes wissen will. Er – und ich auch.«

»Was … wollt Ihr wissen?«, keuchte Mena. »Was?«

»Wo ist die Herz-Urne?«

Für einen Moment verspürte Mena so etwas wie Triumph. Sie brauchten sie. Niemand hatte gesehen, wo sie die Urne versteckt hatte – damit hatte sie einen Trumpf im Ärmel, den sie vorsichtig ausspielen musste.

»Holt mich hier raus – und ich sag es Euch«, zischte Mena.

Walburga schwieg.

»Habt Ihr Angst davor, mir ins Gesicht zu sehen?«, schrie Mena nach oben.

Doch ihre Stimme klang dünn und kraftlos. Wieder keine Antwort. Dafür schabte etwas über den Holzboden über ihr. Staub rieselte auf sie herunter und bedeckte ihr Haar, als müsse sie Buße tun.

Dann fiel etwas direkt neben ihr auf den Boden des Kerkers.

»Bindet das Seil als Schlinge um Euren Oberkörper. Ich ziehe Euch hoch«, rief Walburga nach unten.

Mena graute davor, den Strick um ihre prallen Brüste zu schlingen, aber es gab nur diese eine Möglichkeit, dem Gefängnisloch zu entkommen. Dann runzelte sie die Stirn. »Ihr wollt mich hochziehen? Unmöglich.«

»Es gibt hier einen Flaschenzug. Es wird eine Weile dauern, aber es geht.«

Mena hatte keine Ahnung, was ein Flaschenzug war, aber sie glaubte der Nonne. Je schneller sie draußen wäre, desto besser. Sie versuchte, die Schlinge so zu binden, dass sie sich nicht zusammenzog und ihr so die Luft abschnürte, während sie nach oben befördert wurde. Sie wusste allerdings nicht recht, wie sie das anstellen sollte. Schließlich wickelte sie den Strick einfach mehrmals um ihre Brust und ihr Gesäß, in der Hoffnung, dann wenigstens sitzend und nicht hängend nach oben zu kommen.

»Fertig«, verkündete sie.

Im gleichen Augenblick spannte sich das Seil, und die Reise nach oben begann.

Mena hatte noch kaum die Beine vom Boden genommen und sich in die Schlinge gesetzt, als sie gewahr wurde, dass etwas nicht stimmte.

Die Nonne hatte sich keinen Fußbreit gerührt. Statt am Strick zu ziehen, blickte sie nur in das Loch hinunter, aus dem Mena irgendwann auftauchen musste.

»Ihr seid nicht allein!«, schloss Mena daraus. Und sofort wurde ihr klar, welchen Fehler sie begangen hatte. Sie hatte zugegeben, das Versteck der Urne zu kennen.

»So ist es!« Walburga kicherte wie ein kleines Mädchen, dem ein Spaß gelungen war.

Mena zerrte an dem Strick, versuchte, den Knoten zu lösen, um wieder in ihr Verlies zurückzufallen, doch ihr eigenes Gewicht zog ihn unerbittlich zu. Es war ihr unmöglich, sich aus der Fesselung zu befreien.

»Wer ist bei Euch?«, schrie sie nach oben? »Ewalt? Mattheis? Gor?«

Niemand hielt es für nötig, ihr zu antworten. Langsam näherte sie sich der Öffnung, und als ihr Kopf über den Rand hinausragte und sich die Augen an das dämmrige und für sie dennoch zu helle Licht gewöhnt hatten, sog sie unwillkürlich die Luft ein.

Drei Männer standen im Raum. Einer betätigte den Flaschenzug; er hatte sie nach oben schweben lassen. Mena erkannte den Schwertmann, der ihr das Kind entrissen hatte. Der andere trug eine schwarze Kapuze aus Leder, die nur Mund und Augen freiließ. Er stützte sich auf ein Schwert. Der dritte war gänzlich in Weiß gekleidet und hielt einen Stab in der Hand: Bischof Siegfried.

»Es freut mich …«, setzte der Geistliche an, aber Mena unterbrach ihn scharf.

»Wo ist Mathilda?«, schrie sie ihn an. »Wo habt Ihr sie hinbringen lassen? Sie ist Ottos Kind.« Sie wandte sich zu den beiden anderen Männern. »Sie ist ein Sprössling des Kaisers. Ottos III. Tragt es weiter. Meldet es den Frauen der Liudolfinger. Ich habe Ottos Tochter …«

Ein Hieb gegen die Schläfe brachte sie zum Schweigen. Der Bischof hatte mit seinem Hirtenstab zugeschlagen. Für einen Moment wurde Mena schwindlig. Sie taumelte im Seil, drohte zu kippen, doch der Mann am Seilzug arbeitete schnell. Er packte sie am Arm und zog sie über die Bohlen. Hinter ihr schlug die Luke zu.

Es dauerte, bis man sie ganz auf den Boden hinuntergelassen hatte.

Der Bischof, die Nonne und der Kapuzenmann sahen zu, wie sich der dritte Mann, den der Bischof vor der Fischerkate Ulf genannt hatte, abmühte. Keiner von ihnen griff ein. Mena hatte den Blick auf die Hände des Mannes gerichtet. Er war ein Panzerreiter, so viel verstand sie, als sie die Narben auf seinen Händen und die vom Greifen und Schlagen krummen Finger sah.

»Was … was wollt Ihr von mir?«, keuchte sie, noch immer benebelt vom Schlag des Bischofsstabs.

»Zeig ihr die Instrumente«, sagte der Bischof leise. Dann drehte er sich zur Seite und begann eine Wanderung um sie herum. Mena folgte ihm nicht mit dem Blick, hörte nur seine Stimme neben, hinter und wieder neben sich. Entsetzt starrte sie auf die Zangen, Schraubzwingen, die Messer, das Glutbecken und die Brenneisen, die vor dem Freimann mit der Ledermaske auf einem Tisch hergerichtet waren, während der Henker stumm jedes Werkzeug hochhob, zu ihr trug, es vor ihren Augen hin und her wendete, damit sie auch noch die getrockneten Blutspuren darauf erkennen konnte. Obwohl sie kaum etwas gegessen hatte, wurde ihr übel, und sie musste würgen, ohne sich übergeben zu können.

»Das alles sind Werkzeuge zur Wahrheitsfindung«, erklärte Siegfried. »Jetzt nehme ich nicht an, dass du mich belügen willst, Weib. Aber mir ist es lieber, wir spielen mit denselben Karten. Das Brenneisen, das dir gerade gezeigt wird, kommt zum Schluss zum Einsatz. Es soll die Wunde schließen, wenn dir mit der Zange, die der Henker dir eben zeigte, die Zunge herausgerissen worden ist. Es soll gar nicht so schmerzhaft sein, wie man gemeinhin annimmt. Jedenfalls schreien die Delinquenten kaum.« Der Bischof kicherte in sich hinein, als hätte er einen Scherz gemacht.

Doch niemand lachte mit, weder der Freimann, der Mena bereits das nächste Werkzeug hinhielt, eine Art Brennschere, doch nicht um die Haare zu glätten oder Locken zu machen, sondern um einem Menschen bei lebendigem Leib Haare und Haut vom Kopf zu sengen.

Als sie zu Boden schaute, weil sie das schartige lange Messer nicht sehen wollte, trat der Bischof hinter sie, griff ihr unters Kinn und richtete ihren Blick auf die Folterwerkzeuge vor ihr.

»Was wollt Ihr von mir?«, wiederholte sie matt. »Ich bin in Ottos Auftrag ….«

»Otto ist tot«, fiel ihr der Bischof ins Wort. »Außerdem … wer in Ottos Auftrag kommt, hat das Zeichen bei sich.«

Mena schüttelte es vor Furcht und Schwäche, und sie wusste nicht recht, ob sie sich vor Kraftlosigkeit nicht mehr aufrichten konnte oder vor Furcht. Mühsam hob sie den Arm und deutete auf die Nonne, die neben dem Henker stand. »Sie hat mir den Zahn gestohlen.«

Siegfried nickte bedächtig. »Ich dachte mir so etwas.«

»Dann gebt mir mein Kind zurück!«, flüsterte Mena.

»Ach«, seufzte der Bischof. »Die Welt ist schlecht. Wenn ich etwas herausgeben soll, dann nur, wenn du etwas anzubieten hast, das mich interessiert.« Er näherte sich von hinten ihrem Ohr. »Gibt es da womöglich etwas, von dem ich nichts weiß?«

»Hat Euch Walburga, die Schlange, nichts davon gesagt? Dann solltet Ihr vorsichtig sein!«, schlug Mena zurück.

»Oh, doch. Hat sie. Aber wir sind ... sagen wir ... unterbrochen worden, bevor sie ihre Geschichte zu Ende erzählen konnte.«

Mit einer schnellen Bewegung stocherte der Freimann im Kohlebecken, und ein kleiner Funkenflug stob aus der Schale. Mena erschrak. Sie hatte nicht geglaubt, dass das Feuer schon angeschürt worden war. Dann legte der Henker ein Brenneisen in die Glut und verschränkte wieder die Hände auf dem Rücken, den Blick auf das Eisen im Feuer gerichtet.

Mena atmete aus, stöhnte. Vor ihren Augen flirrte die Welt und fing an, sich zu drehen. Sie fühlte, wie sie zu schweben begann, wie sie versuchte zu fliegen, nur um schließlich hart auf dem Boden aufzuschlagen. Sie hatte das Gefühl, so und nur so dem Druck entfliehen zu können.

Ein harter eisiger Schwall Wasser holte sie zurück. Sie blickte gegen die Decke. Der Bischof, der Schwertmann und Walburga beugten sich über sie.

»Bring sie in das Verlies am Ende des Ganges, Ulf. Und gib ihr etwas zu essen und zu trinken«, befahl der Bischof seinem Panzerreiter. »Der Henker hält sich zur Verfügung. Wir können noch einen weiteren Tag warten – aber mehr nicht. Lasst sie zu Kräften kommen, damit wir ...« Er vollendet den Satz nicht, sondern streckte über Menas Kopf hinweg die Hand aus, die Walburga ergriff.

»Bedenkt Euch!«, sagte er leise zu Mena. »Wir kommen wieder.«

Mena hustete, statt etwas sagen zu können, und rollte sich zur Seite. Sie fror, war nass und so durstig, dass sie die feuchten Bohlen ableckte.

»Wir haben zu tun!«, sagte der Bischof und lächelte der Nonne zu.

»Sie hat mir den Zahn des Kaisers gestohlen!«, keuchte Mena.

Doch weder Bischof Siegfried noch die Nonne achteten auf sie. Hand in Hand verließen sie das Turmzimmer, und von der Treppe her war ihr anzügliches Gelächter zu hören.

Während der Freimann die Foltergeräte wieder in lederne Schutzhüllen packte, fasste der Schwertmann Mena um die Hüfte und stellte sie auf die Beine.

»Woher soll ich wissen, ob das alles stimmt?«, fragte er. In seiner Stimme schwangen Zweifel mit.

»Ihr könnt es nicht wissen, Ihr könnt es nur glauben«, keuchte Mena, die versuchte, wieder Luft in ihre Lunge zu bekommen.

»Ihr wart Ottos …«

»Ich …«, Mena hustete trocken. »Ich habe seinen Samen empfangen. Ja.«

12

AUF DEM WEG NACH POLLING BEI WEILHEIM,
MÄRZ 1002

Ewalt hatte das Gefühl, als liefe alles aus dem Ruder. Mattheis'
forsche Art hatte sie in Schwierigkeiten gebracht, die sie nicht
mehr bewältigen konnten. Sie waren in die Enge getrieben worden, und dieser Panzerreiter aus dem Heer des Bayernherzogs
hatte keinen sinnvollen Ausweg mehr gefunden.

Also hatte er selbst einen Entschluss gefasst, der ihn am
zweiten Tag hier auf diesen Hügel in der Nähe von Weilheim
geführt hatte. Und er hoffte, dass der Zeitpunkt gut gewählt war.
Es würde alles nichts nützen, wenn Bischof Siegfried Mena in
der Zwischenzeit hatte töten lassen.

Es war eisig. Immer noch. Das Heer mit den sterblichen
Überresten des Kaisers würde wohl noch einige Wochen auf eine
Passage warten müssen.

Ewalt blickte von der Anhöhe hinunter auf das verschneite
Tal, in der Hoffnung, die Gerüchte, die allenthalben kursier-
ten, beruhten auf einem Funken Wahrheit. Die Luft über dem
Schneefeld flirrte, als stünde dort eine aus dem Himmel herab-
gesunkene Wolkenbank. Das Auge fand keinen Halt und zuckte
hierhin und dorthin. Nur vereinzelt tauchten aus dem Wolken-
weiß dunkle Flecken auf, die sich als Bäume erwiesen, von denen
die Schneelast gerutscht war.

Ewalt hielt sich die Hand vors Gesicht und spähte zwischen
den Fingern hindurch, um das Flimmern etwas zu dämpfen.
Doch er sah nur das weite weiße Land, wellig wie eine Decke.

Kein Zelt, kein Pferd, keine Menschen.

Dreihundert oder vierhundert Mann konnten sich nicht einfach unsichtbar machen. Sie hinterließen Spuren. Er seufzte tief. Demnach war er einem Gerücht aufgesessen, einem Wunschdenken hinterhergejagt, statt sich auf seinen Verstand zu verlassen.

Er gab dem Pferd einen kurzen Druck mit den Schenkeln, und das Tier tastete sich in der weißen Welt vorwärts. Ewalt war es ohnehin schleierhaft, wie es in diesem Nichts einen Weg finden konnte, den selbst er nicht sah. Aber das Pferd schritt mit einer Sicherheit aus, als blicke es durch die Schneedecke hindurch.

Ewalt hielt auf einen Schopf Fichten zu, der sie vor dem beständig aus dem Süden heranwehenden Wind schützen konnte. Von dort wollte er noch einmal Ausschau halten.

Ein Zweig knackte, Schnee rutschte von den Ästen der jungen Fichten.

Ewalt fuhr zusammen und blickte hoch, aber es war nur die weiße Last, die hier ihren Tribut gefordert hatte. Das Tauwetter der letzten Tage hatte den Schnee schwer gemacht, und die Bäume krümmten sich unter seinem Gewicht, bis Äste und Zweige abbrachen.

Er versank wieder in Gedanken, überlegte, wie weit er sich noch vorwagen sollte, bis er umkehren musste. Schon jetzt konnte er seinen Ausflug ins Bayerische nicht mehr erklären, wenn er wieder auf Mattheis und Girgl traf. Er fuhr sich durch den Bart. Die Eiskristalle, die sein Atem darauf gebildet hatte, rieselten sein Wams hinab.

»Halt!«, scholl es ihm von links entgegen.

Sofort verhielt Ewalt sein Pferd, blickte sich um, kniff die Augen zusammen und suchte im Weiß des Wäldchens nach dem Sprecher.

»Was wollt Ihr?«, fragte er laut und hoffte, er würde genauer bestimmen können, woher die Antwort kam.

»Was willst du hier?«, rief es zurück.

Die Stimme klang diesmal tiefer und rauer. Sie kam von rechts. Es waren also zwei Kerle.

»Was wollt Ihr?«, wiederholte er.

Stille. Offenbar erwarteten sie eine Antwort von ihm.

Ewalt schätzte die beiden Männer so nahe, dass sie ihn vermutlich mit dem Bogen ohne Probleme aus dem Sattel holen konnten.

»Ich … ich suche das Heer Herzog Heinrichs!«, erklärte er. »Man sagte mir, ich würde es auf dem Weg nach Polling finden.«

»Warum? Warum suchst du das Heer des Herzogs?« Die Stimme kam von links.

Ewalt räusperte sich. Es war ein gefährliches Spiel, das er hier spielte. Niemand würde ihm auch nur eine Träne nachweinen, wenn er hier in den Schnee fiel, durchbohrt von einem Pfeil.

»Ich muss es ihm selbst sagen.« Es klang selbstsicherer, als er sich fühlte.

Die Stimme kam wieder von rechts. Ewalt glaubte, durch das beinahe vollständige Schneedach der Fichten auf dieser Seite eine Pfeilspitze blinken zu sehen. »Red keinen Unsinn … was der Herzog hören kann, das dürfen auch unsere Ohren …«

»Ich habe eine wichtige Botschaft für ihn«, unterbrach ihn Ewalt. »Es geht um Kaiser Otto. Ich habe die Alpen überquert, um ihm eine Nachricht zu überbringen.«

»Du kommst von Norden!«, blaffte die Stimme links von ihm.

»Ich habe gedacht, der Herzog wäre in Augsburg, hörte dort aber, dass er sich in Polling im Kloster aufhalten soll.«

Schweigen. Ewalts Herz schlug heftig. Jeden Augenblick erwartete er, das Surren einer Bogensehne zu vernehmen, die ihm den Tod sandte. Er schluckte und versuchte es mit einem weiteren Hinweis. »Der Kaiser ist tot!«

Plötzlich durchbrach ein Mensch die Schneehülle zu seiner Linken.

»Das hast du gehört?«, fragte der Mann, der seinen Bogen nur über der Schulter trug. Er hatte nicht auf ihn gezielt.

»Ich habe es gesehen. Ich war sein Leibdiener.«

Der Mann sah ihn an, nickte und verfiel in einen höflicheren Ton. »Kommt mit. Der Herzog weilt gerade in Wessobrunn. Berichtet ihm, was Ihr zu berichten habt.«

Damit ging er um den Fichtenschopf herum und holte sein Pferd aus dem Versteck.

Dem Tier ging es wie Ewalt. Es zitterte, doch wohl eher vor Kälte als vor Angst.

»Dann bringt Ihr mich zum Herzog?«, fragte Ewalt.

»Auf«, rief der Mann und stieg auf sein Pferd. »Mir nach.«

Das ließ sich Ewalt nicht zweimal sagen und folgte ihm. Auch wenn sein Hengst den Geruch seines Artgenossen nicht mochte, der da vorauslief, und sich dagegen wehrte, in die Spur des Hengstes vor ihm zu wechseln, musste er es tun.

Erst jetzt fiel Ewalt in der Schneedecke die Wunde auf, die die Pferde im Weiß hinterlassen hatten. Die beiden Reiter waren offenbar hintereinander die Senke eines Bachlaufs entlanggekommen. Sie führte hinter den Fichtenschopf und endete dort. Außerdem war sie nicht so alt, wie er vermutet hatte. Sie hatten ihn vermutlich bereits früh entdeckt, während er in das Flirren der Eiskristalle geblickt hatte.

Es dauerte nicht lange, dann deutete der Mann vor ihm auf eine Reihe zerfallener Gebäude, von denen einige wenige notdürftig mit Dächern versehen waren.

»Kloster Wessobrunn!«, sagte er nur und gab seinem Pferd

die Fersen. Er hielt auf ein Zelt zu, das mitten im Klosterhof aufgebaut worden war.

Den Großteil der Klosteranlage von Wessobrunn hatte ein Feuer dem Erdboden gleichgemacht. Nur vereinzelte Hütten waren übrig geblieben, die die Grundmauern der ehemaligen Klosteranlage als Wände nutzten. Die Anlage machte einen vernachlässigten und beklemmenden Eindruck.

Ewalt stellte sich in seine Steigbügel, um einen Überblick zu erhalten, und bemerkte erst jetzt, dass der zweite Herzogsmann ihnen gefolgt war. Er hatte einen ausreichenden Abstand eingehalten. Die beiden Männer waren offenbar gut aufeinander eingespielt.

Vor dem Zelt mitten auf dem Gelände des ehemaligen Klosters standen zwei Wachen in Harnisch und mit offenem Schwert.

»Eine Nachricht für den Herzog!«, rief der Mann vor Ewalt den beiden Wachen zu. Erst jetzt wurde Ewalt gewahr, dass er ihn nicht nach seinem Namen gefragt hatte und auch den seinen nicht gesagt hatte.

»Sagt ihm, ich überbringe eine Botschaft vom Kaiser«, rief Ewalt laut.

Offenbar waren seine Worte bis ins Innere des Zeltes gedrungen, denn plötzlich wurde die Plane zurückgeschlagen. Ein Mann trat heraus, dessen dunkler Bart bis auf die Brust hinabreichte und dessen Oberlippe mit einem ebenso starken Haarwuchs bedeckt war. Darüber glänzten dunkle Augen, die in einem rötlichen Hof von Augenringen lagen.

Sofort rückten die Wachen zusammen und schützten den Mann mit ihrem Körper.

»Wer ist das?«, fragte er mit dröhnender Stimme.

»Ewalt, Leibdiener Kaiser Ottos«, antwortete Ewalt wahrheitsgetreu.

Der Herzog schloss die Augen zu schmalen Schlitzen, damit er in der gleißenden Helligkeit des Tages etwas sehen konnte. »Was willst du?«, fragte er dann.

»Herr, das muss ich Euch unter vier Augen sagen. Es ist nicht …«

»Ich habe keine Geheimnisse vor meinen Männern. Raus mit der Sprache!«, unterbrach ihn Heinrich mürrisch. »Was für meine Ohren bestimmt ist, ist auch für die ihren bestimmt.«

Ewalt saß ab, und sofort hoben die Wachen ihre Schwerter.

»Nehmt ihm nicht den Mumm zu reden!«, lachte der Herzog, als er sah, wie Ewalt zusammenzuckte.

»Der Kaiser ist tot!«, stieß Ewalt hervor.

Herzog Heinrich hob ruckartig den Kopf. »Otto ist tot?«

»Er will sogar dabei gewesen sein«, warf der Mann ein, der Ewalt hergeführt hatte. »Aber das ist undenkbar. Er kann um diese Zeit unmöglich die Alpen überquert haben.«

Eine Stille trat ein. Herzog Heinrich musterte Ewalt so eindringlich, als könne er allein aus der Beobachtung die Wahrheit heraussieben. »Warum sollten wir dir glauben?«, fragte er und wandte sich wieder halb dem Eingang zu.

Ewalt spürte, dass das Interesse zu erlöschen drohte. Er musste es erneut anfachen, wieder anblasen, aus der Glut wieder ein Feuer entfachen.

»Die Heilige Lanze ist bereits unterwegs nach Aachen. Das Heer wartet in Bozen auf die Möglichkeit, die Alpen zu überqueren. Doch ich habe vor dem Tauwetter mit der Herz-Urne Kaiser Ottos den Weg über den Brennerpass genommen. Mattheis und Girgl sind auch schon in Augsburg. Ich weiß nicht, warum sie Euch nicht aufsuchen.«

Ewalt sah, wie dem Herzog der Mund offen stehen blieb. Das hatte er offensichtlich nicht erwartet. Ewalts Brust wurde eng. Wenn Herzog Heinrich ihm jetzt nicht glaubte, dann war alles verloren. Er räusperte sich, lächelte. »Das Herz des Kaisers befindet sich in Augsburg, und Bischof Siegfried …«

Mehr musste er nicht sagen. Ein Raunen ging durch die Reihen der Männer.

Heinrich starrte ihn an. »Ihr kennt Mattheis und Girgl?« Ewalt nickte. »Ihr seid sicher, dass die Herz-Urne Ottos …?«

Mehr brachte der Bayer nicht über die Lippen. Ewalt sah ihm an, wie es hinter seiner Stirn arbeitete, wie er krampfhaft überlegte, was diese Mitteilung für ihn bedeutete.

»Ja, Herr, ich habe sie selbst über die Alpen gebracht. Ich weiß, wovon ich rede.«

Der Herzog stand noch eine Weile da, entrückt und abweisend, dann ging ein Zittern durch seinen Körper, und er winkte Ewalt zu sich heran.

»Ins Zelt mit ihm. Wir haben etwas zu bereden.«

13

AUGSBURG, KÖNIGSHOF, ENDE MÄRZ 1002

Mena zitterte, während sie den Löffel zu halten versuchte. Ihr war, als müsste sie einen Baumstamm tragen. Ihr rechter Fuß lag zwar noch in Ketten, aber die Arme konnte sie frei bewegen. Es nützte nur nichts, da sie zu schwach war, um den Arm zu heben. Zudem vermochte sie, seit sie von Walburga gehört hatte, dass selbst diese nicht wusste, wohin ihr Kind gebracht worden war, nicht mehr, das Essen bei sich zu behalten. Das wenige, das sie vom Teller abkratzte, erbrach sie sofort wieder.

Doch das war ihr gleich. Auch die Schmerzen in ihren milchstraffen Brüsten konnte sie wegschieben. Ihr einziger Gedanke galt dem kleinen Mädchen, das irgendwo dort draußen nach seiner Mutter schrie und nicht getröstet werden konnte.

»Mathilda! Mathilda! Mathilda!«, rief und flüsterte sie fortwährend und ließ ihre Gedanken ständig um diese drei Silben kreisen, die einen Strudel bildeten, der sie unerbittlich in eine Dunkelheit hinabzerrte, die von den Ereignissen bei ihrer Verhaftung gespeist wurde. Immer wieder schossen ihr die Bilder durch den Kopf, wie der Panzerreiter ihr das Kind aus den Armen riss, wie der fette Mönch es wegtrug, wie niemand ihr beistand. Kurz blitzte der Name Gor in ihrem Kopf auf, aber dann wurde er erneut von den schwarzen Gedanken weggespült, die sich wie eine Schlinge um ihr Herz legten und sich zuzogen.

Sie wiegte mit dem Oberkörper vor und zurück und versuchte, sich an das Gewicht und den Geruch des Mädchens zu erinnern, doch nur der Gestank ihres eigenen Seins stieg ihr in die Nase und führte zu kalten Tränen.

Selbst das Klirren von Eisenketten schreckte sie nicht auf, so tief war sie in ihre eigene Welt versunken. Erst ein Schwall eisigen Wassers holte sie zurück in die Gegenwart.

Vor ihr stand der Schwertmann des Bischofs. Der, der ihr Mathilda weggenommen hatte.

»Versteht Ihr mich?«, fragte er.

Es klang weder bösartig noch forsch. Sie hörte aus seiner Stimme nicht den Hass heraus, den Männer seines Schlages üblicherweise ihren Feinden oder gar Frauen entgegenbrachten. Er war neugierig. Mehr nicht. Auf eine teilnahmslose Art.

Mena versuchte, die Dämonen, die an ihren Gedanken zerrten, in den hintersten Winkel ihres Kopfes zu verbannen, was ihr nur unzureichend gelang.

»Wo ist die Herz-Urne?«, fragte der Schwertmann.

Mena spürte, wie ihre geschwollene Zunge und die rissigen Lippen kaum einen Buchstaben formen konnten. Dennoch fragte sie zurück.

»Ihr … heißt … Ulf, nicht wahr?«

Der Mann legte den Kopf schief und schien zu überlegen, ob er überhaupt antworten sollte. Dann entschied er sich dafür.

»Ja«, brummte er. »Ulf von Achsheim.«

»Wo ist mein Kind, Ulf, Schwertmann des Bischofs?«, stieß sie hervor.

»Ich weiß es nicht.«

»Ihr habt mir Mathilda weggenommen und diesem Mönch übergeben. Was hat er mit ihr gemacht?«

Er zuckte mit den Schultern. Mena flimmerte es vor den Augen, und ihr Blick verengte sich. »Wenn sie … wenn sie tot ist …« Sie konnte nicht weitersprechen.

Eine drückende Stille erfüllte das Verlies.

Zweimal räusperte sich der Panzerreiter. »Mein Herr will nur die Wallfahrt zur heiligen Afra unterstützen. Die Menschen bleiben weg. Der Glaube an ihre Wundertätigkeit verblasst. Da wäre die Herz-Urne eine erfrischende …«

Mena musste schlucken. »Was geht mich das an?«, fiel sie ihm krächzend ins Wort. »Soll der Bischof doch selbst zum Märtyrer werden. Vielleicht hilft's ja, wenn er sich einen Finger abschneidet – oder besser noch … den Hals.«

Erschöpft sank sie nach vorn. Sie hatte nicht mehr die Kraft, sich zu wehren. Wozu sollte sie leben?

»Sagt mir, wo die Herz-Urne ist, und ich sorge dafür, dass Ihr im Gegenzug Euer Kind zurückbekommt.«

Langsam hob Mena den Kopf. Er war so unendlich schwer, als würden alle Höllenteufel daran ziehen. »Dann wisst Ihr sehr wohl, wo meine Tochter ist?«

Sie nahm wahr, dass der Mann den Kopf schüttelte.

»Aber ich finde es heraus«, sagte er.

»Und wenn sie nicht mehr lebt?«

Ulf von Achsheim ließ die Frage unbeantwortet. »Bischof Siegfried will das Herz des Kaisers im Oratorium des heiligen Ulrich beisetzen. Ihm ist an der Trilogie der Heiligkeit gelegen: Afra, Ulrich, Otto.« Es klang wie auswendig gelernt.

»Otto«, widersprach Mena heiser und versuchte, ihre rissigen Lippen zu befeuchten. »Otto war ein Hengst, kein Heiliger.«

Ulf lachte leise. »Das eine schließt das andere nicht aus. Schon gar nicht nach dem Tod.«

»Ihr findet … findet das Herz niemals ohne mich. Meine Tochter … gegen die Herz-Urne. Ich … ich muss sie … in den Armen halten.«

Ulf seufzte. »Wie Ihr wollt, Mena, Geliebte des Kaisers. Ihr werdet danach kein Kind mehr stillen können, auch wenn Ihr es wolltet.«

Mena runzelte die Stirn. Was sollte das nun wieder bedeuten?

Ulf klatschte in die Hände, und vor der Tür klirrte Eisen. Die dicken Bohlen der Eingangstür schwangen nach innen, und die massige Gestalt des Henkers schob sich hindurch. Der Rote Freimann trug Folterwerkzeuge in der Hand, legte sie mitten im Raum ab und kehrte ihnen den Rücken zu.

Ulf ließ sich auf die Knie nieder, ging ganz nah an Mena heran.

»Ihr werdet uns alles erzählen. Aber Ihr werdet dabei verstümmelt werden. Wollt Ihr das wirklich? Wo ist die Urne? Mehr muss ich nicht wissen.«

Mena spürte, wie sich ihr Atem beschleunigte, wie der Puls zu jagen begann.

Wenn sie jetzt ihren einzigen Trumpf, den sie besaß, aus der Hand gab, war sie verloren. Sie würde gefoltert und in diesem Loch bleiben, bis sie verschimmelte oder von Ratten aufgefressen wurde.

Der Henker schob die Tür rückwärtsgehend erneut auf. Er trug ein Kohlebecken vor der Brust, setzte es mitten im Raum ab, richtete die Metallbeine aus, bis es gerade stand, warf einen Blick auf Mena und verließ erneut den Raum.

»Ihr wisst, was nun kommt!«, sagte Ulf. »Womöglich überlebt Ihr die Folter nicht, und Euer Kind wird als Waise aufwachsen.«

»Ihr werdet mich nicht foltern. Sonst sage ich gar nichts.«

Ulf bedachte sie mit einem Blick voller Mitleid, der Mena durch und durch ging. Der Schwertmann war sicher kein übler Kerl, geradeheraus und wahrhaftig, und man sah ihm an, dass es ihm zuwider war, sie dem Henker überantworten zu müssen.

»Ich bin als Vertreter des Stadtvogts hier«, sagte er und bemühte sich, unbeteiligt zu klingen. Es gelang ihm nicht. »Ich vollstrecke in seinem Namen die Anordnungen des Stadtherrn, Bischof Siegfried.«

Mena schloss abermals die Augen und lauschte. Sie hörte den Henker den Gang entlangkommen. Er schlurfte. Etwas Metallenes schlug ihm gegen die eisenbeschlagenen Stiefel. Sie roch den Kohlekübel, bevor der Mann ihn unter Stöhnen und Ächzen durch die Tür hereingeschleppt hatte. Er leerte die glühende Holzkohle im Becken aus und legte die ersten Zangen dazu. Dann blies er mit einem Handblasebalg die Glut hoch, bis es knisterte und knackte.

Für einen kurzen Augenblick überlegte Mena, ob es sich lohnte, die Wahrheit zu sagen und das Versteck zu verraten, statt zu sterben. Verzweifelt versuchte sie zu spüren, ob Mathilda noch lebte. Und sie spürte nichts.

»Mein Kind«, flüsterte sie. »Mathilda ist tot. Nicht wahr?«

Eine Hand griff nach ihrem Kinn und richtete damit ihren Blick auf das Gesicht vor ihr. Sie spürte es, weil ihr der Atem des Schwertmanns direkt ins Gesicht blies.

»Seht mich an, Herrgott«, zischte er, und Mena öffnete die Augen.

Seine Augen schimmerten trotz des schwachen Lichts blau wie der Himmel, den sie nicht mehr würde sehen können.

»Eure Tochter lebt«, zischte er. »Also verratet mir, um Eurer Seele willen, wo das Herz ist, damit der Bischof die Urne zu den Körpern der Märtyrer stellen kann. Mehr verlangen wir nicht von Euch.«

Mena schluckte. »Und dann ... lasst Ihr mich ... laufen?«

Sie stockte. Ihre Zunge war so dick, dass die Wörter nicht mehr daran vorbeikamen. Selbst die Luft tat sich schwer und verursachte ein Zischen und Pfeifen. »Ihr lügt«, flüsterte sie mit aller Anstrengung. »Ohne meine Tochter ... will ich nicht leben.«

Sie hoffte, Ulf von Achsheim würde jetzt aufspringen, vor die Tür treten und eine Amme mit dem Säugling hereinführen. Ihrem Säugling. Ihrer Mathilda. Doch er erhob sich nur mit einer müden Bewegung und bedeutete dem Roten Freimann, er solle mit seiner Arbeit beginnen.

Der Henker zog seine Kapuze über, sodass nur noch zwei Augenschlitze zu sehen waren. Dann streifte er die Handschuhe über, die er eben ausgezogen und neben das Becken gehängt hatte. Er griff neben sich, holte ein Stochereisen von dem kleinen Tisch und ging auf Mena zu.

»Mit diesem Eisen werde ich Euch stechen!«, verkündete er. »Außer Ihr … Ihr …« Er stockte, weil das, was er tun musste, nicht mit der sonst üblichen Erzwingung eines Geständnisses zu tun hatte. Mena brauchte nichts zu gestehen. Sie war keine der üblichen Verbrecherinnen, der Zauberinnen, Kindsmörderinnen oder Huren, die gebrandmarkt oder zur Rede gestellt wurden. In den Augen des Henkers hatte sie kein Verbrechen begangen.

Etwas hilflos sah er zu dem Schwertmann des Bischofs hinüber, als fände er dort Unterstützung. Aber Ulf hatte sich weggedreht. Erst als es keinen Fortschritt gab, wandte er sich um und sah den Roten Freimann untätig vor dem Kohlebecken stehen. Mit einer kurzen Handbewegung wies er ihn an, ohne die Eröffnungsformel fortzufahren.

Der Henker nickte, drehte sich auf dem Absatz um und hielt das Eisen in die Holzkohlenglut.

Mena konnte sehen, wie er sorgfältig die Eisenspitze rundum rot glühend machte, wie er sich Zeit ließ, wie er prüfte und testete. Schließlich hob er den Kopf und blickte zu ihr herüber.

»Habt Ihr uns etwas zu sagen?«, begann er.

Mena, die nicht glauben konnte, dass ihr Tod auf Raten begonnen hatte, schüttelte den Kopf. Sie würde an Mathilda denken.

»Henker, waltet Eures Amtes«, sagte Ulf. Er stellte sich breitbeinig neben Mena und sah angestrengt gegen die Wand.

Der Rote Freimann drehte das Stochereisen noch einmal um, nahm es aus der Glut und ging, es vor sich haltend, auf Mena zu.

Sie konnte den Blick nicht mehr von der glutroten Spitze nehmen, die ihre Augen magisch anzog. Es war die Verkörperung des Schmerzes, der sie heimsuchen würde, und Mena wusste, sie hatte es verdient, weil sie nicht so auf Mathilda geachtet hatte, wie es eine Mutter sollte.

Erst als der Henker vor ihr stand und sie die Hitze bereits auf der Haut spürte, schloss sie die Augen. »Gebt mir mein Kind zurück«, flüsterte sie, dann presste sie die Lippen aufeinander.

14

AUGSBURG, MÄRZ 1002

Gor hatte die Mauern des Königshofs tagelang studiert, doch keine Möglichkeit gefunden, sich dort Zutritt zu verschaffen. Zu viele Menschen, zu viele Wachen und zu vieles, auf das er achten musste und das er nicht vorhersehen konnte. Das Leben in dieser Stadt war um so viel schwieriger als das Leben in den Bergen.

Er hatte eine Vorstellung davon, was mit Mena geschehen würde, aber er hatte keine Möglichkeit, ihr zu helfen. Und diese Hilflosigkeit raubte ihm schier den Verstand.

Er musste etwas tun. Er musste sie dort herausholen. Er wusste jedoch nicht, wie.

Erst als er Ewalt davonreiten sah, war in ihm ein Plan gereift. Er war dem ehemaligen Leibdiener Ottos auf eine Vermutung hin gefolgt, die er schließlich bestätigt fand. Ewalt wollte den Herzog in Wessobrunn aufsuchen. Gor überholte ihn ungesehen und hatte sich dem kleinen Heer des Herzogs von der anderen Seite her genähert.

Und so konnte er sich an dem Erstaunen Ewalts weiden, als dieser hinter dem Herzog das Zelt betrat und Gor ihn dort erwartete. Tatze und Fell saßen links und rechts von ihm, seine Hände lagen auf ihren Schädeln.

Ewalt blieb der Mund offen stehen. Auch der Wachmann, der mit eingetreten war, zückte überrascht das Schwert, als er sich im Zelt des Herzogs dem Bergmenschen gegenübersah.

Herzog Heinrich hob den Arm. »Nur ruhig!«, sagte er. »Er ist einer meiner Vertrauten.«

Gor hob die Augenbrauen. Kurz zuvor war das noch keineswegs der Fall gewesen. Der Herzog hatte kein Wort von dem geglaubt, was er erzählt hatte. Erst Ewalts Auftauchen hatte die Situation geändert. Nun fand auch seine Geschichte das Ohr des hohen Herrn.

»Wenn sie stirbt ...«, sagte Ewalt eindringlich. »Wenn sie stirbt, ist das Herz Ottos verloren.«

Gor stimmte ihm zu.

Die drei Männer sprachen ausführlich über die Herz-Urne, über deren Wert, über die Nachfolge Ottos, über dessen Leichenzug. Schließlich stellte der Herzog einen Trupp Reiter zusammen, und sie sattelten die Pferde.

Rasch brachen sie auf und legten mit zwanzig Reitern in einem Eilmarsch den Weg nach Augsburg zurück. Gor lief auf seinen Schneeschuhen nebenher, was ihm misstrauische Blicke einbrachte, weil er über dem Schnee zu schweben schien, und seine Hunde trieben die Pferde bis zur Erschöpfung an.

Nach knapp eineinhalb Tagen standen sie vor den Toren der Bischofsstadt und begehrten Einlass.

Gors Lunge brannte. Zwar hatte er keine Hoffnung mehr, Mena lebend vorzufinden, aber er hatte das einzig Mögliche versucht. Seine Aufgabe war erledigt. Als sich die schweren Bohlentüren Augsburgs öffneten, entschied er sich dagegen, die Stadt zu betreten. Dort war es ihm zu eng. Er ließ sich ans Ende des Trupps fallen, und als die Reihe an ihn kam, das Tor zu durchqueren, schwenkte er zur Seite und schlug die Richtung zu den Lechauen ein, bevor jemand es bemerkte.

Er wusste, dass allein schon das Eindringen in das Zelt des Herzogs ein Frevel gewesen war, den er irgendwann würde büßen müssen. Kein Herr ließ sich das gefallen. Da blieb er lieber außerhalb der Mauern. Sie schützten nicht nur vor Feinden, sie hielten auch die Menschen in der Stadt fest. Der Herzog, das ahnte er, hätte ihn sofort nach dem Schließen der Tore gefangen nehmen lassen.

Aber nun würde er erst später erfahren, was mit Mena geschehen war.

Gor blickte nicht zurück, sondern wanderte zu der Fischerhütte, in der sie ihr Kind zur Welt gebracht hatte. Er war zu unruhig, um sich einfach hinzusetzen und zu warten. Er befahl seinen Hunden, auf die Kate aufzupassen, und ging in den Wald, um Kaninchen zu jagen.

Als er aufbrach, sah ihm aus einem Dickicht die Schnauze eines Fuchses entgegen. Es war wohl das Tier, das seit längerer Zeit immer wieder die kleine Siedlung heimsuchte und sich an den Hühnern vergriff.

Das rote Fell lugte zwischen den immergrünen Nadelzweigen hervor. Gor überlegte für einen Moment, ob er nicht diese Fähe jagen und den Fischern damit eine kleine Freude bereiten sollte. Aber dann dachte er an die kleinen Fellknäuel, die sich im späten Frühjahr hungrig im Fuchsbau rekeln würden, und entschied sich dagegen. Er würde die Fallen kontrollieren. Das Mädchen brauchte etwas Fleischbrühe und seine Amme ebenfalls.

Mit großen Schritten tauchte er in das grüne Dickicht ein, das die Lechauen umgab. Er ging geradeaus und tief in die Auen hinein. Seine Bewegungen waren geschmeidig, seine Tritte vorsichtig und beinahe lautlos. Hier kannte er sich aus, hier fühlte er sich wohl, hier war er sein eigener Herr. Er sog die Luft ein, die selbst in der Kälte um so viel besser roch als in der Stadt. Offenbar nahmen die Bewohner Augsburgs nicht mehr wahr, dass ihre Umgebung stank und dass sie selber ebenso stanken wie ihre Stadt. Überall auf den Straßen lagen Kot und verrottende Abfälle. Dennoch schienen sich die Menschen dort so wohlzufühlen wie die Hausschweine in ihrem Koben. Gor spuckte in hohem Bogen in den Schnee.

Er leerte die Fallen aus und schulterte die Kaninchen. Zwei vorn, drei hinten, nur an den Beinen zusammengebunden. Die Tiere waren bereits steif gefroren und schwer aus den Schlingen zu entfernen gewesen, ohne dass er diese zerstörte. Schließlich fühlte er sich etwas beruhigt und trat den Heimweg an.

Auf Tierpfaden schlich er durch den Auwald – ein Wilderer für den Bischof von Augsburg, obwohl er nur für sein Essen sorgte –, und war daher umsichtiger als sonst. Er überlegte, warum er sich noch immer nicht in die Berge zurückgezogen hatte. Dieses Kind, diese Frau, was gingen sie ihn an? Im Grunde nichts – und doch hatte ihn die Kraft berührt, mit der Mena ihr Ziel hatte erreichen wollen. Dass es nicht ganz so gekommen war, durfte man ihr nicht anlasten. Sie war voller Hoffnung aufgebrochen, und das Schicksal hatte ihr einen anderen Weg gewiesen, als den, den sie für sich selbst gewünscht hatte. Das war es, was ihn in Augsburg zurückhielt: Er wollte Mena eine Stütze sein, damit sie auf ihrem neuen Weg nicht strauchelte.

Schließlich kannte er das. Die Abzweigungen waren scharf, und es konnte einen aus der Kurve tragen wie einen Schlitten, wenn er zu schnell war. Mit einem kräftigen Kopfnicken bestätigte er seinen Entschluss vor sich selbst. Das war es. Mehr nicht. Sie sollte es nicht so schwer haben wie er, nachdem ihm seine Frau unter der Hand weggestorben war.

Er war fast an der Hütte angelangt, als ihm die Füchsin wieder begegnete. Keine fünf Fuß stand sie vor ihm und sah ihn an. Sie schien im Gegensatz zu ihm nicht überrascht. Erst jetzt erkannte er, wie dünn sie war. Offenbar hatte er es mit einem noch jungen, unerfahrenen Weibchen zu tun, das in dieser unwirtlichen Schneelandschaft keine oder nur unzureichende Beute fand, seit die Fischer ihre Ställe sicherten. Gor hielt inne und nahm eines seiner fünf Kaninchen von der Schulter und knotete den Grasstrick auf, der die Beine zusammenhielt.

»Weil du es bist«, murmelte er und schalt sich selbst einen Narren, als er der Fähe das Tier zuwarf. Er hielt nicht nur in Augsburg aus, um einer Frau zu helfen, die ganz gut ohne ihn zurechtkam, jetzt fütterte er auch noch Füchse.

Während er zusah, wie die Füchsin den Kadaver vorsichtig ins Maul fasste und davontrabte, hörte er die Pferde. Wie der Blitz verschwand das Tier.

Er selbst duckte sich augenblicklich und horchte.

Niemand hier hatte ein Pferd. Da nur der Herzog und seine Mannen beritten waren, konnten es nur dessen Leute sein. Offenbar war Gors Abwesenheit bemerkt worden, und Ewalt hatte geplaudert, wo er womöglich zu finden war. Vermutlich hatte der Herzog ein paar Mann hinter ihm hergeschickt.

Gor legte seine Kaninchen ab und schob sich näher an die Hütte heran. Unter dem überhängenden Zweig einer Fichte hockte er sich nieder und überblickte den Raum.

Tatsächlich ritten in diesem Moment zwei Gestalten vor die Hütte, die Gor nur zu gut kannte und die ihm Übelkeit verursachten: Mattheis und Girgl.

Waren die beiden im Auftrag des Herzogs hier oder auf eigene Rechnung unterwegs?

Mattheis deutete stumm auf die deutlich erkennbare Spur im Schnee, die in den Wald führte.

»Wir haben sie verpasst!«, knurrte Girgl.

»Wir warten.«

»Hier?«

»Drinnen ist es warm. Irgendwann wird einer von ihnen auftauchen. Der Bergmensch weiß sicherlich auch, wo sie die Urne versteckt hat. Wir prügeln es aus ihm raus.« Mattheis stieg ab und stapfte auf die Hütte zu.

Im selben Augenblick hoben sich die Köpfe der beiden Wolfshunde aus dem Schnee.

»Ho, ho«, rief Girgl erschrocken.

Gor musste grinsen. Fell und Tatze hatten ihn längst gewittert, sonst hätten sie sich nicht so ruhig verhalten. Sie warteten auf ein Zeichen von ihm. Sie wehrten sich nur, wenn sie selbst angegriffen wurden. Ansonsten ließen sie die Menschen in Ruhe. Das Aussehen und die Größe der beiden Wolfshunde reichten aus, um sich Achtung zu verschaffen.

Mattheis zog hörbar den Rotz hoch und spuckte ihn seitlich aus, weg von den Hunden.

»Und was machen wir jetzt?«, fragte Girgl leise.

»Hast du etwa Angst vor diesen Viechern?«, fragte Mattheis. »Wenn nicht, schaffen wir uns die Köter vom Hals.«

Gor beobachtete gespannt, wie die beiden Männer vorgehen wollten. Er hatte keine Bedenken, dass die Hunde sich falsch verhalten oder gar verletzt würden. Sie waren schnell, sie waren mutig – und sie waren durchtriebener als die beiden Schwertmänner.

15

AUGSBURG, KÖNIGSHOF, MÄRZ 1002

Mena erwartete den Schmerz und war bereit, ihn für Mathilda anzunehmen. Schlimmer als die Geburt konnte es kaum werden. Außerdem hoffte sie, dass ihr Körper gnädig wäre und sie sich bei ihrem Zustand schnell in eine Ohnmacht oder vielleicht sogar in den Tod flüchten könnte. Auch ihn würde sie begrüßen, wenn sie Mathilda nicht zurückbekam.

Doch nichts geschah. Die Hitze der Metallspitze blieb gleichbleibend fern von ihr.

Schließlich öffnete Mena die Augen und sah, wie Ulf den Oberarm des Henkers festhielt. Sein Blick war zur Tür gerichtet, und er flüsterte dem Mann etwas ins Ohr. Er musste keine Gewalt anwenden, ihn nicht davon abhalten, seine Pflicht zu tun. Der Rote Freimann drehte sich selbst um.

Erst jetzt vernahm Mena die schweren Schritte und das Waffenklirren. Es war kein einzelner Mensch, der durch den Aufgang zur Folterkammer des Königshofs ging. Es war ein Gleichschritt von vielen Männern.

Plötzlich wurde die Tür aufgerissen. Bewaffnete fluteten den Raum. Dahinter erschien ein einzelner Mann, bärtig, kräftig, mit eckigem Gesicht – und hinter ihm ein Gesicht, das Mena kannte.

»Ewalt!«, entfuhr es ihr.

»Ist das die Frau?«, dröhnte die Stimme des Bärtigen.

Sowohl Ulf von Achsheim als auch der Henker ließen sich auf ein Knie nieder.

»Herr, Gott sei's gedankt, dass Ihr rechtzeitig eingetroffen seid«, sagte Ulf.

Eine Kopfbewegung ließ Ewalt nach vorn stolpern.

»Kennt Ihr den Mann?«, knurrte der Herzog von Bayern.

Ewalt nickte Ulf zu. Der grüßte zurück. Beide lächelten. Mena sah erstaunt, wie vertraut sie miteinander waren.

»Der Schwertmann des Bischofs, Ulf von Achsheim. Er hat es mir ermöglicht, zu Euch zu kommen. Zufällig hatte er erfahren, wo Ihr zu finden wärt.«

Heinrich nickte nur. »Ein Mann, den man gebrauchen kann«, murmelte er, während er auf Mena zukam. Er rümpfte die Nase und hob einen Ärmel seines Wamses dagegen. Mena selbst roch nichts mehr, vermutete aber, dass ihr vollgebluteter Rock, der Kot auf der Kleidung und die Tatsache, dass sie sich seit mehreren Tagen nicht mehr gewaschen hatte, eine besondere Ausdünstung ergaben.

»Du warst also die Gespielin des Kaisers.«

Mena musste schlucken. »Ich war … seine Leibdienerin und … sein Gefäß.« Es fiel ihr schwer zu antworten. Also setzte sie einen Wunsch hinterher. »Wasser … bitte.«

Bedächtig nickte der Herzog und scheuchte mit einer Handbewegung den Roten Freimann auf. Dieser sprang zu einem Kübel, schöpfte mit einem Holzbecher Wasser und brachte es Mena.

Geduldig wartete der Herzog, bis sie ausgetrunken hatte.

Sie wollte sich zurückhalten, sich mäßigen, doch nach dem ersten Schluck überfiel sie eine Gier, die sie nie zuvor gekannt hatte. Mit langen Zügen schüttete sie das Wasser in sich hinein und hatte nicht das Gefühl, als würde es in ihrem Magen ankommen. Sie reichte den Becher dem Henker, und dieser eilte zum Wasserkübel, um ihn erneut zu füllen.

»Genug jetzt. Antworte!«, beendete der Herzog das Spiel. »Wo ist die Urne?«

Mena überkam ein Zittern, als hätte das Wasser eine Verkrustung gelöst. Es begann an den Lippen und breitete sich von dort über ihren ganzen Körper aus. Sie konnte es nicht beherrschen, konnte ihm nicht Einhalt gebieten und beruhigte sich erst etwas, als ihr Tränen übers Gesicht liefen.

Mühsam erhob sie sich. Die Kette klirrte, mit der ihr Bein noch immer gefesselt war.

Doch mit den Tränen kehrte ihr Wille zurück. Sie atmete tief ein und aus und stieß schließlich hervor: »Wo ist Mathilda?«

Der Herzog hob eine Augenbraue und sah zuerst zu Ewalt, dann zu Ulf von Achsheim.

»Bischof Siegfried hat ihr das Kind weggenommen«, versuchte der Schwertmann zu erklären.

»Den Bastard? Hab dich nicht so! Dein Herr befiehlt dir ...«, sagte Heinrich unwirsch.

»Erst das Kind!«, fiel ihm Mena ins Wort.

Das Gesicht Herzog Heinrichs lief rot an. Sie wusste, dass er es weder gewohnt war unterbrochen noch mit Forderungen einer Dienstmagd konfrontiert zu werden. Es schien ihm Mühe zu bereiten, sich zu beherrschen.

»Ich bin der letzte männliche Nachkomme des Geschlechts der Liudolfinger«, erklärte er und warf sich in die Brust. »Folglich gehört Ottos Herz rechtmäßig mir.«

Mena wollte einen Schritt nach vorn tun, aber ihr knickten die Beine weg. Ewalt trat zu ihr und stützte sie. Sie musste es zulassen, obwohl sie niemanden weniger gern neben sich sehen wollte als ihn.

»Zuerst meine Tochter, dann die Herz-Urne«, flüsterte sie.

Eine unnatürliche Stille legte sich über den Raum. Plötzlich zog der Herzog die Nase hoch. Im Verlies war es erheblich wärmer als vor dem Turm. Allen liefen die Nasen.

»Gut. Bringt ihr das Kind – wenn sie geredet hat.«

Heinrich von Bayern war ein Taktierer, ein Spieler. Auch wenn Mena ihre Sinne noch nicht wieder ganz beherrschte – das hatte sie sofort verstanden. Er versuchte, ihr seine Spielzüge schmackhaft zu machen, sie zu überrumpeln und damit letztlich zu gewinnen. Sie musste ihm unmissverständlich erklären, dass sie ihn durchschaute und nicht mitspielen wollte.

Sie schloss die Augen, räusperte sich. Was sie jetzt sagte, konnte sie das Leben kosten, doch sie musste es wagen. Selbst wenn kein Wort davon der Wahrheit entsprach. Was hatte sie schon zu verlieren?

»Auch Ekkehard von Meißen will Ottos Nachfolge antreten. Er hat meiner Tochter ein Auskommen zugesagt.«

Sie konnte hören, wie die Männer im Raum scharf die Luft einsogen und dann anhielten. Was sie gesagt hatte, war ungeheuerlich. Einige der Schwertmänner griffen zu ihren Waffen.

»Herr!«, warf Ewalt ein. »Sie meint es nicht so … Sie ist … sie hat … die Gefangenschaft …«

Mena schüttelte den Kopf. »Ich meine es genau so. Wenn das Kind nicht an meine Brust zurückkehrt, dann erfahrt ihr nie, wo Ottos Herz verborgen ist. Dann werde ich das Wissen mit in den Tod nehmen oder es dem Manne anbieten, der seine Nachfolge antreten will.«

Die kurze Rede hatte sie erschöpft. Sie musste sich setzen, und Ewalt ließ sie zu Boden gleiten.

Das Lächeln des Herzogs war säuerlich. »Du hast den Finger in die Wunde gelegt, Weib. Ich will Kaiser werden. Und da die Heilige Lanze bereits vorausgeschickt wurde, wie ich erfahren habe, bleiben mir nur die restlichen Reichsinsignien – und das Herz eines Kaisers.«

Er schnaubte und blickte zum Roten Freimann hinüber. Der stand da wie in Stein gemeißelt, starr, den Blick auf den Herzog gerichtet, bereit, jeden Augenblick mit einer Handbewegung aufgefordert zu werden, mit der Tortur zu beginnen.

»Wer wollte dich brechen? Der Augsburger Bischof?« Der Herzog leckte sich über die Lippen, lief in den Raum hinein, weg von Mena, dann wieder zurück. »Ich kann dir das Kind nicht an die Brust legen. Ich habe es nicht. Wo es ist, weiß nur Bischof Siegfried. Du siehst, ich bin ehrlich zu dir.«

Mena sah zu Boden. Sie musterte ihre schmutzigen Zehen. Dreck und Kot bildeten eine eigene Landschaft aus, deren Pfaden sie mit den Augen folgte.

Aber Ihr habt Möglichkeiten, Herzog, dachte sie, sagte aber nichts.

Heinrich schien zu ahnen, was sie dachte. »Ich habe allerdings Möglichkeiten«, sagte er. »Da wir jedoch bald, eigentlich täglich, den Zug des Kaisers erwarten, wäre es von Vorteil ...« Er stockte, weil Mena den Kopf gehoben hatte und ihn ansah.

»Ich tue jetzt etwas, was ich sonst nie tun würde«, fuhr er fort. Die Mühe, die ihn dieser Satz gekostet hatte, war herauszuhören. »Es sind Zeugen im Raum. Ulf von Achsheim, Ewalt, der Leibdiener Ottos, zwei meiner Paladine. Hört: Ich, Herzog Heinrich von Bayern, gelobe hiermit, die Leibdienerin Ottos, des Kaisers ...«

»Lasst mich aus dem Spiel, Herr«, sagte Mena und unterbrach den Herzog erneut. »Sorgt für meine Tochter.«

»Und wenn sie ... tot ist?«

»Was nützt mir aller Tand, wenn ich ohnehin nicht mehr leben will?«

Heinrich fuhr sich durch den Bart und strich gedankenverloren darüber. Dann seufzte er und fuhr fort: »Meinetwegen ... der Tochter der Leibdienerin Ottos eine Aussteuer von fünfzig Hufen zuzugestehen, sofern sie nie Anspruch auf den Thron erhebt. Auch ist die Ausstattung mit meinem Wunsch verbunden, das Herz dem Augsburger Oratorium des heiligen Ulrich zu stiften.« Er hielt inne und verschnaufte, als hätte ihn dieser Satz Kraft gekostet, dabei war er nur so dahingesagt.

Mena kannte sich mit Eiden nicht aus, hoffte aber, dass die Zahl der Zeugen ausreichen würde, ihren Anspruch durchzusetzen. »Ich brauche etwas zu essen«, forderte sie. »Macht die Kette los – dann führe ich Euch zu der Herz-Urne.«

Herzog Heinrich gebot dem Henker, die Kette zu lösen. Dann wandte er sich an einen seiner Getreuen. »Schaff mir das Kind herbei, Mann!«

Der Schwertmann sah ihn ratlos an, dann nickte er und ging davon.

Mena sah verstohlen in die Runde. Heinrich wirkte gelassen. Der Rote Freimann holte Hammer und Spalteisen, um den Splint aufzuschlagen, Ulf war die Erleichterung anzusehen. Ewalt spreizte sich wie ein Gockel und lächelte dümmlich. Männer, dachte Mena. Sie waren eitel wie Pfauen und manchmal ebenso einfältig und durchschaubar.

16

AUGSBURG, KÖNIGSHOF, MÄRZ 1002

Der Herzog und seine Männer verließen den Raum. Zurück blieb ein Geruch nach Leder und Schweiß. Bevor er ging, hatte Heinrich angeordnet, dass Mena etwas zu essen bekam, und hinzugefügt: »Wascht sie, sie stinkt wie ihr eigener Abtritt.«

Er winkte Ulf von Achsheim, ihm zu folgen. An der Tür gab dieser Ewalt den Hinweis auf den Brunnenraum, in dem sich ein Waschzuber befände. »Das Wasser ist kalt, aber es ist besser als gar kein Wasser.«

Der Henker nahm Menas Bein, legte es so auf einen eisernen Amboss, dass er den eingeschlagenen Splint erreichen konnte, dann setzt er einen Meißel an und schlug zu. Der Schlag vibrierte in Menas Körper nach. Der abgetrennte Splintkopf sirrte wie ein Geschoss durch den Raum. Mit zwei weiteren leichten Schlägen öffnete sich das Schellenmaul und gab Menas Bein frei. Es war rot und aufgeschürft, dort, wo das rostige Metall ihre Haut berührt hatte. Stumm sammelte der Rote Freimann seine Werkzeuge ein. Er hatte kaum den Raum verlassen, als Mena herumfuhr. Mit zusammengekniffenen Augen starrte sie Ewalt an.

»Wir suchen meine Tochter! Jetzt!«

Ewalts Augen weiteten sich. Ungläubig schüttelte er den Kopf. »Wir können hier nicht einfach so herausspazieren. Du musst dich waschen, etwas essen …«

Mena hieb mit der flachen Hand auf die Steinwand. Der Henker kam zurück und musterte sie neugierig, wie sie wutentbrannt dastand, sagte aber kein Wort. Er nahm das Kohlebecken, und Ewalt hielt ihm die Tür auf, damit er hindurchkam.

»Ich habe mich eine Woche lang nicht gewaschen und kann noch einen halben Tag hungern. Jetzt oder nie«, fuhr sie Ewalt an, sobald der Mann verschwunden war.

»Du wirst erfrieren!«

»Dann hol mir Decken, Kerl! Wir gehen mit dem Henker hier raus«, sagte Mena und wandte sich zur Tür.

»Das werden wir nicht!« Ewalt stellte sich ihr in den Weg.

Mena, die noch ganz wacklig auf den Beinen war und der diese Auseinandersetzung mehr zusetzte, als sie zugeben wollte, trat ganz an ihn heran. »Geh mir aus dem Weg, oder der Herzog erfährt, dass ich die Urne nicht mehr holen kann, weil du mich daran gehindert hast. Ich nehme mein Wissen mit ins Grab – und dich reiße ich mit.«

Ewalt verdrehte die Augen. »Ich begleite dich!«, sagte er nur.

»So war es gedacht.«

Die Tür war bewacht, aber der Mann ließ sie passieren, als Ewalt erklärte, er begleite die Gefangene, wie vom Herzog befohlen, zum Waschzuber. Der Mann, ein einfacher Schwertträger, nickte und folgte ihnen.

Der Weg zu dem Brunnenraum war nicht beschwerlich, doch Mena kam mehrmals ins Stolpern. Nur mit Ewalts Hilfe konnte sie sich aufrecht halten.

»Wo gibt es etwas zu essen?«, fragte Mena laut genug, dass der Mann hinter ihnen es hören konnte.

»Im Speisesaal über dem Hof«, antwortete Ewalt.

»Hol mir irgendwas«, bat Mena.

Ewalt schüttelte den Kopf. »Ich … ich kann nicht!«

Die Wache sagte nichts, bis Mena wiederholte, sie habe furchtbaren Hunger, und Ewalt sie erneut zurückwies.

Schließlich erbot sich der Mann, der sich ein Tuch über die

Nase gebunden hatte, Brot und Speck zu besorgen, wenn Ewalt bei der Frau bliebe.

»Stellt es vor die Tür«, sagte Ewalt. »Danke!«.

Sie gingen noch bis zu dem Brunnenraum, dann eilte die Wache, offensichtlich froh, Menas Ausdünstungen zu entkommen, davon.

»Und jetzt?«, fragte Ewalt.

»Jetzt suchen wir Mathilda«, zischte Mena und riss ihn zu sich heran. »Zeig mir den Ausgang.«

Ewalt stieg Menas Gestank heftig in die Nase, und er stieß sie von sich.

»Wasser hätte dir nicht geschadet«, sagte er und verzog angewidert das Gesicht.

»Zum Ausgang!«, knurrte Mena, und Ewalt setzte sich widerwillig in Bewegung.

Sie ahnte, was im Kopf dieses Mannes vorging. Auch er wollte die Herz-Urne an sich bringen. Wenn es ihm gelingen würde, sie vor allen anderen zu finden und dem Herzog auszuhändigen, wäre das ein Erfolg für ihn, der sich auszahlen könnte. Vielleicht würde er wieder mit der Aufgabe eines Leibdieners betraut, vielleicht würde er anderweitig belohnt werden, mit einem Lehen oder einem Titel. Deshalb, so schloss Mena, nahm er den Verstoß gegen die Anordnung des Herzogs in Kauf.

Ungehindert näherten sie sich dem Ausgang, und Mena fragte sich verwundert, warum die Burg des Vogts so schlecht bewacht war. Sie huschten durch das offene Tor und fanden sich in der Stadt wieder. Die Gassen waren belebt, und zwischen den Bauern und Knechten, den Mägden und Handwerkern, die mit Straßenkot besudelt waren, fielen Mena und Ewalt nicht auf. Hier zwischen den Mauern hatte sich der Schnee in einen grauen, undefinierbaren Schlamm verwandelt, der knöchelhoch in den Gassen stand und die Menschen in Lehmfiguren verwandelte.

Nur die Tatsache, dass die Frau barfuß ging, brachte ihr einige mitleidige Blicke ein.

Mena schlotterte. Die Idee, sich ungewaschen und ohne etwas zu essen auf die Suche nach ihrem Kind zu machen, schien ihr mit jedem Schritt unsinniger. Sie würde erfrieren.

»Ich brauche Kleidung und Schuhe«, stöhnte sie. Ihr Füße waren rot vor Kälte, und sie spürte ihre Lippen nicht mehr. »Überleg dir was!«, fauchte sie Ewalt an.

Ewalt hielt inne. Überlegte. Dann drehte er um.

»Bist du wahnsinnig?«, entfuhr es Mena. »So erwischen sie uns.«

»Bruder Konrad ist der Einzige, der uns helfen kann. Außerdem hat er ein schlechtes Gewissen wegen deiner Tochter – und er weiß vermutlich, wo sie ist.«

Sofort wandte sich Mena um, auch wenn ihr die Richtung zum Konvent hin Unbehagen bereitete. Sie wollte ihrem Peiniger nicht wieder in die Arme laufen. Vorsichtig blickte sie sich um. Doch der Fronhof war leer und schlammig wie alles in der Stadt. Sie blieb dicht hinter Ewalt, der irgendwann gegen ein hölzernes Tor pochte.

Mena konnte nicht sagen, wie lange sie wartete, hatte aber das Gefühl, es wäre eine kleine Ewigkeit gewesen. Außerdem wusste sie, dass sie sich nie wieder von hier fortbewegen können würde, denn die eisige Luft ließ sie festfrieren, wie manchmal Schwäne oder Enten mit den Füßen im Eis festfroren und so eine leichte Beute darstellten.

Als endlich das Tor geöffnet wurde, wäre sie dem Mönch, der dort stand, beinahe in die Arme gefallen.

»Wir brauchen Kleidung und Schuhe für sie«, erklärte Ewalt.

Mena spürte noch, dass Ewalt sie auf die Arme nahm und ins Haus trug. Sie hörte den Mönch jammern, dass eine Frau im Konvent nichts zu suchen hätte, dann verlor sie das Bewusstsein.

17

FISCHERSIEDLUNG BEI AUGSBURG, MÄRZ 1002

Die Hunde knurrten bei jeder Bewegung, die Mattheis oder Girgl machten, kollernd wie ein Haufen abrutschendes Geröll.

Gor amüsierte sich in seinem Versteck über die Angst der Männer, die nicht wagten, sich zu bewegen, weil die Hunde sofort anschlugen. Er hätte die beiden Kerle erlösen können. Ein leiser Zungenschnalzer hätte genügt. Aber er genoss ihre Hilflosigkeit. Sie sollten erleben, was es hieß, jemandem auf Gedeih und Verderb ausgeliefert zu sein. Er roch ihre Angst regelrecht, und die Hunde rochen sie auch.

»Wer hatte diese beschissene Idee?«, keuchte Girgl, der dastand, als wäre er angewurzelt. Jedes Mal, wenn seine Finger in Richtung Schwertgriff zuckten, zogen sich die Lefzen von Fell ein Stück höher, und gelblicher Sabber tropfte aus seinem Maul. Dass das Tier eigentlich nur darauf wartete, dass er das Schwert wie einen Stock warf, und Fell es ihm geholt hätte, wusste der arme Kerl ja nicht. Gor hätte sich vor Vergnügen auf die Schenkel schlagen können.

»Ich bin mir sicher, dass sie kommen. Sie müssen kommen. Die Urne muss hier irgendwo sein.«

Gor horchte auf. Wer sollte kommen? Um welche Urne handelte es sich? Etwa um Ottos Herz-Urne? Und was wussten die beiden Kerle darüber?

»Er hätte uns mitnehmen können, dieser Hundsfott«, sagte Girgl und spuckte neben sich. Sofort erhob sich Fell. Der Wolfshund schien regelrecht zu wachsen und war, als er stand, beinahe so groß wie der Schwertmann. Gor hörte Girgl kurz keuchen. Dabei stand Fell nur auf einem vom Schnee verdeckten Baumstamm, der bei schönerem Wetter als Sitzgelegenheit diente.

»Wenn wir uns netter gezeigt hätten, hätte er das vielleicht auch getan.«

Mattheis ließ Tatze nicht aus den Augen. Doch auch der beobachtete jede Bewegung des Eindringlings und reagierte sofort auf die kleinste Veränderung.

»Es genügt, dass wir den Plan kennen. Dieser Ulf mag uns zwar nicht, aber er glaubt, dass wir dem Bischof in die Hand spielen. Die Urne für das Oratorium. Sie werden dieses Weib laufen lassen, und Ewalt wird sie begleiten. So einfach ist das. Sie wird zuerst versuchen zu sehen, ob die Urne noch an Ort und Stelle ist. Frauen sind so. Sie prüfen, statt zu vertrauen. Glaub mir.«

Girgl schnaubte. »Dein Wort in Gottes Ohr. Nur können wir uns gerade leider nicht von der Stelle rühren. Dieses Weib und ihr Begleiter könnten nah an uns vorüberreiten, und wir wären nicht mal in der Lage, ihnen nachzuschauen.«

Die Verzweiflung der beiden Männer muss groß sein, dachte Gor. Besonders Girgls – so viele Worte hatte er den Mann noch nie reden hören.

»Wir stehen eben vor einer Herausforderung«, entgegnete Mattheis. »Wer ist schneller? Wir, wenn wir die Waffe ziehen, oder die Hundsviecher, wenn sie uns angreifen?«

Girgl schnaubte. »Soll ich die Wahrheit sagen, oder darf ich lügen?«

»Bei drei!«, antwortete Mattheis. »Eins, zwei …!«

Noch bevor er bei drei angekommen war, pfiff Gor leise, und die beiden Hunde fuhren hoch. Sie jagten vorwärts, schnellten über die Männer hinweg, warfen sie um und verschwanden im Auwald.

Gor hatte sich in dem allgemeinen Chaos, das über Girgl und Mattheis hereinbrach, zurückgezogen und rief Tatze und Fell zu sich. »Gut gemacht, ihr beiden«, lobte er sie. Er tätschelte und kraulte sie überschwänglich, streichelte ihre riesigen Schädel und verfütterte je ein Kaninchen an die Hunde. Hinter sich hörte er die beiden Männer vor Entsetzen und Wut brüllen. Die Tiere waren nun außer Gefahr, auch wenn Gor eine solche für sie nicht wirklich erkannt hatte. Mit den Männern wären die beiden fertiggeworden.

Doch er hatte jetzt ein anderes Ziel.

Mattheis und Girgl hatten von Mena gesprochen und davon, dass man sie hierherbringen würde. Vielleicht ergab sich daraus eine Gelegenheit, sie aus den Klauen von Bischof und Herzog zu befreien, wenn sie nicht von zu vielen Männern begleitet wurde.

Gor selbst war kein Kämpfer. Er war ein Mann der Berge. Er kannte sich in den Klüften und Höhen aus, nicht auf dem Schlachtfeld. Ihm waren der Stock vertraut, der Schneeschuh und die Schlinge, nicht das Schwert oder das Messer und der Kampf Mann gegen Mann. Er scheute eine Schlägerei nicht, aber er umging sie, wo es ihm möglich war. Das Bärenfell war eine Warnung, aber es zeugte nicht von seinem Wesen.

Plötzlich spitzten die Hunde die Ohren.

Auch Gor lauschte, konnte aber nichts hören. Dennoch vertraute er Tatze und Fell, die Dinge hörten, lange bevor er sie wahrnahm. Er befahl ihnen, sich hinzulegen und auf seinen Pfiff zu warten, dann schlich er zurück. Irgendetwas geschah dort vor der Erdhütte. Doch auch die beiden Panzerreiter schienen noch nichts vernommen zu haben. Sie sprachen über die Hunde und wunderten sich, jetzt die Schwerter gezückt, wohin die beiden gelaufen waren. Ihnen nachgegangen waren sie nicht.

Schließlich hoben auch sie die Köpfe. Hufgetrappel. Reiter kamen den Hang zu den Lechauen herauf. Mattheis und Girgl nahmen ihre Pferde am Zügel und verschwanden auf der anderen Seite der Fischersiedlung zwischen den Häusern.

Endlich sah Gor, wer da herantrabte. Es war eine Gruppe von sechs Panzerreitern, die in ihrer Mitte eine Frau führten. Sie trug einen Säugling auf dem Arm und schluchzte herzzerreißend. Dabei zeigte sie keinerlei Spuren von Gewalt. Gor hatte sie noch nie gesehen.

Vor der Hütte stiegen die Männer ab. Der Hauptmann trat auf die Frau zu, die – jetzt erst konnte Gor es erkennen – fast noch ein Mädchen war.

»Du weißt, was du zu tun hast? Gib ihr das Kind. Nur so bleibt ihr beide am Leben.«

Gor war verwirrt. Was sollte das? Was für ein Unsinn bahnte sich hier an?

Wieder schluchzte das Mädchen auf und war nicht zu beruhigen. »Ich … ich … kann nicht …«

»Du wirst können müssen. Vielleicht musst du dein Bankert erst gar nicht aus der Hand geben. Es heißt Mathilda. Verstehst du? Mathilda.«

»Mathilda«, murmelte die junge Frau. »Das ist der Name für ein Mädchen.«

»Das soll nicht dein Problem sein. Kind ist Kind.«

Plötzlich traten Mattheis und Girgl hinter der Hütte hervor.

»Ihr habt Euch Zeit gelassen!«, begrüßte Mattheis die Reiter, die beinahe gleichzeitig ihre Schwerter gezogen hatten. »Immer mit der Ruhe, Freunde. Wir sollen das Weib hier in Empfang nehmen.«

Der Anführer der Reiter murrte. »Ihr solltet euch nicht sehen lassen!«, sagte er mit Blick auf die junge Frau.

»Jetzt macht Euch nicht in die Hosen!«, beschwichtigte Girgl. »Wir wissen, was wir tun.«

Der Panzerreiter lachte kurz auf. »Wirklich?«

Mattheis achtete nicht auf ihn. Er wandte sich an die junge Frau.

»Wie heißt du?«, fragte er freundlich.

»Anna … Herr«, entgegnete sie zögernd.

»Schau, Anna. Du darfst das Kind nicht aus der Hand geben. Heb es hoch, zeig es der Frau, die kommen wird. Wenn sie es gesehen hat und wieder geht, dann bist du frei. Hier, ich lege diese beiden Goldstücke hinter die Türschwelle. Sie gehören dir, wenn alles vorüber ist.« Er bückte sich und hinterlegte die beiden Münzen.

Gor war sich sicher, dass er es hier mit einem Taschenspielertrick zu tun hatte. Zwei Goldmünzen, so viel sah diese junge Frau im ganzen Jahr nicht. Er spürte regelrecht, wie sie schluckte, wie ihr eine Antwort in der Kehle stecken blieb. Sie war überwältigt von dem Angebot und sah das Nächstliegende nicht: Für diese Männer war sie nur ein Werkzeug.

18

AUGSBURG, MÄRZ 1002

Kräftige Schläge ins Gesicht weckten sie.

»Wach auf. Wir sind noch nicht außer Gefahr.«

Mena schlotterte. Sie spürte, dass sie keinen Fetzen mehr am Leib trug. Mit einer hastigen Bewegung bedeckte sie ihre Blöße mit den Händen.

»Ich habe dich gewaschen. Das war ja nicht auszuhalten. Hier.« Ewalt warf ihr ein leinenes Hemd zu.

Mena brauchte ein paar Atemzüge, um wieder auf die Beine zu kommen. Dann warf sie sich das Hemd über. Es verlief alles zu einfach. Sie wunderte sich, mit welcher Leichtigkeit sie aus dem Verlies entkommen und dann durch die Pfalz bis zum Mönchskonvent hatten schleichen können. Als wären alle Wachen ausgeflogen oder hätten sich irgendwo versammelt.

»Wo sind die Männer des Herzogs?«, fragte sie Ewalt.

»Beim Bischof. Es gibt eine kleine Auseinandersetzung, in deren Mittelpunkt du stehst.«

Mena runzelte die Stirn. Welche Rolle spielte sie dabei? Ging es nur wieder um die Herz-Urne?

»Gibt es irgendeinen Plan?« Sie sah Ewalt gespannt an.

»Ja! Raus aus der Stadt. Das Weitere werden wir dann sehen.«

Aus der Stadt hinaus. Sie wusste nicht recht, wie sie das anstellen sollten. Die Tore waren sicherlich bewacht. Weiter kam sie nicht mit dem Nachdenken. Ewalt zog sie mit einem Ruck in eine Nische.

Mehrere Mönche hasteten an ihrer kleinen Klause vorüber.

»Verdammt«, fluchte Ewalt. »Sie haben festgestellt, dass du geflohen bist, und rufen die Geistlichen zusammen, damit sie uns suchen.«

Plötzlich wurde die Tür aufgestoßen. Ein dicker Mönch mit hochrotem Kopf trat ein. Er stotterte, während er sie zum Aufbruch drängte und hinter sich herwinkte.

»Bruder Konrad!«, entfuhr es Ewalt. »Was gibt es?«

»I... Ihr müsst we... weg. Sch...schn...schnell.«

Der Mönch zog Mena hinter sich her zum Ausgang. Sie hasteten durch ein Treppenhaus nach unten. Auch hier fehlten die Wachen. Als sie ins Freie traten, schaute Mena sich um. Links von ihr ragte der Dom empor, eine dunkle, schwere Gesteinsmasse. Rechts von ihr konnte sie über den geduckten Häusern die Palisaden der Stadtmauer erkennen. Sie waren in Laufweite. Der Mönch hielt nur die Tür auf, blieb jedoch zurück. Doch Ewalt wandte sich nicht nach Süden, sondern nach Norden.

»Was soll das? Warum gehen wir nicht ...«, schimpfte Mena verwirrt.

»Sei ruhig«, fuhr er sie an. »Ich weiß, was ich tue.«

Sie blieb abrupt stehen und verschränkte die Arme vor der Brust. »So nicht, mein Freund«, sagte sie ruhig. »Ich bin nicht deine Puppe, die du herumschubsen kannst, wie du willst. Entweder sagst du mir, was du vorhast, oder ich schreie die Stadt zusammen und gehe wieder ins Verlies.«

Ewalt verdrehte die Augen.

»Weiber«, knurrte er und holte tief Luft. »Ulf weiß, dass du geflohen bist, und wird uns nachsetzen. Sie erwarten uns mit tödlicher Sicherheit am südlichen Tor der Domstadt, weil sie alle wissen, dass du zuerst dorthin willst, wo sie dir dein Kind weggenommen haben.«

»Und am nördlichen Tor wissen sie es nicht?«

»Das steht zu hoffen.« Er streckte ihr seine Hand hin. Mena zögerte, sie zu ergreifen. Doch plötzlich war alles anders. Ein Hornsignal ertönte aus dem Palas des Königshofs.

Mit einem Mal waren die Straßen voller Menschen. Sie eilten aus den Häusern, sahen sich um, fragten, was los sei. Mehrmals wandten sich Bürger auch an sie und Ewalt. Er zuckte nur mit den Schultern und deutete stumm zur Pfalz hinüber.

Sie schlängelten sich gegen den Strom, der von weiteren Hornsignalen angetrieben wurde, in Richtung Norden. Ellenbogenstöße und unsittliche Griffe an Brust und Gesäß gehörten offenbar dazu. Mena achtete gar nicht mehr darauf, als sie am Frauentor anlangten.

Drei Mann waren eben dabei, das Tor zu schließen. Ewalt zögerte nur einen Moment.

»Bedeck dein Gesicht, egal, was passiert«, zischte er. Dann hob er die Stimme und schrie. »Halt! Im Namen des Herzogs, wir müssen hindurch!«

Einer der Wächter vertrat ihnen den Weg. »Niemand darf mehr rein, niemand mehr raus. Das gilt für alle.«

»Sie ist krank, wie du siehst.« Ewalt versuchte, Mena das Tuch vom Gesicht wegzuziehen, doch sie weigerte sich. »Willst du sie hier in den Mauern haben und dich vielleicht bei ihr anstecken? Ich sag dir, lass uns durch – und die Stadt bleibt gesund.«

Unwillkürlich weiteten sich die Augen des Mannes, und er trat zwei Schritte zurück, um Abstand zu halten. Aber Ewalt ließ nicht locker. Er ging weiter auf den Mann zu und zog Mena hinter sich her.

Der Wächter hob beide Arme. »Marx!«, schrie er über die Schulter.

Aus dem Unterstand kroch eine Gestalt mit der Pike in der Hand. »Was ist? Wollen sie nicht …«

»Lass sie durch!«, keuchte der Erste. »Sie ist krank.«

Marx ließ die Pike sinken und richtete sie gegen Mena. »Keinen Schritt weiter«, brüllte er.

Ewalt ließ sich nicht beirren. Er schwenkte um den Wächter herum und ging auf den Spalt zu, den das Tor noch frei ließ. Zuerst schob er Mena hindurch, dann folgte er selbst. Die Männer hinter ihnen rührten sich nicht, machten keinerlei Anstalten, ihnen zu folgen oder sie gar am Entweichen zu hindern.

Über allem schwebte der Klang des Horns, das warnend rief. Doch da liefen sie bereits über den Graben und hinein in das Dickicht der Lechauen.

Erst als sie die Mauer nicht mehr sehen konnten und nur noch vom Hornklang begleitet wurden, hielt Ewalt inne.

Mena war völlig erschöpft. Sie zitterte vor Anstrengung.

»Mein Gott, du frierst dich ja zu Tode«, entfuhr es Ewalt. Er dachte offenbar gar nicht daran, ihr seine Schaube anzubieten oder sein Wams. Er packte sie lediglich am Handgelenk und zog sie weiter.

»Wohin?«, keuchte Mena.

»Zu deinem Kind natürlich. Ich gebe es dir zurück, du gibst mir die Herz-Urne. So war es abgesprochen, nicht wahr?«

Mena glaubte, genickt zu haben, aber die Kälte hatte ihr jedes Gefühl für ihren Körper genommen. Ihr war, als würde sie unter den Eisfingern dieses Winters zerquetscht.

»Wie ... lange ...?«, stotterte sie.

»Die Amme wartet mit Mathilda bei den Fischerhütten. Wir haben sie dorthin gebracht.«

»Wir?«, fragte Mena, doch sie konnte den Gedanken nicht festhalten, und Ewalt ging nicht weiter darauf ein.

Sie hatte kaum etwas getrunken, geschweige denn gegessen, und jetzt stolperte sie mehr tot als lebendig auf einem Pfad durch die Auwälder, spürte ihre Arme und Beine nicht mehr. Wenn sie hinfiele, würde sie nicht mehr aufstehen können, wusste sie.

Rechts von ihnen spitzelte immer wieder die Stadtmauer durch das Gestrüpp. Sie liefen daran entlang, aber Mena hatte das Gefühl, nicht recht voranzukommen. Sie hatte nicht gedacht, dass die Stadt so groß war. Immer schwerer fiel ihr das Laufen, das Atmen. Die eisige Luft schnitt ihr in die Lunge und riss ihr die Lippen auf.

Über dem kalten Rascheln, das sie verursachten, lag das Hornsignal, das immer wieder aus der Stadt zu vernehmen war. Es wehte wie eine warnende Stimme herüber, eine Stimme, die ihr sagte, dass sie Ewalt nicht vertrauen durfte und sich vorsehen musste. Aber sie konnte sich nicht wehren, konnte sich seinem Griff nicht entziehen. Sie wollte es auch nicht. Jedes Stolpern wäre ein sicheres Todesurteil gewesen, weil sie einfach liegen geblieben wäre. Nur Ewalts Hand hielt sie aufrecht – und der Gedanke an Mathilda.

»Wir sind bald da. Da vorn, die ersten Hütten«, hörte sie Ewalt irgendwann rufen.

Die Atmenluft hatte sich auf Menas Brauen und Wimpern als Reif niedergeschlagen und nahm ihr die Sicht. Sie sah nichts. Die Kristalle mit einer Handbewegung fortzuwischen, dazu fehlte ihr die Kraft.

Dann standen sie plötzlich vor der Kate, in der Mena ihr Kind zur Welt gebracht hatte. Sie keuchte auf. Ewalt drückte gegen die Tür, und ein Schwall Wärme schlug ihnen entgegen, der ebenso schmerzhaft war wie die Kälte. Mena musste schreien, als die warme Luft ihre unterkühlten Gliedmaßen berührte.

»Drinnen gibt es Kleidung«, sagte Ewalt und zog sie ins Innere.

Als die Tür zuschlug, stand sie im Dunkeln. Es dauerte eine Weile, bis sie sich an das Dämmerlicht gewöhnt hatte. Sie konnte ihren Blick nicht auf eine Stelle gerichtet halten, weil sie derart zitterte, dass ihre Glieder schlackerten.

Ewalt ging tiefer in die Hütte hinein, holte von einer Stange im Hintergrund zwei Decken und legte sie Mena um. Unter die Füße schob er ihr eine Art Fell. Mena fror wie zuvor. Erst allmählich wurde sie ruhiger, und ein wenig Wärme kehrte in ihre Glieder zurück. Ewalt hatte sich ans Feuer gesetzt. Mena schaute sich um und entdeckte im Dunkeln am Ende der Kate eine Gestalt: eine junge Frau, die ein Bündel im Arm hielt.

Mit großen, wachen Augen sah sie Mena an.

»Wer … wer ist das?«, stammelte Mena.

»Ich hatte dir gesagt, ich halte Wort«, tönte Ewalt, und es klang so überheblich, dass Mena erschrocken zusammenfuhr.

19

FISCHERSIEDLUNG BEI AUGSBURG, MÄRZ 1002

Mattheis hatte Girgl hinter das Haus gezogen. Sie beobachteten, wie Ewalt und Mena die Hütte betraten. Die Panzerreiter hatten sie weggeschickt und ihnen befohlen, eine Wegstrecke südlich davon zu warten. Die Männer waren es nicht gewohnt, leise zu sein. Ihr Lärm, ihre Ungeduld, ihr auftrumpfendes Gehabe hätte sie verraten.

»Bis jetzt läuft alles bestens«, flüsterte Mattheis.

Girgl brummte nur. »Wäre das erste Mal, dass eine Mutter ihr Kind nicht erkennt.«

Mattheis grinste. »Sie hatte kaum Gelegenheit, es kennenzulernen.«

Girgl sagte nichts dazu. Er hatte beide Hände unter die Achselhöhlen gesteckt, um sie warm zu halten.

»Verfluchte Kälte«, murrte Mattheis.

Bewegen durften sie sich nicht, weil sie sich sonst verraten hätten. Die Hütten waren hellhörig. Allzu weit weg konnten sie sich auch nicht begeben, sonst würden sie Mena und Ewalt aus den Augen verlieren. Mattheis hoffte, ihr Plan würde aufgehen.

Wenn Mena ihr Kind sah, sollte sie bereit sein, die Herz-Urne herauszugeben.

Mattheis lauschte, ob sich im Inneren ein Drama abspielte, ob Mena entdeckte, dass man sie hinterging, oder ob sie den Köder schluckte. Alles blieb ruhig.

Mattheis atmete erleichtert auf. »Es klappt«, flüsterte er Girgl zu, doch der zuckte mit den Schultern. »Du siehst die Welt zu schwarz.«

»Die Welt *ist* schwarz!«, brummte Girgl.

Es dauerte nicht lange, und die einstige Leibdienerin Ottos trat aus der Hütte. Sie hatte sich in Decken gehüllt und trug nun lederne Fischerschuhe, die ihr viel zu groß waren.

»Damit hinterlässt sie zumindest eine sichtbare Spur«, dachte Mattheis, der den Kopf reckte, ihn aber sofort wieder zurückzog.

~

Mena sah sich um und lief dann den Hang hinab zum Wasser. Der Bau der Füchsin lag unweit der Kate. Obwohl frischer Schneefall die Landschaft verändert hatte, wusste sie, dass sie nur dem Abhang hinab zum Fluss folgen musste. Irgendwo dort hatte das Tier sich in die Tiefe gegraben.

Ihre innerliche Kälte ließ sie plump vorwärtsstolpern. Kein Vergleich mit der geschmeidigen Anmut, mit der die Fähe ihr damals vorausgelaufen war. Sie hatte dennoch Glück. Sie fand den Pfad, bog vom Weg ab und ging ein Stück weit den Hügel hinauf. Als sie den Kopf hob, stand dort, über ihr auf dem aufgeworfenen Sandhügel, den sie aus dem Inneren des Abhangs geholt hatte, die Füchsin und sah auf sie herunter.

»Hast du auf mich gewartet?«, fragte Mena. Das Tier rührte sich nicht, und erst als Mena die Füchsin genauer ansah, bemerkte sie, dass sie nicht zu ihr, sondern auf etwas hinter ihr blickte.

Sofort wirbelte sie herum. Doch der Pfad lag verlassen da.

»Was siehst du?«, flüsterte Mena.

Die Fähe gab ein leises Wuffen von sich, das kein Bellen war, aber dennoch den Klang einer Warnung hatte. War Ewalt ihr gefolgt, obwohl sie es ihm verboten hatte?

Mena spähte noch einmal hinter sich, musterte jeden Strauch, jeden Baum, versuchte, durch die Stämme zu blicken, aber sie entdeckte niemanden. Keiner war ihr gefolgt.

Beinahe vorwurfsvoll wandte sie sich an das Tier über ihr, das noch immer regungslos dastand und witterte.

»Du jagst mir Angst ein«, sagte Mena halblaut und tastete unter ihren Decken nach dem Fuchszahn, der um ihren Hals hing. Alles hatten sie ihr genommen, nur den Zahn, das Geschenk von Gor, hatte man ihr gelassen.

Dann war es entschieden. Sie stapfte den Hügel hoch, wandte sich nach links und stand vor dem Zugang zum Fuchsbau, in den sie die Urne gestopft hatte.

Zitternd vor Kälte und Erregung begann sie zuerst, den Schnee wegzuräumen und dann in der eisigen Erde zu scharren. Es gelang ihr nicht. Zu fest war der Boden gefroren. Tränen des Trotzes traten ihr in die Augen. Sie langte in die Schlupföffnung, und ihre tauben Finger ertasteten die Urne. Sie fühlte sich so kalt an, dass sie das Gefühl hatte, die Haut ihrer Finger würde daran festkleben. Als sie die Hände zurückzog, ohne das Gefäß hervorzuziehen, sah sie, dass genau das geschehen war. Ihre Fingerkuppen waren blutig.

»Lass mich es tun!«, sagte jemand in ihrem Rücken.

Mena schrie auf und fuhr herum. Hinter ihr stand Ewalt. Sie hatte keine Vorsicht walten lassen.

»Du … du … solltest mir nicht … folgen!«, stotterte sie.

»Glaub mir, es ist besser so.« Ewalt sah sich um, als erwarte er, dass sie gestört würden. »Da drinnen?«, fragte er, ließ sich auf die Knie nieder und schob Mena einfach beiseite. Er griff in den Fuchsgang und zog offenbar mühelos die Herz-Urne heraus.

Mena sah hilflos zu, wie die einzige Hoffnung, ihrem Kind eine sichere Zukunft zu geben, dahinschwand. Sie suchte nach etwas, um ihn aufzuhalten – einen Stock, einen Ast, einen Stein.

Doch die weiße Pracht des Schnees hielt alles unter einer Decke aus Unschuld verborgen.

»Du weißt, wo deine Tochter ist. Lauf, bevor die Amme sie wieder mitnimmt«, sagte Ewalt, stand auf und nahm die Urne in die Hände.

Mena schluckte. Sie durfte sie ihm nicht widerstandslos überlassen. Sie musste etwas tun!

Ewalt balancierte auf dem Hügel, den die Fähe aufgeworfen hatte. Mit aller Kraft trat ihm Mena gegen das Standbein. Er ließ ein Zischen hören und kippte nach vorn. Bei dem Versuch, das Gleichgewicht wiederzugewinnen, kämpfte er darum, das Gefäß nicht fallen zu lassen. Er stolperte vorwärts und stürzte an Mena vorbei in eine kleine Ansammlung von Fichtenanflug.

Mena bekam die Herz-Urne zu fassen und riss sie ihm aus der Hand. Dann rannte sie los. Ewalt schrie und fluchte. Es dauerte jedoch, bis er sich wieder aufgerafft und aus den niedrigen Fichtenschösslingen befreit hatte.

So konnte sie einen guten Vorsprung herauslaufen. Und obwohl sie ahnte, wie schwierig es werden würde, hoffte sie, neben der Urne auch noch ihr Kind tragen zu können.

Ihre Lunge schmerzte. Die Muskeln ihrer Beine brannten. Beinahe blind jagte sie den Hang hinauf. Ihre Augen waren so verklebt, dass sie kaum sah, wohin sie trat, und tatsächlich rannte sie geradewegs gegen einen Stamm. Um ein Haar wäre ihr die Urne aus der Hand geglitten.

Sie wollte an dem Stamm vorbeilaufen, doch der schien breiter als gedacht. Plötzlich drang eine Stimme an ihr Ohr, von der sie gehofft hatte, sie nie wieder zu hören. Sie klang wütend und aufgebracht.

»Wohin so eilig, Weib? Herrgott, bin ich ein Baumstamm?«

Ein Lachen ertönte, das sich wie ein kalter Strom durch ihr

Gehör ins Gehirn ergoss. »Sie hat uns nur gebracht, was wir von ihr wollten. Sei nett zu ihr, Girgl.«

Mena umklammerte die Herz-Urne, wollte sich umdrehen und fliehen. Lieber von Ewalt verhöhnt werden, als diesen Schergen des bayerischen Herzogs ausgeliefert zu sein, dachte sie. Dann schlug ihr einer der beiden Männer die Beine weg, und sie stürzte vor ihnen in den Schnee.

Dass sie die Herz-Urne verloren hatte, wurde ihr erst bewusst, als sie diese an ihre Brust drücken wollte. Ihre Hand war leer.

20

FISCHERSIEDLUNG BEI AUGSBURG, MÄRZ 1002

Gor biss sich auf die Lippen. Er hätte die Hunde nicht zurücklassen dürfen. Wenn er jetzt nach ihnen pfiff, würde es zu lange dauern, bis sie hier wären. Bis dahin wäre Mena tot.

Er konnte nur zusehen und hoffen, dass die Kerle von Mena ablassen würden, wenn sie die Urne erst an sich gebracht hatten.

Er beobachtete, wie Mena mit dem Gesicht voran in den Schnee fiel, und wäre am liebsten aufgesprungen und ihr zu Hilfe geeilt. Doch Mattheis und Girgl hatten ihre Waffen gezogen und schauten auf Ewalt, der auf sie zukam. Offenbar hatte er sie noch nicht bemerkt, denn er verlangsamte seinen Schritt nicht. Erst als er nur noch gut zwanzig Schritte von Mattheis entfernt war, stutzte er und wäre beinahe gestolpert.

»Was macht ihr hier?«, entfuhr es ihm.

»Dir misstrauen!«, antwortete Girgl gelassen. Sein Rattengesicht zeigte keinerlei Regung.

Rasch verschaffte sich Ewalt einen Überblick und sah, dass Mena am Boden lag und sich nicht rührte.

»Was … was habt ihr … mit ihr gemacht?«

»Keine Sorge, mein Freund. Sie lebt, wenn du das meinst. Sie hat uns freundlicherweise die Herz-Urne gebracht.«

Mattheis' Miene war ebenso kalt und hart wie der Tag um sie her.

Ewalt sagte kein Wort. Er rührte sich auch nicht von der Stelle. Das Metallgefäß, das er unter dem rechten Arm hielt, verhinderte den Griff an das Schwert. »Ich war auf dem Weg zu euch!«, keuchte er atemlos.

»Ah«, erwiderte Mattheis mit einem spöttischen Lächeln. »So was hatten wir uns schon gedacht. Und das Mädchen hier konnte es nicht abwarten. Deshalb ist sie vorausgeeilt, um uns die Herz-Urne zu übergeben.«

Er hatte kaum ausgesprochen, als Mena mit einem Schrei auffuhr, Mattheis' Beine packte und ihn zu Boden riss. Es gab ein dumpfes Geräusch, als er mit dem Kopf auf einer Wurzel aufschlug und betäubt liegen blieb. Die Herz-Urne, die er sich gegriffen hatte, purzelte neben ihn, und Mena langte danach. Doch Girgl war schneller, stellte einen Fuß auf das Gefäß und setzte Mena die Klinge seines Schwertes an den Hals.

»So nicht!«, zischte er. Langsam bückte er sich, ohne Mena aus den Augen zu lassen.

In diesem Augenblick zog Ewalt das Schwert aus der Scheide, stürmte vor und hieb wie ein Besessener auf Girgl ein. Es hagelte regelrecht Schwertstreiche.

Der Gefolgsmann Herzog Heinrichs war jedoch ein geübter Schwertkämpfer und parierte Ewalts Schläge mühelos. Allerdings musste er dazu den Fuß von der Urne nehmen.

Mena kroch hinüber, zog die Urne zu sich heran und versuchte, sich aufzurichten, doch Mattheis hatte sich bereits wieder erholt und stürzte auf Mena zu.

Gor beschloss, dass es an der Zeit war einzugreifen. Dunkel brüllend wie ein Bär brach er aus dem Gebüsch und erreichte, dass alle Augen sich ihm zuwandten.

Mena fasste sich am schnellsten. Sie nahm die Herz-Urne, sprang auf und rannte auf Gor zu, an ihm vorbei und verschwand dort im Dickicht, wo er eben aufgetaucht war.

Selbst Gor war so verblüfft, dass er kurz innehielt und Mena nachsah. Er hatte nur Glück, dass Mattheis noch von dem Aufprall benommen war und sein Hieb zu kurz ausfiel. Das Schwert sauste zwar durch Gors Haar und verhakte sich kurz in dem Bärenfell, aber es verletzte ihn nicht.

Er holte den Angreifer mit seinem Stab von den Beinen und landete einen zweiten Schlag auf Mattheis' behelmtem Schädel. Mattheis fasste seine Waffe mit beiden Händen. Wachsam zog sich Gor zurück. Als er sich schließlich umwandte, fiel sein Blick auf Ewalt, der mit gesenktem Schwert dastand und hilflos in die Welt blickte. Aus einer Wunde an seinem Hals schoss Blut, und er hustete röchelnd.

Laut lachend versetzte Girgl ihm einen Stoß. Ewalts Kopf fiel zur Seite, während der restliche Körper nach hinten kippte. Der ehemalige Leibdiener Ottos war tot. Enthauptet.

Gor rannte los, hinter Mena her. Ohne im Laufen innezuhalten, pfiff er nach Fell und Tatze. Seine Hunde würden ihn hören, sie würden ihn finden und schützen. Es würde jedoch eine gewisse Zeit dauern, bis sie bei ihm waren – und Gor hatte nicht darauf geachtet, ob Girgl und Mattheis ihnen folgten.

Schon bald hatte er die rothaarige Füchsin eingeholt. »Jetzt warte doch«, rief er, aber Mena eilte weiter wie der Teufel, die Herz-Urne fest an sich gedrückt, zum Fluss hinunter.

»Mathilda«, schrie sie ihm zu über die Schulter zu. »Sie ist in der Kate!«

Gor blinzelte verwirrt. Was faselte sie da von Mathilda?

Er hielt abrupt inne, als sein Blick auf den Vorplatz der Fischerkate fiel. Er war voller Panzerreiter. Zwölf, vierzehn, sechszehn zählte Gor. Alle bis an die Zähne bewaffnet. Sie hatten die Hütte umstellt und warteten. Er sah, wie Mena auf einen der Männer zulief, der inmitten der Schar emporragte. Sein Bart und seine Haltung wiesen ihn als besonderen Adligen aus.

»Herzog Heinrich!«, rief Mena.

Der Bayer wendete gemächlich sein Pferd und lehnte sich

vor. »Die Flüchtige«, sagte er. Er schien nicht überrascht zu sein und strich sich mit zufriedener Miene über den Bart.

Mena drückte die Urne noch einmal an sich und reichte sie dann langsam dem Herzog.

»Die Herz-Urne, Herr«, sagte sie. »Ihr hattet mir versprochen …«

Mit einem Kopfnicken befahl Heinrich dem Gefolgsmann neben sich, das Gefäß an sich zu nehmen.

In diesem Moment stürzten Mattheis und Girgl auf den Platz, gehetzt von Tatze und Fell. Mattheis hielt mit seinem Schwert die Hunde in Schach.

Gor pfiff leise, und sogleich glitten die Tiere an seine Seite.

Herzog Heinrich ließ langsam seinen Blick über die Szene schweifen, bis seine Augen auf Gor ruhten. Er war als Letzter aus dem Dickicht aufgetaucht und zog sich nun wieder zurück.

»Herr!«, unterbrach Mattheis die Stille, die sich ausgebreitet hatte. »Diese Frau hat uns die Urne gestohlen.«

Der Herzog schien nicht zu hören, was er zu sagen hatte. Er schaute unverwandt auf Gor, der den Blick nicht senkte. Wer jemals die Berge gesehen hatte, der brauchte sich vor irdischer Größe nicht mehr beugen. Dennoch ging er langsam und Schritt für Schritt rückwärts.

»Herr …«, setzte Mattheis erneut an.

Heinrich nahm kurz den Blick von dem Bergmenschen. Als er wieder hinsah, war Gor verschwunden. Verwirrt starrte der Herzog auf die Stelle, wo er eben noch gestanden hatte, dann wandte er sich zu Mattheis und Girgl. »Sie hat euch die Urne gestohlen? Euch Männern?« Er zog das Wort Männer derart in die Länge, dass er nur noch lächerlich wirkte und sich anhörte wie »Memmen«.

Die beiden zuckten zusammen.

»Diese Frau ist eine gerissene Lügnerin, Diebin und Mörderin, Herr«, sagte Mattheis. »Sie hat eine Urne gestohlen und behauptet, darin wäre das Herz unseres Kaisers Otto. Aber es fehlt die Aufschrift *COR*. Wer weiß, was da drin ist.«

Mena beschloss, nicht länger zuzuschauen. »Er lügt!«, sagte sie. »Es ist die Herz-Urne. Ich bin auch die Einzige hier, die das zweifelsfrei erkennen kann.«

Ein Murmeln durchlief die Reihe der Männer.

»Warum solltest du das können?«, fragte der Herzog eher belustigt als verärgert.

Mena atmete scharf durch die Nase ein. »Weil ich meinen Herrn zusammen mit Gertrud, seiner Hausdame und Amme, entbeint habe. Ich habe das Herz des Kaisers in diese Urne gelegt. Mit meinen eigenen Händen, und zur Sicherheit habe ich die Aufschrift entfernt.«

Für einen kurzen Augenblick herrschte entsetztes und betretenes Schweigen. Dann sprachen plötzlich alle durcheinander, bis Herzog Heinrich den behandschuhten Arm hob und Stille einforderte. Einzelne Barthaare standen ihm vom Kinn ab, als wären sie magisch herausgewachsen. Bevor er jedoch etwas sagen konnte, fuhr Mena fort.

»Ihr hattet mir meine Tochter und eine Aussteuer für sie versprochen«, sagte sie.

Wieder herrschte Stille unter den Männern, sodass man ein Eichhörnchen, das durch die Wipfel huschte, hören konnte. Verblüfft betrachtete der Herzog Mena von oben herab, dann begann er zu lachen, und dieses Lachen steckte immer mehr seiner Männer an, bis es auf der Lichtung regelrecht wieherte.

»Einer Magd gegenüber ist der Herzog von Bayern keinerlei Rechenschaft und keinerlei Versprechen schuldig«, sagte der Herzog.

Mena drehte sich im Kreis und sah jedem der Männer in die Augen, doch sie erntete nur Hohn und Spott. Gor tat sie unendlich leid. Er löste sich wieder aus dem Schatten des Waldes und ging, flankiert von seinen beiden Hunden, auf Mena zu. Mit einer sanften Bewegung fing er sie ein und drückte sie an sich.

»Aber ich bin kein Unmensch«, brachte Heinrich zwischen zwei Lachern hervor. »Da in der Kate liegt dein Kind.« Er ließ sein Pferd kreiseln, drehte sich weg und befahl seinen Männern, ihm zu folgen.

Mattheis und Girgl mussten wohl oder übel hinter ihm herlaufen. Sie warfen Mena giftige Blicke zu.

Mena wartete nur so lange, bis die Reiter hinter der nächsten Biegung verschwunden waren, dann riss sie sich von Gor los und stürmte in die Kate. »Mathilda!«, rief sie, als sie die Hütte betrat.

Das Mädchen hatte das Bündel eben auf den Tisch gelegt, der rechts von der Eingangstür stand. Sie scherzte mit dem Kind, das glucksende Laute von sich gab. Am Geruch war zu erkennen, dass sie es gerade wickeln wollte.

»Mathilda«, flüsterte Mena und trat von hinten auf die Frau zu. »Es ist das meine«, sagte sie schroff und stellte sich neben die Fischerin.

Doch die schüttelte nur den Kopf. Sie packte das kleine Wesen ganz aus und fing an, es zu säubern.

Ungläubig starrte Mena auf das Zipfelchen und die geschwollenen Hoden zwischen den Beinen des Säuglings.

»Aber das ... das ... das ist ein Junge!«, keuchte Mena.

»Mein Johannes!«, verkündete die junge Frau und nahm ihren frisch gewindelten Sohn auf den Arm.

Mena stand da wie erstarrt, dann drehte sie sich zum Ausgang um und lief direkt in Gors Arme. Sie schrie und tobte, dass man hätte meinen können, sie wäre wahnsinnig geworden.

»Sei still!«, versuchte Gor, sie zu besänftigen. »Bitte! Du machst alles nur schlimmer.«

»Das ist nicht mein … mein Kind!«, schrie sie verzweifelt. »Er hat mich getäuscht, sie alle haben mich getäuscht.«

Dann war alle Kraft aufgebraucht. Mena sackte in Gors Armen zusammen. Er hob sie hoch, schulterte sie wie einen seiner Ledersäcke und trug sie aus der Hütte. Er sah noch, wie das Mädchen mit dem Säugling auf dem Arm die Türschwelle nach den beiden Goldmünzen absuchte, die dort nicht mehr lagen.

Sie waren noch nicht in das Dickicht der Au eingedrungen, als die Hunde witternd die Nase hoben. Gor blieb stehen und blickte zurück. Fell knurrte kollernd, bis Gor ihn mit einem Zischen zur Ruhe mahnte.

Vor der Kate war niemand mehr. Das Mädchen hatte sich wohl versteckt oder war davongelaufen. Zwischen dem Fichtengrün erkannte er schemenhaft Mattheis und Girgl, die auf frischen Pferden zurückkamen.

»Verflucht, sie ist weg«, donnerte Mattheis. »Das Weib ist eine Hexe, sag ich dir.«

21

HÜTTE IN WAGENHALS BEI AUGSBURG,
ANFANG APRIL 1002

Als Mena wieder zu Bewusstsein kam, roch es nach Herdfeuer und angebrannter Grütze. Über dem scharfen Geruch hing ein weiterer, süßlicher nach Milchkot und Muttermilch. Sie schlug die Augen auf – und sah nichts. Es war dunkel wie im Hintern einer Kuh. Mena blieb einfach liegen und schickte ihre Sinne auf die Reise.

Im Hintergrund knackten die Holzscheite eines niederbrennenden Feuers. Neben ihr schnarchte etwas, das kein Mensch sein konnte. So beunruhigend dies im ersten Moment auf sie wirkte, so vertraut war ihr das Geräusch. Es roch leicht nach Hund.

Weiter entfernt quietschte ein sich bewegendes Etwas, und ein kleines Menschenwesen drehte sich darin unruhig hin und her. Es stand kurz vor dem Aufwachen und lag wohl in einer Wiege. Vor sich hörte sie ein Scharren, als würden Schuhe über einen Lehmboden schleifen. Holz knarrte.

»Bist du wach?«, fragte eine Stimme aus dem Dunkel über ihr. Sie klang besorgt. »Ich dachte schon, du kommst nie wieder zu dir.«

Sie wusste nicht, ob sie antworten oder schweigen sollte. »Gor?«

»Ja«, hörte sie aus der Finsternis.

»Wo bin ich?«, fragte sie. Ihre Eindrücke waren klar, aber sie konnte das alles nicht miteinander zusammenbringen, alles war so zersplittert, dass es in Einzelteile zerfiel.

Über alldem lag ein Gedanke, der sie beschäftigte, seit sie die Augen aufgeschlagen hatte. Sie hatte ihn bisher nur nicht in ihr Bewusstsein dringen lassen.

»Warum bist du zurückgekommen?«, hauchte sie.

Stille herrschte, nur unterbrochen vom leisen Wimmern des Menschleins. Vermutlich war das Kind nass und musste trockengelegt werden.

»Ich bin nicht zurückgekommen«, sagte Gor. »Ich war immer da.«

Jedes Wort, das sie hörte, versetzte ihr einen kleinen Stich. Es war ihr, als würde der Ton seiner Stimme über ihre Haut streifen. Sie verursachte ein Kitzeln und Gänsehaut.

»Warum?«, fragte Mena so leise, dass sie es kaum hören konnte. Sie wollte das kleine Wesen in ihrer Nähe nicht wecken.

»Sing etwas«, forderte Gor sie statt einer Antwort auf ihre Frage auf.

Das Wimmern wurde lauter. Gleich würde das Kleine zu schreien beginnen.

»Was?« Sie war verblüfft.

»Sing. Ein Wiegenlied. Ein Kinderlied. Summ etwas, wenn du nicht singen willst. Es wacht sonst auf«, forderte er.

»Ich bin nicht seine Mutter!«, widersprach Mena.

Gor antwortete nicht.

Sie fing an zu summen. Ein einfaches Lied, das sie selbst von ihrer Mutter gehört hatte. Sie dichtete einen Text dazu, begann, leise zu singen.

Offenbar gelang es ihr, das Kind zu beruhigen. Seit sie summte, schlief es ruhiger. Schließlich waren wieder seine tiefen Atemzüge zu vernehmen.

Selbst der Hund neben ihr hatte aufgehört zu schnarchen.

»Siehst du. Frauen können das«, sagte Gor.

»Und du? Schläfst du nicht?«, fragte sie.

»Nicht mehr. Es wird bald hell. Du hast gestern den restlichen Tag verschlafen und fast die ganze Nacht.«

Mena erinnerte sich. Plötzlich floss ein heißer Strom Zorn durch ihren Leib: die Urne.

»Wo sind das Mädchen und ihr Sohn?«, fragte sie.

»In Sicherheit. Ich habe dafür gesorgt, dass man sie weggebracht hat. Über den Lech hinüber.«

»Du?«

Offenbar schwang so viel Unglauben in ihrer Stimme mit, dass Gor sich rechtfertigen musste.

»Traust du mir das nicht zu?«

»Ich traue dir viel zu. Aber warum musste sie über den Lech?«

Gor schien seine Position etwas zu verändern. Wieder scharrten Stiefel auf dem Lehmboden, eine Decke wurde hochgezogen, das Fell des Bären rauschte, als er sich von der einen auf die andere Seite drehte. »Mattheis und Girgl haben sie gesucht.«

Das Entsetzen nahm Mena kurz die Luft zum Atmen.

»Sie … sie haben Ewalt getötet … und mich beinahe auch.«

»Ich weiß«, sagte Gor leise. Es klang verlegen. »Ich hab's gesehen.«

Durch den Fensterladen sickerte langsam mehr und mehr Licht. Der Morgen war weiter fortgeschritten. Wenn dieser Tag am Frühlingsanfang so hell und offen würde wie die letzten, würde man bald mehr sehen können. Schon jetzt schälten sich hölzerne Balken aus dem Schwarz der Decke.

»Die Herz-Urne ist verloren, nicht wahr?«, fragte sie.

»Ja. Herzog Heinrich hat sie an sich genommen und lässt verbreiten, dass sie ihm bereits in Polling übergeben worden ist. Vom Zug des Kaiserheers, das mittlerweile dort eingetroffen ist.«

Mena schloss noch einmal die Augen. Sie hatte nichts erreicht. All die Anstrengungen, all die Mühen, die sie auf sich genommen hatte, waren umsonst gewesen. Statt für Mathilda und vielleicht für sie eine bessere Zukunft zu gewinnen, hatte sie alles verloren.

»Sie lügen alle«, sagte sie.

Als sie die Augen öffnete wurde sie gewahr, dass sie wohl noch einmal eingeschlafen sein musste. Es war hell. Sie erkannte den Hund neben sich. Tatze hatte seinen breiten Schädel auf ihre Hand gelegt und hielt die Augen geschlossen, war aber wach, wie die aufgestellten Ohren belegten.

Wieder brach in ihr der Gedanke an das auf, was sie schon zuvor beschäftigt hatte: Mathilda. Lebte ihre Tochter überhaupt noch? War es nur eine grausame Finte der beiden Herzogsmannen gewesen, ihr ein falsches Kind unterzuschieben, oder wussten sie nicht, wo und ob das Mädchen lebte?

Mit einem Ruck fuhr sie hoch. »Mathilda!«

Tatze sprang auf und begann, ihre Hand zu lecken.

Der Säugling, der offenbar in der Wiege in ihrer Nähe gelegen hatte, war weg. Gor fehlte ebenfalls, auch Fell, der sicherlich auch in diesem Raum gelegen hatte, war nicht da.

Mena stand auf, wickelte die Decken, unter denen sie gelegen hatte, fester um sich. Man hatte ihr die Schuhe nicht ausgezogen. Sie ging auf ein helles Karree zu, schlug ein Tuch beiseite und stand in einer kleinen Stube. Am Tisch saß der Bär, Fell hatte sich neben ihn gesetzt und schaute sie an. Als sie durch die Öffnung in den Raum trat, wedelte er mit dem Schwanz, als müsse er den Boden schlagen.

Am Herd stand eine Frau, die ein Kind im Arm hielt. Ein weiteres lag in einem Korb zu ihren Füßen. Kurz schloss sie die Augen. Zwillinge. Ein hartes Los für den Winter, dachte sie.

Gor saß da, hob den Kopf und schob ihr einen Napf mit Grütze zu. »Setz dich und iss.«

Mena gab es einen Stich, als sie ihn so dasitzen sah. Sie vermutete jedoch, dass es die Schmerzen in ihrer Brust waren, die sie quälten. Seit sie hier war, schien erneut Milch einzuschießen. Dabei hatte sie gehofft, die Qual hinter sich zu haben.

»Hast du Schmerzen?«, fragte Gor.

Jetzt drehte sich auch die Frau am Herd zu ihr um. Ein freundliches, aber abgearbeitetes Gesicht, das dennoch ständig zu lachen schien. Sie betrachtete Mena und wusste sofort Bescheid. »Du hast … Milch?«

Mena nickte.

»Nimm das Kleine. Es trinkt nicht gerne bei mir.«

Sie schob ihr den Korb hin, und Mena sah in ein blasses, etwas mageres Gesichtchen. Zögernd nahm sie das kleine Wesen hoch. Es sah sie mit großen, müden Augen an.

Mena schob ihre Decke auf und bot ihm die Brustwarze, die es nach kurzem Zögern einsaugte. Die ersten Schlucke schmerzten, doch dann fühlte sie, wie sich die Spannungen in Brust und Rücken lösten. Mena blickte auf das Kind hinunter, das offenbar hungrig war, denn es sog, trank und verschluckte sich beinahe. Aus den Augenwinkeln sah sie, dass Gor sie beide betrachtete.

»Wie heißt du denn?«, fragte sie, obwohl sie natürlich wusste, dass der Säugling nicht antworten konnte. Die Mutter übernahm das Spiel.

»Sie. Es ist ein Mädchen.«

Sofort schossen Mena Tränen in die Augen, weil sie an ihre eigene Tochter dachte, die ihr der Panzerreiter aus den Armen gerissen hatte.

»Du Hübsche«, lockte sie mit hoher Stimme. »Heißt du Mädchen, oder hast du auch einen richtigen Namen?«

Gor räusperte sich. »Ich weiß, wie sie heißt«, sagte er ruhig. Er blickte Mena in die Augen. Sie wechselte die Brust, legte die Kleine aber zuerst auf die Schulter, damit sie die mit eingesogener Luft abrülpsen konnte. Als das etwas säuerlich riechende Bäuerchen aufgestiegen war, legte sie sie an der zweiten Brust an. Das Kind trank und schloss zwischendurch immer wieder die Augen.

»So gut hat sie seit Tagen nicht mehr getrunken«, sagte die Mutter.

»Wie heißt sie nun, oder ist das ein Geheimnis?«, fragte Mena lächelnd.

Die Fischerin und Gor sahen sich an, als müssten sie sich zuvor verständigen.

»Ja und nein«, sagte Gor. »Niemand darf es erfahren.«

»Jetzt machst du mich aber neugierig. Wie heißt sie?«, fragte Mena. Sie blickte zu der Kleinen hinunter, die wieder die Augen geschlossen hielt und eine Trinkpause einlegte. In diesem Moment sah sie das Muttermal hinter der Ohrfalte am Kopf. Sie hob langsam den Blick. Gor nickte.

»Ich habe sie für dich gefunden. Sie heißt Mathilda.«

22

AUGSBURG, ANFANG APRIL 1002

Der Prozessionsweg war von einer unübersehbaren Menge gesäumt, sodass die Menschen bereits über offenes Feld über die im Gras verborgenen Steinsäulen und Sarkophage hinwegkletternd auf die Kapelle am Ende der Prozessionsstraße zuströmten. Pferde wieherten, Metall schlug auf Metall, Reiter schrien und fluchten. Wie auf einem Jahrmarkt boten Händler Speisen und Getränke an, als wären Hunger und Durst die wichtigsten Bedürfnisse, die jedermann jetzt und heute zu stillen hatte.

Mena und Gor hatten sich unter die Menge gemischt, und Mena trug, wie viele der Frauen, ihr Kind in einem Stofftuch um die Schulter gebunden. Gor hatte sein Bärenfell abgelegt. Er und Mena hatten sich neue Kleidung beschafft. Mena verbarg ihre roten Haare unter einem Kopftuch, und Gor hatte sich eine Filzgugel tief ins Gesicht gezogen. Ins Zentrum des Geschehens, nahe an das Oratorium des heiligen Ulrich, wagten sie sich nicht, sondern hielten sich etwas abseits.

Gor stieß Mena leicht an und deutete mit dem Kinn voraus. »Mattheis mit seinem Spießgesellen«, flüsterte er.

»Dann haben sie's ja geschafft«, antwortete Mena, doch so laut, dass sich in ihrer Umgebung mehrere Männer und Frauen nach ihr umdrehten. Mena setzte ein verbindliches Lächeln auf, zuckte verlegen mit den Schultern und hoffte, dass man sie schnell wieder vergessen würde. »Glaubst du, er hält Wort?«

»Wenn man den Gerüchten glauben kann, wird er die Urne heute dem Bischof übergeben«, erwiderte Gor.

Während Mena sich auf die Zehenspitzen stellen musste, um etwas zu sehen, überragte Gor die Menschen in seiner Umgebung um beinahe eineinhalb Köpfe. Er war ein wahrer Riese unter diesen Zwergen. Aber gerade das war gefährlich. Seine Größe verriet ihn, obwohl er nicht mehr das Bärenfell trug.

Ein Trompetensignal zeigte an, dass die Messe in St. Peter zu Ende war und der Herzog soeben die Kirche verließ. Man war auf die kleine Kirche zwischen Dom und dem Ulrichs-Oratorium ausgewichen, weil die Bauarbeiten am Dom noch nicht abgeschlossen waren.

»Jetzt heb mich schon hoch!«, beschwerte sich Mena bei Gor.

»Na gut«, murmelte er gelassen, fasste sie an der Hüfte und hob sie hoch. Er stellte ein Bein auf eines der schon beinahe ganz versunkenen römischen Grabmäler und ließ Mena darauf sitzen.

Sie dreht sich halb zu ihm um und schenkte ihm einen Blick, der ihm ins Herz schnitt. Seit sie Mathilda wieder im Arm hielt, seit er ihr die Geschichte der Rettung des Mädchens erzählt hatte, wich sie nicht mehr von seiner Seite.

Mena lehnte sich mit dem Rücken gegen seine Brust. Gor fühlte die Wärme ihres Körpers und hörte das gleichmäßig tiefe Atmen des Mädchens. Dem Kind schienen die Signale der Trompeten nichts auszumachen. Es zuckte nicht einmal.

Von ihrer Warte aus konnten sie sehen, wie die Männer des Herzogs auf ihre Pferde stiegen. Beinahe gleichzeitig öffnete sich die Tür des Oratoriums von St. Ulrich, und Bischof Siegfried erschien an der Tür, an seiner Seite Bruder Konrad, der Mönch. Sein Gesicht war so grau, als hätte er tagelang nicht geschlafen.

Offenbar hatte Mena bemerkt, wie Gor beim Anblick des Geistlichen zusammengezuckt war, denn sie wandte sich zu ihm um. »Er war es?«, fragte Mena.

»Ja. Aber ich glaube nicht, dass er …«, versuchte Gor, ihn zu verteidigen.

»Man hat immer eine Wahl, das Gute zu lassen und das Böse zu tun«, zischte Mena.

Gor seufzte. Mena hatte einerseits recht, andererseits hatte Bruder Konrad ihm das Mädchen überlassen und ihn nicht verraten. Auch das musste man von seiner Schuld abrechnen.

»Das schlechte Beispiel verdirbt selbst den besten Menschen«, sagte Gor. »Ich glaube nicht, dass er ein schlechter Mensch ist.«

Sie wandten sich wieder stumm dem Schauspiel zu, das sich ihnen bot.

Das Heer des Herzogs war aufgesessen und hatte seine Wimpel in den Wind gestellt. Unzählige bunte Fahnen flatterten in den leichten Böen eines Föhns, der neben einer frischen Wärme auch die Schneeschmelze brachte. Der Boden dampfte sumpfige Feuchtigkeit aus, die in die Schuhe suppte und die Fußlappen hochzog.

Der Herzog ritt an der Spitze, neben sich am Sattel befestigt hing die Metallurne, die das Herz Ottos III. enthielt.

»Er will unbedingt Kaiser werden«, flüsterte Mena.

»Er *muss* Kaiser werden«, antwortete ein vierschrötiger Kerl neben ihnen, der aussah, als würde er sonst im Harnisch einer Stadtwache stecken. »Zeit wird es, dass auch einmal Bayer Kaiser wird!«

Mena und Gor sahen sich an. Beide konnten sich ein leichtes Grinsen nicht verkneifen. Wenn das so war, dann hätte auch ein Mädchen Kaiserin werden können.

Der Zug bewegte sich langsam auf das Oratorium zu. Mit Gewalt und den flachen Seiten ihrer Schwerter schoben die vorneweg gehenden Schwertleute des Bayern die Menschen beiseite, die im Weg standen. Mattheis und Girgl führten diese Truppe an und erteilten von ihren Pferden aus Anweisungen.

»Sie gehören noch immer zu denen, die die Drecksarbeit machen.« Mena schüttelte den Kopf.

Es dauerte, bis die Spitze des Heeres an der Pforte des Oratoriums angelangt war. In einer umständlichen Zeremonie bat Bischof Siegfried den Herzog, abzusteigen und einzutreten, während Herzog Heinrich ihm ankündigte, er werde dem Oratorium das Herz des kürzlich verstorbenen Kaisers Ottos III. übergeben, damit es in geweihter Erde ruhen und der Kirche zu Ruhm und Ehre verhelfen würde.

»Ruhm und Ehre«, spottete Mena. »Er meint, sie würden damit das Leid vertuschen, das sie verursacht haben.«

Wieder musste sie eine schärfere Bemerkung hinunterschlucken, denn der Scherge drehte sich erneut zu ihnen um und musterte sie. Mena senkte den Blick und prüfte, ob das Kopftuch sauber saß und keine rote Strähne ihrer Haare darunter hervorspitzte.

Sie konnten noch verfolgen, wie Herzog Heinrich die Befestigung löste und dem Bischof die Urne übergab. Mit feierlicher Miene und noch feierlicherem Schritt trug er das Gefäß in das Oratorium. Der Herzog folgte ihnen in einigem Abstand, die Hände gefaltet und den Blick andächtig gesenkt.

»Heuchler!«, stieß Gor hervor.

»Aufgabe erfüllt«, seufzte Mena und wollte von Gors Bein herunterspringen.

»Nanu, wen haben wir denn da?«, drang plötzlich eine Stimme in die gelöste Stimmung.

Gor fuhr herum und hätte beinahe Mena und das Kind zwischen die Trümmer der römischen Gräber gestoßen. Im letzten Moment erwischte er Mena an der Hüfte und stellte sie ab.

Hinter ihnen standen Mattheis und Girgl mit ihren Pferden und mit gezückten Schwertern. Mena und Gor waren von der Zeremonie gefesselt gewesen, und so hatten sie nicht bemerkt, dass sich die beiden Männer vom Zug gelöst und sich hinter sie begeben hatten.

Gor schätzte mit einem raschen Blick ihre Chancen ein, zu verschwinden, ohne dass es ein Blutvergießen geben würde.

»Ich dachte mir schon, dass ich euch beiden Täubchen hier finden würde. So einen Auflauf lässt man sich nicht entgehen, nicht wahr?«

Gor sagte nichts. Er bemerkte, wie die Stadtbürger um sie herum einen Platz öffneten und sie so bloßstellten.

»Ich dachte«, knurrte er, »ihr müsst mit eurem Herrn bellen. Hat er nicht eben Diebesbeute abgeliefert, die ihm nicht gehört?«

Ein Murmeln ging durch die Menge um sie herum. Gor wusste nicht recht, ob es Zustimmung oder Ablehnung bedeutete.

Girgl schien das nicht zu interessieren. Er spuckte zwischen die Bruchstücke der Grabsäulen. Mena glaubte beinahe, seinen giftigen Speichel zischen zu hören, als er die Kalksteine berührte.

»Hast du schon mal unter die Windel gesehen, Mädchen?«, kicherte er, als würde er einen Witz machen.

»Weil ihr mir meine Tochter gestohlen hattet?«, fragte sie so unschuldig wie möglich. Wieder murrten die Umstehenden. »Ihr wolltet mir ein falsches Balg unterschieben, nicht wahr? Einer hiesigen Frau das Kind wegnehmen und mir geben, weil ihr das meine getötet hattet.«

Totenstille herrschte.

»Immerhin bist du darauf reingefallen!«, spottete Mattheis.

»Ihr irrt euch, alle beide. Die arme Frau hat ihren Sohn behalten dürfen – und das hier …« Sie deutete auf Mathilda. »Dieses Kind ist das meine.«

Die Blicke der beiden flogen von Mena zu Gor und zurück.

»Unmöglich!«, fluchte Mattheis. »Bruder Konrad …«

»Hat sich als Mensch erwiesen, im Gegensatz zu euch Gesindel«, sagte Gor. Er drängte sich zwischen Mena und die beiden Männer, schirmte sie gegen die Schergen des Herzogs ab.

Die Menge rückte zusammen. Diesmal ließ die Richtung ihres Zorns keine Zweifel übrig. Die Bürger, die aus der Stadt geströmt waren und jetzt eigentlich den Gesängen aus dem Oratorium lauschen sollten, drängten gegen Mattheis und Girgl und schoben sie Stück für Stück zurück.

Die beiden versuchten, sich zu wehren, doch Hände hielten ihre Schwertarme fest, Körper schoben sie zur Seite, und Stimmen verboten ihnen, sich zu äußern.

»Wir waren noch nie sonderlich gut auf die Bayerischen zu sprechen«, sagte der vierschrötige Kerl, der sich eben noch zu ihnen umgedreht hatte und den Mena für eine ehemalige Stadtwache hielt.

»Überall versuchen sie, uns zu dupfen. Beim Wasser, beim hohen Zoll, bei den Abgaben. Irgendwann muss es genug sein. Wer die Hände nach Kindern ausstreckt, dem gehören sie abgeschlagen!«

Mena wollte etwas entgegnen, doch der Mann nahm sie am Arm und zog sie in eine Baumlücke. Dann deutete er nach Süden.

»Wir halten sie lange genug auf. Versprochen. Außerdem ...« Er sah Mena in die Augen, und dieser Blick kam ihr irgendwie bekannt vor. Er pfiff kurz. Hinter einem der Grabmäler trat eine junge Frau vor und sah Mena entgegen.

»Meine Tochter«, sagte er stolz. »Mein einziger Enkel.«

Er deutete auf das Kind, das die junge Frau im Arm hielt. Erst da dämmerte Mena, wer der Mann war.

»Du bist die Frau mit dem Jungen?«, fragte sie noch, obwohl sie wusste, dass es so war.

»Sie haben sie einfach aus unserem Haus gezerrt, als wäre sie eine Ware, die man beliebig weitergeben kann.«

»Woher wusstet ihr, dass ihr uns hier findet?«

»Wir sind hinter euch hergeschlichen, weil wir gehofft haben, dass die beiden Schurken euch noch zur Rede stellen würden. Wir haben recht behalten.«

Mena und Gor hoben die Köpfe, als hinter ihnen ein Gurgeln zu hören war. Dann knirschte Stein auf Stein, als würde eine Grabplatte wieder an ihren Ort geschoben.

»Ich bin Ortholf«, sagte der Mann und streckte ihnen seine Hand entgegen. Es war eine Pranke, die Auskunft darüber gab, dass er viel und schwer damit arbeiten musste. »Vor den beiden Kerlen braucht ihr euch nicht mehr zu fürchten oder zu verbergen. Sie haben einen würdigen Platz gefunden. Keiner von ihnen wird je wieder ein Kind anrühren.«

Menas Hand verschwand vollständig in der seinen, und selbst Gor hatte Mühe, sie zu fassen. Sie blickten sich an, und Mena sah dieselbe Augenfarbe und dieselbe Güte in diesen Augen wie in denen seiner Tochter. Dann gab Ortholf den Weg nach Süden frei.

Auf dem ausgetretenen Pfad standen Pfützen aus Wasser und schimmerten im Morgenlicht als wären es Quarze. Als sie an dem Mädchen vorbeikamen, nahm diese Menas Hand und drückte sie an ihre Wange. Mena fühlte, wie feucht sie von Tränen war.

»Auch ich habe meine Tochter wieder«, flüsterte sie. Sie rückte ihr Tuch zurecht, in dem Mathilda schlief, und ging vorneweg.

Gor folgte ihr. Über allem lag der Gesang der Mönche, die die Übergabe des Kaiserherzens feierten und bejubelten.

Sie stiegen den Hang hinab und bogen auf die alte Römerstraße ein. Gor stieß einen gellenden Pfiff aus, und aus dem Gebüsch am Rand der Straße schossen zwei riesige Tiere hervor, die an ihnen hochsprangen und sie vor Freude über das Wiedersehen beinahe umrissen.

»Tatze! Fell! Ruhig jetzt!«, herrschte Gor sie an. Doch die Tiere hörten ausnahmsweise nicht auf ihn. Sie tollten um die drei Menschen herum, als wäre Jahrmarkt.

Plötzlich blieb Mena stehen und drehte sich zu Gor um. Fell und Tatze legten sich mit hängenden Zungen neben sie auf den Boden. »Und jetzt?«, fragte sie und sah ihn an.

»Jetzt? Jetzt gehen wir nach Süden.«

»Wir?«

»Wenn du willst«, entgegnete er und trat nahe an Mena heran. Mit einer Hand berührte er ihren Hals und zupfte an dem Lederband, bis er den Fuchszahn aus ihrer Kleidung gezogen hatte. »Du hast ihn aufbewahrt?«

»Nein.« Mena schüttelte den Kopf. »Nicht aufbewahrt. Getragen. Für dich.«

Gor musste unwillkürlich lächeln. Er ließ den Zahn los und nahm Mena in den Arm.

»Zerdrück mir die Kleine nicht!«, warnte Mena, aber sie wusste, dass ihm das nie im Leben einfallen würde.

Nebeneinanderher gingen sie in Richtung Süden. Als der Weg einen Bogen machte und sich einem der mäandernden Läufe des Lechs näherte, bemerkte Mena den roten Flecken eines Fuchsfells, der still zwischen den Büschen der Aue stand. Er war kaum wahrzunehmen. Schon glaubte sie, sich getäuscht zu haben, doch da huschte das Tier aus dem Versteck und glitt gut sichtbar den Waldsaum entlang.

Sie hielt inne und schaute der Füchsin nach, bis sie sich vor einem Pfad, der tiefer in den Auwald hineinführte, noch einmal zu ihr umdrehte, als würde sie ihr Lebewohl sagen wollen, und dann verschwand.

Mena musste schlucken. »Glaubst du, Mattheis und Girgl können sich aus dem alten Sarkophag befreien?«, fragte sie, während sie versuchte, wieder mit Gor Schritt zu halten, bis er begriff, dass sie beinahe rennen musste, während er nach seinen Maßstäben gemächlich ausschritt. Er drosselte seine Geschwindigkeit.

»Sarkophag. Das bedeutet Körperfresser. Genauso war es vermutlich gedacht«, entgegnete er.

Über ihnen kreischte ein Bussard. Seine Stimme schien Gors Bemerkung bestätigen zu wollen. Er begleitete sie eine Weile und flog spiralige Kreise über ihren Köpfen. Die beiden Hunde machten sich einen Spaß daraus, ihn anzubellen.

Die Straße führte sanft den Hang entlang wieder hoch auf die Schotterterrasse und lief dann die Hochebene über dem Lech entlang nach Süden. Irgendwann auf ihrem Weg wehte ihnen die sanfte Brise des Föhns ins Gesicht, und als Gor und Mena aufschauten, lag vor ihnen, wie ein grauer Riegel an den Himmel gesteckt, die Kette der Alpen.

Mena fasste an ihre Brust, fand den Fuchszahn und drückte ihn. Wenn sie die Welt nicht verärgert hatten, dann würden sie dort einen Weg in die Freiheit finden. Sie griff nach Gors Hand und zog ihn mit sich.

Ende

NACHWORT

Ein Roman ist ein Roman. Dennoch muss der Hintergrund, vor dem historische Romane spielen, eine gewisse geschichtliche Fundierung aufweisen, sonst wäre es Fantasy. Das gilt auch für diese Geschichte. Was darin entspricht also den historischen Gegebenheiten?

Otto III. kam im Juli 980 zur Welt. Bereits mit drei Jahren wurde er römisch-deutscher König und mit sechs Kaiser. Im Alter von nur 21 Jahren starb er am 24. Januar 1002 in Castel Paterno unweit von Rom. Woran, weiß man bis heute nicht genau. Vermutlich fiel er einer fiebrigen Erkrankung zum Opfer, das heißt einer Entzündung, der eine Zeit ohne Antibiotika nichts entgegenzusetzen hatte. Oder aber er litt an Malaria, die in dieser Gegend grassierte, in der es erheblich wärmer war als heute bei uns. Manch einer, wie der Verfasser der *Vita Meinwerci*, glaubte, der Kaiser sei vergiftet worden. Das lässt sich jedoch nur schwer nachweisen – und wurde in diesem Roman ausgeschlossen.

Um das Jahr 1000 gab es noch keine Möglichkeiten, einen toten Körper lange zu konservieren. Wenn ein kaiserlicher Leichnam nach Norden gebracht werden musste, damit er in Ehren in einer der Kaiserpfalzen beigesetzt werden konnte, musste man ihn entbeinen. Dazu wurden die »wichtigen«, also verehrungswürdigen Organe (Herz, Magen, Lunge) entnommen und das Fleisch von den Knochen gekocht, Aufgaben, die im Roman die alte Gertrud und Mena übernehmen. Die Innereien wurden in Urnen gelegt und versiegelt. Die einzelnen Knochen konnte man in einer Holzkiste aufbewahren und auf einem Packpferd transportieren. Das restliche Fleisch – nach christlichem Glauben ohnehin unbedeutend, weil es den Körper nur ans Diesseits fesselte – wurde irgendwo anonym vergraben.

Der Tod eines Kaisers führte natürlich umgehend zu Kämpfen zwischen den potenziellen Nachfolgern. Alle meine Figuren, die sich im Roman um die Kaiserkrone streiten – darunter der Markgraf Ekkehard von Meißen und Bischof Siegfried I. von Augsburg –, strebten tatsächlich danach, das Erbe Ottos III. anzutreten.

Der Anwärter mit den besten Aussichten war Ottos Cousin Heinrich, Herzog von Bayern. Als Sohn Heinrich des Zänkers stammte er als Einziger direkt aus der Linie der Liudolfinger, auch Ottonen genannt. Sein Großvater war Herzog Heinrich I., der Bruder Ottos I., und damit eng mit dem Kaiserhaus verwandt.

Otto hatte keine Nachkommen. Wohl wissend, dass nach seinem Tod Erbstreitigkeiten ausbrechen würden, hatte er noch zu Lebzeiten die Heilige Lanze, das Symbol der Herrscherwürde, nach Aachen vorausgeschickt. Jeder, der sich um die Nachfolge bewerben würde, musste sich dieser Lanze andienen. So verhinderte der Kaiser, dass schon sein Leichenzug zum Zankapfel um die Nachfolge wurde.

Der Tod Ottos III. am 24. Januar 1002 in Castel Paterno wurde zunächst geheim gehalten. Unter der Führung der ersten Reichsfürsten zog das kaiserliche Heer im Februar aus Italien ab und wandte sich über Lucca und Verona nach Norden. Otto selbst hatte vor seinem Tod verfügt, dass sein Leichnam in Aachen bestattet werden solle. So geschah es auch im April, an Ostern des Jahres 1002.

In diesem Roman verliebt sich der junge Kaiser in eine seiner Dienerinnen und zeugt mit ihr ein Kind. Solch eine Liaison war nichts Ungewöhnliches – für einen unverheirateten Kaiser in diesem Alter sogar eher die Normalität. Üblicherweise bekannten sich die Herrscher auch zu ihren Bastarden, den unehelichen Kindern aus solchen Verbindungen.

Meine Hauptfigur Mena ist natürlich eine Erfindung. Ich habe sie deshalb eingeführt, weil zwei Ereignisse in der Nachfolgegeschichte Ottos III. ungewöhnlich erscheinen:

So weiß zum einen kaum jemand, dass zwar die Gebeine des Ottonenherrschers in Aachen, das Herz aber in Augsburg bestattet ist. Der Herzog von Bayern hatte Letzteres Anfang März 1002 in Polling an sich gebracht. Über die genauen Umstände hüllt sich die Geschichte in Schweigen. Sicher wissen wir nur, dass der Bayernherzog das Herz irgendwann im Frühjahr 1002 dem Oratorium des heiligen Ulrich in Augsburg vermachte.

Der Grund dafür ist simpel: Niemand im Trauerzug Ottos III. befürwortete die Thronübernahme des Bayernherzogs – mit Ausnahme des Augsburger Bischofs Siegfried I. Dieser war als Heinrichs Vertrauter mit Otto in Italien gewesen, jedoch schon früher über die Alpen in seine Diözese zurückgekehrt. Heinrich brauchte also Unterstützer. Die Augsburger Schenkung zeigt seine Dankbarkeit für die Parteinahme Siegfrieds. Dieser hätte – so meine Überlegung – wohl auch eine mögliche genealogische Nachfolge, wie sie möglich gewesen wäre, wenn Mena einen Jungen zur Welt gebracht hätte, unterstützen können.

Zum Zweiten sagen die Chroniken nichts darüber aus, wie die Herz-Urne über die Alpen gelangte. Um seine Ansprüche zu untermauern, empfing Heinrich Anfang März 1002 den Tross mit den übrigen sterblichen Überresten Ottos III. bei Polling in Oberbayern. Der Zug hatte – später als Mena, Gor und Ewalt –

den Weg über den inzwischen besser passierbaren Brennerpass genommen. Mit einem gewissen Nachdruck forderte der Bayernherzog die Adligen, die den Leichenzug des Kaisers begleiteten, auf, ihn zu dessen Nachfolger zu küren. Doch diese lehnten ab.

Ob Heinrich sich für Bayern einen »Teil« des Kaisers sichern wollte oder ob er nur einer Tradition folgte, indem er seinem Unterstützer Bischof Siegfried das Herz des Kaisers vermachte, bleibt unklar. Sicher ist jedoch, dass sich die Herz-Urne zu diesem Zeitpunkt in seinem Besitz befand.

Mir bot sich hier die Gelegenheit, Überlegungen anzustellen, wie die verehrungswürdigen Innereien Ottos III. über die Alpen gekommen sein könnten. Diese Aufgabe habe ich Mena übertragen, die ein Interesse an der Verbindung von Herz und Kind hat. Sie hatte gehofft, die direkte Linie der Liudolfinger fortsetzen zu können, aber sie bringt ein Mädchen zur Welt.

Weiter fand ich es eine spannende Frage, wie eine kleine Gruppe von Menschen in damaliger Zeit das Wagnis unternehmen konnte, den kürzesten Weg von Italien nach Bayern – den Brennerpass – zu überqueren. Unmöglich war es nicht, aber lebensgefährlich.

Interessant ist vielleicht noch das Ende der Herzgeschichte. Fünfzig Jahre, nachdem Ottos Herz im Oratorium des heiligen Ulrich beigesetzt worden war, wurde es in den Dom überführt. Das Interesse an der Verehrung an alter Stelle hatte nachgelassen, und die Pflege wurde vernachlässigt. Im Dom hoffte man auf mehr Aufmerksamkeit. Dort liegt das Herz Ottos III. bis heute, allerdings ist die Kenntnis der genauen Lage verloren gegangen. Eine Grabplatte, die Conrad Peutinger als Hinweis über der Beisetzungsstelle hat anbringen lassen, existiert zwar noch, ist jedoch umgesetzt worden. In Augsburg liegt also tatsächlich ein Kaiserherz begraben, doch niemand weiß mehr, wo genau.

Heinrich von Bayern konnte sich als Nachfolger Ottos III. durchsetzen und war als Heinrich II. bis zu seinem Tod 1024 Kaiser des Heiligen Römischen Reiches. Bischof Siegfried I. hat ihn dabei tatkräftig unterstützt. Als Heinrich der Heilige ist er in die Annalen eingegangen. Das Herz seines Cousins in Augsburg hat ihn danach nicht mehr interessiert.

Peter Dempf
Im Dezember 2019

GLOSSAR

ANFLUG	im Wald aufgehender Samen unter Bäumen
BANKERT	uneheliches Kind eines Adligen
CHRISAM	Salböl der katholischen Kirche
DEXTRARIER	Schlachtross; speziell für den Kampf in der Schlacht gezüchtete, schwere Kaltblüter, die nicht scheuten und weniger schmerzempfindlich waren
DUPFEN	Verb, bayerisch: jemanden hintergehen; eigentlich beim Geschlechtsverkehr von hinten nehmen
FÄHE	weidmännischer Ausdruck für einen weiblichen Fuchs
FANG	Name einer der Hunde Gors (Fang ist der weidmännische Ausdruck für die Schnauze eines Tieres, auch des Hundes)
FREIMANN	Henker
GUGEL	Haube/Kapuze aus Filz oder Leder, die auch die Schultern bedeckt
HUCKE	Rückenkraxe, Rückengestell zum Tragen
HUFE	kleines Anwesen
KRANKHEITS-MIASMA/-MIASMEN	nach mittelalterlicher Vorstellung kleine unsichtbare Keime, die in der Luft umherfliegen und Krankheiten verursachen können. Deshalb wurden oft die Fenster in Häusern nicht geöffnet, um zu lüften. Man wollte verhindern, dass Krankheitsmiasmen ins Haus gelangen.

LÄNDE	Schiffslandeplatz an einem Gewässer mit Befestigung an Land
MANNLOCH	kleinere Tür in einem größeren Tor. Damit man für eine Person nicht immer das ganze schwere Tor öffnen muss.
PALADIN	mit besonderen Würden ausgestatteter Adliger, meist ein Ritter
PALAS	Hauptgebäude in einer Burg
PANZERREITER	schwer gerüsteter und bewaffneter Reiter, im Frühmittelalter mit Lederkollern oder Metallschuppenpanzern ausgestattet
SCHAFF	meist ovaler Trog aus Holz oder Blech; Hohlraummaß für Getreide
SCHAUBE	weiter Überrock, oft glockig und vorne offen
SCHLITKERZE	Kerze aus Tiertalg
SCHNEEWECHTE	sich auftürmende Schneeverwehungen, oft an Berggraten, die dann überhängen und abbrechen können
SCHOPF	kleines, in sich geschlossenes Wäldchen
UNSCHLITT	Talg
ZWEIHÄNDER/ BEIDHÄNDER	mit beiden Händen geführtes Großschwert